Les Héritiers de Camelot

DU MÊME AUTEUR

Les Héritiers de Stonehenge, MA Éditions, juin 2011
Le Sang du Suaire, MA Éditions, mars 2012

Sam Christer

Les Héritiers de Camelot

éditions

Copyright © 2014 MA Éditions
Immeuble Regus
88 ter, avenue du Général-Leclerc
92100 Boulogne-Billancourt

Première édition française février 2014

Auteur : Sam Christer

Traductrice : Patricia Barbe-Girault

First published in Great Britain in 2013 by Sphere

ISBN : 978-2-822-402897

Ce livre est dédicacé à certains amis qui me sont chers. Un grand merci à Andy Freeman, Maria Mares, Mike Monaghan, Vladimir Cucuz, Nattalia Azuul, Anna Ka, Hemanth Kumar, Astrid Burton, Michael Betts, Pablo Monti, Arn Đed de Gothia, Maria Del Carmen Triadani, Arantzazu Herrera Peñate, Ana Rackovi, Sharmistha Ghosh, April Stone, Jeanette Holland, Emicar Balmaceda, Silvia Milzoni, Tony Emery, Patricia Connolly, Siladitya Basak, Roxana Popa, Christina Pougoura, Shane Nelson, Serdar Aditepe, Henri Rantalankila, Nikki Petty, Andrew Evans, Barbora Vörösová, Sónia Alves, Diana Vass, Aida Ali, Richard Dave Gomersall, Caroline Peruzzi, Šárka Mínská, Ivancescu Razvan, Tatjana Antic Jasic, Läle Oo, Eric Nelson, Emily Henshall, Negrea R. Cristian, Corrina Fawcett, Sneha Ravikumar, Cristina Ionela Bulea, Tom McMurdo, Tanaya Patankar Lampard, Elina Emilova Chausheva, John Dalton, Lara Larisimo, Ricardo del Valle, Nikolas Sofikitis, Marcel Kortekaas, Laura-Maria Borti, Cheryl Dalton, Rachel Taylor, Jose Luis Zenteno Cesar, Betka Nosková, Daniel Komor, David Vilhena Marquez, Susan Percival, Aja Tafilaj, Dawn Wylds, Sravan Kumar,Coenraad De Kat, Julie Dring, Alina Coman, Denise Smith, Michelle Marchant, Ann Christin Siljan, Yve Fanor, Ana Velicaru, Pat Taylor, Natasha Kemmer, Anita Abramczuk, Kostas Iordanou, Corinne Mudd, David Price, Monika Nabrdalik, Paula Marland, Jorn Urup Nielsen, Ralph Siebenaler, Ray Stacey, Dawn Denson, Ilona Griffiths, Florence Ruffin, Debbie Ward Yexley, Sharon Wilson,Richie Shemilt, Marcel Kupka, Debbie Hyde Hart, Henriette Irving, Carole Wright,Terry Parrish, Jan Saunders, Sarah Nicholls, Adrian Titley, Leonie Dargent, Audrey Atkinson, Martin Elliott, Stuart Turner, Jamie Mileham, Niamh Dunlea, Danni Carr, Calum Murray, Rachel Hadingham, Pat Gough, Czar Ngaosi,

Allwyn Jose, Lindsay Jane Chant, Sara Jackson, Nuno Silva, Casey Yandek, Paul Nuttall Royrogersmcfreely, Shane Barrett, Kay Podboj, Pam Scholl, Clare Davies, Belfast Dave, Jenny Wood, Sladjana Vasic, Prowting Leila, Dilyana Dimitrova, Jackie Nash, Matthew O'Connor, Val Tunnicliffe, Dave Watson, Anna Ó Máille, Helen Branson, Paula Dixon, Valérie Navon, Fiona Gebbie, Carolina Camacho, Donna Rail, Evgeny Chirskov, Helen Turvey, Micka Sinette, Meyer Thorsen, Niels Søndergaard, Jovana Joe Tepavcevic, Amir Isakovi, Medina Kleine Maus, Sabrina Ikpodo Abnukta, Anne Sofie Sandholdt Jørgensen, Emma Kathryn Reitbauer, Rui Costa, Maria João Barros, Valérie Lascoux, Bas Peelen, Michael D Gonzalez, Hilary Bancroft-Thain, Richard Shipman, Angela DeMarte Frear, Mark Womble, Nikola Nakov, Renzo S P Tomassi, Gareth Jones, Tantor Jane, Marija Kvajo, Paul Stafford, Margret Jonker, Jason Cr, Peter Van Den Bussche, Jude Thompson, Sherry Potter, Chris Parry, Keli Grejs, Pedro M. Baptista Costa, Alexandra Svjetska, Huiloo Ho, Denny Stribling, Sarah Diedrich, Carmen Forján, Julie March, Neville Dawkins, Aleksandar Ilic, Paul Bendon, Graham Smith, Dawn Bushell, David Taws, Danish Hasan, Gerrie King, Richard Daniels, Adam Stockwell, Lainey Everett, Theresa Bruton, Lukasz Semla, Sarah Bennett, Tim Busbey Sévana Topalian, Michele Cockram, Darryl Bastian.

PROLOGUE

La vue du sang

Pays de Galles, Grande-Bretagne

Derrière les vénérables murs crénelés de la chambre solaire, dans la tour est, les cris des innocents transpercent ses rêves.

Myrddin arrache son corps squelettique du petit lit en bois dur qu'il a installé sous une meurtrière. Nul besoin pour lui de regarder une horloge : il sait qu'il est minuit. Et que cette terre fragile qui tourne sur son axe à la lueur d'une lune laiteuse est de nouveau menacée par le Mal.

L'attraction est forte, il le sent.

Il enveloppe sa frêle silhouette dans une longue cape bleue, puis descend un escalier en colimaçon aux marches usées par le temps. Parvenu en bas, il s'arme de courage pour affronter ce qui va suivre.

De nouveau, une puissante force l'attire.

Vite, aussi vite qu'il le peut, il marche dans le couloir sombre jusqu'à la lourde porte en bois, dont il ouvre les multiples verrous avec des gestes mille fois répétés.

*
**

Quartier des antiquaires, Kensington, Maryland

Le sang qui a giclé de son ventre lorsqu'il s'est fait poignarder coule entre les doigts d'Amir Goldman et vient se répandre sur le parquet sombre du magasin d'antiquités qui est le sien depuis trente ans.

Le veuf tombe à genoux. Il est en train de mourir, et il le sait. S'il ressent une profonde tristesse, ce n'est pas parce qu'on le prive de quelques années d'existence, mais de la possibilité de rédemption. Il se sent dépossédé de la chance qu'il avait de faire enfin quelque chose de sa petite vie médiocre.

La gloire était pourtant à portée de main.

S'il ne s'était pas montré si gourmand, cela ne serait pas arrivé, et il aurait conclu une affaire dont le petit monde des antiquaires aurait reparlé pendant des décennies, des siècles même. Son nom serait allé rejoindre ceux de Gildas, Thomas Malory, Geoffrey de Monmouth et Chrétien de Troyes au panthéon des héros. Le grand secret aurait enfin été révélé.

Et tout cela grâce à Amir Emmanuel Goldman.

C'est probablement pour cette même raison qu'il agonise sur le sol de son magasin.

⁂

La Chambre des Prophéties est glaciale. Elle forme un cercle parfait et a pour seul éclairage des cierges disposés en croissant, qui ont été fabriqués à partir de graisse d'animaux sacrifiés.

Les flammes dansent lorsque Myrddin entre. Son regard s'attarde sur le plafond en voûte, puis se pose sur les douze vitraux d'une beauté sans pareille qui ornent les murs. Chacun représente un homme dont l'existence est aussi mythique que la sienne.

Le vieil homme sait ce qui est vrai et ce qui ne l'est pas. Il le sait et garde le secret. Comme il l'a toujours fait, depuis la nuit des temps. Il se dirige vers un énorme bassin de grès, façonné il y a plus de cinq mille ans, en Irlande, dans un bloc de roche sacrée.

Une barbe hirsute, des cheveux blancs, des yeux perçants et un visage parcheminé lui rendent son regard lorsqu'il se penche au-dessus de l'eau bénite.

Soudain, la surface lisse se ride. Les minuscules ondulations deviennent des vagues. L'eau se transforme en un tourbillon fluorescent. Le Bassin de la Connaissance gronde et tremble. Myrddin empoigne les larges bords pour l'empêcher de casser.

Le bassin a eu ce qu'il voulait.

Lui.

Une énergie brute lui remonte dans les mains et les bras. Elle s'infiltre sous sa peau, dans son sang et ses organes. Elle diffuse son formidable pouvoir en lui, jusqu'à lui donner l'impression qu'il va exploser.

L'esprit de Myrddin est envahi d'une lumière crue, insoutenable.

La vision commence.

Il n'a plus qu'à l'endurer. À la subir, dans toute son assourdissante clarté.

*
**

Amir Goldman lève péniblement les yeux vers le jeune homme qui se tient au-dessus de lui.

Son agresseur s'agenouille sur le parquet ensanglanté et lui passe une main réconfortante sur le visage.

— Ne lutte pas. Ce sera terminé dans une minute. Peut-être moins.

Le vieil antiquaire se sent faible, il a la tête qui tourne. À travers des yeux embués, il contemple cet homme, mi-tueur, mi-ange gardien, qui l'observe calmement.

Tout à coup le jeune se lève et s'écarte de la rivière de sang qui coule à ses pieds. Il regarde l'heure à sa montre, puis retourne à son attente.

L'agonie d'Amir est palpable, maintenant. Ses poumons aspirent à grand bruit les toutes dernières molécules d'oxygène. Il se met en position fœtale, et dans cette mare de sang, sa posture devient une parodie cruelle de la manière dont il est venu au monde il y a plus de soixante-dix ans. Le tic-tac apaisant d'une horloge à balancier résonne dans la pièce. Ses yeux fatigués se ferment et il compte les silences.

— Amir ?

La douleur s'estompe à présent, peu à peu chassée par le doux mouvement du balancier, qui lui rappelle la tendre caresse de son épouse décédée. Une caresse qu'il n'a pas sentie depuis vingt ans.

— T'es toujours vivant, papi ?

Il entend l'horloge sonner une fois et rend son dernier soupir. Le libère, tel un minuscule oiseau d'une cage.

— Amir ?

Ses yeux se ferment. Le balancier continue à osciller. La main de sa femme lui caresse le visage, se fond en lui. Cela fait si longtemps qu'il rêve de son baiser, de la chaleur de son amour.

À quelques mètres de là, une porte s'ouvre. La clochette a à peine le temps de tinter que l'assassin d'Amir Goldman s'est évanoui dans la nuit.

⁂

La mort se rapproche.

Myrddin voit son vieil ennemi dans une contrée lointaine.

La Mort chevauche une immense bête marron. Elle a des sabots qui ne font aucun bruit, et une multitude de gueules géantes capables d'avaler des hommes entiers. Un éclair de bleu brille dans la main d'un fourbe. L'acier poli de la lame détache la chair rose et fait jaillir un torrent rouge sang.

Une douleur lancinante étreint le cœur de Myrddin. Il porte sa main à la poitrine et s'effondre sur le sol glacial, le souffle court.

Il doit prévenir les autres.

À des milliers de kilomètres de là, un homme a été assassiné. Le Gardien du Temps, tué dans la Grotte du Passé et du Présent. Les portes du mal sont ouvertes. Un nouveau cycle de sang a débuté.

*
**

PARTIE I

Le vrai mystère du monde est le visible, non l'invisible.
Oscar Wilde

1.

QG du FBI, San Francisco

Un épais brouillard monte de sous le Bay Bridge et dérive lentement vers l'îlot d'immeubles fédéraux qui se dressent devant les eaux agitées.

Dans celui du FBI, Mitzi Fallon regarde le paysage en passant devant les fenêtres qui vont du sol au plafond.

— Quel temps, se plaint-elle, à personne en particulier. J'ai quitté Los Angeles, et pour quoi ? Commencer ma journée dans la brume, comme un foutu gorille ? Fais suer.

Quelques têtes se tournent en entendant grommeler cette brune de trente-neuf ans, vêtue d'un pantalon gris et d'un haut blanc tout neuf. Elle a les bras encombrés d'une boîte avec ses effets personnels et a bien dû la porter sur des dizaines de kilomètres de couloirs, déjà.

D'un coup d'épaule, elle pousse la porte marquée HRI – Service des crimes historiques, religieux et inexpliqués, et arrive dans une petite pièce déserte aménagée en *open space*, avec quatre bureaux. Plus un cinquième à l'écart des autres, séparé par une vitre et une porte à peine visible.

Mitzi balance ses affaires sur le seul bureau vide, tout en réfléchissant aux raisons qui l'ont poussée à s'exiler avec ses deux filles pour intégrer un service déjà surnommé « Les Insolubles ». Bien sûr, l'augmentation de salaire et la prime de déménagement y sont pour quelque chose – le budget est plutôt serré quand on élève seule deux ados. C'était aussi l'occasion d'élargir son horizon en travaillant pour le FBI, au sein d'une nouvelle équipe spécialement créée pour coordonner les besoins des différentes agences afin de gagner en efficacité. Mais si elle devait vraiment être honnête, elle dirait que c'était pour recommencer à zéro. Tout quitter. Partir le plus loin possible d'Alfie.

Son Alfie.

Alfie Fallon.

Celui qui avait été l'amour de sa vie, avant de devenir alcoolique, puis violent.

Le lieutenant Fallon commence à déballer ses affaires. La première chose qu'elle sort du papier bulle est une tasse sur laquelle est écrit « Meilleure Maman du Monde » ; la seconde, tout un tas de photos encadrées de ses jumelles, Amber et Jade. Sa préférée, un cliché d'elle et des filles pris à Disneyland, a droit à un baiser avant de trouver sa place à côté des autres.

Mitzi se dirige ensuite vers un bureau au style pour le moins dépouillé, puisqu'on y a posé un seul objet : une fine plaque en inox annonçant que son occupant se nomme JONATHAN BRONTY. À ce qu'on lui a dit, dans sa vie d'avant le seul homme de l'équipe officiait en tant que prêtre dans un quartier difficile de L.A.

— Eh bien, mon père, si ton âme est aussi immaculée que ton bureau, mon petit doigt me dit que tu vas monter direct au paradis, le jour J.

Elle repose la plaque et passe au poste de travail voisin. Celui-ci croule sous les dossiers et papiers de toutes sortes. Tout au bord, devant une rangée de vieilles encyclopédies prêtes à tomber, une autre plaque proclame : VICTORIA CANTRELL, RESPONSABLE DES RECHERCHES.

Mitzi apprend que le troisième bureau, à côté, est celui du LIEUTENANT ELEONORA FRACCI.

Elle commence son inspection : un tube de crème pour les mains de marque étrangère (il ne doit pas être donné), un superbe foulard en soie Achille Pinto dans les tons marron et deux petits poissons bleus en verre de Murano en guise de presse-papiers. Sur la photo qu'elle prend, une femme brune d'une grande beauté, très chic dans son uniforme des *carabinieri*, pose aux côtés de ses parents. Ils sont plus petits qu'elle, ce qui donne à l'ensemble un air amusant, mais visiblement très fiers.

Un bruit la fait se retourner.

Devant elle se tient sa nouvelle boss, la chef d'équipe Sandra Donovan, quarante-quatre ans.

— Carrément canon, s'exclame Mitzi en reposant le cadre en argent, puis en hochant la tête en direction de ses affaires. Je vais m'installer là, si ça vous va. Je ne voudrais pas qu'on pense que la jolie Eleonora et moi, on a décroché un rôle dans une pub avant/après.

La remarque de Mitzi ne fait pas rire Donovan. Elle est connue pour avoir autant d'humour que de cheveux et elle les porte à la garçonne, c'est tout dire. Elle tend la main et serre fermement celle de Mitzi.

— Bienvenue dans l'équipe, mais on ne vous attendait pas avant demain.

— Hé, si c'est un problème, je veux bien rentrer chez moi.

— Non. Si on vous a dit que vous commenciez aujourd'hui, c'est que c'est vrai. C'est des gros nuls, au service du personnel. Venez, on va discuter un peu.

— Où sont les autres ?

— Sur le terrain, et ils en ont pour un moment. Ils sont sur une affaire qui donne du fil à retordre aux flics, en ville.

Mitzi la suit dans le bureau riquiqui, derrière la vitre insonorisée.

— Intéressante ?

— Peut-être. (Elle s'assoit dans un fauteuil et fait signe à Mitzi d'en faire de même.) Il y a une semaine de ça, les flics ont découvert le corps d'une femme enterrée dans son propre jardin. Le mari est dans leur collimateur, depuis.

— Ça m'a tout l'air d'un drame conjugal.

— C'est ce qu'ils ont cru, au départ. Mais celui-là, c'est un cas à part. Voire bizarre. La Scientifique a retrouvé de multiples traces de sperme sur le cadavre, et aucune ne provenait du mari.

Mitzi fronce les sourcils.

— Mais pourquoi faire appel à notre service ? Qu'est-ce qu'un viol suivi de meurtre a d'historique, de religieux ou d'inexpliqué ?

Donovan se fend d'un sourire pour la première fois.

— La victime était une sorcière. Une prêtresse vaudou notoire.

2.

QUARTIER DES ANTIQUAIRES, KENSINGTON, MARYLAND

Debout devant le magasin d'antiquités d'Howard Avenue, le lieutenant Paddy Fitzgerald, que tout le monde appelle « Irish », termine un énorme pain aux raisins avec glaçage sur le dessus. À ses pieds, il a posé un gobelet de café noir taille XXL encore trop brûlant pour être bu.

Pas question de rejoindre cette foutue scène de crime tant qu'il n'a pas fini son petit-déjeuner. Le macchabée a eu tout le week-end pour mijoter, et d'après ce que l'un des gars de la Scientifique lui a dit, ça grouille de mouches à viande là-dedans.

Ah, les *Calliphoridae*.

Il les déteste cordialement. Il ne supporte pas le bruit qu'elles font, ni la façon qu'elles ont de s'entêter à rester alors qu'on les a à moitié assommées en faisant des putains de moulinets des bras.

Irish envoie quelques gars en uniforme faire du porte-à-porte, en quête d'éventuels témoins, et goûte son café. Tout ce temps passé à attendre et il a l'impression de boire de l'eau cramée. Il le repose sur le trottoir et passe en revue la foule qui commence à s'attrouper.

Des mouches à viande humaines. Aussi pourries que les sangsues volantes qui bourdonnent à l'intérieur. Sans parler de la presse. Ces enfoirés sont encore pires. S'il crache ainsi son venin, c'est de la faute de Tommy Watson, un couillon qui bosse à la rubrique « faits divers » du *Washington Post* et met un point d'honneur à déformer les propos de la police.

Le journaleux lui fait signe de la main.

— Hé, lieutenant.

Irish l'ignore.

— On peut se parler une minute ?

Il entreprend d'enlever une à une les miettes de pain aux raisins sur sa chemise bleue froissée. À en croire les autres taches, au menu d'hier soir c'était boulettes de viande à la tomate.

— Allez, sois sympa, Irish. T'as pas une déclaration à me faire, que je la mette dans l'édition en ligne ?

— Si bien sûr, j'en ai une pour toi. Tommy Watson est vraiment, mais alors vraiment con comme ses pieds ; et s'il se tapait pas la nana la plus moche du standard, il n'aurait même pas su qu'il fallait venir ici.

— Va te faire foutre, Irish, répond-il en lui faisant un doigt.

— Va te faire foutre, Tommy la petite bite. (Il prend une combinaison et des surchaussures blanches dans un sac de la police et regarde enfin le reporter dans les yeux.) Quoi, tu crois que la Grosse Brenda allait se priver de raconter à tout le monde que Tommy en avait une riquiqui ?

Il éclate de rire et, sans transition, le plante là.

Une clochette retentit quand il pousse la porte d'*Antiquités Goldman*, et la plaque indiquant que c'est fermé vient cogner contre le verre trempé. À l'intérieur la lumière est couleur nicotine, comme si elle avait été ternie par le contact prolongé avec les meubles en bois foncé, la poussière, l'histoire.

Il suit le chemin balisé par la Scientifique pour éviter de polluer la scène. Le parquet craque sous son poids. Les lieux sentent l'encaustique et le nettoyant pour le cuivre.

Et la mort.

L'air est lourd de cette puanteur qui vous retourne l'estomac.

Un jeune photographe de scène de crime est allé se percher sur un escabeau pour mieux filmer le corps, sa position par rapport à l'entrée, à la caisse, aux meubles exposés et enfin aux toilettes, où un mini-comptoir a été aménagé pour préparer des boissons chaudes.

Agenouillée près du corps, Cherrie Archer, la légiste, recherche d'éventuelles blessures de défense et des traces sur les mains du cadavre. Levant les yeux des doigts recroquevillés par la mort, la jolie blonde de trente-trois ans observe Irish venir vers elle en traînant des pieds. Il fait plus d'un mètre quatre-vingt-cinq, mais se tient tellement mal qu'on ne le dirait pas. Ses cheveux noirs bouclés commencent à être parsemés de gris et il a l'air d'avoir passé la nuit sous un pont. Chaque fois qu'elle le voit, elle ne peut s'empêcher de penser qu'il y a encore cinq ans, il avait l'esprit bien plus vif qu'elle. C'était le plus fin limier qu'elle connaissait.

Et puis, il y avait eu l'accident. Celui dont personne ne parle. Il ne s'agit pas d'un divorce, ni de la mort d'un coéquipier. Il ne s'agit pas non plus du cliché du flic qui sombre dans l'alcool et la dépression. Il s'agit de quelque chose de pire. De bien pire.

Elle coince une mèche rebelle dans la capuche de sa combinaison en Tyveck et s'exclame :

— Je commence tout juste, lieutenant. Vous voulez vous joindre à moi ?

Les genoux d'Irish craquent quand il s'accroupit à côté d'elle.

— C'est la meilleure proposition qu'on m'ait faite de la journée, dit-il. Réflexion faite, c'est la meilleure proposition de l'année.

3.

SERVICE DES HRI, SAN FRANCISCO

Mitzi les entend arriver dans le couloir.

Ils bavardent et plaisantent joyeusement, comme le font les collègues quand ils se sentent bien ensemble.

Elle a l'impression d'être la petite nouvelle de la classe et présume qu'ils seront gentils comme tout avec elle – du moins, au début. Parce que, ensuite, quelqu'un passera un coup de fil à l'un de ses contacts à Los Angeles et apprendra que son mari la battait et qu'elle a encaissé en silence pendant des années. Un autre découvrira que tout d'un coup, un jour, elle a pointé son arme de service sur sa tempe, elle l'a flanqué en prison et qu'ensuite elle s'est arrangée pour qu'il ait interdiction de s'approcher à moins d'un kilomètre d'elle ou de leurs enfants.

Trouille ou pas, les voilà.

— Salut la compagnie ! s'exclame-t-elle d'une voix plus forte qu'elle ne l'aurait voulue. Mitzi Fallon, de la police de Los Angeles. Enchantée.

Elle dégaine un sourire en même temps que sa main.

— Jon Bronty, répond aussitôt un homme aux cheveux châtains. Mais tout le monde m'appelle Bronty.

Mitzi se fait la remarque qu'il n'est guère plus grand qu'elle, dans les un mètre soixante-quinze. La trentaine, svelte sans être musclé, et il a beau être mal fringué (pantalon vieillot en velours côtelé marron et chemise verte débraillée), on se sent tout de suite à l'aise avec lui. *Ce qui doit lui attirer les faveurs de certaines femmes – voire de certains hommes*, songe-t-elle.

— Et voici Eleonora… Eleonora F*rrr*acci, précise Bronty en roulant le *r* de façon théâtrale.

— Ciao, 'itzi.

Aujourd'hui, l'ancienne *carabiniere* porte une blouse en mousseline rose pâle, une minijupe marron qui met en valeur ses jambes ridiculement fermes et une paire de talons aiguilles qui ont bien dû coûter l'équivalent d'une semaine de salaire.

— En fait, c'est Mitzi, avec un M, la reprend-elle en essayant de ne pas avoir l'air trop agacée. Tu sais, comme dans « Minnie ».

L'Italienne paraît déroutée.

— M… itzi ?

— T'y es presque.

Une jeune femme effacée, en jean et T-shirt de la série *Big Bang Theory*, lui fait un grand sourire avec appareil dentaire en prime.

— Moi, c'est Victoria Cantrell. Enfin Vicky, quoi. Je suis chargée des recherches. Et accessoirement, du café.

Mitzi reconnaît un accent de New York – de Brooklyn, pour être précis.

— … Et je fais *beaucoup* de café, poursuit la jeune femme, soudain prise d'un rire nerveux. Vu qu'ils en boivent tout le temps. Ça me fait penser, t'en veux un ?

Tu parles si j'en veux un, pense Mitzi. *Et rajoutes-y un trait de vodka en douce, s'il te plaît.*

— Ce serait super, merci.

La jeune femme a l'air contente.

— Comment tu le prends ?

— Noir, sans sucre, dit-elle en se tapotant les hanches. Je dois faire gaffe aux calories.

— La gymnastique, intervient Eleonora, c'est la seule façon de brûler les calories. Moi, je prends du sucre *et* de la crème, mais après je vais à la salle de sports et je brûle tout. Tu devrais venir.

— Ma cocotte, la seule *gym* que je veux bien faire le matin, elle s'épelle J-I-M. Et il faudrait qu'il soit grand, beau et riche et qu'il n'ait rien contre le fait d'élever deux ados. (Elle prend l'un des cadres sur son bureau et le fait tourner.) Je peux vous dire qu'avec elles j'en brûle, des calories.

Dans la pièce, on entendrait une mouche voler. Pas besoin d'être devin pour comprendre que personne n'a d'enfant à part elle.

Elle repose la photo.

Sur ces entrefaites, Sandra Donovan sort la tête de son bureau.

— Alors mesdames, on fait mumuse ?

Mitzi et Eleonora fixent un point derrière elle, comme si elle était invisible.

— Bon. Dans ce cas, l'un de vous me fait un topo sur l'affaire des satanistes ?

Bronty, qui est occupé à se frotter énergiquement les mains avec du gel hydroalcoolique, prend la parole.

— En fouillant dans la penderie de la victime, on a découvert tout l'attirail nécessaire pour faire de la magie noire. Robes de sorcière, bougies, livres d'incantation et *tutti quanti*.

— Et rien dans celle du mari ? demande Donovan.

— Rien de rien. Il n'était pas mêlé à ça, ou visiblement il ne savait pas.

— Et vous avez gobé ces conneries ? intervient Mitzi.

— Tu ne connais pas l'affaire, rétorque sèchement Eleonora, qui n'est pas certaine d'apprécier qu'on l'appelle « ma cocotte ».

— Pas besoin. Si elle se faisait sauter par des satanistes, il l'aurait forcément su, parce qu'elle aurait fait des trucs louches au lit. Demande à n'importe quel type marié, il t'en dira autant.

— Peut-être serait-il judicieux de briefer le lieutenant Fallon tout de suite, suggère Sandra Donovan, qui ne peut s'empêcher de trouver leurs chamailleries très drôles. Eleonora, faites-lui passer vos notes, je vous prie.

Puis elle se tourne vers Mitzi.

— Je suis curieuse de voir ce que vous allez en conclure et comment la cohabitation va se passer avec vos nouveaux collègues.

4.

Ambassade de Grande-Bretagne, Washington DC

L'ambassade britannique se situe à trois kilomètres à vol d'oiseau de la Maison-Blanche, dans un parc grandiose englobant également l'Observatoire naval des États-Unis et Dumbarton Oaks, le centre de recherches renommé mondialement pour ses études sur l'histoire byzantine et celle des jardins et paysages.

La résidence, qui fut la première à sortir de terre dans Embassy Row, possède sept chambres principales, toutes nommées d'après d'anciens ambassadeurs. L'actuel occupant des lieux, sir Owain Gwyn, se trouve dans la suite Howard et Halifax, où il attend patiemment que son valet de chambre ait fini de l'habiller.

Tous les vêtements ont été confectionnés par des tailleurs de confiance. Le domestique les a contrôlés minutieusement avant d'autoriser son maître à les porter. De la blanchisserie au dressing, il a pour mission de savoir précisément qui a lavé, repassé et remis les habits en main propre. Mais c'est loin d'être tout. La plupart passent aux rayons X, d'autres subissent des tests toxicologiques, et tous sont soigneusement scannés à la main pour vérifier qu'un traceur GPS n'a pas été cousu dans l'étoffe.

— Vos sous-vêtements de protection, monsieur.

Owain, qui a quarante-deux ans, est issu d'une longue lignée de Gallois bruns, grands et larges d'épaules. L'ambassadeur de Sa Majesté en Amérique, qui mesure quasiment deux mètres, est obligé de jouer aux contorsionnistes pour enfiler l'objet qu'on lui tend. Bien que cela ressemble à un banal maillot de corps cousu à un caleçon long, il s'agit d'un vêtement unique puisqu'il est en graphène, un matériau dernier cri dont la maille ultrafine composée d'atomes de carbone est « tellement solide qu'elle supporterait le poids d'un éléphant en équilibre sur une pointe », dixit les fabricants. Owain ne le porte pas pour se protéger des pachydermes amateurs de gymnastique, mais des balles.

— Vous êtes à l'aise, monsieur ?

L'ironie dans le regard habituellement chaleureux d'Owain trahit le fait que ce n'est pas vraiment le cas.

Un interphone retentit.

L'écran plat au-dessus de la porte diffuse les images de huit caméras de sécurité disséminées dans la résidence, dont celle de la pièce voisine, où un homme aux cheveux blond roux, vêtu d'un costume gris très chic, vient d'entrer en poussant un chariot à petit-déjeuner en argent.

Le valet de chambre sait qu'il va se faire congédier.

— Y a-t-il autre chose, monsieur ?

— Je crains d'avoir besoin de vos services plus tôt ce soir, à cause de mon dîner d'adieu. Disons à 17 heures ?

— Très bien, monsieur. Aurais-je l'audace de terminer sur une note personnelle ?

— Mais je vous en prie.

— Je suis certain que le gouvernement des États-Unis va beaucoup vous regretter. Je pense que vous avez fait des choses formidables durant votre séjour ici, monsieur, et cela a été un réel plaisir de vous servir. Vous allez laisser un grand vide.

— Pendant au moins une semaine, James. Ensuite, le vide sera comblé et on m'oubliera. Mais merci, c'est gentil de me le dire. Je vous libère, à présent. Vous devriez profiter de cette belle journée.

L'ancien soldat de la Garde royale incline poliment la tête, puis se dirige à pas cadencés vers la porte et l'ouvre pour l'ambassadeur.

Owain entre dans la pièce et se hâte de saluer son ami d'enfance et ancien collègue de l'armée avec un « *Bore da* » sonore, l'équivalent gallois de « bonjour ».

— As-tu un peu de temps, sans parler de place dans ton estomac, pour déguster un *crempog* avec moi ? lui demande-t-il en indiquant le chariot de la main.

Gareth Madoc lui fait un grand sourire.

— J'ai *toujours* le temps pour un *crempog*.

Les deux hommes se connaissent depuis longtemps. Dans cette autre vie, Owain n'avait pas été fait chevalier, n'était pas parti en poste à l'étranger, ne s'était pas lancé en politique. Leur histoire remonte bien au-delà de la verte vallée où ils sont nés et va se perdre dans la généalogie inextricablement liée de deux clans qui ont vécu et se sont battus côte à côte en des temps reculés, bien avant la conquête romaine de la Grande-Bretagne.

Madoc s'approche du chariot, se baisse et prend sur le plateau du bas un panier en osier recouvert d'un linge blanc amidonné.

— Une petite surprise, pour aller avec ton petit-déjeuner.

Le chevalier le regarde d'un air soupçonneux, puis saisit le carré de coton et le tire brusquement, comme s'il s'agissait d'un chapeau de magicien.

Owain inspecte le contenu du panier, en retire avec précaution l'unique objet qui se trouve dedans et le manipule avec le plus grand respect. Il le tourne et le retourne dans ses mains aux cicatrices nombreuses, avant de lui donner un baiser.

— Qui l'a retrouvée ?

— George.

— Et les autres ?

— On les cherche toujours.

Owain fait la grimace.

— Des pertes à déplorer ?

— Oui, malheureusement.

L'ambassadeur frémit imperceptiblement, puis lui redonne l'objet.

— Je suis en retard. Fais en sorte qu'elle retourne à l'endroit d'où elle vient, je te prie. Et retrouvons-nous cet après-midi pour décider de ce qu'on dira aux autres à la prochaine réunion.

5.

NORTH BETHESDA, MARYLAND

Irish frappe à la porte de l'appartement pour la seconde fois.

— Police, ouvrez !

Il s'écarte un peu et enlève la sécurité de son arme. Sophie Hudson n'est qu'une simple vendeuse dans la boutique de Goldman, mais elle s'est fait porter pâle le jour du meurtre. Si elle est mêlée à cette affaire, tout peut arriver, et Irish n'a pas super envie de se retrouver nez à nez avec un petit ami drogué jusqu'aux yeux et d'humeur à l'arroser avec son pistolet mitrailleur.

Il entend un petit bruit sec et la porte s'ouvre de quelques centimètres.

Par l'entrebâillement, une voix enrouée lui dit :

— Je vous préviens, j'enlève pas la chaîne tant que j'ai pas vu d'insigne.

Irish sort son badge et le lui montre par l'ouverture.

Qui sait si elle ne cherche pas à gagner du temps ? Le tueur pourrait en ce moment même enjamber le rebord de la fenêtre et se faire la malle par l'échelle à incendie.

— Ma p'tite dame, vous allez m'ouvrir ou bien c'est moi qui m'en charge.

La porte peinte en bleu, qu'il aurait pu défoncer d'un coup d'épaule tant elle est fine, se ferme avant de se rouvrir sans la chaîne. Une jeune femme en nuisette s'écarte pour le laisser passer. Un mètre soixante-dix, grassouillette et l'air un peu perdu. Comme elle n'est pas maquillée, les rougeurs qu'elle a sous le nez sont encore plus visibles et ses longs cheveux bruns sont tout emmêlés.

— Sophie Hudson ?

— Ouais, fait-elle d'un ton méfiant. C'est pour quoi ?

— Lieutenant Fitzgerald, de la brigade criminelle de Washington. Vous travaillez bien au magasin *Antiquités Goldman*, dans le quartier de Kensington ?

— Exact.

Elle fronce les sourcils en se rendant compte qu'il a employé « criminelle » et Goldman dans la même phrase, et comprend qu'il s'est passé quelque chose.

— Est-ce que M. Goldman va bien ?

Irish l'observe de près. Il sait qu'il en est à un moment-clé, celui où un assassin (ou bien sa complice) doit être le plus convaincant possible dans son rôle.

— Pas vraiment, non. Et ça ne risque pas de s'arranger. Je suis désolé de vous l'annoncer, mais il est mort, l'informe-t-il, sans entrer dans les détails.

Sophie lève la main pour couvrir sa bouche grande ouverte.

— Oh ! mon Dieu.

De ses doigts pâles elle tâtonne pour trouver l'accoudoir du canapé, l'empoigne fermement et s'assoit.

Elle a l'air d'avoir oublié qu'elle est en nuisette et cela fait belle lurette qu'Irish n'a pas vu un corps féminin aussi dénudé.

Le flic détourne les yeux et se dirige vers la minuscule kitchenette, à l'arrière de l'appartement. Il fait couler de l'eau et lui ramène un verre.

— Merci, lui fait-elle d'un air complètement absent.

Au bout d'un moment elle en boit une gorgée, puis repose le verre sur la table basse. Elle prend alors un Kleenex dans une boîte décorée de fleurs roses et se mouche bruyamment.

Irish voit bien qu'elle ne simule pas son rhume. Mais cela ne veut pas dire qu'elle n'est pas impliquée dans le meurtre. Même les assassins attrapent la crève de temps en temps. Il jette un œil à son carnet.

— Le répondeur du magasin indique que vous avez appelé samedi matin, aux alentours de 7 heures, pour dire que vous étiez malade et ne pourriez pas venir.

La jeune femme brandit son mouchoir usagé.

— J'ai été à l'article de la mort tout le week-end, explique-t-elle, avant de se rendre compte, horrifiée, du jeu de mots malencontreux. Euh, pardon. Qu'est-ce qui lui est arrivé, à M. Goldman ?

Le flic ne répond pas tout de suite : il est occupé à passer l'âme de la jeune femme aux rayons X. À la scruter méthodiquement, en quête de zones d'ombre. Et plus particulièrement d'une, qui aurait pu la pousser à vouloir couvrir son chéri.

— Il s'est fait assassiner dans sa boutique.

Tout en lui révélant ce détail, il observe le visage et les mains de Sophie Hudson, à la recherche du moindre signe trahissant la nervosité.

— Donc vous étiez malade samedi, mais vous avez travaillé vendredi. À quelle heure avez-vous terminé ?

— Un peu après 16 heures. Il m'a dit de rentrer chez moi parce que j'étais vraiment pas bien, ajoute-t-elle en se rongeant les ongles.

— C'était sympa de sa part.

Le ton employé par Irish laisse entendre qu'il n'est pas encore tout à fait convaincu de sa bonne foi.

— S'est-il passé quoi que ce soit qui sorte de l'ordinaire, ce jour-là ? Quelque chose qui vous aurait frappé comme étant inhabituel ?

Elle hésite un instant, s'arrache une petite peau.

— Il m'a dit qu'il était en contact avec quelqu'un pour affaire. J'imagine qu'il faisait référence à la croix qu'il a achetée.

— Quel genre de croix ? Comme une croix gammée ? Un objet datant de la guerre ?

— Non. M. Goldman était juif, jamais il n'aurait touché à un truc pareil. Celle-là était chrétienne.

— Catholique, ou juste chrétienne ?

Elle se lève d'un bond.

— J'en ai fait un dessin, s'exclame-t-elle en se dépêchant d'aller chercher son sac à main et d'en sortir une feuille A3.

Irish la prend et l'examine d'un air sceptique.

— Pourquoi en avoir fait un croquis ?

Elle a l'air gênée.

— M. Goldman voulait pas me la montrer, alors ça a aiguisé ma curiosité, vous comprenez. Sauf qu'il est un peu distrait et, à un moment donné, il m'a envoyée au coffre prendre un objet pour un client qui était passé le chercher. C'est là que je l'ai vue. Un instant seulement, mais elle m'a intriguée alors je l'ai dessinée. Elle est bizarre, vous trouvez pas ?

Irish en reste muet.

Il a raté le coffre-fort.

Il n'en a vu aucun et ce n'est pas faute d'avoir cherché : derrière le comptoir, les panneaux du mur, dans l'arrière-boutique, partout.

— Qu'est-ce que vous entendez précisément par « coffre » ? C'est une boîte fermée à clé, ou bien un vrai coffre-fort ?

Pour la première fois depuis qu'on a frappé à sa porte, la jeune femme sourit.

— Vous l'avez pas trouvé, c'est ça ?

— Non.

— M. Goldman aurait été content. C'est pas un coffre lambda, vous comprenez. Il l'a fait encastrer dans un mur et dissimuler derrière un panneau de l'horloge à balancier.

6.

San Mateo, San Francisco

Ruth Everett est occupée à arroser un vaste parterre de fleurs devant son ranch de huit hectares. À travers le nuage de gouttelettes irisées, elle aperçoit le break tout cabossé de sa sœur aînée en haut du chemin.

La relation des deux sœurs a toujours connu des hauts et des bas, mais depuis que Mitzi a emménagé avec les filles, elle est plus tendue qu'autre chose. Ruth espère bien qu'elle ne mettra pas longtemps à trouver un logement, pour que Jack et elle retrouvent enfin leur intimité.

De leur mère, les deux femmes ont hérité des cheveux bruns, des belles pommettes et, à peu de choses près, de la fameuse silhouette de « femme ronde », comme les catalogues de vente par correspondance ont la délicatesse de l'appeler. Mais Ruth est bronzée, musclée et s'habille comme si elle avait une styliste à demeure, tandis que Mitzi a généralement l'air d'avoir acheté sa garde-robe dans un magasin de fripes.

Ruth regarde la vieille Ford s'arrêter en soulevant un nuage de poussière ocre dans le ciel d'un bleu sans faille. Sa sœur ouvre la portière et la referme bien plus bruyamment que nécessaire, lui semble-t-il. Elle a quand même réussi à faire s'envoler plusieurs oiseaux des arbres et une ribambelle de papillons du buddleia.

Elle tourne l'extrémité du tuyau d'arrosage jaune pour l'éteindre et s'approche.

— Alors, comment ça s'est passé ?

— Ça reste à voir, réplique Mitzi d'un air las. Je me retrouve coincée avec un ancien prêtre plein de TOC, une pin-up italienne qui cherche le bâton pour se faire battre, et une gosse sympa mais qui fait un café dégueulasse. (Elle enlève des lunettes de soleil passées de mode depuis ses débuts dans la police.) Quant à ma nouvelle chef, elle se prend pour une femme d'affaires avec son costume et sa coiffure de mec, et je suis à peu près certaine qu'elle va être casse-couilles.

— T'es pas un peu dure, quand même ?

— Ouais, probablement. Du moins je l'espère.

— Et si je nous ouvrais une bouteille de vin ?

— Et si je pouvais rentrer chez moi rien qu'en claquant des doigts ?

Ruth sourit et lui tend le tuyau jaune.

— Tiens, arrose encore un peu pendant que je vais la chercher.

— Pas de problème.

Mitzi ouvre un peu trop vite le jet et décanille les roses qui se trouvaient dans sa ligne de mire.

— Au fait, où sont les filles ?

Ruth lui montre les dégâts qu'elle a faits.

— Hé, l'empotée, referme-le un peu ou tu vas tout me saccager.

— D'accord, d'accord, marmonne Mitzi en s'exécutant.

— Elles sont allées en ville avec Jack pour acheter de quoi faire un barbecue. Elles avaient l'air bien parties pour tenter d'amadouer leur oncle et se faire offrir un cadeau.

— Ça, ça ne m'étonne pas du tout. C'est le genre de truc que mes sournoises de filles aiment bien faire.

Ruth s'éloigne et elle poursuit l'arrosage des roses jaunes, des chrysanthèmes fuchsia et des lilas de Californie aux fleurs d'un bleu étonnant. C'est agréable, comme sensation. Après ce séjour prolongé au « ranch de South Fork », comme elle le surnomme, ça va être dur d'obliger les filles à vivre dans le genre de taudis qu'elle pourra se payer. Mais tout de même, elles se serrent les coudes, et Jade se rebiffe moins qu'avant. Quand elle a mis Alfie dehors, les premiers mois ont été durs pour tout le monde, mais surtout pour Jade. Elle a toujours été plus proche de lui et il lui manque encore. Quand de l'eau aura coulé sous les ponts, Mitzi les autorisera probablement à rendre davantage visite à leur maudit père ; mais pour l'instant, tout ce qu'elle peut encaisser, c'est un week-end par mois.

— Tu noies toujours mes plantes, sœurette, commente Ruth, qui est réapparue avec deux verres de sauvignon.

Mitzi ferme le jet et laisse tomber le tuyau par terre.

— Désolée. J'ai jamais été très bonne pour faire pousser des trucs.

— Pourtant, tu as fait du bon boulot avec tes filles.

Mitzi lui prend un verre et s'assoit sur un banc en teck décoloré par le soleil.

— Tu trouves ?

— Je trouve pas, j'en suis sûre, réplique-t-elle en trinquant avec sa sœur, avant de prendre place à côté d'elle. J'aurais bien aimé avoir deux gosses magnifiques, moi aussi. Surtout au bout de quinze ans de mariage.

— Hé, regarde tout ce que t'as, s'exclame Mitzi en lui montrant l'immense terrain autour d'elles. Et si ça te fait plaisir, je te prête mes deux ados quand tu veux.

Elle sourit.

— Oui, c'est vrai. Et toi, t'en es où de tes recherches pour la nouvelle maison ?

— J'ai un peu feuilleté les journaux, aujourd'hui. J'en ai repéré deux à Serramonte et une de l'autre côté du pont San Mateo. Je vais demander à les visiter ce week-end.

— Y a rien qui urge, tu sais.

— C'est gentil de dire ça, mais je vois bien que je te rends dingue. Et je veux déménager dans l'été pour que les filles aient le temps de s'installer et de reprendre le lycée sereinement. Tiens, quand on parle du loup…, ajoute-t-elle en repérant le 4x4 de Jack en haut du chemin.

Les deux femmes finissent leur verre, puis se lèvent et se dirigent vers le grand garage.

L'énorme Porsche Cayenne se gare et les filles en sortent les bras chargés de sacs.

— Tonton Jack nous a acheté les baskets qu'on avait vues, s'écrie Amber en ouvrant un sac sous les yeux de sa mère. Regarde, c'est des Prada.

— Elles sont trop cool, renchérit Jade.

Mitzi en est toute retournée. Jamais elle n'aurait eu les moyens d'en acheter une paire, alors deux, n'en parlons pas.

— C'est vraiment sympa de ta part, Jack. Tu les as gâtées. Merci.

— Mais de rien. Viens faire un gros câlin à ton beau-frère. Comment ça va ?

— Ça va bien, répond-elle en cédant à sa demande, mais elle trouve son « câlin » un peu trop serré et intime à son goût.

— Allez, je file m'occuper de ce barbecue, annonce Jack avec un grand sourire, quand il la lâche enfin.

Il sort quatre gros sacs de provisions du coffre et lui fait un clin d'œil discret en entrant dans la maison.

7.

QUARTIER DES ANTIQUAIRES, KENSINGTON, MARYLAND

Le temps qu'Irish se rende sur la scène de crime avec Sophie Hudson, le soir tombe. Les rues se sont vidées et l'ombre des arbres s'allonge de plus en plus sur les trottoirs.

Un policier en uniforme leur ouvre. Le corps du vieil homme a été emporté, et grâce au travail de l'équipe de nettoyage, il n'y a plus une goutte de sang ni une mouche qui vole dans la boutique. Sauf que derrière l'épais nuage de désinfectant industriel, Irish sent toujours la mort.

Sophie vacille légèrement en entrant. Il place un bras rassurant autour de son épaule.

— Tout va bien. On sera ressortis en un rien de temps. Tout ce que vous avez à faire, c'est d'ouvrir le coffre-fort pour moi.

Elle hoche la tête et s'appuie sur lui pour se donner courage.

Les odeurs bizarres la déboussolent un peu. Il y en a une en particulier, douceâtre, sur laquelle elle n'arrive pas à mettre de nom. Irish sent la tension monter à chaque pas qu'elle fait.

Tout à coup, Sophie s'arrête et baisse les yeux. Près du comptoir, le parquet est plus clair qu'ailleurs. On l'a lavé et apparemment il a fallu beaucoup frotter.

Voilà d'où vient l'odeur mystérieuse.

Elle n'arrive plus à avancer. Impossible de faire un pas de plus vers l'endroit où *ça* s'est visiblement passé.

Irish sent que la peur la paralyse.

— Venez de ce côté, on va contourner la zone. Ne regardez pas par terre. Je vous montre le chemin.

Elle se laisse guider avec raideur jusqu'au comptoir. Arrivée derrière la caisse, elle se rend compte que pendant tout ce temps-là, elle a retenu son souffle. Un long soupir lui échappe.

— Vous vous en sortez bien, Sophie. Très bien.

Irish a enfin repéré l'horloge. Un imposant coffre en acajou fixé au mur, surmonté d'un cadran à la blancheur aussi froide que du marbre funéraire. La petite et la grande aiguille sont en métal noir ouvragé et le gros balancier en cuivre continue à osciller comme s'il ne s'était jamais rien passé.

Sophie se met à genoux et, d'une chiquenaude, ouvre le panneau rectangulaire dans la partie inférieure de la pendule. Derrière se cache un petit coffre en métal de cinquante centimètres par vingt-cinq.

Elle tape un code à six chiffres sur le clavier, entend un bruit familier et ouvre le coffre. Puis elle explique au policier que les deux tablettes coulissantes qu'il voit à l'intérieur font chacune soixante centimètres de long et se prolongent au-delà du panneau arrière de l'horloge, jusque dans le mur porteur où le coffre est encastré.

Sophie fait coulisser les tablettes vers elle. Elle se relève et les pose délicatement sur le comptoir.

— Elle n'est plus ici, constate-t-elle en regardant Irish. La croix a disparu. Elle était dans le tiroir du bas.

8.

Résidence de l'ambassadeur de Grande-Bretagne, Washington DC

Des éclats de rire et quelques notes de musique se font entendre dans le couloir au superbe sol en marbre et ardoise, qui part du grand escalier et mène, cinquante mètres plus loin, à la salle de bal.

Les immenses miroirs disposés tout autour de la somptueuse pièce ont été soigneusement astiqués le matin même et renvoient à l'infini les reflets de plus de deux cents invités aux toilettes éblouissantes, qui figurent parmi les personnes les plus riches et les plus influentes au monde.

Sir Owain Gwyn a insisté pour coupler son dîner d'adieu à une soirée caritative, ce qui fait que stars de cinéma, musiciens, hommes politiques, rédacteurs en chef de magazine et sportifs ont tous déboursé dix mille dollars pour assister au « bal de l'ambassadeur donné en l'honneur des handicapés et des sans-abri ».

Un gong en cuivre résonne et tous les yeux se tournent vers une petite estrade où le vice-président des États-Unis, Connor Anderson, attend d'avoir l'attention de l'assistance.

— Que tout le monde se rassure, mon discours sera *très* bref.

Le Texan d'une cinquantaine d'années aux cheveux tout blancs patiente encore un peu avant de continuer.

— Sir Owain nous quitte demain pour s'en retourner au service de Sa Majesté la reine. Sachez que je m'exprime au nom du gouvernement américain et de son peuple en vous disant que nous ne saurions vous remercier assez pour tout ce que vous avez fait durant votre mandat dans notre pays. Jamais nous n'oublierons votre sens de la diplomatie et votre ardeur à la tâche.

» Sir Owain, vous avez rendu la relation spéciale qui unit nos deux pays plus particulière encore. Mais vous et moi, ainsi que le président Renton, qui regrette de ne pas être parmi nous ce soir, savons que vous avez accompli de bien plus grandes choses encore. Des choses que nous ne pouvons évoquer ici, pour des raisons évidentes de sécurité. Mesdames et messieurs, on comprend que l'on a rencontré un grand homme lorsque ce pour quoi il œuvre en privé, sans reconnaissance publique, vient éclipser le travail que la plupart d'entre nous font dans la lumière et pour lequel nous convoitons tous les honneurs. Levons notre verre à sir Owain Gwyn ; nous vous remercions très sincèrement pour tout ce que vous avez fait et vous souhaitons un franc succès dans votre prochaine mission, en Grande-Bretagne.

— À sir Owain ! s'exclament en chœur les invités.

Pendant que les invités applaudissent chaleureusement, le vice-président se tourne discrètement vers un assistant et prend sur un petit coussin en velours une médaille en or, émaillée de blanc et de rouge, qui pend à un long ruban cramoisi.

— Au nom du ministère de la Défense des États-Unis d'Amérique, j'ai l'honneur de vous remettre cette décoration, la Légion du mérite, pour mérites éminents acquis dans une fonction publique.

Il tend le précieux objet à bout de bras et les applaudissements redoublent lorsque le chevalier britannique se baisse pour passer la tête dans le ruban.

Le diplomate, qui tient délicatement dans ses mains l'une des plus hautes distinctions conférées à un étranger, doit attendre plus d'une minute que le calme revienne dans la salle pour prendre la parole.

— Chose rare pour un Gallois, les mots me manquent. (Il lève la médaille pour l'embrasser et les flashs des appareils photo crépitent autour de lui.) Je garderai toujours ceci précieusement, tout comme je garderai précieusement en mémoire les merveilleux souvenirs que j'emporte avec moi dès demain. Je quitte un pays qui est devenu une seconde patrie pour moi et que j'aime profondément. Certains ancêtres de la famille Gwyn se sont établis ici du temps du *Mayflower*. Soyez certains que même si je suis à des milliers de kilomètres d'ici, l'Amérique et son grand peuple resteront chers à mon cœur. Je vous remercie et vous souhaite une bonne soirée.

L'orchestre entame aussitôt un morceau de *dance music*, noyant les ultimes applaudissements qui retentissent lorsque sir

Owain descend de l'estrade.

Gareth Madoc, son bras droit aux États-Unis, l'intercepte pour l'emmener à l'écart et se couvre la bouche d'une main pour que personne ne puisse lire sur ses lèvres la nouvelle qu'il est venu annoncer.

— On vient de recevoir des infos à propos d'un attentat.

— Où ?

— Ici, en Amérique. À New York, pour être précis.

Owain balaie la salle du regard.

— Dans ce cas, je devrais rester ici, au lieu de prendre l'avion. La réunion avec les autres peut toujours être reportée.

— Non, il est primordial de t'en tenir à ce qui est prévu dans ton agenda.

— Pourquoi ?

Madoc hésite.

— L'opération pour récupérer la croix. Il y a des complications.

— Tu veux parler de la mort du vieil homme ?

— Oui. Crois-moi, il vaut mieux que tu sortes du pays au plus tôt.

9.

San Mateo, San Francisco

Les filles dorment enfin, et Ruth et Jack sont partis se coucher.

Mitzi a passé son pyjama « Miss Piggy » (un cadeau reçu à Noël), mais elle n'est pas d'humeur à se détendre. Cela fait deux heures qu'elle lit et relit le dossier sur l'affaire de sorcellerie. Sauf qu'à force, les mots n'ont plus aucun sens et elle est en passe de devenir aveugle.

Elle descend les escaliers sur la pointe des pieds, se fait couler un verre d'eau bien fraîche du distributeur intégré dans le frigo gigantesque qui se fond parfaitement dans la somptueuse cuisine en chêne de Ruth, et rajoute quelques glaçons, pour le plaisir.

Dès qu'elle met un pied dehors, elle est assaillie par le grésillement des grillons dans la nuit. Sa présence dans le patio déclenche les projecteurs extérieurs, qui éclairent du même coup les séquoias géants et les chênes postés en sentinelle à l'entrée de la propriété. Elle admire l'imposante étendue de gazon agrémentée d'un érable aux larges feuilles, de quelques lauriers de Californie et des précieux massifs de Ruth.

La baie vitrée s'ouvre et Jack apparaît en caleçon. Il ne porte que ça et son ventre poilu pend au-dessus de l'élastique distendu.

— Ça t'a donné tellement chaud de penser à moi que t'es venue ici te rafraîchir ? demande-t-il en lui souriant jusqu'aux oreilles, avant de se glisser dans un transat à côté d'elle, une bière fraîche à la main.

— Dans tes rêves, Jack, rétorque Mitzi.

Elle espère vraiment qu'il ne s'est pas mis d'idée stupide en tête.

Jack prend ses aises sur le transat et boit un coup.

— T'en veux ?

Elle voit bien qu'il n'a pas dessoûlé depuis le dîner et lui montre clairement son verre d'eau.

— Ça va, merci, répond-elle, puis elle montre la pelouse d'un geste. Dis donc, ton jardin est aussi beau la nuit que le jour.

Il se tourne brusquement vers elle et la regarde droit dans les yeux.

— Toi aussi, tu sais.

— Je crois que t'as un coup dans le nez, se dérobe-t-elle.

Sans crier gare, il lui saisit la main.

— Je suis sérieux, Mitz. J'ai toujours été attiré par toi. Même à l'époque où j'ai rencontré Ruthy, c'est avec toi que je voulais être.

Elle retire sa main et se lève d'un bond.

— Je vais faire comme si j'avais jamais entendu ça.

Il se lève à son tour et se met entre elle et la baie vitrée.

— Pourquoi ? Me dis pas que tu ressens pas la même chose. J'ai bien vu comme tu me regardais. Comme tu m'as toujours regardé.

— Laisse-moi tranquille, Jack. Tout ça n'existe que dans ton imagination.

— Hé ! une femme comme toi devrait être ravie qu'un homme comme moi s'intéresse à elle, je te signale.

Mitzi n'en croit pas ses oreilles.

Il avance vers elle d'un pas lourd, pose une grosse main sur sa joue et lui souffle son haleine chargée au visage.

— Il me semble que j'ai été gentil avec tes filles et toi. À ton tour d'être gentille, tu crois pas ? ajoute-t-il en l'attirant à lui.

Elle se dégage de son étreinte et le repousse vivement.

— Tout ça n'est jamais arrivé.

Il l'empoigne de nouveau.

— Mais ça devrait.

Mitzi le chope par le poignet et le lui plaque dans le dos. Puis elle l'aplatit contre le mur, histoire de lui faire manger un peu de crépi. Enfin, elle lui écarte les jambes d'un bon coup de pied pour l'immobiliser totalement.

— T'as pas bien compris, je crois. J'ai dit que ça n'était jamais arrivé.

Elle appuie sur le poignet et obtient un grognement.

— Tu ne m'as jamais parlé comme ça et tu ne t'es jamais retrouvé non plus dans une position aussi pathétique.

En guise d'au revoir, elle lui donne un coup à la cheville pour lui écarter encore plus les jambes et il glisse, face contre le mur, jusqu'à terminer à genoux.

Mitzi ouvre bruyamment la baie vitrée, se réfugie dans le salon et la referme avec autant de délicatesse. Après un dernier regard pour le spectacle désolant qu'offre son beau-frère en vrac sur la terrasse, elle monte se coucher.

Ce qu'elle ne voit pas, dans sa précipitation, c'est sa sœur.

Ruth est debout, dans l'obscurité du salon, et elle a tout vu.

10.

KENSINGTON, MARYLAND

Irish est accoudé au bar, seul, et il boit du whisky.

C'est l'heure du dîner, mais il s'en fiche pas mal. Quant à

rentrer chez lui, il s'en fout encore plus si c'est possible.

Ce qu'il veut, c'est se prendre une bonne cuite.

Il lui faut de l'alcool, pour éliminer toutes ces toxines délétères qui se sont accumulées dans son corps depuis qu'il a pris son service. Pour faire disparaître de son esprit les images du vieil homme aux yeux fixes et au trou béant dans le ventre qui grouillait d'asticots. Et il faut qu'il se dépêche, avant que la fragile digue érigée dans sa mémoire cède et que des atrocités d'un autre genre s'y engouffrent.

Celles auxquelles il a assisté, ce jour-là.

Il y a huit ans de ça, quand après avoir respiré un bon coup il a soulevé le couvercle d'un congélateur pourri, dans la cave d'un suspect. Il s'attendait au pire. Il savait que ce serait moche à voir. Mais rien n'aurait pu le préparer à ce qu'il a trouvé à l'intérieur.

— Un autre, dit-il en reposant brutalement le verre sur le zinc. Un double.

Le barman sait que pour les bonnes manières, il peut repasser. Demain ou plus tard, quand Irish reviendra au bar, sobre, il lui filera un gros pourboire et s'excusera. Et le serveur n'aura pas à se plaindre, parce qu'ils ne sont pas beaucoup à le faire.

Le flic le remercie pour cette nouvelle tournée de Slaney Malt en levant le verre de liquide ambré à sa santé.

Tout est encore trop net, dans sa tête.

Il accueille avec plaisir le picotement du whisky dix ans d'âge sur ses lèvres. L'alcool se propage comme une traînée de feu dans sa gorge et lui provoque une explosion réconfortante dans le ventre.

Le visage de Sophie Hudson danse devant ses yeux – ce moment précis où elle s'est rendu compte que la croix n'était plus là. Comment peut-on tuer un homme pour une simple croix ? Combien pouvait valoir un truc pareil ? Qui achèterait ça et pour en faire quoi, d'ailleurs ?

Il sent qu'il va éternuer et extirpe juste à temps un mouchoir de sa poche. Le spasme est si violent qu'Irish trouve des traces de sang sur le tissu. Cette fichue vendeuse d'antiquités a dû lui refiler son rhume. Alors que c'est bien la dernière chose dont il a besoin.

— Un autre, grogne-t-il en cognant de nouveau son verre sur le long comptoir en bois sombre.

Le barman lui lance un regard noir mais s'exécute.

— À Amir Emmanuel Goldman, s'exclame Irish en levant son verre bien haut. Que Dieu te bénisse, et… (Il cherche ce qu'il convient de dire dans ce genre de cas.) et que ton putain d'assassin de merde aille pourrir en enfer.

Il avale le whisky d'un trait et repose le verre bruyamment.

Il n'y a plus qu'à attendre. Quand le liquide brûlant atteint son estomac, il se met à tousser comme un volcan en éruption. Il a la tête qui tourne dangereusement. La vue qui se trouble. La langue qui devient tout engourdie. Les lèvres sèches.

L'ivresse. Enfin, la voilà. Elle est terriblement en retard ; mais telle une amie adorée, elle finit toujours par arriver.

Irish sort plusieurs billets de sa poche, en extirpe beaucoup plus que nécessaire de la liasse et flanque le tout sur le comptoir. Il se lève tant bien que mal du tabouret et se dirige vers la porte en titubant. Il va y arriver.

Le couvercle du congélateur est resté fermé pour cette fois. Il aura survécu une nuit de plus.

11.

Pays de Galles

La force d'attraction de la lune est intense.

Le flux et le reflux. Telle une vague déchaînée s'écrasant sur le rivage avant de se retirer, épuisée par sa course folle.

Myrddin ressent ce mouvement d'oscillation élémentaire au moment de descendre l'escalier glacial, pieds nus. Son arthrite le fait souffrir. Il passe une main maigre et veinée de bleu dans sa barbe blanche, puis ses cheveux, qu'il a tout aussi fournis.

Une fois de plus, il a été dérangé – tiré de son sommeil au petit matin, l'esprit envahi par le doute et les démons.

Une quinte de toux le prend, qui vient résonner dans les couloirs sombres et froids de la tour ancestrale.

Myrddin est suffisamment sage pour savoir qu'à son âge, il n'est plus qu'un vulgaire objet de curiosité pour la plupart des gens ; et que, lorsqu'il parle, ils sont peu à le comprendre et beaucoup à penser qu'il radote. Aux yeux de ceux qui n'ont jamais arpenté les routes du temps, il ne doit passer pour rien d'autre qu'un idiot, un imbécile victime d'hallucinations, un fou au cerveau embrouillé par la drogue.

Et pourtant, il voit. Il voit ce que les autres ne voient pas. Ce qu'ils n'ont jamais vu, et ne verront jamais.

Il pousse la lourde porte en chêne de la Chambre des Prophéties et savoure le grincement mille fois entendu, puis le bruit métallique que font les verrous lorsqu'il les referme derrière lui.

Cette chambre est la sienne. Lui seul vient ici. Lui seul est capable d'interpréter les visions qui convergent vers ce lieu sacré. Vers le Bassin de la Connaissance, érigé au-dessus de la tombe du grand homme.

En frottant le sol, son habit richement orné déplace légèrement l'air de la pièce, qui sent le renfermé. De ses longs doigts, il agrippe les parois incurvées de la vasque et plonge le regard dans l'abîme.

Le liquide immobile se met à trembler. L'augure voit des formes dans la surface agitée, des nuages poussés par le vent dans un ciel menaçant, qui tourbillonnent, gonflent, se disloquent. Ils sont déchiquetés, dévorés par un monstrueux oiseau noir repu de chair et d'os.

Sous cette masse grise à la dérive, une femme aux deux visages apparaît. Près d'un grand lac, elle s'est réfugiée derrière des arbres, qui forment comme un bouclier autour d'elle. En silence, elle prie pour être trouvée par l'un, mais pas par l'autre. Elle est pleine d'amour et de confusion, le soleil du cœur en opposition à la lune de l'esprit.

Les jambes du vieux mystique se dérobent sous lui. Il sait ce que signifie cette vision. Il sait qui est la femme et qui elle est sur le point de trahir. Et il connaît aussi les conséquences de cet acte.

Les ténèbres privent ses poumons de tout oxygène et son cerveau de toute pensée. Il se lève pour regarder de nouveau dans le bassin. Mais il n'a plus la force. Les longs doigts n'agrippent plus rien. Son épaule vient cogner contre le rebord et il s'écroule sur la tombe sacrée.

Tout tourne autour de lui et il se met à flotter dans le noir, tel un frêle esquif emporté par la marée.

12.

SERVICE DES HRI, SAN FRANCISCO

La majeure partie de la ville est encore endormie lorsque Mitzi part au travail.

Elle est contente d'éviter l'heure de pointe, contente de pouvoir admirer le grand pont rouge alors qu'il est quasiment vide, ce qui le rend d'autant plus magnifique. Mais surtout, elle est contente de ne pas avoir à commencer sa journée par un face-à-face gênant avec Jack.

Elle a passé une bonne partie de la nuit à se demander si elle devrait en parler à sa sœur. Mais pour lui dire quoi ?

Que son mari était bourré et lui avait fait des avances ? Probable qu'en agissant ainsi, tout ce qu'elle obtiendrait ce serait la fin de leur mariage et le début d'une longue brouille entre Ruth et elle.

Avec un peu de chance, il avait compris le message.

Elle se fait une tasse de café qu'elle amène à son bureau, puis elle allume l'ordinateur. Sa boîte e-mail déborde de spams, mais un ou deux ex-collègues lui ont tout de même envoyé un message pour lui souhaiter bonne chance dans son nouveau job.

Avant de se mettre au boulot, elle surfe un peu sur la page d'accueil de l'*Huffington Post*. Elle a le choix entre « Le Bondage pour Les Nuls », « Dix Raisons pour lesquelles les femmes craquent sur les bad boys » et « Le Slip en caoutchouc : votre nouvel allié pour perdre du poids ». D'emblée, elle élimine l'article sur les culottes – il lui faudrait carrément une roue de tracteur, pour perdre tous les kilos qu'elle a en trop. Quant aux « mauvais garçons », c'est bien la dernière chose dont elle a besoin dans sa vie, en ce moment. Et elle n'a sûrement pas envie de se retrouver les poignets attachés par du film étirable, pendant qu'un inconnu masqué lui donne la fessée avec une tapette en cuir hors de prix.

Une heure plus tard environ, elle entend du bruit dans le couloir.

Eleonora entre, l'air dégagé et le portable collé à l'oreille. Elle a les cheveux mouillés et ne porte pas de maquillage. Par contre, elle est habillée en Fendi de la tête aux pieds : veste militaire cintrée et pantalon assorti qui colle parfaitement à ses jambes non moins parfaites. Le haut jaune citron est coordonné avec un sac à main chic exactement de la même couleur. Toute à sa conversation téléphonique, elle jette négligemment un élégant sac de sport rétro au pied de son bureau.

Mitzi maudit cette fille en silence. Ce n'est vraiment pas juste que tout lui aille si bien comme ça.

L'Italienne finit sa conversation et jette un coup d'œil autour d'elle.

— Hé, *buongiorno*, 'itzi.

— C'est Mitzi. Avec un M, comme dans « merdeuse », et après *itzi*. M-M-M-itzi. Tu vois ?

Eleonora s'esclaffe.

— Pardon. M pour M-itzi, OK. Sinon, ça va ?

— Ça va bien. Et toi ? Laisse-moi deviner. Tu sors de la salle de sport et tu te sens divinement bien.

— Perdu, j'ai la tête dans le cul. C'est toujours comme ça, après ma séance. Tu sais que Michelle Obama est à la salle tous les matins à 4 h 30 ?

— Rien que d'y penser, j'en ai des courbatures partout.

Eleonora tripote ses cheveux mouillés.

— Je dois avoir une sale tête, oui ?

— J'aimerais bien te dire ça, mais en fait, t'as l'air prête à faire un shooting pour *Sports Illustrated*.

— C'est un magazine ?

— Oui, c'est un magazine. Pour hommes, plus précisément. Ils l'achètent soi-disant pour lire les articles, mais personne n'est dupe.

Une lueur d'espièglerie illumine son regard.

— Aaaah, je comprends maintenant. Les hommes, c'est des animaux, tellement simples à cerner. (Sans transition, elle empoigne son sac à main.) Je vais aux toilettes me refaire une beauté, et après, peut-être que j'irai prendre un café avant de retrouver Bronty. Tu veux venir ?

— Où est-ce que vous allez, tous les deux ?

— Bronty a appelé hier soir. Il est allé voir un prêtre qui l'a présenté à un adepte de l'Église de Satan. Le type connaissait notre morte, Rea Masters.

— Il la connaissait sexuellement parlant ?

— Non, je ne crois pas. Mais c'est possible, bien sûr. D'après Bronty, Rea a intégré l'Église de Satan de son plein gré, mais elle a vite été en conflit avec la grotte dans laquelle elle était entrée.

— La grotte ? On se croirait à la crèche de Noël.

Eleonora pose nonchalamment une fesse sur un coin du bureau de sa nouvelle collègue.

— C'est comme ça qu'ils appellent leurs assemblées, leurs congrégations si tu préfères. Tu sais que le fondateur de l'Église a vécu pas loin d'ici, dans California Street ? Pendant une trentaine d'années, elle a été administrée depuis San Francisco.

— Tu parles d'Anton LaVey, c'est ça ? Celui qui a écrit *La Bible satanique*.

— *Sì*. Après sa mort, le siège a été transféré à New York.

— Dans l'enfer de Hell's Kitchen ? ironise Mitzi.

Mais Eleonora ne saisit pas la blague.

— Alors, tu viens avec nous ?

— Ouais, merci, je veux bien.

Sur ces entrefaites, Donovan débarque dans le bureau, l'air carrément moins détendu que l'Italienne.

— J'ai du boulot pour vous, Fallon.

— Je croyais que j'en avais un, avec cette affaire de sorcellerie ?

Donovan lui tend une feuille de papier.

— Celui-ci, c'est du sur-mesure. Ça vient d'arriver de Washington.

Mitzi prend le papier et regarde ce qui est dessiné dessus.

— Qu'est-ce que c'est ? Une sorte de croix ?

— Félicitations, Fallon. Je comprends mieux pourquoi on vous a promue lieutenant et pourquoi vous êtes si indispensable à notre service.

Plus sarcastique, tu meurs, songe Mitzi.

— C'est bien une croix et elle est liée à un meurtre, poursuit Donovan. L'inspecteur chargé de l'affaire a demandé notre aide. J'ai répondu que vous preniez le vol de nuit et que vous seriez là-bas demain matin.

— C'est que ça risque d'être compliqué. Je dois d'abord trouver quelqu'un pour faire garder mes enfants, explique-t-elle en hochant la tête vers les cadres alignés sur son bureau.

— Je ne vois pas où est le problème, moi, rétorque Donovan. C'est votre vie qui s'adapte à votre job, pas le contraire. Fracci et Bronty sont sur l'affaire Masters, alors vous avez plutôt intérêt à grimper dans cet avion ; sinon, vous n'avez plus qu'à vous trouver une autre équipe.

13.

Pays de Galles

Le sol en pierre de la Chambre des Prophéties lui fait un oreiller bien froid, mais Myrddin le supporte sans mot dire jusqu'à ce qu'il sente un peu de force lui revenir dans les membres.

Le devin a la tête qui l'élance et ses articulations douloureuses craquent l'une après l'autre quand il se relève. Mais sa tâche n'est pas finie.

Myrddin observe le Bassin de la Connaissance, conscient des dangers qu'il renferme. Cela fait des années que le vaisseau ancestral le vide de sa force et de son énergie, qu'il lui prend autant qu'il lui donne. De chaque expérience, il est ressorti l'esprit plus fort et le corps plus faible.

Il empoigne la vasque et s'arme de courage pour ce qui va venir en penchant la tête en arrière, les yeux fermés.

— Je suis là, mon vieil ami. Une fois de plus, je t'attends, la tête haute. Viens, à présent, viens, écris ta page d'histoire et laisse-moi ensuite la porter au monde, qu'il puisse la tourner et passer à autre chose.

La pierre tremble sous ses mains. Une légère vibration au début, puis un grondement qui monte de sous les pieds de Myrddin.

À présent, l'énergie. Différente, cette fois-ci : elle ne s'est pas accumulée lentement mais lui fait plutôt l'effet d'un choc soudain – comme une décharge électrique. Son esprit se remplit de blanc. De blanc neigeux. De blanc immaculé. Angélique.

La vision lui vient.

Un bébé, qui devient un homme, qui devient immortel. Un enfant qui grandit vite et fort, comme aucun être humain auparavant. Un jeune homme qui affronte le monde avec la sagesse d'un centenaire.

Myrddin connaît cet homme.

Il le voit, entouré de gens, mais seul. Il est en proie au doute, piégé entre le plus saint et le plus impie des hommes. Il est troublé par deux femmes, l'une qu'il connaît très bien, l'autre une parfaite inconnue. Les deux sont en danger ; les deux verront la mort de près.

La Mort : cette fois-ci, la vieille ennemie est venue avec une longue liste. Elle vient chercher des frères et des sœurs, des hommes et des femmes, elle les prend au hasard ou non, certains pour une bonne raison, d'autres simplement pour le plaisir de voir leur sang couler dans la neige.

La neige blanche et pure.

La voilà qui tombe. Au départ, quelques flocons seulement,

qui viennent effleurer les joues rouges de l'oracle. Frais, tel le baiser d'une vierge. Mais plus denses maintenant, comme de la grêle, et suffisamment froids pour lui donner des frissons.

Une avalanche.

Tout se bloque dans son esprit, et le déluge de blanc le jette à terre, le recouvre, l'enfouit, l'étouffe. Ses mains glissent du rebord et il fait un pas en arrière. Il chancelle mais cette fois-ci ne tombe pas. La vision est terminée. Il sait ce qu'il doit faire.

Une nouvelle phase du Cycle d'Arthur a commencé.

14.

KENSINGTON, MARYLAND

Dwaine Velez, vingt-trois ans, regrette de ne pas avoir pissé avant de monter dans la camionnette.

Si le vieux de cette petite garce ne s'était pas pointé en braillant tout ce qu'il savait sur *la vertu de sa fille*, il aurait pu aller dans leurs foutues toilettes. Au lieu de ça, il s'est retrouvé à dévaler l'allée de leur maison à cloche-pied, une jambe dans le pantalon et le reste des fringues balancé dans la haie.

Carrément dégradant comme sortie, putain.

Mais quand même, ça valait le coup. Elle était jolie comme un cœur, celle-là. Ces filles de la cambrousse ne voient pas beaucoup d'action ; alors quand ça leur arrive, elles en profitent à fond, c'est clair.

Il prend Connecticut Avenue, puis la bretelle d'accès de l'I-495, et en même temps cherche activement un endroit où stationner un instant. Une chanson de Jay-Z passe à la radio : *Bring It On*, extraite de l'album *Reasonable Doubt*, qui l'a fait passer du statut de voyou – qui avait plombé son grand frère – à celui de mégastar de la musique.

Dwaine tapote sur le volant en rythme avec la chanson et il se met à penser : *Putain, mec, qu'est-ce que j'aimerais lui montrer deux-trois trucs, à ta femme… Cette Beyoncé a vraiment un cul d'enfer.*

Le refrain arrive et la voix à la radio lui répond : *Bring it on if you think you can hang…* – « Vas-y, montre-moi, si tu crois qu't'assures… »

Le jeune plombier aux yeux noirs éclate de rire.

— Oh ! mais j'assure, mec, pas de problème. Et laisse-moi te dire un truc, jamais tu la reverrais, si elle passait une nuit avec moi.

Là, sur la gauche, une aire de repos. Avec plein d'arbres, et c'est peut-être sa dernière chance avant d'arriver à McLean pour une canalisation à réparer, et ensuite de repartir en direction de Washington pour une fosse septique qui refoule.

— La vache, quelle vie ! Tu peux aller te rhabiller, Jay-Z.

Il se gare dans Beach Drive et traverse le parking désert jusqu'à un bosquet qui rejoint le Rock Creek Trail, un sentier de randonnée.

Dwaine est tout-fou à l'idée de soulager sa vessie et ce grand gaillard d'un mètre quatre-vingts a à peine baissé sa braguette qu'il arrose déjà les mauvaises herbes à ses pieds. À chaque fois qu'il croit avoir terminé, une autre tournée de *shots* de tequila et la bouteille d'eau qu'il a vidée ensuite arrivent de nulle part.

C'est forcément le sexe. Le sexe, ça lui donne toujours envie de pisser comme s'il était une lance d'incendie pointée vers un immeuble en flammes.

Il pense à un truc, d'un coup. Un truc pas bon du tout. Cette salope n'a pas intérêt à lui avoir refilé une *saleté*. Dwaine baisse les yeux sur le sol fumant.

— Bordel de merde !

Il a un tel choc qu'il en mouille le pantalon et manque de tomber en reculant. À travers une fine couche de terre humide, les yeux d'un homme le regardent fixement.

Il vient de pisser sur un macchabée.

15.

Angleterre

Après six heures de vol agité depuis Washington, Owain Gwyn foule enfin le sol britannique ou, plus précisément, le tarmac d'Heathrow.

Une escorte réservée aux VIP l'attend directement sur la piste et lui fait passer à toute allure les contrôles grâce à son passeport diplomatique, avant de l'emmener à l'hélicoptère Bell qui est déjà prêt à décoller. L'engin blindé se retrouve rapidement dans les airs et parcourt les deux cent dix kilomètres qui le séparent de sa propriété dans le Somerset, à une vitesse de croisière de quatre cents kilomètres-heure.

De son siège dans l'appareil à treize places qui lui a coûté la coquette somme de dix millions de livres, sir Owain admire le paysage verdoyant de la campagne anglaise qui défile sous lui. Kilomètre après kilomètre, le lien spirituel qui l'unit aux lieux se restaure, et lorsque les plaines du Somerset sont en vue, il se sent comme régénéré.

Glastonbury. Aucune ville au monde ne suscite autant d'évocations mystiques.

L'île de Verre. Joseph D'Arimathie. Le Saint-Graal.

À mesure que Glastonbury Tor se révèle à l'ancien ambassadeur de Grande-Bretagne aux États-Unis, histoire et légendes se mélangent dans sa tête. On raconte que cette colline n'est autre qu'Avalon, l'endroit où l'épée Excalibur fut forgée. Où Arthur, le roi guerrier, fut emmené après avoir été grièvement blessé dans une bataille avec son ennemi mortel. Où, d'après certains, il serait mort – mais où d'autres affirment l'avoir vu renaître et devenir immortel.

L'hélico tourne au-dessus de l'immense domaine avant d'entamer sa descente. Owain Gwyn est de retour sur ses terres, là où ses ancêtres ont combattu jusqu'à la mort pour la liberté et le christianisme. De retour chez lui.

Il rallume son portable pendant que l'engin atterrit. Il a plusieurs appels en absence, et autant de messages, mais un seul l'intéresse vraiment.

Celui de Myrddin.

16.

ROCK CREEK TRAIL, MARYLAND

Posté devant le cadavre à moitié enterré, Irish a la fâcheuse impression que le whisky exsude par tous les pores de son visage bouffi. Il sort un mouchoir sale pour essuyer la nappe d'alcool qui s'est formée sur son front.

La scène de crime se trouve à un kilomètre et demi seulement de la boutique d'Amir Goldman. Étant donné que l'événement le plus palpitant dans ce bled, ce doit être le moment où le feu passe au vert dans la grand-rue, il est prêt à parier sa retraite qu'il y a un lien entre les deux. Même si sa foutue retraite ne vaut pas grand-chose. Avec tout l'argent qu'il aura injecté dedans pendant un quart de siècle, il aurait bien aimé percevoir davantage que le minimum. Histoire de pouvoir au moins s'offrir un festin par semaine au fast-food du coin.

Pour une fois, il est arrivé sur place avant la légiste et il a même eu le temps d'interroger le type qui, apparemment, était juste venu là pour pisser mais qui s'est retrouvé à éclabousser autre chose que ses pieds.

Il sort un petit numérique acheté il y a bien dix ans de ça et qui doit faire moitié moins de pixels que celui intégré dans son smartphone ultramoderne, mais dont il ne sait pas se servir. Il prend une série de clichés à trois cent soixante degrés, pour avoir le corps et la scène sous tous les angles. Les gars de la Scientifique en feront des biens meilleurs quand ils seront là, mais l'initiative a au moins l'intérêt de lui dégourdir un peu le cerveau.

Il se concentre plus intensément qu'un joueur d'échecs et avance avec précaution autour de la scène, en prenant garde de ne pas piétiner des indices, déplacer des brindilles ou envoyer valser des fibres de tissu accrochées aux branches.

À travers l'objectif, la tête du mort lui fait penser à une assiette de pique-nique qu'on aurait oubliée sur le sol marronnasse. Son assassin avait clairement autre chose à faire que de lui creuser une tombe décente – il s'est contenté de l'étendre sur le dos le long du sentier qui coupe à travers un bosquet depuis l'aire de repos, et de le recouvrir d'un peu de terre. Pour autant, impossible de décrire la victime avec précision pour l'instant – à part son visage. Cheveux bruns. Yeux noisette. Un grand nez qui a dû lui valoir des moqueries à l'école. Dans les vingt-cinq à trente ans, ce qui veut dire qu'on lui a probablement volé cinquante ans de sa vie.

Pour Irish, pas de doute, c'est là que le tueur l'a descendu. À gauche comme à droite du sentier, les racines des buissons et des arbres sont trop grosses pour qu'une pelle puisse creuser. C'est une affaire bâclée. Celui qui a fait ça cherchait simplement à gagner du temps. Ce qui veut dire qu'il n'est pas du coin et qu'il a mis les voiles il y a belle lurette.

Il a beau avoir un sacré mal de crâne, le flic a une idée assez précise de ce qui a dû se passer. Ils étaient deux pour exécuter le contrat sur Goldman. Après l'homicide, ils se sont arrêtés sur l'aire de repos et une dispute a éclaté. Les choses ont dégénéré et le premier a tué le second.

Irish repère des empreintes de bottes : de profondes marques laissées par un talon dans la terre meuble. Profondes, parce que le vainqueur dans l'histoire était en train de porter le corps du vaincu. À partir de là, il remarque des traces parallèles qui s'arrêtent pile à la « tombe ». Et d'autres empreintes, plus petites que les bottes : celles-là doivent provenir du jeune crétin qui a trouvé le corps.

Irish s'éloigne un peu du cadavre. Le sentier revient vers la route en faisant une boucle et il aperçoit des empreintes partielles, celles du tueur, qui vont dans cette direction.

Cette fois-ci, il n'y a que les siennes.

17.

SAN MATEO, SAN FRANCISCO

Quand Mitzi arrive, Jade et Amber sont en train de jouer au *swingball* sur la pelouse. Elles tapent comme des malades avec leur raquette dans la balle attachée au piquet, et se tordent de rire quand elle revient brusquement vers elles et qu'elles la ratent lamentablement.

— Je fais la belle avec la gagnante, crie leur mère tout en se dirigeant vers la maison, un bouquet de fleurs à la main.

— Ce s'ra moi, se vante Jade.

— Alors ça, ça m'étonnerait, s'exclame Amber en accompagnant son revers d'un rugissement digne de Serena Williams.

Mitzi tombe sur Ruth dans la cuisine. L'îlot central est enseveli sous les poivrons de toutes les couleurs et elle est occupée à les hacher avec un grand couteau.

— 'Soir chérie, j'suis rentrée ! plaisante Mitzi.

Le regard que lui lance sa sœur vient confirmer ses soupçons : la conversation va être mouvementée.

— Je t'ai apporté des fleurs. Des lys… Bah ! j'ai déjà oublié le nom. Mais l'important c'est qu'ils sont jolis, non ?

Elle lui tend le gros bouquet de fleurs mauves, roses et crème.

— Ce sont des *Longiflorum* et des lys trompette. Merci.

Ruth les prend, les pose sur le plan de travail et ouvre un placard. Elle en sort un grand vase transparent qu'elle remplit d'eau aux trois quarts.

— Tu es partie bien tôt, ce matin.

— Tu penses, mon premier vrai jour de boulot, j'étais remontée comme un coucou, ment-elle. (Elle attend un peu, puis se jette à l'eau :) Dis, Ruth, j'ai un service à te demander. Ils veulent que j'aille à Washington pour aider sur une affaire de meurtre. Ça t'embêterait de garder Jade et Amber pendant deux ou trois jours, le temps que je revienne ?

Ruth regarde autour d'elle, à la recherche d'une paire de ciseaux.

— Quand est-ce qu'ils veulent t'y envoyer ?

— Genre, maintenant. Je suis censée prendre le vol de nuit, qui va me faire atterrir à pas d'heure demain matin.

Elle trouve les ciseaux dans le lave-vaisselle. Les tiges sont aussitôt coupées en biais, et les fleurs flanquées dans le vase sans ménagement.

— Je t'ai vue.

— Tu m'as vue où ?

— La nuit dernière, avec Jack. Je vous ai vus tous les deux.

Mitzi passe en mode flic et prend le taureau par les cornes.

— Et ?

— Euh, c'est tout ce que tu trouves à dire ? *Et* ?

— Bah, c'est raisonnable, comme question…

— Ce n'est pas une question, c'est une conjonction, s'écrie Ruth en posant bruyamment les ciseaux sur le marbre. Écoute, j'ai vu Jack te tripoter.

Mitzi écarte cette remarque d'un geste de la main.

— Il avait bu, Ruth. C'est ce que les mecs ont tendance à faire quand ils ont picolé. Ils tripotent tout et n'importe quoi. Je te fiche mon billet que si t'avais un chien et qu'il s'était retrouvé à ma place hier soir, il y aurait eu droit aussi.

— Je ne vous ai pas seulement vus, je vous ai entendus, aussi.

— Très bien, comme ça tu sais exactement ce que je lui ai dit. Qu'il était saoul et ferait mieux d'arrêter ses âneries. C'est tout. Il ne s'est rien passé et je suis allée me coucher.

— Rien ? Tu l'as quand même plaqué contre un mur.

— Ouais, bon, d'accord. Il s'en remettra. (Elle s'approche de sa sœur.) Tu accordes trop d'importance à tout ça, je t'assure. L'alcool, ça rend toujours les hommes bêtes. Toujours.

Mais Ruth ne l'entend même pas, car le doute plane au-dessus de son mariage comme un faucon au-dessus d'une charogne.

— Je l'ai entendu dire qu'il avait toujours eu un faible pour toi, poursuit-elle d'une voix de plus en plus chevrotante. Qu'il te préférait à moi, et…

— Bon sang, Ruthy, laisse tomber ! s'écrie Mitzi en la prenant par les épaules. Quand les mecs sont bourrés, ils racontent un tas de conneries. Tu le sais, pourtant. C'est une leçon que toutes les filles apprennent au bal du lycée et qu'elles revivent à chaque fois qu'elles poussent la porte d'un bar ou d'une boîte de nuit. J'ai pas raison ?

Ruth acquiesce d'un signe de tête.

— Quand même, il vaut mieux que tu partes. J'accepte de garder tes filles pendant ton absence, mais à ton retour, je ne veux plus que tu habites ici. Je veux que tu t'en ailles, Mitzi. Je te paierai le motel s'il le faut, mais je refuse que tu restes sous le même toit que mon mari.

18.

ROCK CREEK TRAIL, MARYLAND

Les mottes de terre tombent les unes après les autres quand l'équipe de la médecin légiste sort le corps de sa tombe de fortune et le pose, avec le plus de respect possible, sur une épaisse housse en plastique.

Irish plisse les yeux, l'air concentré : il va enfin voir la victime de près. L'homme est bien bâti. Il est vêtu d'une veste en lin bleue, d'un jean délavé, d'un tee-shirt blanc avec le mot DIESEL écrit sur la poitrine et de bottines en daim. Sa peau est devenue pâle dans la mort – sèche, craquelée et plissée par la terre humide dans laquelle elle a reposé.

Cherrie Archer, la légiste qui a travaillé sur l'affaire Amir Goldman, se sert d'un pinceau souple pour ôter les insectes des yeux du cadavre. Elle lève la tête vers l'inspecteur et coupe court à sa question.

— Pour l'instant, tout ce que je peux te dire, tu le vois par toi-même. La victime est un homme qui approche la trentaine, bien nourri, dans les soixante-quinze kilos, je dirais. En parfaite santé, si on met de côté le fait qu'il soit mort par strangulation, bien sûr.

— Pas de trace de balle ou de coup de couteau ?

— À ce que je vois, non.

Irish s'attendait à une arme.

— Dans ce cas, le suspect s'est peut-être servi d'une ligature ?

demande-t-il en faisant le tour pour se poster à côté d'elle.

— Je ne crois pas. Mais le corps est très sale, il faut dire. (Elle se penche au-dessus de la victime pour lui examiner le cou sous tous les angles.) Non, je ne vois pas de marque de ligature. Mais regarde, il présente des traces d'ecchymoses, comme si on lui avait fait une prise par-derrière. Son agresseur devait être plutôt costaud.

Irish se penche à son tour.

— Oui, je les vois. Comment il a fait ça ?

— Lève-toi et retourne-toi.

Il s'exécute.

De si près, Irish sent tellement fort la transpiration et l'alcool que cela vient masquer l'odeur du cadavre. Cherrie en fait abstraction et entreprend de lui montrer ce qu'est une prise de cou.

— L'assaillant lui a probablement coincé la tête dans le creux du bras et, après ça, il l'a soulevé pour le caler sur sa hanche, explique-t-elle tout en reproduisant les gestes pour qu'Irish se rende mieux compte.

— Ah ! assez, assez ! J'ai pigé !

Elle le lâche aussitôt.

— Ça va ?

— Ça va, grommelle-t-il en se massant le cou.

— Si tu tiens quelqu'un comme ça suffisamment longtemps, il s'étouffe. Et si tu patientes encore un peu, il meurt. (Elle retourne auprès de la victime, puis ajoute :) Je faisais partie des Marines, avant. J'ai eu l'occasion d'étudier les techniques de combat rapproché en même temps que la médecine.

— Je vois, dit Irish. Tu n'as pas dû avoir beaucoup de prétendants qui aient osé aller trop loin le soir du premier rendez-vous, toi.

— Je confirme.

Il tourne la tête de gauche et de droite pour se faire craquer les cervicales.

— Tu as des gants avec toi ? J'aimerais lui faire les poches.

Elle plonge une main dans sa combinaison et en sort une paire de rechange.

— Tu es sûr que ça va ? Tu es un peu pâle, quand même.

— Ouais, ça baigne. En dehors du fait que tu m'as étranglé comme un poulet. J'ai attrapé un rhume, c'est tout.

Irish détend les gants et les enfile comme il peut. La vérité, c'est qu'il se sent aussi faiblard qu'un chaton et qu'il a envie de dormir pendant un an.

Dans le jean de la victime, il trouve un paquet de cigarettes écrasé, un Zippo, des tablettes de chewing-gum et un bout de journal déchiré. Un numéro de téléphone local est inscrit dessus. Irish sort son portable et le compose. Les techniciens lui ont expliqué qu'il avait la possibilité d'enregistrer les appels sur ce truc-là, mais il n'est pas fichu de se souvenir comment.

Au bout de quelques sonneries, un message s'enclenche et une voix âgée, lente et précise, se fait entendre : « Vous êtes bien sur le répondeur d'Amir Goldman, mais je ne suis pas disponible pour l'instant. Veuillez me laisser un message après le bip. Et surtout, n'hésitez pas, venez visiter notre magasin de Kensington, la capitale des antiquaires. »

Irish raccroche et regarde le bout de papier. Le mort étendu à ses pieds a manifestement appelé Amir pour vérifier qu'il était bien à la boutique. Après, il ne lui restait plus qu'à se pointer et le tuer.

— Il me faut les empreintes de ce charlot, et vite, annonce-t-il en enlevant les gants et en les jetant sur la housse. Merci, toubib.

19.

LE BRONX, NEW YORK

Nabil pue l'huile de moteur. Il hait ce truc presque autant qu'il hait l'Amérique. Il ne supporte pas cette odeur, ni la sensation sur ses doigts.

Et bien sûr, elle rentre à la maison avec lui, passagère indésirable du camion à plateau qu'il a « emprunté » au boulot. Même à l'intérieur de la cabine, il n'y échappe pas.

Le jeune homme de vingt-quatre ans se gare devant une tour

pouilleuse en brique marron et grimpe les escaliers crasseux jusqu'au sixième. Inutile d'essayer l'ascenseur : il ne se souvient même plus quand il a marché pour la dernière fois. D'ailleurs, ça l'étonnerait bien qu'il remarche un jour.

Il entre dans l'appart qu'il loue pour quelque temps seulement, et claque la porte si fort que les murs en tremblent. Avec un peu de chance, ça fera chier le vieux d'à côté qui tape tous les soirs sur la cloison parce qu'il fait soi-disant trop de bruit.

Il va directement à la kitchenette sordide, sort un cheeseburger du frigo, perce l'opercule de l'emballage avec une fourchette et balance le tout dans le micro-ondes. Pendant que ça cuit, il prend son portable et appelle le seul numéro enregistré en mémoire.

— C'est Nabil. Je suis rentré.

C'est tout ce qu'il dit. Tout ce qu'il dit toujours, quand il revient à l'appartement.

Mais c'est suffisant. C'est ce qu'on attend de lui. Un message codé pour leur faire savoir qu'il est en vie.

En sécurité.

Qu'il ne s'est pas fait capturer, ni tuer.

20.

GLASTONBURY, ANGLETERRE

Le majestueux manoir tapissé de lierre possède dix chambres, deux salles à manger, une bibliothèque, deux salons, un bureau, une orangerie, deux salles de réception, une salle de bal, un gymnase, deux piscines (intérieure et extérieure), ainsi que quinze hectares de terres fortifiées et gardées en permanence.

Les Gwyn ont à demeure un chef deux fois étoilé au Michelin. Tous les légumes qu'ils consomment proviennent de leur potager, le poisson est pêché dans les lacs privés et les volailles chassées sur le domaine.

L'imposante porte d'entrée est ouverte sur un comité d'accueil composé de valets de pied et de l'épouse d'Owain, Jennifer. Dans le courant d'air provoqué par les pales de l'hélicoptère, la longue chevelure blonde de lady Gwyn tourbillonne et sa robe en soie couleur ambre scintille au soleil.

Les portes de l'hélico s'ouvrent enfin et, l'instant d'après, Owain est dans les bras de sa femme. Il l'étreint. Il l'embrasse. Il renoue le lien avec elle.

Elle le prend par la main et l'entraîne à l'intérieur, loin du bruit des moteurs en train de s'éteindre.

— Il y a un appel pour toi, lui annonce-t-elle dans le hall d'entrée en marbre, à l'ambiance feutrée. C'est Gareth, apparemment il n'a pas réussi à te joindre pendant ton vol.

Owain se dirige vers un grand bureau lambrissé et décroche un téléphone dont la ligne est cryptée.

— Bonjour Gareth. Quel est le problème ?

— Pardonne-moi de gâcher tes retrouvailles avec Jennifer. Je viens d'avoir un message d'Antun. Visiblement, ça bouge. D'après lui, le commandant de la cellule commence à être nerveux. Il pense qu'une cible a été fixée.

— Est-ce qu'Antun sait où et quand ?

— À Wall Street, demain.

— Wall Street ? Tu en es sûr ?

— J'en suis certain. Mais le plus important, c'est qu'Antun l'est aussi. Je t'envoie ce qu'on sait, pour que tu puisses en informer les Américains.

Owain regarde sa montre.

— La réunion du Cercle débute dans une heure.

— Tu as le temps, le rassure Gareth, avant de marquer une courte pause. Tu vas vraiment tout leur dire ?

— Je suis obligé. Notre vieil « ami » ne nous laisse pas le choix : nous devons lancer un mandat d'arrêt.

21.

KENSINGTON, MARYLAND

Irish est de retour au bar, une bouteille de bière et un petit verre de whisky posés devant lui.

Il est entouré de deux femmes, la quarantaine, qui sirotent un verre de vin blanc perchées sur un tabouret.

Sarah Cohen et Suzie Clark travaillent toutes les deux dans des magasins attenants à celui d'Amir Goldman, et cela fait une petite heure qu'Irish leur paie à boire en échange d'informations.

— J'étais pas là quand le policier en uniforme est venu, j'étais allée reprendre des affaires chez mon *ex*, explique Sarah, en insistant bien sur le mot. Ce qui veut dire que techniquement, je suis libre.

— Pas pour longtemps, je suis sûr, réplique Irish, un brin charmeur, tout en sortant un carnet de sa poche. Redites-moi un peu ce que vous avez vu le soir où Amir a été tué.

— Je devais partir samedi matin. J'avais pris ma journée pour aller fêter un anniversaire à Atlantic City. Du coup, ce soir-là, je bossais tard. Il devait être 22 h 30 quand j'ai vu un homme sortir du magasin d'Amir et refermer la porte derrière lui.

— Et pourquoi ça vous a interpellée ?

— Parce qu'il a pris la peine de vérifier que c'était bien fermé. Le genre de truc qu'on fait quand l'endroit nous appartient.

Irish prend le temps de tout noter avant de passer à la question suivante.

— De quoi il avait l'air, déjà ?

— Beau. Musclé. La trentaine ou tout comme, fait-elle, et son visage s'illumine en repensant à lui. Grand, rasé de près, les cheveux très bruns. Il était vraiment mignon.

— Vous avez remarqué les vêtements qu'il portait ?

Elle y réfléchit un instant.

— Il était tout en bleu. Une veste bleue et un jean. La veste était pas en jean, ça avait plus d'allure que ça.

Irish boit une gorgée de bière. Sa description concorde avec le macchabée retrouvé dans les bois.

— Qu'est-ce qu'il a fait, ensuite ?

— Il a traversé la rue, il est monté dans une grosse bagnole marron et il a démarré.

Suzie Clark lui donne une petite tape sur le bras.

— Dis, oublie pas de lui parler du bruit.

— Ben, voilà, dit aussitôt sa copine. C'est qu'y en avait pas.

— C'était probablement une électrique, renchérit Suzie, qui

tient visiblement à montrer à Irish qu'il en aura pour son argent. Vous voyez, une de ces voitures à bride.

— Une hybride, vous voulez dire, la corrige Irish, avant de retourner son attention vers Sarah. Vous avez vu la marque ? Ou peut-être reconnu le modèle ?

Elle secoue la tête.

— Je suis nulle, en caisses. Attention, pas comme avec les hommes, hein. Bref, c'était un gros truc carré.

— Sûrement un 4x4, intervient Suzy avec une certaine autorité. Le 4, c'est pour « quatre roues motrices ».

— Merci, je sais ce qu'est un 4x4, ironise Irish.

— Je l'ai regardé partir, poursuit Sarah, imperturbable. Quelques secondes après, une autre voiture a démarré dans la rue et a suivi la première. Ça m'a carrément surpris, parce que les phares étaient éteints.

Suzie a une question à poser.

— T'as une idée du genre pour la deuxième voiture, Sarah ?

Sarah jette un regard mauvais à son amie.

— J't'ai dit que j'y connaissais que dalle. Elle était gris métallisé. Un peu comme une limousine, en moins grosse.

Voyant que Suzie a l'air de vouloir continuer sur sa lancée, Irish en profite pour descendre son whisky.

— Genre, une bagnole de mac ? questionne Suzie.

— Nan, réplique Sarah d'un air revêche. Plus classe que ça. Elle avait un de ces toits panoramiques, là. J'ai vu les réverbères se réfléchir dedans quand elle est passée devant moi.

— Deux portes ou quatre portes ? insiste Suzie.

Sarah se concentre pour se souvenir.

— Quatre, répond-elle, avant de penser à un truc, tout d'un coup. Je me trompe peut-être, mais la plaque d'immatriculation était bizarre.

Irish en tombe presque de son tabouret. Un élément nouveau, enfin.

— Comment ça ? C'était une plaque d'un autre État ?

Sarah a l'air gêné.

— J'ai l'air bête, maintenant. Oubliez ce que j'ai dit. J'suis vraiment pas sûre, je voudrais pas vous raconter d'âneries.

— Allez, vas-y, insiste Suzie. On se dira pas que t'es bête, promis.

— C'était pas une plaque de Washington. Je me demande même si elle était américaine.

Irish note une dernière chose dans son carnet, tout en faisant signe au barman de venir. Une voiture immatriculée dans un autre pays, ça veut dire une seule chose : des ennuis. Du genre à vous flinguer une enquête, ou tout comme.

22.

GLASTONBURY, ANGLETERRE

Une nuée d'hélicoptères se pose en même temps sur les terres de sir Owain. Le gravier de la longue allée crisse sous les pneus des nombreuses berlines avec chauffeur qui passent dessus. Des gardes du corps armés accompagnent onze hommes et femmes à l'intérieur du manoir, et leur font emprunter divers couloirs en marbre agréablement frais jusqu'à une porte marquée « Cave à vin ».

Deux anciens membres de la SAS sont postés de part et d'autre de l'immense porte en chêne noir et vérifient minutieusement chaque identité avant d'autoriser qui que ce soit à descendre les escaliers. Une fois sous terre, les visiteurs doivent se soumettre à un système d'identification biométrique ultrasophistiqué pour pouvoir enfin entrer dans la pièce à l'épreuve des bombes.

Au centre de cet immense bunker se trouve une table ronde très ancienne. Diverses armoiries et symboles chrétiens y sont gravés. Cette table n'a pas simplement été conçue pour s'assurer que personne, parmi ceux qui s'y assoient, ne prévaut – c'est également un symbole eucharistique, une représentation symbolique de Jésus rompant le pain.

Les onze délégués de l'Ordre secret et sacré des Arthuriens prennent place.

Tous sont de brillants cadres supérieurs, des P.D.G. et des dirigeants de fondations philanthropiques, qui financent également l'OSSA. Leur organisation est entièrement consacrée à la paix, à la liberté et à la lutte éternelle contre le terrorisme et le mal.

À l'instar de la Grande-Bretagne, le pays où se situe son siège, l'OSSA est gouvernée par deux entités distinctes, l'une élue, l'autre héréditaire. La réunion d'aujourd'hui concerne le Cercle : une cellule opérationnelle, constituée de membres élus à l'unanimité. Ils ont été choisis non seulement pour leur immense richesse et leur pouvoir, mais également parce que les causes défendues par l'OSSA leur tiennent à cœur au point qu'ils sont prêts à mourir (ou à tuer) pour elles.

Mais si le Cercle est chargé de définir et d'appliquer la politique de l'organisation, il ne peut agir sans en référer à une entité bien plus grande, et plus ancienne encore.

La Lignée de Sang.

Les membres de la LS sont tous des descendants directs des chevaliers de la Table ronde.

Pour leur prêter main-forte, ils ont à disposition une armée secrète de chevaliers des temps modernes. Une force clandestine, déployée dans le monde entier. Les hommes et les femmes qui la composent sont recrutés presque exclusivement dans les services de renseignements et les armées de leur pays. Leurs tenues de camouflage sont des vêtements de tous les jours ; et leur but ultime, se fondre dans le paysage en menant une vie de banlieusards anonymes.

Le programme de la réunion d'aujourd'hui a été rédigé en code arthurien, un code secret à rotation qui change toutes les heures. Une simple évolution de ce qui consistait, il y a des siècles de cela, en deux roues en bois sur lesquelles étaient gravés des chiffres et des lettres. La roue extérieure contenait tous les chiffres, celle à l'intérieur toutes les lettres. Le code initial était toujours le A et le 1. Mais chaque jour quelqu'un venait tourner la roue extérieure et consignait ensuite le chiffre choisi au hasard et qui correspondait à présent au A. Ainsi, si le A était aligné avec le 6, le code du jour était nommé « Plus Six ». À notre époque, les Arthuriens possèdent des « authentifieurs » – des sortes de clés à code affichant toutes les minutes un nouvel identifiant alphanumérique unique, dont ils ont besoin pour récupérer le mot de passe protégeant chaque document qui leur est envoyé.

Le secrétaire du Cercle, Lance Beaufort, est en train de lire le compte rendu de la précédente réunion. L'homme de trente-cinq ans est grand et a la chance d'avoir les épaules d'un nageur mais la taille d'un gymnaste. Un léger accent français est perceptible dans sa voix.

— Quelqu'un souhaite-t-il faire un commentaire ? demande Owain lorsque Beaufort en a terminé.

Personne ne prend la parole.

— Dans ce cas, tu peux considérer le compte rendu comme validé, Lance.

Un silence gêné s'ensuit. Un silence empreint d'attentes et de craintes.

Le Français reprend la parole.

— Venons-en au problème posé par notre *fidèle* collègue. Notre ami absent aujourd'hui.

Tous les yeux se tournent vers le douzième siège, resté vide.

— Il est évident à présent, s'exclame Owain, qu'Angelo Marchetti a quitté l'Ordre. Et qu'il a une existence secrète au-delà de celle qu'il s'était forgée pour nous. Une vie faite de dettes de jeu, de cocaïne et de délits en tous genres, qui l'a conduite à falsifier ses comptes personnels. Pour parler sans ambages, il est ruiné et n'a pas hésité à détourner l'argent de l'OSSA.

Des protestations s'élèvent autour de la table.

— Je vous en prie, je n'ai pas terminé. (Il attend que le silence revienne, puis reprend :) Il a volé plusieurs objets à l'Ordre et s'est peut-être enfui du pays. D'après nos renseignements, il est passé par un certain nombre d'escrocs locaux pour écouler les croix funéraires qu'il s'est fait un devoir de piller personnellement. En Amérique, un négociant en objets religieux à la réputation douteuse a été contacté et la transaction a bien eu lieu. Toutefois, il y a deux jours, les sbires de Marchetti ont tué l'antiquaire. Nous ne savons pas pourquoi.

Quelques délégués se signent en apprenant la mort d'un homme.

— C'est là que les choses se compliquent, poursuit Owain. Cela faisait quelque temps que j'avais des soupçons à propos d'Angelo, alors je l'ai fait surveiller ces dernières semaines. George, ici présent, a suivi ses hommes quand ils sont ressortis de chez l'antiquaire du Maryland. Il va vous raconter le reste, conclut-il en faisant signe à un jeune Anglais en face de lui.

George Dalton, un homme menu, à la barbe noire soigneusement taillée et aux yeux bleu pâle, donne sa version des faits.

— Après le meurtre, deux hommes ont quitté la scène. Ils se sont arrêtés sur une aire d'autoroute à la périphérie de Kensington et je les ai vus s'enfoncer dans un bosquet. Seul l'un d'eux en est ressorti, quelques instants après. Il est reparti en direction du sud et a fait un arrêt dans un *diner* ouvert vingt-quatre heures sur vingt-quatre, à environ cinq cents mètres de Dupont Circle. Je l'ai observé pendant qu'il mangeait sur une banquette, près de la fenêtre. Quand il est retourné à son véhicule, je l'ai pris à partie. Malheureusement, il était plus habile que je ne l'aurais pensé et il était armé d'un couteau. (George lève le bras pour montrer le bandage qu'il a à la main et au poignet.) La lutte a été féroce et j'ai le regret de vous informer qu'il est mort. En revanche, j'ai récupéré une Croix de Chevalier dans la boîte à gants de sa voiture.

— Deux croix manquent toujours à l'appel, et peut-être d'autres objets dont la disparition ne nous a pas encore été signalée, intervient Owain. Nous partons du principe qu'Angelo ne fait désormais plus confiance à ses sous-fifres et qu'il va tenter de vendre les croix lui-même. Je crois que nous savons tous vers qui il finira par se tourner et ce qu'une telle décision aura comme conséquence.

Lance sent monter une nouvelle vague de protestations et décide de faire son annonce.

— À compter de ce moment, Angelo Marchetti est exclu de l'OSSA et nous donnons l'alerte pour qu'il soit arrêté et exilé définitivement. Je vous invite tous à indiquer la récompense que vous êtes prêts à verser pour sa capture, et à considérer cette affaire comme ultra-prioritaire.

Owain voit la tristesse se peindre sur les visages. L'homme qui a désormais un contrat sur sa tête a été leur ami et camarade pendant des années, et sa trahison est dure à croire.

— Ne vous y trompez pas, Angelo représente la pire menace

contre l'Ordre depuis des siècles. Il nous faut agir avec la plus grande fermeté, car il ne peut y avoir ni pardon, ni émotion, ni marge d'erreur dans son cas. Mes amis, il faut frapper, et frapper vite : nous n'aurons peut-être qu'une seule chance.

23.

INDIANA AVENUE, WASHINGTON DC

Le commissariat central, un imposant bloc de grès et de verre, rivalise d'élégance avec les buildings voisins, qui eux accueillent la brigade des pompiers, le tribunal, le ministère de la Justice et celui du Travail.

À l'étage réservé aux big boss, l'un des bureaux porte la mention CAPITAINE ZACH FULO en lettres dorées. C'est là qu'Irish vient frapper.

— Entrez ! grommelle une voix râpeuse.

Le flic s'exécute, tout en restant sur ses gardes.

Un Afro-Américain grand et maigre lève des yeux très noirs de son bureau, qui croule sous la paperasse.

— Asseyez-vous, lieutenant. Vous êtes en retard.

— Ça bouchonnait pas mal dans le Maryland. Désolé.

— Ça bouchonne partout, je vous signale. À votre âge, vous devriez le savoir. (Du regard, il lui indique le document qu'il tient dans ses mains manucurées.) Le HRI, c'est bien le service des crimes historiques, religieux et inexpliqués ?

— Oui, monsieur.

— Vous pouvez m'expliquer ce qu'ils foutent sur une de nos affaires ? s'écrie-t-il en lui fourrant la feuille sous le nez.

En voyant l'en-tête du FBI, Irish comprend que l'une des huiles à San Francisco a dû se fendre d'un courrier.

— C'est moi qui le leur ai demandé, monsieur. Et vu que depuis, l'affaire s'est transformée en double homicide, c'était peut-être malin, finalement.

— Non, lieutenant. Ce qui aurait été *malin*, c'est de me demander la permission d'abord. Et ce qui aurait été *vraiment malin*, c'est de résoudre cette affaire. (Il froisse la feuille et envoie le projectile à la tête d'Irish.) Vous êtes un idiot, Fitzgerald. Et juste au cas où vous vous poseriez la question, ça veut dire exactement le contraire de malin.

— Capitaine, ce meurtre a un rapport avec une croix très ancienne qui a probablement une grande valeur. Le service des HRI est tout indiqué pour nous aider à déterminer le genre de suspect qui serait prêt à tuer pour ça.

— Moi, je suis prêt. Et qui va être ma prochaine victime, à votre avis ? Maintenant, fichez-moi le camp d'ici. Je veux un rapport complet sur mon bureau avant 7 heures demain matin. Alors un conseil : ne rentrez pas trop bourré ce soir.

Irish prend le temps de ravaler son amour-propre avant de saluer le capitaine et de retourner docilement à son bureau.

Il ouvre le tiroir du bas et met la main sur un paquet de mouchoirs. Le rhume que Sophie Hudson lui a refilé n'est toujours pas passé, et les glaires sanguinolentes non plus. Il en fourre quelques-uns dans sa poche en cas de problème et sort son remède miracle.

Du whisky.

Il dévisse le bouchon de la bouteille qu'il garde en réserve pour les urgences, et boit une longue gorgée. Il ne s'arrête pas tant qu'il ne sent pas les doigts brûlants de l'alcool de mauvaise qualité le prendre à la gorge et serrer. Une fois que c'est fait, il revisse le bouchon, balance la bouteille dans le tiroir et referme le tout du pied.

Le bureau est désert. Ça doit être l'heure du changement d'équipe. Il allume l'ordinateur, ouvre sa boîte e-mail et sourit.

Un message du service de la circulation routière, pile ce qu'il espérait.

La veille au soir, il a parlé à son vieux pote Billy Puller de l'affaire sur laquelle il travaillait, en lui expliquant que la scène de crime se situait dans les bois à l'extrémité sud du Rock Creek Trail, non loin de l'endroit où l'I-495 passe au-dessus de Connecticut Avenue. Il a précisé qu'il s'intéressait à tous les 4x4 marron et les berlines gris métallisé qui seraient passés à cette intersection à compter de 22 heures, vendredi soir. Vingt-deux heures étant l'heure à laquelle Amir Goldman aurait été tué au plus tôt, selon la légiste.

Le temps qu'Irish finisse de lire la première ligne, son cœur bat déjà un peu plus fort.

Irish,

J'ai jeté un œil aux caméras de circulation et figure-toi que j'ai repéré une Cadillac Escalade hybride de couleur marron qui se dirigeait vers Washington, suivie par une Lincoln gris métallisé quelques voitures plus loin. Elles sont entrées sur l'autoroute à 23:04:32 et 23:04:47 respectivement.

Les techniciens vidéo t'ont fait un petit montage (que je t'ai mis en pièce jointe). Les deux véhicules sortent au nord de Dupont Circle, et ensuite on perd leur trace.

Impossible de déchiffrer les numéros sur la plaque de la Lincoln, et l'Escalade en avait une fausse – on a retrouvé son propriétaire légitime à Annandale.

Appelle-moi pour que je te donne tous les détails.

En espérant que ça t'aidera,

BP

Irish ouvre la pièce jointe et appuie sur Lecture. Les images sont de bonne qualité. On voit l'Escalade s'engager sur une bretelle d'accès. Les clichés pris par la caméra au-dessus du véhicule montrent assez clairement le conducteur. Il est seul. Dans les trente-neuf ou quarante ans. Blond, le visage glabre. Baraqué.

Cinq voitures plus loin, une Lincoln déboîte pour se mettre dans la file du milieu et y reste, sans jamais chercher à doubler alors qu'elle en a largement l'occasion. Le genre de truc qu'on fait quand on suit quelqu'un mais qu'on ne veut pas se faire repérer.

Irish observe attentivement la circulation. L'Escalade fait du cent kilomètres-heure, à peu près. Les voitures la dépassent systématiquement. Sauf la Lincoln. Merde, elle la file vraiment.

À peine les panneaux pour la sortie de Dupont Circle apparaissent-ils sur l'écran que les deux voitures mettent leur clignotant à quelques secondes d'intervalle et sortent de l'autoroute. Fin du film.

Irish ressort le whisky, en avale une grande lampée pour fêter ça et se repasse la vidéo depuis le début. Cette fois-ci, il se concentre sur les détails. Il repère la mention « hybride » sur un côté de l'Escalade et la Lincoln a effectivement un toit panoramique. Les deux véhicules correspondent donc à la description de Sarah Cohen, mais ce n'est pas le cas du conducteur de l'Escalade, qui est visiblement blond. Le type retrouvé dans les bois, par contre, était brun. Ce qui veut dire que c'est lui qui est sorti du magasin d'Amir et s'est mis au volant de l'Escalade, et lui aussi qui a gagné le gros lot en se chamaillant avec son pote, une fois en route.

Irish s'enfile une énième gorgée de whisky et conclut qu'il y a 99 % de chances que l'homme sur l'écran soit l'assassin de l'assassin d'Amir Goldman.

La Lincoln revient dans le champ de la caméra. C'est un modèle qui vaut cher. L'un des derniers en date.

— Putain de merde, s'exclame-t-il en appuyant brusquement sur Pause. Des Rosbifs !

Un large sourire se dessine sur ses lèvres quand il se rend compte qu'il contemple une plaque diplomatique.

24.

Virginie

La demi-finale de *L'Amérique a un incroyable talent* vient de commencer sur le nouvel écran plat 127 cm qui trône dans le salon familial. Des nains avaleurs de sabres s'affrontent en direct avec des bonnes sœurs gymnastes pour tenter de décrocher une place en finale. Du grand art, tout de même.

Surtout quand on est stressé au point d'en avoir la migraine et qu'on n'a qu'une envie : s'affaler devant le petit écran avec un verre et des chips à portée de main.

La journée de Ron Briars a vraiment été éprouvante. Et présentement, il se demande s'il n'aurait pas dû s'offrir la 3D pour se récompenser un peu mieux d'avoir travaillé si dur.

Un écran 3D de 152 cm connecté à Internet. Et puis tant qu'on y est, un système home cinéma avec son *surround*.

C'est clair que ça aurait été le pied de regarder le sport sur un bijou pareil.

Mais, comme d'habitude, il a cédé à sa femme. Elle l'a fait opter pour quelque chose de peu plus petit. Quelque chose qui s'accordait mieux avec la configuration de la pièce, avec la porte-fenêtre et la cheminée. Même si leur ado de fils et lui se demandent bien ce qu'une cheminée a à voir avec ça.

Le portable de Ron sonne.

Son épouse et son fils fusillent du regard le BlackBerry qui a l'indécence de vibrer, de clignoter et de faire toutes sortes de bruits inopportuns sur la table basse, à côté de l'iPhone de Ron et de son verre de bordeaux quasiment vide.

Très peu de personnes ont ce numéro et celles qui l'ont sont du genre important. Du genre à téléphoner depuis la Maison-Blanche. Depuis le bureau du secrétaire général, voire celui du Président.

Ron sourit d'un air contrit, se lève et emporte l'objet du crime jusqu'à son antre. Il jette un coup d'œil à l'écran : « Appel masqué ».

Le directeur de l'Agence nationale du renseignement décroche, sur le qui-vive.

— Allô.

— Tole Mac.

La voix est calme et posée, sans accent ou presque, mais incontestablement britannique.

— Je répète : Tango, Oscar, Lima, Écho, Mike, Alpha, Charlie.

Sept lettres et deux mots sur lesquels l'ANR et la personne au bout du fil se sont mis d'accord pour procéder à la vérification d'identité.

Son correspondant est fiable. Aussi fiable que peut l'être ce genre de source.

Le premier conseiller à la sécurité du président des États-Unis se dépêche d'attraper un crayon et du papier.

— Autorisation accordée. Vous pouvez parler.

— Le garage Denny's, en face de Leonard Gordon Park, à Jersey City. Vous avez entre minuit ce soir et le lever du soleil. Pas plus. Quatre hommes seront à l'intérieur, avec suffisamment d'explosifs pour raser la moitié de New York. Une entrée, un rideau métallique, les deux sous alarme. On vous souhaite bonne chance.

25.

GLASTONBURY, ANGLETERRE

Les membres du Cercle se séparent et, les uns après les autres, les hélicoptères blindés s'élèvent dans les airs.

Seuls Beaufort et Dalton restent au manoir pour examiner toutes les pistes relatives aux croix manquantes et aux possibles cachettes d'Angelo Marchetti.

Owain et son épouse dînent seuls. Mais ils ne prennent pas leur repas dans le splendide pavillon d'été qui donne sur le gazon où l'on joue au croquet, ni dans la véranda qui donne sur la roseraie et l'un des lacs.

Ils mangent dans la nature. Dehors, tout en haut de Glastonbury Tor, dans le soleil couchant qui embrase les douces collines à perte de vue.

À des dizaines de mètres sous eux, des gardes armés patrouillent la zone pour veiller à ce que le couple profite de ce bref moment d'intimité. Quiconque souhaitant justement ce soir-là visiter ce lieu tout à fait public sera poliment dédommagé – avec des milliers de livres, si nécessaire.

Le contenu du panier à pique-nique en osier est aussi exceptionnel que la vue dont ils jouissent le temps d'une soirée. Un pain de campagne et de succulents gâteaux gallois tout droit sortis du four. De la *mozzarella di bufala*, des tomates cœur de bœuf et des olives vertes et noires livrées le matin même de Toscane. Des coques et des crevettes fraîches pêchées sur les côtes voisines, une terrine de faisan maison et un Château Lafite Rothschild de 1982. Owain trouvait que c'était le vin idéal, étant donné que « Lafite » vient du gascon « *la hite* », qui signifie « la butte ».

Ils se sont installés au sommet, là où il y a des milliers

d'années furent érigés un ermitage, puis une chapelle sacrée. De là, ils peuvent admirer la forêt de Great Breach, les collines de Polden, Brent Knoll et les collines de Mendip.

Mais Owain et Jennifer voient bien plus que cela encore. Ils voient les fantômes de chamans, de druides et de nécromanciens. Ils voient saint Patrick arpenter la lande, en quête de fidèles à convertir. Les ermites saxons qui se cachent dans les grottes à flanc de colline. Les tribus celtiques qui se massent. Les armées romaines en marche. Les racines de la civilisation qui prennent.

Et enfin, ils voient Arthur et sa reine main dans la main, les chevaliers de la Table ronde qui se rassemblent derrière eux et la déesse Fortuna qui leur tend les bras depuis les eaux froides du lac.

Jennifer observe longuement son mari, qui a le regard perdu au loin. En temps normal, venir ici le détend, l'aide à décompresser. Mais aujourd'hui la tension est restée : elle la voit dans les lignes qui se creusent sur son front, elle l'entend dans ses non-dits.

— À quoi songes-tu ?

Il lui faut quelques secondes pour s'extraire complètement de ses pensées.

— À beaucoup de choses, mais tu n'as pas à t'en inquiéter.

Elle lui serre la main.

— Ne sois pas condescendant avec moi, s'il te plaît. Qu'est-ce qui te tracasse ?

Il sait que cela ne sert à rien de tenter de distraire son attention.

— Josep Mardrid.

À la simple mention de ce nom, elle frissonne.

— Qu'a-t-il encore fait ?

— J'ai l'impression qu'il est plus cruel de semaine en semaine. En ce moment, ses banquiers rachètent des terres immenses en République démocratique du Congo, au Niger et au Togo. Pour ne citer que ces trois pays-là.

— En quoi est-ce si horrible ? Il nous est bien arrivé d'investir là-bas nous aussi, et un grand nombre d'O.N.G. que je soutiens travaillent dans ces pays.

— Il tente de recréer un commerce des esclaves, qui était l'activité principale de ses ancêtres. Au Togo, il paie des gangs armés pour aller terroriser les paysans et détruire leurs récoltes. Des centaines d'hommes, de femmes et d'enfants ont été blessés, certains tués, même.

— Oh ! mon Dieu, mais c'est affreux.

— Ces gangs violent les adolescents des deux sexes, mutilent les bébés et les enfants, et ensuite Mardrid envoie ses banquiers en costume-cravate pour proposer à ces pères de famille brisés de racheter leurs terres à un prix dérisoire. Il est en passe de devenir le nouveau magnat du cacao, du coton et du café dans le tiers-monde. Avec le temps, il fera la même chose avec le bétail, et là, il contrôlera les principales chaînes alimentaires.

— Que comptes-tu faire ?

— Tout ce qui est en mon pouvoir. Si nécessaire, nous combattrons le feu par le feu. Car si on n'agit pas maintenant, plus rien ne poussera dans cette région du monde sans qu'il ait droit à sa part du gâteau. Mais ne parlons plus de cette brute épaisse, dit Owain en enlaçant sa femme. À chaque fois, cela me fait bouillir de rage, et on a déjà si peu de temps à passer ensemble. Je dois rentrer à Londres demain.

Elle se serre contre lui.

— Je ne veux pas que tu partes.

— Je sais, ma douce. Mais j'ai tant à faire. Et si peu de temps pour l'accomplir.

Ses mots la piquent au vif.

— Tu as parlé à Myrddin ? Est-ce qu'il t'inquiète, lui aussi ?

— Non, je ne l'ai pas encore vu. Et non, il ne m'inquiète pas.

Owain passe sous silence le fait que le vieil homme a d'ores et déjà annoncé qu'il venait le voir.

— Mais je n'ai pas besoin de lui parler pour savoir qu'il se passe quelque chose, poursuit-il. Je ressens ce qu'il ressent. Depuis toujours.

Jennifer lui prend tendrement la main et la lève à ses lèvres pour l'embrasser. Elle sait qu'il a raison : de grands changements s'annoncent. Non à cause de ce que son mari vient de lui dire, ou de ce que Myrddin pourrait croire, mais à cause de l'événement qu'elle garde secret.

26.

JERSEY CITY, NEW YORK

L'assaut de la CAT, la cellule antiterroriste, est fixé à 01:00, et le point de ralliement à l'entrée sud de Leonard Gordon Park, un espace vert prisé des habitants du coin, qui longe Manhattan Avenue.

Paul Bendon, le commandant des opérations, prend une minute pour rappeler à l'unité d'intervention (six hommes) et l'équipe de démineurs (deux hommes) la configuration des lieux, ainsi que l'endroit précis où seront positionnés les quatre terroristes et leur cache d'explosifs.

Pendant qu'il parle, un drone miniature plane en silence au-dessus du bâtiment de plain-pied. Ainsi positionné dans le ciel nocturne, l'appareil envoie en boucle les images thermiques des quatre corps, qui sont projetées directement sur le minuscule écran incrusté dans la visière de son casque intégral.

Le commandant fait une dernière vérification auprès des deux agents chargés de la surveillance, qui ont pris position au plus près de la cible, puis donne le feu vert.

L'unité d'intervention sort discrètement de la camionnette banalisée et avance à pas de loup vers John F. Kennedy Boulevard. Le garage est en vue.

Le rideau métallique est complètement baissé et fixé de l'intérieur. Les trois fenêtres de devant et les deux à l'arrière sont fermées, protégées par un solide grillage, et visiblement en verre trempé. Les murs sont en parpaing épais et recouverts de crépi blanc. Le toit plat est un mélange de bitume, de placoplâtre et de solives en bois de mauvaise qualité – des matériaux trop fins et bruyants pour prendre le risque de passer par là.

Ce qui veut dire que Bendon a dû élaborer un autre plan pour entrer.

Il a la meilleure équipe qui soit pour l'assister : MacNeish, King, Kupka, Parry, Cavell et Elliott, des durs à cuire qui ont pris part à une dizaine de raids aussi dangereux que celui-ci, si ce n'est plus. Dans leur genre, ils déchirent tout.

Bendon fait signe à MacNeish d'y aller.

L'agent se met en position, cale le lance-grenades sur une épaule musclée et envoie une série de projectiles qui font sauter le mortier.

Pendant que ses coéquipiers balancent des grenades lacrymogènes, une petite charge explose au niveau d'un point faible du bâtiment situé entre le rideau métallique et une fenêtre. King en profite pour faire rouler à l'intérieur deux grenades assourdissantes.

Kupka et Parry pénètrent par le trou fumant avant même que la poussière ait le temps de se soulever. Les balles qu'ils tirent de leurs fusils spécialement conçus pour la CAT sont tranquillisantes et ont la particularité de libérer leur produit une fois la cible atteinte, pour un maximum d'efficacité.

Leurs ennemis ripostent, et vu l'angle des tirs, les agents parviennent à déterminer que leurs cibles se trouvent au fond du bâtiment, à terre. Elliott est touché à l'épaule et tombe lourdement. Cavell contre-attaque aussitôt.

La scène vire rapidement au chaos. Un mur s'écroule et une partie du toit s'effondre. Parry se met à crier :

— Dehors, dehors !

Le toit s'effondre un peu plus. Les hommes de Bendon essuient une nouvelle rafale de mitrailleuse. Un terroriste sort tout à coup à découvert et court à travers le nuage de fumée.

Le commandant voit son image thermique dans le casque. L'homme se dirige vers une autre partie du garage, là où se trouvent les fosses. Et où les explosifs sont entreposés.

Le commandant de la CAT ne prend aucun risque. D'une rafale de son Heckler & Koch, il touche le terroriste dans le dos et il le voit s'écrouler au sol. Il bondit vers lui, éloigne son arme du pied et le menotte avec des liens en plastique.

Un second terroriste tente de s'enfuir.

Kupka est suffisamment près pour lui donner un puissant coup de coude au visage qui le met K.O. Il penche son fusil et lui tire une balle tranquillisante dans le torse.

Tout est calme, maintenant.

Les membres de la CAT plissent les yeux et se concentrent. D'après les images thermiques, ils étaient quatre à l'intérieur – et ils n'en ont eu que deux.

Arme au poing, ils balaient systématiquement leur champ de vision en essayant de voir à travers la fumée. Une par une, des voix calmes murmurent dans l'oreillette de Bendon :

— Au sud, la voie est libre.

— À l'est, la voie est libre.

— À l'ouest, la voie est libre.

— Au nord, la voie est libre.

Le commandant avance dans les décombres en prenant garde de ne pas glisser sur les morceaux de parpaing. Dans la fosse, il découvre les bombes et tout le matériel nécessaire à leur fabrication. Du PBX, de l'explosif en poudre polymérisé, est entassé dans un coin. Quelques petits engins sont déjà prêts, d'autres sont en phase d'assemblage. Et pour finir, des dizaines de détonateurs, des sacs de liant, des plastifiants en veux-tu en voilà et plusieurs boîtes de C-4.

Bendon fait signe aux démineurs de venir et ressort. Deux membres de la cellule ont réussi à s'enfuir quand le toit s'est effondré, mais ses hommes sont à leurs trousses. De retour à la camionnette, il prend le micro relié au poste de contrôle de la CAT et annonce :

— Deux hommes capturés. Deux autres en fuite, mais les informations qu'on avait étaient 100 % exactes. Cet endroit était une véritable usine à bombes. Et une grosse. Vous pouvez dire au directeur Briars qu'une fois de plus, son informateur a assuré.

27.

GLASTONBURY, ANGLETERRE

La Jaguar noire arrive en pleine nuit.

Deux hommes armés quittent la chaleur de leur poste de garde, regardent brièvement par la vitre blindée, puis font poliment signe à la limousine de passer.

Celle-ci s'engage dans le noir sur un chemin qui la mène jusqu'à l'ancien cottage du gardien. Le chauffeur, un homme râblé aux cheveux courts, sort du véhicule et ouvre la portière à son passager.

Myrddin s'extrait tant bien que mal du siège moelleux. Il a des courbatures après ce long périple et songe déjà au voyage de retour, qu'il doit faire juste après l'aube.

Le cottage sent l'humidité et l'ameublement y est aussi spartiate que dans la chambre solaire, au pays de Galles. Il n'y a ni rideaux ni tapis. Sur une table en bois rudimentaire, quelqu'un a posé un panier en osier rempli de charcuterie et de fromage, ainsi qu'une bouteille de whisky *single malt* et deux verres.

Dehors, il entend des bruits. Des pas sur le gravier. Les voix empressées des gardiens au portail.

La porte s'ouvre en grinçant et Owain Gwyn entre.

— Myrddin, que c'est bon de te voir !

Ils s'étreignent chaleureusement.

— Comment vas-tu mon cher garçon ? demande le vieil homme en s'écartant.

— Je vais bien. Même si j'ai honte de t'avoir fait venir jusqu'ici par la route. Tu aurais dû prendre l'hélico.

— Peuh, s'exclame Myrddin en faisant un geste dédaigneux. Moi, monter dans ces horribles choses ? Tu sais bien que je suis trop vieux pour ça.

Owain éclate de rire et lui montre la pièce nue.

— Je me sens toujours coupable quand tu loges ici, dans le froid, comme un ermite. Tu serais tellement plus à ton aise dans la maison avec nous.

— Mais *j'aime* vivre ainsi. Et du reste, rien de tel qu'un bon whisky pour se réchauffer.

Il ouvre la bouteille et remplit les deux verres.

Owain s'attable avec lui.

— Quand nous viendrons au pays de Galles, reprend Owain, laisse-moi embaucher des artisans du coin pour faire quelques travaux dans la tour. Ils pourraient t'installer le chauffage central, refaire l'isolation, raccorder l'électricité. Que tu goûtes enfin aux conforts du XXIe siècle.

Myrddin secoue la tête.

— Ce refuge est déjà un luxe pour moi. Toute autre commodité ferait obstacle à la communication que j'aspire à établir avec les esprits des éléments.

Owain lève son verre.

— Personnellement, il n'y a qu'à ce genre de *spiritueux* que j'ai envie d'avoir affaire.

Ils trinquent et boivent.

Lorsqu'il repose son verre, Myrddin en vient à l'objet de sa visite.

— Je t'ai parlé de certaines choses qui troublent mon repos, ces temps-ci. Ces visions ont-elles un sens pour toi ?

— Malheureusement, oui.

— Et plus précisément ?

Cela le peine grandement, mais Owain lui raconte tout.

— Angelo Marchetti, un membre du Cercle, nous a volé des objets et de l'argent. C'est une longue histoire, mais à la suite de cela, ses hommes se sont retrouvés impliqués dans le meurtre d'un antiquaire aux États-Unis…

— Ah, c'est donc lui, le Gardien du Temps.

— Cela semble correspondre à ta prophétie, en effet, confirme Owain en les resservant tous deux.

— Mais un seul homme est mort ?

— Non, il y en a eu davantage.

— J'ai vu la bête marron qui emportait la Mort et ses disciples sans faire de bruit.

Owain hoche la tête.

— L'un des hommes que nous avons poursuivis conduisait un 4x4 hybride marron. C'est une voiture qui est silencieuse parce qu'elle fonctionne à la fois à l'essence ou au diesel et à l'électricité.

Myrddin fixe son verre et se sent tout à coup encore plus âgé qu'il ne l'est. Son regard triste se pose sur Owain.

— Il y a quelque chose que je ne t'ai pas dit.

— Eh bien, le temps est venu de m'en parler.

Myrddin a presque peur de prononcer le mot à voix haute.

— J'ai… j'ai vu l'enfant.

La nouvelle paraît ébranler Owain.

— Il arrive.

— Je comprends.

— Il arrive, et avec lui vient un torrent de sang qui se déversera de pays en pays, et de continent en continent.

28.

Aéroport de Dulles, Washington DC

À San Francisco, l'avion a du retard au décollage. Résultat, au moment d'atterrir quatre mille cinq cents kilomètres plus loin, il faut patienter pour qu'une porte de débarquement se libère. Il y a des jours, comme ça.

Une fois l'appareil garé, c'est le personnel au sol qui n'est pas disponible pour manœuvrer la passerelle. Le temps que les passagers descendent de l'Airbus, complètement au radar, il est quasiment 8 h 30 et Mitzi a déjà deux bonnes heures de retard.

— Merci et bonne journée, rabâche une hôtesse tout sourire, à la porte.

Mitzi la fusille du regard en passant.

Le FBI a eu la mesquinerie de lui prendre un billet en classe éco et elle n'a pas fermé l'œil de la nuit.

La seule chance qu'elle a dans son malheur, c'est d'avoir voyagé avec un bagage à main, ce qui veut dire qu'elle passe les contrôles à la vitesse de l'éclair.

Dans le hall d'arrivée, elle repère un chauffeur de taxi – âge moyen, débraillé – qui tient un bout de carton avec son nom écrit dessus. Il a l'air d'en avoir autant ras-le-bol qu'elle.

— Fallon, c'est moi, s'exclame-t-elle en lui faisant signe de la main.

— Vous êtes en retard.

Elle n'en croit pas ses oreilles. Non mais c'est quoi, cette attitude ?

— Ouais, ben, c'est la vie. Mettez ça sur l'ardoise. Et tant qu'on y est, rajoutez-y dix dollars parce que vous ne me conduirez nulle part tant que j'aurai pas ma dose de caféine dans les veines.

Il rit et secoue la tête en même temps, sidéré de voir qu'elle ose encore le faire attendre.

— Vous avez le choix entre Dunkin' Donuts, Green Leaf et Guava and Java. Ils sont tous les trois dans un rayon de cent mètres.

— Va pour Dunkin' Donuts. Les deux autres ont l'air chicos et je suis vraiment pas d'humeur à débattre des vertus du *lapsang souchong* avec un serveur acnéique.

— Je peux prendre votre sac ?

De près, elle remarque qu'il sent l'alcool et a une tête de déterré.

— Ça va. Est-ce que j'ai vraiment l'air faible au point de pas pouvoir faire rouler ce machin ?

— Non, c'est vrai. Par contre, qu'est-ce que vous pouvez être hargneuse, ironise-t-il en l'entraînant vers le café. Je disais ça par politesse.

— Sauf que dans votre cas, la *politesse*, ça aurait été de prendre une douche après avoir passé la nuit à écluser des bières.

— J'ai travaillé tard hier soir et je n'ai pas eu le temps de rentrer chez moi me changer. Désolé. Je traverse une mauvaise passe, en ce moment.

— Ouais, ben, les mauvaises passes, ça n'excuse pas la mauvaise haleine. Moi, la mauvaise passe, je me la coltine depuis Los Angeles, via San Francisco, et avec l'aimable participation de tout un tas de pochetrons. Alors merci.

Elle se rend compte tout à coup qu'elle y est peut-être allée un peu fort.

— Bon, écoutez… je m'excuse de vous avoir fait attendre. N'hésitez pas à me le rappeler quand on sera arrivés, je vous promets que je vous laisserai un bon pourboire.

Ils arrivent au café et se mettent dans la file d'attente. Mitzi sort son porte-monnaie.

— Un café, ça vous tente ? C'est ma tournée.

Il a l'air content.

— Pourquoi pas ? Dans ce cas, je vais prendre un Dunkaccino moyen. Je serais pas contre un donut fraise-fromage à la crème pour aller avec, si vous avez assez.

— Vous me faites marcher, là. Du fromage à tartiner qui a goût à la fraise sur un donut ? Ils font *vraiment* ça ?

— Oui, oui, et vous avez même le choix entre fraise et pomme.

Mitzi prend celui à la fraise, plus un double expresso. Pendant qu'elle paie, il va chercher la commande au comptoir.

— Asseyons-nous là, dit-il en lui indiquant une table. Je n'aime pas m'agiter quand je mange.

Elle regarde sa montre.

— Heu, j'ai pas exactement le temps de tailler une bavette, là. J'avais rendez-vous avec quelqu'un il y a une heure, déjà.

— Je suis au courant. D'ailleurs, c'était avec un flic du nom de Fitzgerald. (Il tire une chaise pour elle.) Félicitations, vous venez de faire sa connaissance. Alors maintenant on s'assoit et on mange.

29.

GLASTONBURY, ANGLETERRE

Les beaux jardins du manoir sont couverts de rosée.

Deux silhouettes, en blanc de la tête aux pieds, marchent sur le gazon à l'aube.

Elles se saluent respectueusement et aussitôt le ballet des épées commence dans l'air vif du petit matin.

La première fois où sir Owain Gwyn et Lance Beaufort ont croisé le fer, c'était aux Jeux olympiques, un jour où la France affrontait la Grande-Bretagne. C'est dans la lutte qu'une grande amitié est née et, par la suite, Lance est entré dans l'Ordre.

L'acier cingle l'air. Les genoux se plient avec agilité. Les pieds se frôlent. Les deux hommes tournent sur eux-mêmes, s'élancent, reculent d'autant, tout en grâce et en élégance dans leur tenue d'un blanc éclatant. Sous leur masque en métal, aucun ne s'autorise à cligner des yeux. Ils pourraient le regretter amèrement.

Non loin d'eux, sur la pelouse, un boîtier électronique compte les points en émettant des bips discrets.

La première touche est pour le Français – une feinte subtile suivie d'un coup foudroyant porté à l'épaule.

Owain riposte par la ruse. Ses pieds immenses se font légers comme une plume. Il pare une attaque et, en un éclair, porte une botte à son adversaire.

Lance fait un pas de deux en arrière et s'oblige à respirer pour canaliser son agressivité. À son tour, il contre et porte une botte, avant de reculer de nouveau.

Owain repasse à l'offensive.

Mais Beaufort fait dévier la lame de son épée d'une chiquenaude et le touche au bas de l'abdomen.

Encore un bip. Deux points pour le Français.

Leurs lames se croisent. La danse recommence. Une danse qui, jadis, se serait terminée par la défaite, la mort ou pire encore, le déshonneur. Les pieds s'envolent de-ci de-là, comme des chiots occupés à folâtrer dans le gazon humide. Lance feinte vers le bas, puis le haut. Owain le bloque à chaque fois. Les deux lames glissent jusqu'à la garde. Le temps se fige, les regards et les muscles aussi.

Owain s'appuie de tout son poids et réussit à faire reculer son ennemi. Aussitôt, il porte une botte.

Le Français l'esquive et donne l'estocade à son adversaire.

Un troisième bip retentit.

— Assez ! s'écrie Owain en retirant son masque d'un geste désespéré. Décidément, je n'arriverai pas à te battre. Je refuse d'être humilié plus longtemps.

Le chevalier de Sa Majesté est hors d'haleine.

— Dans ce cas, sers-toi de ton bras droit, *mon cher ami**.

— Si je le fais, mon bras gauche n'arrivera jamais à l'égaler.

Lance s'essuie le front à sa manche.

— Tu es tellement bon du droit que le gauche n'aura jamais besoin d'engager le fer.

Owain étreint son ami et l'entraîne vers la maison, où le petit-déjeuner doit être servi à l'heure qu'il est.

— As-tu eu d'autres nouvelles concernant les événements de la nuit dernière, à New York ?

— Oui. L'info nous est parvenue vers 4 heures ce matin. Deux hommes ont été faits prisonniers. Les Américains vont les interroger dans la journée. Le troisième, qui fabriquait les bombes, a réussi à s'échapper quand la CAT a donné l'assaut. Antun a pu fuir, lui aussi.

— Antun est un homme bien. A-t-il été blessé ?

— Non, et il pense que sa couverture n'est pas compromise. Il a décidé de rester.

— C'est dangereux, très dangereux même.

— Comme tout ce que nous faisons, non ?

— Al-Qaïda manque peut-être d'effectifs, mais certainement pas d'idées. Assure-toi qu'il ne les sous-estime pas.

Lance montre son épée.

— Que dirais-tu de retenter ta chance une dernière fois ?

Une étincelle s'allume dans le regard d'Owain.

— Je veux bien, mais pas avec ces aiguilles à tricoter. Et si on sortait les glaives et l'armure ?

Les yeux du Français pétillent.

— J'ai bien cru que tu n'allais jamais me le proposer.

Et ils s'en retournent d'où ils viennent, en discutant de leur passion commune, les vieilles lames et les batailles historiques. Owain jette un œil vers le cottage du gardien : la Jaguar noire n'est plus là. Myrddin est déjà reparti.

---

* En français dans le texte.

30.

WASHINGTON DC

Irish briefe Mitzi pendant le petit-déjeuner.

Il lui parle en détail des deux meurtres, des témoins qui ont été interrogés, du peu d'indices que la Scientifique a trouvés et enfin des images de l'Escalade hybride et de sa copine la Lincoln qu'il a en sa possession.

Quand ils ont terminé, il porte le sac de Mitzi jusqu'à sa voiture et le met dans le coffre de la Ford.

Tout à coup, il entend crier :

— La vache, y a un sacré bordel !

Le tapis du siège passager sur lequel Mitzi est en train de s'asseoir est littéralement jonché de détritus.

— Alors, qu'est-ce qu'on a là-dedans, à part les souches de la dysenterie et d'Ebola ? ironise-t-elle, une fois la surprise passée. Des canettes de soda vides, des sacs déchirés. Un tas de papiers d'emballage. Dites donc, vous avez un faible pour Subway et McDo, on dirait. Ah ! on a aussi des journaux, qui datent de Mathusalem bien sûr…

— J'aime bien lire, répond Irish en démarrant.

— Super, je vais pouvoir vous acheter un bouquin sur l'hygiène, comme ça.

— J'ai rarement des passagers.

— Je comprends pourquoi. On va où en premier, déjà ? L'ambassade ou l'appart de la vendeuse ?

— L'ambassade, c'est plus important, réplique-t-il, avant de tourner la tête pour la regarder. Juste par curiosité, comment vous vous êtes retrouvée dans le service le plus insolite du FBI ?

— J'ai bossé sur une affaire en lien avec le suaire de Turin. Vous savez ce que c'est ?

— Bien sûr. C'est que j'ai été enfant de chœur, ma p'tite dame. Alors à votre avis, le suaire, c'est du pipeau ou c'est vrai ?

Mitzi s'esclaffe de rire.

— C'est une longue histoire. Ce qui est sûr, c'est qu'après avoir bataillé pendant des plombes avec des experts en histoire de la religion et des Italiens roublards, on a obtenu un résultat. Je m'en suis servie pour trouver une meilleure place, loin de Los Angeles.

— Et votre nouveau job vous plaît ?

— Bah ! c'est encore trop tôt pour le dire. Mais entre ça et passer ses journées à prendre des gangs en chasse à South Central, y a pas photo. (Elle regarde sa montre.) À ce propos, j'ai demandé à celle qui s'occupe des recherches dans l'équipe de contacter quelques théologiens ce matin et de leur envoyer une reproduction de votre croix par e-mail. J'attends encore une heure et je l'appelle.

— Je croise les doigts pour qu'elle trouve quelque chose.

— Vous n'avez rien d'autre ?

— On sait seulement qu'elle valait beaucoup d'argent. Amir, l'antiquaire, était en train de racler ses fonds de tiroir pour pouvoir se la payer.

— Votre chef a bien fait de nous appeler, on dirait.

— Ha ! ha ! s'exclame-t-il en secouant la tête d'un air découragé.

— Ça veut dire quoi, ça ?

— Ça veut dire que mon chef n'approuve pas vraiment votre présence ici. Disons que j'ai un peu oublié de lui en parler, quand j'ai fait la demande.

Mitzi lève un sourcil interrogateur.

— Vous, vous aimez vous faire botter les fesses, on dirait.

— Bah ! elles sont coriaces. Et on me les a bottées tellement de fois que je ne sens plus rien.

Ils ralentissent devant l'entrée de l'ambassade britannique. Les deux flics remarquent aussitôt la pléthore de caméras de surveillance et de gardes armés jusqu'aux dents, accompagnés de chiens renifleurs.

Irish baisse la vitre et montre son badge au garde posté dans la guérite, à l'entrée.

— Lieutenant Fitzgerald, de la brigade criminelle. On aimerait parler à l'ambassadeur ou à l'un de ses représentants.

L'homme soulève la barrière.

— Garez-vous là pour qu'on procède au contrôle du véhicule, s'il vous plaît. Ensuite, je vous emmène à l'entrée de service.

Un employé de l'ambassade va vous recevoir.

— Merci, répond Irish en remontant sa vitre.

Il va se garer sur l'emplacement réservé aux visiteurs.

Mitzi descend de voiture et admire les murs en brique rouge recouverts de lierre, les immenses fenêtres et le jardin tiré au cordeau.

— Mazette ! S'ils insistent, je veux bien emménager.

31.

LE BRONX, NEW YORK

Nabil Tabrizi n'occupe le poste de commandant de cellule que depuis dix-huit mois. L'atelier de fabrication de bombes était sa première grosse responsabilité et il a foiré.

Il sait que la CIA n'a pas eu un simple coup de chance. Son opération a été sabotée deux jours seulement avant qu'ils fassent sauter la moitié de Wall Street. Non, ils ont agi sur la base d'informations de premier choix. Peut-être même d'informations obtenues de l'intérieur.

Nabil a grandi dans le Bronx et, en apparence, il est autant new-yorkais que les autres. Mais dans son cœur, il soutient Al-Qaïda depuis le jour où on a commencé à le maltraiter à l'école parce qu'il était musulman. Bien avant, donc, que son cousin ne se fasse battre à mort par des péquenauds blancs parce qu'il avait le malheur de porter le même nom que Khalid Cheikh Mohammed, l'un des cerveaux de l'attentat du World Trade Center.

Nabil rejoint son contact dans une pièce discrète, à l'arrière d'un cabinet juridique voisin du bar Stan's Sports, à deux pas du stade des Yankees. Le petit homme maigre est assis dans la pénombre quand il arrive.

— Tu as été compromis de l'intérieur, Nabil.

Les mots restent comme en suspens dans l'air confiné.

— Tu en es conscient, n'est-ce pas ?

— Oui, imam.

Il sait qu'il doit avoir l'air à la fois contrit et déterminé, s'il veut survivre.

— Je suis sincèrement désolé de ce qui est arrivé.

— As-tu une quelconque idée de qui ça peut être ?

— Ce n'est ni Abbas, ni Samir. Ils se sont tous les deux fait prendre. Et ça ne peut pas être Tamir puisqu'il a été tué.

— Qui reste-t-il ?

— Halem et Malek. Malek est le seul qui sache fabriquer les bombes, alors je ne crois pas que ce soit lui.

— Dans ce cas, c'est peut-être Halem. Qui sont ceux que tu connais le moins de tous ?

Il prend le temps d'y réfléchir.

— Samir et Halem.

— Cet Halem, il a pris la fuite ?

— Non. Il est encore dans les parages, et c'est ce qui me fait dire que ce n'est peut-être pas lui.

L'imam reste silencieux un moment, puis laisse parler ses années d'expérience.

— Les Américains auraient très bien pu arrêter l'un des leurs dans le but de le faire passer pour coupable. Ils pourraient toujours le faire libérer ensuite en parlant d'un vice de procédure.

— Tu penses que ça pourrait être l'un d'eux ?

— Je ne pense rien, Nabil. Ce sont *tes* hommes, c'est toi qui dois penser. Penser et agir avec fermeté. Le livre sacré ne nous dit-il pas « Combattez ceux des mécréants qui sont près de vous ; et qu'ils trouvent de la dureté en vous » ?

— C'est vrai, imam.

— Alors, c'est ce que tu dois faire.

Nabil est soulagé. On lui donne une seconde chance.

— Je saurai. Quand je les regarderai dans les yeux, je saurai qui m'a trahi.

L'homme aux yeux noirs lève un bras et frappe par deux fois sur le mur derrière lui. Une lumière jaune filtre dans la pénombre quand la porte s'ouvre. Entre alors un mastodonte vêtu d'un pantalon baggy et d'un débardeur blanc qui met en valeur ses bras d'haltérophile. Il a le crâne rasé et son visage anguleux au teint olivâtre est encadré d'une barbe d'un jour aussi noire que ses yeux.

— Voici Aasif, annonce l'imam. C'est l'un de mes meilleurs hommes de main. Le plus fiable et le plus brutal qui soit. À partir de maintenant, c'est ta nouvelle recrue. Il va t'aider à découvrir la vérité.

— Merci, dit Nabil, qui incline la tête en signe de gratitude.

Son nouveau et très intimidant collègue sort de l'ombre et vient se camper tout près de lui.

— J'ai un test pour toi, poursuit l'imam. Pour toi et tes hommes.

Il lève les yeux vers le géant posté à leurs côtés.

— Emmène-le dans l'autre pièce, Aasif, et montre-lui notre « détecteur de mensonges ».

Dans la pénombre, Nabil voit les dents de l'imam briller un instant, lui qui ne sourit jamais.

— Avec ça, tu vas pouvoir débusquer le traître parmi vous et donner une bonne leçon aux Américains par la même occasion.

32.

GLASTONBURY, ANGLETERRE

Le petit-déjeuner est servi dans le splendide jardin d'hiver de style edwardien. La lumière dorée de ce qui est en train de devenir une belle matinée d'été met en valeur les nappes en lin blanc, et fait briller la porcelaine et les couverts en argent.

Owain est perdu dans ses pensées. Les prophéties de Myrddin et la longue conversation de la nuit dernière le travaillent. Sans compter les opérations mafieuses de Mardrid en Afrique. Tout à coup, il sent la présence d'un domestique en veste blanche qui s'est matérialisé à la table.

— Je vais prendre du thé de Ceylan, des framboises et un croissant, s'il vous plaît.

Le valet se tourne vers Lance Beaufort, qui vient de s'attabler.

— Un expresso et un croissant pour moi, *merci**.

L'homme acquiesce d'un signe de tête et les laisse.

Lance hoche la tête en direction du troisième couvert dressé.

— Est-ce que lady Gwyn se joint à nous ?

— Non, elle est déjà sortie. Apparemment, pendant notre session d'entraînement supplémentaire, elle a décidé de monter le nouveau cheval qui l'a fait chuter l'autre jour.

Le Français a l'air inquiet, tout à coup.

— Elle ne s'est pas blessée, j'espère.

— Elle non, mais son orgueil oui. C'est un cob gallois, un immense étalon blanc qui n'a pas du tout envie de se laisser dresser.

— Un trait de caractère commun à tous les Gallois, si je ne m'abuse.

— C'est vrai, approuve Owain, un brin amusé. À vrai dire, je compatis avec le cheval. À la fin, c'est Jenny qui gagnera, comme toujours.

— C'est pour cette raison que je ne me suis jamais marié. Je sens que j'ai besoin d'être maître de ma propre vie.

— J'espère qu'un jour tu changeras d'avis.

Le valet revient avec le petit-déjeuner disposé sur un grand plateau en argent. Il le tient pendant qu'une jeune domestique en uniforme noir verse les boissons chaudes et pose les différents plats sur la table.

Owain attend qu'ils se soient éloignés pour entamer une conversation d'un autre genre.

— La Croix de Chevalier a-t-elle pu être rapportée au cimetière ?

— Oui. Gawain et Danforth s'en sont occupés la nuit dernière.

— Bien. À l'idée qu'Angelo ait pu commettre un tel sacrilège, j'en suis encore tout retourné. C'est proprement écœurant de piller la tombe d'un frère disparu.

— Tu veux dire *les* tombes. Souviens-toi qu'il a dérobé trois croix.

— En effet. Comment ai-je pu oublier ? Nous avons donc trois frères qui ont subi le pire des déshonneurs dans la mort. Les lieux sont-ils sécurisés comme ils devraient, maintenant ?

— Je te le confirme. Et nous sommes en train de revoir les procédures dans les autres pays, aussi. (Lance hésite, car il a une question plus délicate à lui poser.) Veux-tu que je demande à George de faire le point concernant les lieux de sépulture britanniques, ou préfères-tu t'en charger ? Après tout, ce sont les plus anciens et les plus importants, avec les français.

— Je te laisse t'en occuper.

Il est content de voir que Lance repousse les limites de son autorité et endosse peu à peu le rôle du leader naturel.

— Bien, il est temps d'aller travailler maintenant, annonce-t-il en s'essuyant les mains sur une serviette et en se levant.

Son compagnon l'imite.

— Je viens avec toi. Si je reste ici, je vais boire trop de café.

Ils sortent du jardin d'hiver et se dirigent vers une aile de la maison. Un long couloir les mène à un escalier, qu'ils descendent.

Les deux hommes se servent du système de sécurité par contrôle digital et rétinien pour entrer dans une sorte de sas lambrissé donnant accès à trois portes. Derrière celle de gauche se trouvent les membres du Comité de Vigilance. À droite se situe le bureau privé de sir Owain.

Et droit devant, le centre de commande de l'OSSA.

33.

AMBASSADE DE GRANDE-BRETAGNE, WASHINGTON DC

Une fois le contrôle du véhicule effectué, Mitzi et Irish se retrouvent dans une salle d'attente poussiéreuse, remplie de portraits de générations de monarques britanniques, et tellement haute de plafond qu'ils ne peuvent pas dire un mot sans que ça résonne.

Une demi-heure passe.

Au moment où Mitzi commence vraiment à bouillir, un blond en costume bleu arrive à grands pas pressés.

— Richard Stevens, bonjour. En quoi puis-je vous aider ?

Irish sort son insigne et plusieurs mouchoirs froissés tombent de sa poche dans la foulée.

— Excusez-moi. Lieutenant Fitzgerald, de la police de Washington, et voici Mitzi Fallon, du FBI.

Il marque une pause le temps qu'elle sorte son badge, elle aussi.

Stevens examine le tout avec attention et le leur redonne.

— Et vous êtes ici pour… ?

— Nous enquêtons sur un homicide et votre aide pourrait nous être précieuse.

Avant de poursuivre, Irish se fend d'un léger haussement d'épaules et d'un sourire amical pour tenter d'amadouer son interlocuteur.

— Bon, je sais que normalement il faut en passer par tout un tas de procédures, mais je vous avoue que ça m'arrangerait drôlement de sauter la case paperasserie, histoire de prendre une longueur d'avance sur notre assassin. Je peux vous demander quelque chose ?

Le jeune attaché garde le silence.

— Tenez, jetez un œil à ces photos, poursuit Irish en sortant d'une enveloppe les agrandissements que le labo a faits en urgence pour lui. Cette Lincoln, là… (Il tend un cliché à Stevens.) Elle est immatriculée à l'ambassade. On a vérifié. Ce qu'on aimerait savoir, c'est qui la conduisait dans la soirée de vendredi et où elle se trouve maintenant.

En voyant l'homme tressaillir imperceptiblement, Mitzi comprend qu'il ne va pas vouloir jouer le jeu. Vite elle intervient, pour tenter d'obtenir quelque chose, n'importe quoi.

— Vous avez un registre pour ce genre de choses ? Un chauffeur à qui on pourrait parler ?

Stevens redonne la photo à Irish.

— Navré, mais vous allez effectivement devoir en passer par ces horribles *procédures*. Le mieux est encore de vous arranger pour que votre chef de la police contacte le ministère des Affaires étrangères, afin que tout se fasse dans les règles. (Il tapote le cadran de sa montre.) À présent, veuillez m'excuser mais j'ai à faire.

Mitzi ne lâche pas le morceau.

— Si vous n'avez pas le temps, peut-être que votre boss en aura. Ce serait possible de parler à l'ambassadeur ?

— Je crains fort que non, rétorque Stevens d'un air amusé. Si vous étiez mieux informée, vous sauriez que le mandat de sir Owain Gwyn est arrivé à son terme. Il est reparti en Grande-Bretagne hier, avec l'ensemble de ses collaborateurs. (Il anticipe la question suivante.) Je suis simplement resté pour aider le nouvel ambassadeur à s'installer. Et non, il ne sera pas là aujourd'hui, ni avant la fin de la semaine, d'ailleurs.

Mitzi pénètre alors sans vergogne dans son espace personnel.

— Est-ce que j'ai l'air d'avoir soixante-dix ans et des rides plein la figure ?

— Je vous demande pardon ? fait l'agent consulaire, visiblement décontenancé.

— Non, je me demandais, avec toute la pommade que vous venez de me passer.

Le Britannique change de ton.

— Je vous demande officiellement de quitter les lieux. Si vous n'obtempérez pas, j'appelle la sécurité.

— Pas la peine. On s'en va.

Avant de tourner les talons, Mitzi lui donne une petite tape sur la joue.

— J'adore votre accent, mon chou. Et au fait : vive la foutue reine.

34.

Le Bronx, New York

Pendant trois ans, Halem Hussain a été un membre à part entière de la cellule terroriste de Nabil Tabrizi. Pas un seul instant ses camarades ne l'auraient soupçonné d'être en réalité Antun Bhatti, un fidèle agent de l'OSSA, l'organisation la plus secrète au monde.

Mais aujourd'hui, les choses sont différentes.

Après le raid de la CAT au garage, Antun sait que Nabil considère les survivants, lui y compris, comme la source possible de la fuite qui a alerté les autorités.

En ce moment, il est assis sur une chaise dure, parmi d'autres disposées en cercle, dans la cave humide d'une planque de Westchester Avenue. Elle est située à deux pas de Hugh J. Grant Circle, là où la voie express croise le métro aérien à la station Parkchester. Il n'est jamais venu ici. C'est Nabil qui l'y a emmené et il s'est donné énormément de mal pour s'assurer qu'ils n'étaient pas suivis : pas moins de cinq changements en transports en commun.

Comme Malek, le plastiqueur, il a dû subir une fouille corporelle complète, avec détecteur à main, par une armoire à glace que Nabil lui a simplement présentée comme étant Aasif.

Le jeune commandant est tendu. Après un silence interminable, il met les coudes sur ses genoux et prend enfin la parole :

— Un de nos camarades est mort. Deux autres ont été capturés par les Américains. Mais *vous deux*, Malek et Halem, vous vous en êtes tirés sans une égratignure. Littéralement. Alors je vous pose la question : pourquoi Allah s'est-il montré si clément envers vous cette nuit-là ?

Malek, un petit homme aux cheveux gris, répond le premier.

— Quand les Américains ont fait sauter la porte, j'étais aux toilettes. C'est bête, mais c'est ce qui m'a sauvé. Qu'Allah soit loué. Je prie pour ceux qui n'ont pas été aussi chanceux que moi et je ferai tout pour que le reste de notre équipe connaisse la gloire, je le jure.

Nabil se tourne vers son voisin.

— Et toi, Halem ?

Antun se garde bien de répondre à la hâte. Il regarde fixement ses chaussures, comme s'il était honteux.

— J'attends, mon frère !

Il finit par lever la tête. Ses yeux sont brillants et il a l'air sur le point de pleurer.

— J'ai eu peur.

Il marque une pause, pour bien montrer que cet aveu lui coûte.

— En fait, j'ai été projeté au sol quand les Américains ont lancé leurs explosifs, et j'y suis resté, explique-t-il en baissant de nouveau la tête. J'étais paralysé par la peur et je priais pour qu'ils ne me tuent pas. Quand une partie du toit s'est effondrée, j'ai préféré fuir plutôt que me battre. J'ai couru et couru jusqu'à ce que je me sente en sécurité. (Tout à coup, il relève la tête et regarde Nabil dans les yeux.) C'est là que je t'ai appelé, pour te raconter ce qui était arrivé.

Nabil se souvient combien la nouvelle l'avait horrifié. Halem avait été effectivement le premier à l'avertir, et s'il ne l'avait pas fait, il aurait pu se faire arrêter ou tuer par les Américains.

— Il y a un traître parmi nous. De cela, je suis sûr. C'est peut-être l'un de vous deux, ou bien Abbas et Samir. Pour l'instant, je n'en ai pas la certitude. Mais ça va venir. (Il pose une main sur le bras de l'homme qui se tient à ses côtés.) Aasif, montre-leur comment on va s'y prendre.

Le colosse plonge la main dans un sac-poubelle noir que l'imam lui a donné, et en ressort une veste sans manche en toile marron clair, pliée en trois. En l'ouvrant, il révèle un enchevêtrement de fils colorés et des poches bourrées d'explosifs.

— À l'heure de pointe ce soir, proclame Nabil, une de nos sœurs va entrer dans la gare centrale… et dans l'histoire de New York.

35.

GLASTONBURY, ANGLETERRE

Le bulletin d'information quotidien que Lance remet à Owain n'est pas sans rappeler celui qui sera transmis dans quelques heures au président des États-Unis, à ceci près qu'il a été rédigé en code arthurien. Et que le document n'a pas été compilé par une agence de renseignements américaine, ni même britannique. Il provient du propre Comité de Vigilance de l'Ordre, un groupe d'experts triés sur le volet, dont la tâche consiste à réunir et à recouper les dernières informations sur les pires menaces à la sécurité mondiale.

Au menu d'aujourd'hui, une liste qui va de A à Y – de

l'Afghanistan au Yémen. En parcourant cet alphabet du terrorisme, Owain se met au courant des modifications dans les rapports de force, des changements d'allégeance, des grèves couronnées de succès ou pas. Il relève certains éléments nouveaux concernant l'IRA en Irlande, les zviadistes en Géorgie, la secte japonaise Vérité Suprême d'Aum, le Hamas et le mouvement terroriste pakistanais Harakat ul-Mujahidin. Il prend le temps de tout absorber, puis tourne son attention vers le rapport qu'on rédige toujours à part pour lui.

Celui qui a pour titre MARDRID.

C'est le nom d'une compagnie dont le siège est situé dans la capitale espagnole, et qui sert de couverture à un trafiquant d'armes spécialisé dans la livraison de chars d'assaut à la Syrie, d'avions de guerre à l'Iran et de missiles à la Corée du Nord, tout cela sans distinction de rang et surtout sans scrupules. Son P.D.G. s'appelle Josep Mardrid.

Owain lit chaque ligne attentivement, tout en sachant fort bien que quelque part dans le monde, Mardrid est probablement en train de lire le même type de rapport à son propos. Si la prophétie de Myrddin s'avère exacte, ils se retrouveront bientôt face à face. Tout comme leurs ancêtres avant eux. Et alors, le sang coulera. Le sang coulera en un tel torrent qu'il balaiera sur son passage quelques-uns des plus beaux représentants de l'espèce humaine.

36.

AMBASSADE DE GRANDE-BRETAGNE, WASHINGTON DC

— C'est pas par là la sortie, agent Fallon, s'exclame Irish en se mouchant bruyamment dans son dernier Kleenex propre. La voiture est là-bas.

— Je n'ai jamais eu le sens de l'orientation, réplique Mitzi nonchalamment, tout en prenant l'allée goudronnée qui mène derrière le bâtiment.

Il s'élance à sa suite.

— Vous allez où comme ça ?

— Au garage, qui en toute logique se trouve au bout de cette allée. D'après mes calculs, il nous reste moins de cinq minutes avant que notre passeur de pommade en chef appelle la sécurité pour vérifier qu'on est bien partis.

Il lui emboîte le pas, mais a bien du mal à garder le rythme.

— Hé ! on n'a pas de mandat et mon chef ne sait même pas qu'on est ici. Il va me botter le cul si vous causez des problèmes.

— Je croyais que vous étiez insensible à la douleur dans cette partie-là de votre corps ?

— J'ai menti. Je suis une vraie chochotte, quand il s'agit de mon arrière-train, un…

— Un mot de plus et c'est moi qui vous le botte.

En silence, ils suivent le chemin qui serpente à l'ombre d'arbres géants et arrivent bientôt aux dépendances. L'allée se termine en une surface goudronnée où sont garées les voitures de l'ambassade. Et à en juger l'état du sol, on vient de les laver.

À côté des véhicules, ils repèrent une pompe à essence, des barils et un grand garage de plain-pied au rideau relevé. À l'intérieur, deux autres voitures : un Range Rover marron foncé qui a l'air d'avoir quelques années au compteur et une Jaguar XJ Supersport noire.

Mitzi traverse le parking tout en examinant un à un les toits des véhicules. Au fond, elle en repère un panoramique, sur une voiture – comme par hasard – gris métallisé. Elle s'approche : c'est une Lincoln MKZ.

— Tiens, tiens, mais qu'est-ce que je vois ? s'exclame-t-elle en passant un doigt sur la carrosserie encore mouillée. On l'a pas déjà vue quelque part, celle-ci ?

— Si, et c'est même le modèle de cette année, dites donc. (Irish jette un coup d'œil à l'intérieur.) Moteur 3,7 litres V6, intérieur cuir et tableau de bord finition bois. Ça vaut bien dans les quarante ou quarante-cinq mille dollars, une merveille pareille.

— Pensez donc, on vous rendrait même pas la monnaie sur cinquante, commente un homme roux en salopette bleue, qui s'approche d'eux en s'essuyant les mains à un chiffon noir de saleté. J'peux vous aider, m'sieur-dame ?

— Lieutenant Fitzgerald, police de Washington, annonce Irish en montrant son badge. Qui êtes-vous ?

— Chas Dawkins, le mécanicien en chef de l'ambassade. Y a un problème ?

— Est-ce que vous consignez les déplacements quelque part, Chas ? Vous sauriez me dire où ces voitures vont et qui les conduit. Vous, par exemple ? ajoute-t-il en prenant un air soupçonneux.

— Les gars et moi, on fait rien d'autre que des essais sur route, et encore, sur des routes privées la plupart du temps, se défend vigoureusement l'employé. Non, si quelqu'un prend une voiture, il doit signer le registre. Il est à l'intérieur, j'vais vous montrer.

Ils entrent dans le garage sombre qui pue l'huile, l'essence et le white-spirit. Mitzi jette un œil par-dessus son épaule pour voir si les gardes ne seraient pas en train de rappliquer – comme ils le feront inévitablement.

Chas fouille dans les tiroirs d'un vieux bureau, sur lequel trône un écran d'ordinateur antédiluvien et, tout autour, une collection de tasses à café qui n'ont pas vu l'intérieur d'un lave-vaisselle depuis un bout de temps. Il sort un grand livre cartonné bleu, l'ouvre et lève les yeux vers les flics.

— C'est quel jour et quelle voiture qui vous intéressent, déjà ?

— Vendredi dernier, répond Irish en sentant son cœur bondir. Qui avait la Lincoln ce soir-là ? À partir de 20 heures, mettons ?

Le mécanicien fait défiler son doigt le long d'une colonne jusqu'à trouver un nom et une signature.

— M. Dalton.

— Et c'est qui ? intervient Mitzi en apercevant une Ford Expedition noire s'arrêter doucement devant le garage.

— *George* Dalton. Un consul.

Elle voit les gardes sortir du véhicule, remonter leur pantalon et ajuster leur ceinture, alourdie par une arme d'un côté et une lampe torche de l'autre.

— Et combien de temps est-ce qu'il a gardé la voiture ?

Chas repose les yeux sur le registre.

— Il l'a laissée à l'aéroport dimanche matin. On est passé la…

— Ne dites plus un mot, monsieur Dawkins, lui ordonne un type à la cinquantaine bien tassée, probablement un ancien flic. Ces personnes n'ont pas le droit d'être ici, et encore moins de vous poser des questions.

Mitzi fait un clin d'œil au mécanicien.

— Ne l'écoutez pas, Chas. Le chef de la Stasi aura beau vous dire le contraire, vous avez fait ce qu'il fallait.

37.

LE BRONX, NEW YORK

— Voilà comment ça va se passer, explique Nabil Tabrizi en regardant tour à tour Halem et Malek. Aucun d'entre nous ne va quitter cette pièce, et ce jusqu'à ce qu'on soit venu chercher la veste d'explosifs et que Grand Central Station baigne dans le sang des infidèles.

Il les observe dans les yeux, à la recherche d'une lueur d'inquiétude, une prise de conscience soudaine que l'un d'eux ne pourra pas contacter ses supérieurs pour déjouer l'attentat.

Malek est le premier à briser un silence où la tension est palpable.

— Je peux voir la veste ?

Le commandant de la cellule l'observe d'un air soupçonneux.

— Pourquoi ?

— Pour m'assurer qu'elle fonctionnera comme il faut. Il y a souvent des défaillances dans ce type de mécanisme.

Aasif la lève à hauteur des yeux.

— Ce serait pas plutôt pour la saboter, que tu la veux ? Comme défaire un fil ou deux, peut-être ?

Le plastiqueur garde son calme.

— Je suis un professionnel et j'agis en professionnel. (Il se tourne vers son commandant.) Respectes-tu mon opinion et mes compétences, oui ou non ?

— Donne-lui la veste, ordonne sèchement Nabil.

Aasif lui passe l'objet le plus délicatement possible.

Le commandant extirpe le Glock qu'il garde toujours glissé à sa ceinture, dans le dos, et se met à l'inspecter. Une vérification qu'il fait davantage par ennui qu'autre chose.

— Tu es bien calme, Halem. À quoi penses-tu ?

Le chargeur fait un bruit sec quand il le remet en place.

Antun sent les yeux perçants de Nabil sur lui, à la recherche du moindre signe indiquant qu'il est un agent infiltré.

— Je me demandais... Est-ce que quelqu'un a pensé à un moyen pour passer les détecteurs sans se faire repérer ? Ou bien est-ce que le plan est simplement de se faire exploser devant la gare ?

— Le plan a été très bien conçu, rassure-toi, réplique Nabil. Les explosifs sont à base de peroxyde d'acétone et ils passeront les portiques sans problème. N'est-ce pas, Malek ?

— Je confirme, c'est bien ce qui a été utilisé, ici. On a une charge un peu grossière mais hautement volatile, composée d'acétone, de peroxyde d'hydrogène et d'un acide fort, comme l'acide sulfurique, ou chlorhydrique peut-être. (Il ouvre une des poches de la veste et montre à la ronde les produits chimiques dont elle a été bourrée.) En réalité, la plupart des portiques détectent uniquement la nitroglycérine. Ils n'y verront que du feu. Dans notre jargon, c'est ce qu'on appelle « une bombe transparente ».

Antun, l'homme que tout le monde connaît sous le nom d'Halem, essuie une goutte de sueur qui perle sur son front. Son esprit tout entier est tourné vers Grand Central Station. Ce n'est pas simplement l'endroit le plus bondé du réseau de transports new-yorkais aux heures de pointe, c'est aussi l'un des lieux les plus passants au monde. Cette gare possède plus de cent voies ferrées au total et s'étend sur quasiment vingt hectares de terrain. Sept cent cinquante mille passagers y transitent au quotidien – et encore, les jours calmes. Une bombe placée là causerait des pertes inimaginables.

Il faut à tout prix qu'il empêche cet attentat.

Même s'il doit y laisser la vie.

38.

WASHINGTON DC

En chemin vers l'appartement de Sophie Hudson, à North Bethesda, Mitzi craque et baisse la vitre de la Taurus.

— Vous êtes sûr que vous avez laissé les macchabées à la morgue ? J'ai plutôt l'impression qu'ils sont ensevelis dans la voiture, sous votre montagne d'ordures.

— Très drôle, grogne Irish en ouvrant la boîte à gants d'un geste brusque. Il doit y avoir de l'eau de Cologne, là-dedans. Aspergez-en un peu et fermez-la.

— Ah, comment résister à une telle offre ?

Mitzi trouve une petite bouteille verte à l'air suspect – la marque est inconnue au bataillon – et en vaporise devant elle.

— Oh mon Dieu ! Je crois que je préfère encore les relents de cadavre, s'écrie-t-elle en rangeant le flacon vite fait.

— J'ai payé ça dix dollars, je vous signale.

— Ouais, ben, vous auriez dû arrêter le vendeur pour vol qualifié.

Il sourit. Pour quelqu'un comme Mitzi Fallon, il se dit qu'il achèterait de l'eau de Cologne à soixante dollars et qu'il arriverait peut-être enfin à se ressaisir. Dommage qu'elle soit juste de passage dans sa vie. Dommage que sa vie soit le genre qu'on traverse sans jamais s'arrêter.

— Je vous ai dit qu'à mon avis, Sophie Hudson nous cache des choses ?

— Oui, à mon arrivée.

Il s'enfonce un doigt dans la tempe.

— J'en suis à l'âge où j'oublie la moitié des choses, alors je préfère les dire deux fois que pas du tout.

— Pour Sophie, vous avez mis le doigt sur le problème ?

— Non, justement. C'est plutôt un feeling, explique-t-il en posant négligemment les mains sur le haut du volant. Je me disais… peut-être que vous devriez la voir seule. De femme à femme, elle pourrait vous confier des choses qu'elle n'a pas voulu me dire, à moi.

Mitzi le jauge d'un coup d'œil. Ce type est sapé comme l'as de pique et pue le mauvais whisky, mais sous ce beau gâchis, on sent qu'il y a un grand flic. Il tente juste de ressortir à l'air libre.

— OK, je vais tenter le coup.

Dix minutes plus tard, Irish se gare à l'ombre et éteint le contact.

— C'est cet immeuble, là. Au huitième, appartement 802, ajoute-t-il en entreprenant d'incliner son siège. Pendant ce temps-là, moi, je vais faire un somme. Ça me fera peut-être passer ce foutu rhume.

Mitzi s'extrait de la voiture et s'exclame par la portière ouverte :

— Quand les femmes sont malades, elles prennent leur mal en patience ; mais les hommes, attention, ils doivent se reposer. Vous voulez un conseil pour retrouver la santé ? Nettoyez plutôt cette poubelle.

Sur ce, elle claque la portière bruyamment et regarde alentour.

La rue est propre et calme. Elle repère quelques arbres majestueux autour de l'immeuble, un sentier creusé dans la pelouse qui sert de raccourci aux habitants, et deux bancs qui doivent à tous les coups être monopolisés par les vieux dans la journée et les ados le soir.

Elle prend les escaliers au lieu de l'ascenseur et profite de ce moment de répit pour passer en revue ce qu'elle sait de l'affaire.

Sophie ouvre sa porte du premier coup, mais une fois de plus, elle a laissé la chaîne.

— Je travaille sur le meurtre de votre boss, dit Mitzi en sortant son insigne du FBI. J'ai quelques questions à vous poser.

— J'ai déjà parlé à M. Fitzgerald.

— Je sais, mais maintenant, vous devez me parler à moi. (Elle pose un doigt sur la chaîne.) Vous m'enlevez ça, s'il vous plaît ?

Dans les yeux de Sophie, elle lit la résignation. La porte se ferme, puis se rouvre sans la chaîne.

— Merci. Comment vous vous sentez ? demande Mitzi en entrant. On m'a dit que vous étiez malade.

— Ça va un peu mieux.

Sophie porte un vieux sweat à capuche avec l'emblème de

son université dessiné dessus, un jean et des chaussettes roses. À contrecœur, elle lui fait signe de prendre place sur le canapé.

— Vous voulez boire un truc ?

— Merci, ça va, répond Mitzi en s'asseyant, puis en ouvrant une page vierge de son carnet. Je ne vais pas vous déranger longtemps.

— Ouais, fait Sophie en s'asseyant face à elle. Comme je vous l'ai dit, j'ai déjà tout passé en revue avec le lieutenant Fitzgerald. Je lui ai raconté ce que je savais.

— Et moi, mon petit doigt me dit que non, rétorque-t-elle en scrutant le visage de la fille, sa mâchoire fermée, ses lèvres pincées. Si je vous dis association de mots, vous voyez de quoi je parle ?

Sophie fronce les sourcils.

— Non.

— D'accord, je vous explique : je vous dis quelque chose et vous me répondez la première chose qui vous passe par la tête. À partir de là, je saurai si vous êtes une menteuse, ou bien juste une gosse enrhumée chez qui ce n'était pas la peine de sonner.

Mitzi marque une pause et fait cliqueter bien fort son stylo-bille.

— Alors on y va. Premier mot : meurtre…

La jeune vendeuse reste muette.

— *Meurtre*, Sophie, répète Mitzi. *Meurtre*…

— M. Goldman ?

— Bien.

Mitzi laisse s'installer un silence gêné. Puis elle se penche en avant et plonge ses yeux perçants dans ceux de la jeune femme.

— Cacher.

Les pupilles de Sophie se dilatent. La peau de ses joues rosit légèrement.

— C'est débile, votre jeu. Je ne…

— Stop ! s'exclame Mitzi en levant la main bien haut, tel le policier de la circulation devant l'automobiliste récalcitrant. Vous n'imaginez même pas ce que je suis capable de faire, quand on me ment sans vergogne.

Le silence revient.

— OK, on arrête de jouer, s'exclame Mitzi en reposant carnet et stylo sur la table basse. Vous êtes passée de *pauvre petite* à *sale baratineuse* en seulement deux questions. Vous ne battez pas le record, mais pas loin. (Elle ressort son badge et le pose sur le canapé, juste à côté de Sophie.) Je vous signale que le FBI m'a pas envoyée ici pour rigoler, ma cocotte. Je suis là pour mettre un assassin en taule. Alors ce qui va se passer, maintenant, c'est que je vais téléphoner pour demander officiellement la permission de retourner votre appart, et après on va vous inculper pour présomption de…

— Ça va, ça va, capitule Sophie en se passant une main tremblante sur les lèvres. Il faut que j'aille chercher quelque chose dans la chambre.

Elle se lève.

Mitzi se lève aussi. Ce n'est pas son genre de rester assise comme une bécasse pendant qu'un suspect tente de se faire la malle, ou pire, va prendre un truc qui, comme par hasard, s'avère chargé.

Par conséquent, elle la suit dans l'autre pièce, et quand Sophie fait mine d'ouvrir le tiroir de sa coiffeuse, elle enlève son revolver de l'étui.

— Allez-y mais tout doucement. Ce serait dommage de vous faire sauter la cervelle par erreur.

La fille a l'air terrifiée. En tremblant comme une feuille, elle sort une petite clé USB cachée sous des sous-vêtements et la lui tend.

— Voilà ce que je venais chercher, c'est tout.

Mitzi prend l'objet riquiqui et l'observe de près, puis rengaine son arme.

— Qu'est-ce qu'elle contient et comment vous l'êtes-vous procurée ?

Sophie retourne s'asseoir sur le canapé.

— J'arrivais pas à comprendre ce que c'était. M. Goldman non plus, mais pour lui, tout ce qui est technique, c'est du chinois. La personne qui lui a donné la clé était en contact avec lui pour affaire, mais je sais pas qui c'est. Quand il l'a insérée dans l'ordinateur du magasin, tout ce qu'on a trouvé dessus, c'est un document contenant une suite de chiffres et de lettres sans queue ni tête. Alors il me l'a donnée pour voir si j'arrivais à en tirer quelque chose.

— Et c'était quoi le problème ? Elle était formatée pour un Mac ?

— Même pas. C'est vraiment une suite de chiffres et de lettres, et rien d'autre.

— Quoi, vous êtes en train de me dire que vous avez mis la main sur la recette de la soupe à l'alphabet, c'est ça ?

— C'est comme je vous l'ai dit, sans queue ni tête. Le seul truc que j'ai découvert, c'est une inscription sur la clé elle-même. Quelqu'un y a gravé CODE X.

Mitzi tient la petite clé de huit gigas entre le pouce et l'index pour vérifier.

— Dans ce cas, pourquoi avoir menti ?

Elle hausse les épaules d'un air coupable.

— Je ne suis qu'une vendeuse, et encore, une vendeuse au chômage, maintenant. J'ai pensé que je pourrais me faire un peu de fric avec.

— Comment ?

— Ben, j'avais dans l'idée de la vendre à un journal, quoi.

— Ma fille, c'est la grande classe de vouloir se faire des sous sur le dos de son boss mort. Autre chose que vous auriez pris et dont vous auriez oublié de nous parler ?

— Non, répond Sophie en se tortillant nerveusement une mèche de cheveux. Dites, vous allez m'arrêter ?

— Pas pour l'instant. Ce n'est pas un crime d'avoir peur de se retrouver au chômage, sinon j'aurais déjà mis la moitié du pays en prison. Mais faut se réveiller, ma cocotte : mentir à un flic dans l'exercice de ses fonctions, c'en est un. Vous avez du bol, je passe l'éponge pour cette fois-ci. Mais si je dois revenir, je vous préviens, ce sera une autre histoire.

39.

LE BRONX, NEW YORK

Au bout de six heures passées dans l'atmosphère confinée de la cave, Antun demande à aller aux toilettes. Il est aussitôt suivi par Aasif, qui a reçu pour instruction de ne faire confiance à personne. Ce qui ne lui pose pas vraiment de problème : la méfiance est un réflexe aussi naturel que la violence bestiale, chez lui.

Antun étudie le mastodonte pendant qu'il se lave les mains. Il est évident que ses larges épaules ont été façonnées à force de soulever des poids monstres à longueur de journée dans une salle de sport. De fines cicatrices blanches courent le long de ses poings et de sa mâchoire, rançon d'années de bagarres de rue, certainement. Toutes sont des blessures de défense du côté droit, hormis une plaie à la gauche de son visage, sans aucun doute infligée par un droitier avec un couteau. Antun a dans l'idée que son agresseur n'aura jamais eu l'occasion de s'en vanter.

Aasif se tourne vers le distributeur d'essuie-mains au mur et prend quelques feuilles, qu'il brandit à Antun.

— Tiens. Dépêche-toi.

Antun les prend et se sèche très lentement les mains.

— Pourquoi t'es pressé comme ça ? Je croyais que les types *de ton espèce* se plaisaient bien, aux toilettes.

— *De mon espèce* ? crache l'autre. Et c'est quoi exactement, les types *de mon espèce* ?

Antun lui passe devant en souriant.

— Arrête, tu sais bien.

Aasif le chope par l'épaule.

— Redis ça et je te fais un deuxième trou de balle.

— Oh, je te crois, rétorque l'agent infiltré en regardant le colosse dans les yeux. Et on sait tous les deux ce que t'aimerais faire avec.

Aasif serre les poings de colère.

Antun lui rit au nez, puis retourne tranquillement dans la cave malsaine. Il a déjà eu affaire à des brutes bien pires que lui.

Mais plus important, maintenant il sait où appuyer pour faire réagir ce gorille au quart de tour.

Les deux hommes reprennent place sur leur chaise et se lancent des regards mauvais. Ils savent tous deux que leur heure viendra.

Soudain, le silence imposé par Nabil est rompu par trois coups frappés à la porte en haut des escaliers.

— C'est elle, annonce-t-il avant de se tourner vers Aasif. Amène-moi la veste.

40.

GLASTONBURY, ANGLETERRE

Outre ses obligations diplomatiques et la gestion de l'OSSA, sir Owain Gwyn est le propriétaire et administrateur de Caledfwlch Ethical Investments (CEI), une société d'investissement internationale que sa famille a fondée il y a plusieurs générations et qui vaut des milliards de dollars. Étant donné qu'il parraine également plus d'une dizaine d'organisations caritatives, il passe une bonne partie de la journée à contacter différents bureaux à Londres.

À 14 h 30, le chevalier va déjeuner avec son épouse, puis il retourne au centre de contrôle souterrain de l'OSSA pour un dernier briefing avec le secrétaire du Cercle, Lance Beaufort.

Les murs de la pièce où ils se retrouvent sont tapissés d'écrans vidéo et d'ordinateur, qui sont reliés à des satellites et divers systèmes de surveillance à travers la planète, et scrutés en permanence par des agents de l'Ordre.

Les deux hommes entrent dans l'une des quatre alcôves insonorisées, prennent place à la grande table pouvant faire office de bureau ou de table de conférence au besoin, et font coulisser la porte vitrée pour être au calme.

— Je suis désolé de t'annoncer cela, mais je n'ai aucune nouvelle d'Antun, avoue le Français. Je viens de parler à Gareth et il n'a pas réussi à le localiser.

Owain paraît inquiet.
— Je croyais qu'on l'avait sous surveillance ?
— C'était le cas. L'équipe qui le suivait nous a signalé l'avoir vu en compagnie de Nabil, mais on les a perdus tous les deux.
— Comment est-ce arrivé ?
— Au troisième changement de métro, ils se sont volatilisés.
— Et le traceur GPS qu'il avait sur lui ?
— Antun l'a jeté discrètement peu après sa rencontre avec Nabil. Il devait se douter que Tabrizi allait le fouiller.
Une sincère anxiété se lit dans les yeux d'Owain, à présent.
— Nous aurions dû l'exfiltrer après l'assaut des Américains. S'il lui arrive quoi que ce soit, je ne me le pardonnerai jamais.
— Antun Bhatti est l'un de nos meilleurs agents ; il est capable de se débrouiller seul.
— Parfois, ça ne suffit pas. Regarde, cela fait des siècles qu'on enterre les meilleurs d'entre nous.
— On va tâcher de retrouver sa trace, je te le promets.
Il fait glisser une série de clichés en direction d'Owain.
— Qu'est-ce que c'est ?
— Les dernières images satellite du Togo. Mardrid vient de réduire en cendres un village entier. Il y a trente morts. La plupart ont été brûlés vifs, mais parmi les victimes on compte deux producteurs de café tués d'une balle dans la tête. Manifestement, tout est parti d'eux.
Owain jette violemment les photos sur la table.
— Ah ! au diable cette vermine corrompue ! (Il se prend le front dans les mains et tente de contrôler sa rage.) Je veux qu'il meure, Lance. Je me fiche de savoir comment. Je veux voir Mardrid six pieds sous terre avant que ce cancer ne se propage davantage.
— Le problème, c'est qu'on n'arrive jamais à l'approcher. Il a une sécurité digne d'un roi saoudien.
— Eh bien en attendant, arrêtez au moins ce massacre ! s'écrie Owain en tapant de la main sur les clichés. On a des hommes au Ghana ; dis-leur de s'y rendre. Qu'ils trouvent les responsables et les remettent aux gens du coin. Ils sauront quoi faire avec eux.
— Il nous faudra plus qu'une poignée de villageois pour

arriver à faire décamper les crapules à la solde de Mardrid.

— Je le sais, mais au moins, cela leur redonnera un peu espoir.

Le chevalier prend le temps d'y réfléchir un instant, puis ajoute :

— Je vais demander la permission au Cercle de lever une armée de croisés et je ferai ratifier cela en assemblée extraordinaire avec la Lignée de Sang.

— Très bien.

L'humeur d'Owain s'assombrit encore en imaginant ce que Mardrid mijote peut-être d'autre en ce moment.

— Des nouvelles de Marchetti ? Est-ce que ce sale traître est déjà arrivé dans l'antre du diable en Espagne ?

— Il a atterri à Charles-de-Gaulle hier, mais nous n'avons pas réussi à savoir s'il a pris une correspondance ou s'il est resté à Paris.

— Il aura poursuivi son voyage, c'est certain. Trouvez où se trouve Mardrid et vous trouverez Marchetti. (Owain se lève et défroisse sa veste de costume bleu marine.) Je suis désolé, mais je dois vraiment te quitter. Tu veux bien conduire Jennifer à Caergwyn, demain matin ? Je vous y rejoins dès que possible.

— Avec plaisir.

— *Merci**, répond Owain, avant de le laisser pour aller dire au revoir à sa femme.

Celle-ci l'attend patiemment à la porte d'entrée, vêtue d'une jupe Stella McCartney en tweed marron et d'une veste couleur ocre qui fait ressortir ses longs cheveux blonds et ses beaux yeux bleus.

— Pardonne-moi, dit-il en se penchant pour l'embrasser. Tu n'as pas idée de ce que je donnerais pour rester ici ce soir et dormir à tes côtés.

— Je crois que si.

Et la lueur dans ses yeux vient le lui confirmer.

— J'ai fait mettre ton sac dans l'hélicoptère. Tu y trouveras ton smoking et des vêtements de rechange.

— Merci.

— Sois prudent.

— Je le suis toujours.

Quand il monte à bord de l'engin, il sent encore son parfum et le doux frisson que lui procure le contact de ses mains.

Les pales de l'hélico se mettent à tourner de plus en plus vite. Quelques minutes après, il quitte gracieusement le sol en provoquant des tourbillons de poussière.

Owain regarde une dernière fois son épouse qui lui fait signe de la main, puis fixe son attention droit devant tandis que l'appareil traverse les pâles nuages et vire à l'est, en direction de Londres et de Buckingham Palace. Le rendez-vous qu'il a ce soir est tellement secret qu'il n'en a même pas parlé à Jennifer.

41.

North Bethesda, Maryland

Il est déjà plus de 15 heures quand Mitzi sort de l'immeuble de Sophie Hudson.

Irish est toujours au volant, mais le siège est complètement abaissé et il dort à poings fermés.

Elle ouvre tout doucement la portière côté passager, se glisse à l'intérieur et la referme en claquant bien fort.

Irish se relève d'un coup.

— C'est quoi, ce bordel ?

— Une avancée, réplique-t-elle avec un grand sourire.

Il cligne des yeux et se frotte vigoureusement les joues pour se réveiller.

— Qu'est-ce que vous dites ?

Elle lui tend la clé USB argentée que Sophie lui a confiée.

— Voilà ce que votre vendeuse nous cachait.

Il ramène son siège en position normale et lui prend l'objet des mains.

— Qu'est-ce qu'il y a dessus ?

— Ça reste à voir. Il y a une inscription, code x, sur le côté. La fille m'a expliqué que son patron l'avait reçue en contact avec lui pour affaire. Apparemment il n'y a qu'un seul document dessus, qui ne contient que des chiffres et des lettres.

— Ça m'a tout l'air d'être une arnaque.

— On va faire un crochet par l'hôtel pour que je dépose mes affaires, et ensuite on pourrait y jeter un œil en buvant un truc, d'accord ?

— Bonne idée, dit-il en mettant le contact.

— En buvant du café, je précise.

Il ne relève pas la pique, s'appliquant plutôt à faire demi-tour pour retourner à Kensington.

— Alors comme ça, le coup de la conversation de femme à femme a marché, hein ? fait-il, l'air content de lui. Vous vous l'êtes jouée comment avec elle ? Plutôt maman, ou plutôt grande sœur ?

— Plutôt *maman ?* répète-t-elle en le fusillant du regard. Vous avez vraiment envie de passer votre après-midi à l'hôpital ?

— D'accord, fait-il en levant une main en signe d'apaisement, vous avez décidé de ne pas opter pour la méthode douce. J'ai pas de problème avec ça, moi.

— Elle avait besoin qu'on lui secoue un peu les puces, c'est tout. (Mitzi tourne la tête pour admirer les belles avenues ombragées.) Dites donc, c'est coquet par ici. On va loin ?

— Ouais, trop coquet pour être vrai. On est à cinq kilomètres, à peu près.

Il allume la radio pour passer le temps et un air de country jaillit des haut-parleurs bon marché installés dans les portières.

— Le panneau à droite indique Rock Creek, constate Mitzi en pointant un doigt sur le pare-brise. C'est là où vous avez retrouvé le second corps ?

— Oui. Rock Creek Trail. Trente kilomètres de randonnée à travers bois entre le lac Needwood et la tombe de notre macchabée.

— Vous avez mis un nom sur celui-là ?

— Non, pas encore. Mais je vais passer un coup de fil quand on sera à votre hôtel. Je suis sûr qu'on va trouver une correspondance dans l'une de nos bases de données.

La Taurus franchit le pont de Knowles Avenue et continue en cahotant jusqu'à une intersection. Irish tourne à droite dans Connecticut Avenue et freine un peu plus loin, devant un petit immeuble blanc entouré de gazon.

— Et voilà, on est chez vous.

Mitzi sort de la voiture et se dirige vers le coffre.

Sauf qu'il y arrive avant elle.

— Allez prendre la chambre, moi je m'occupe du sac.

Cet accès de galanterie la prend au dépourvu.

— Ça va, je peux me débrouiller.

Il tend le bras et lui prend le sac des mains.

— J'insiste.

Elle hausse les épaules et passe devant une grande enseigne indiquant « Silver Fall Lodge ». Une allée en gravier bien entretenue, bordée d'ormes et de chênes vénérables, coupe à travers la pelouse très verte. Irish casse le moment bucolique en faisant un boucan de tous les diables avec le sac de voyage, qu'il fait rouler à quelques mètres derrière elle.

La réception est une sorte de grand carré blanc, des murs au plafond, en passant par le parquet flottant. Une jeune femme, très chic dans son blazer noir et son fin chemisier couleur crème, lui adresse un sourire au-dessus de son écran d'ordinateur. Derrière elle, plusieurs clés en laiton sont pendues à des crochets numérotés.

Mitzi se présente et repart l'instant d'après avec la promesse d'avoir « la plus belle » des six chambres.

Irish lui donne le sac.

— Je vais au bar, annonce-t-il, tout en voyant bien l'air désapprobateur qu'il s'attire. Pour prendre un *café*.

La réceptionniste, qui l'a entendu, lui indique le chemin.

— Ce sera tout droit, puis à votre gauche, monsieur.

Mitzi monte au premier et suit un couloir à la moquette rouge passée jusqu'à la porte de sa chambre, qui se trouve quasiment dans le noir.

L'endroit est minuscule. Elle n'arriverait même pas à y caser toute sa collection de chaussures. Les murs beiges et le parquet foncé sont un peu trop oppressants à son goût. Le truc le plus coloré, là-dedans, c'est un vase vaguement oriental rempli de fleurs variées et posé sur un vieux secrétaire merdique. Ruthy saurait les nommer une par une, mais pour Mitzi, c'est juste des grosses fleurs rouges avec des plus petites jaunes pointues et quelques touffes de vert.

Elle branche son ordinateur portable, l'allume et attend que la page d'accueil s'affiche. Pendant ce temps-là, elle défait son sac et pend ses habits dans un placard qui sent le renfermé. Puis elle introduit la clé USB sur un côté de l'ordi et ouvre l'unique icône qui s'affiche.

Elle tombe sur du charabia. Quatre grands paragraphes de charabia, d'après ce qu'elle voit.

Impuissante, elle contemple ces blocs composés de lignes de chiffres, puis de lignes de lettres. Jamais de mélange de chiffres et de lettres sur une même ligne, observe-t-elle tout de même. Mitzi télécharge sur son disque dur le contenu de la clé, compose le numéro de téléphone du bureau à San Francisco et cale le combiné entre l'oreille et l'épaule.

On décroche quasiment tout de suite.

— Vicky Cantrell.

— Vicks, c'est Mitzi Fallon à l'appareil. Je suis à Kensington et j'ai un document à t'envoyer. Tu es devant ton ordi ?

— Bien sûr, Mitzi. Donne-moi un instant, je finis un truc. (On entend les doigts agiles de Vicky tapoter sur le clavier.) OK, tu peux y aller.

Mitzi passe par le portail sécurisé du FBI et envoie en quelques secondes les mystérieuses données.

— C'est bon, j'ai le doc, annonce Vicky en cliquant sur l'icône. Attends. Je ne vois qu'une suite de chiffres et de lettres. Tu es sûre que ça devrait être comme ça ?

— C'est ce que j'ai sous les yeux, moi aussi. Transfère-le au service Cryptographie, pour voir s'ils arrivent à le déchiffrer.

— C'est comme si c'était fait.

— Je t'appelais aussi à propos de la croix. Ça a donné quelque chose, tes coups de fil de ce matin ?

— Oui. Attends une seconde, je prends mes notes. (Elle ouvre le tiroir du bas dans son bureau et en sort un nouveau dossier intitulé « Homicides – Agent Fallon ».) Alors voilà. J'ai envoyé le dessin à un peu tout le monde et il s'avère que le véritable expert en la matière est un professeur du nom de Quinn, au Smithsonian. Il n'avait jamais rien vu de pareil, et d'après lui, on ne trouvera aucune mention de cette croix dans les archives du musée.

— Ça veut dire quoi ? On a que dalle, en fait ? demande Mitzi, un peu confuse.

— Non, c'est moins catastrophique que ça en a l'air. Pour Quinn, le fait qu'il n'y ait aucune trace de ce genre de croix signifie probablement qu'elle date de l'âge de fer.

— Rappelle-moi quand c'était, exactement.

— En Europe, entre 1 200 et 400 avant Jésus-Christ.

Mitzi fronce les sourcils.

— Tu es en train de me dire que l'âge de fer européen diffère de celui des autres pays, c'est ça ?

— En Égypte, à Chypre et ailleurs, il est effectivement plus vieux. En Inde, c'est à peu près à la même époque. Au Japon et en Chine, c'est un peu plus tard. Pour Quinn, c'est une croix funéraire celtique, qui daterait donc de l'âge de fer irlandais. Celui-là, il s'est terminé avec la romanisation et la christianisation de la Grande-Bretagne.

— Et elle vaudrait combien ?

— Il n'était pas certain, mais pas tant que ça, apparemment.

— C'est-à-dire ?

— Quelques centaines de dollars, mais seul un collectionneur passionné serait intéressé, selon lui. Il a envoyé un e-mail à un professeur d'Oxford pour avoir une seconde opinion.

— Et quand est-ce qu'on aura sa réponse ?

— J'en sais rien. En Grande-Bretagne, il y a cinq heures de décalage en plus par rapport à l'heure locale à Washington, huit par rapport à San Francisco. Si on compte que les universitaires ont toujours douze bonnes heures de retard sur le reste du monde, je dirais demain ou après-demain ?

— Ça va pas. Faut être sur le pont vingt-quatre heures sur vingt-quatre, Vicks. Harcèle Quinn jusqu'à ce qu'il te file le numéro du Britannique, et ensuite ne le lâche plus d'une semelle, celui-là. C'est pas mon genre d'attendre, figure-toi, et à partir de maintenant, toi non plus.

— Compris, lieutenant.

— Bien. Merci pour ton aide. Tu peux me passer Donovan ? J'imagine que je dois lui faire un topo.

— Elle est sortie, je l'ai vu partir avec le big boss. Tu veux que je demande à la secrétaire son numéro de portable ?

— Non, ça ira, merci. Mais laisse-lui un message pour dire que j'ai appelé et qu'elle peut me contacter si elle veut en savoir plus. Est-ce que Bronty est là ?

— Non, mais Eleonora, oui. Tu veux que je te la passe ?

Mitzi hésite.

— Allez, d'accord.

— Un instant.

Quelques secondes plus tard, l'Italienne prend le combiné.

— M-itzi, c'était comment le voyage ?

— Légèrement moins douloureux qu'un frottis, je dirais. Vous vous en sortez, avec la sorcière ?

— On a trouvé la congrégation à laquelle elle appartenait. C'est un groupe qui a fait sécession avec l'Église de Satan.

— Contente de voir que vous avancez. Tu peux demander à Bronty de m'appeler quand tu le vois ? J'ai un truc à lui demander.

— *Sì*. Pas de problème. Je lui dis de te contacter aussitôt.

— *Grazie*.

— *Prego*, Miitziie.

Quand elle raccroche, le téléphone se remet aussitôt à sonner : Fitzgerald.

— Le café est dégueulasse, ici. Je vais au Phoenix Bar, au coin de la rue. Rejoignez-moi là-bas quand vous êtes prête.

Elle rabat l'écran de son ordinateur, le fourre sous le bras et se dépêche de sortir.

Elle se dépêche, parce que la dernière chose dont elle a envie, c'est de passer sa soirée à baby-sitter un ivrogne.

42.

GLASTONBURY, ANGLETERRE

Lance Beaufort marche sur le gazon, non loin de l'endroit où Owain et lui ont croisé le fer le matin même. Il prend un chemin sinueux qui le mène le long d'un vieux labyrinthe de buissons, d'un verger en haut d'une butte, et enfin, au lac situé au sud de la propriété.

Le Français approche de l'élégant pavillon d'été victorien perché au-dessus des eaux poissonneuses, et lorsqu'il monte sur la terrasse en teck, il fait grincer les lattes. Il voit les barques vertes attachées au ponton et se souvient de toutes ces merveilleuses parties de pêche avec Owain et des délicieux saumons savourés le soir, au barbecue.

Les rideaux sont tirés et la porte du pavillon fermée. Il se sert de sa clé et entre dans le noir.

Elle est là.

Il sait qu'elle est là. Il sent son parfum. Son corps. Ses cheveux. Parce qu'il la sent si proche de lui, tout en ne la voyant pas, son pouls s'accélère.

— Ne dis rien.

Une élégante main de femme, froide et douce, se pose sur ses lèvres comme pour en contenir la chaleur.

— Toute la journée, j'ai pensé à ce moment.

Lance se tourne vers elle. Il sent son corps tendre se presser contre le sien, ferme et musclé.

Elle l'embrasse dans le cou. Dans l'oreille. Mais sa main reste sur les lèvres de Lance.

— Ne dis rien tant que tu ne m'as pas fait l'amour.

43.

Le Bronx, New York

Aasif roule la veste et la remet dans le sac-poubelle noir.

Nabil suit le colosse vers la porte qui mène à la pièce où « l'Élue » les attend.

— Un instant, s'écrie Antun.

Ils s'arrêtent, se retournent.

— Laissez-moi.

Nabil le regarde avec curiosité.

— Quoi ?

— Laissez-moi porter la veste. C'est pour cette raison qu'Allah m'a sauvé quand les Américains sont venus. Ma lâcheté était censée me préparer à ça.

— Non, intervient Malek, le plastiqueur. Ne fais pas ça. (Il se tourne vers Nabil.) Il nous est bien trop précieux pour qu'on le sacrifie.

— Je t'en prie, s'exclame Antun en tombant à genoux. Laisse-moi me racheter en écrivant cette page de notre glorieuse histoire. Laisse-moi être l'élu.

44.

KENSINGTON, MARYLAND

Mitzi a la surprise de découvrir Irish assis à une table dans un coin du bar, avec seulement une tasse de café noir devant lui.

Pas de bière. Pas de vin. Pas d'alcool fort.

Juste un café.

Il est plongé dans ses pensées et la voit seulement lorsqu'elle tire un tabouret pour s'asseoir en face de lui.

— Salut, ça va ? lance Mitzi gaiement.

— Ça va bien.

— Pour être honnête, vous n'avez pas l'air bien. En fait, vous en êtes tellement loin, je me demande même si Google Maps réussirait à vous trouver.

— Ah, mais merci, ironise Irish, avant de remarquer l'objet argenté qu'elle tient dans la main. Alors, il y avait quelque chose sur cette clé ?

— Oui, mais rien d'intelligible. J'en ai fait une copie et j'ai aussi envoyé le fichier à mon bureau, pour voir s'ils rament autant que nous. Tenez, vous devriez garder l'original.

— Gardez-la pour l'instant, vous me la donnerez plus tard. J'ai la fâcheuse habitude de perdre des trucs dans les bars.

— Comme votre réputation ?

Il rejette la moquerie d'un geste magnanime.

— À ce que j'en ai vu, poursuit Mitzi en glissant la clé USB dans son sac à main, c'est exactement comme Sophie l'a dit : on a affaire à un putain de code de la mort.

— Le « code de la mort », c'est une dénomination officielle, bien sûr ? Comme Enigma et le code de César ?

— Et sinon, comment on fait pour se faire servir, ici ?

— À l'ancienne. On va au bar et on paie. (Il lui indique quelque chose par-dessus son épaule.) Il y a une ardoise derrière vous, vous y trouverez peut-être quelque chose de mangeable. En attendant, je vous commande un truc à boire ?

Il lit dans ses pensées.

— Et souvenez-vous, vous pouvez avoir du café, du café ou bien du café.

— D'accord, alors je vais prendre un café. Je l'aime bien grand et noir.

Une vanne lui vient à l'esprit, mais il se retient – il n'a pas envie de se prendre une gifle.

Le bar est bondé et Irish met une éternité à revenir avec les cafés. Comme ses mains tremblent, il en fiche un peu partout quand il les pose sur la table, et il prie pour qu'elle n'ait rien remarqué.

— La serveuse arrive dans une minute pour prendre notre commande. Vous avez du nouveau, pour la croix ?

— D'après un expert en la matière, elle est celtique mais ne vaut pas grand-chose.

— Je croyais qu'elle était super vieille ?

— Vieux, ça ne veut pas forcément dire précieux.

— Ne m'en parlez pas.

Elle éclate de rire.

Irish boit une gorgée de café et se mord les doigts de ne pas l'avoir laissé refroidir avant. Tout à coup, il songe à quelque chose que la fille lui a dit.

— C'est quand même bizarre, parce que Sophie Hudson m'a affirmé qu'Amir Goldman était prêt à payer ce machin des milliers de dollars. Et d'après votre expert, elle vaudrait combien ?

— Quelques centaines de dollars seulement.

— Pourquoi commettre un meurtre pour si peu ?

Son téléphone sonne et il regarde le nom qui s'affiche à l'écran.

— C'est le bureau.

Elle le regarde prendre l'appel et gribouiller quelques notes dans un carnet défraîchi qu'il sort de sa veste marron froissée. La fringue sent la cigarette, la bière éventée et des dizaines de repas avalés debout. Il a vraiment tout du type qui est tombé au plus bas, dans le caniveau même, et tente encore de se relever.

Irish termine sa conversation.

— Notre victime dans les bois était un certain James T. Sacconni. Un ex-taulard de vingt-six ans avec une belle brochette de condamnations, pour violences avec voie de fait et coups et blessures volontaires par arme blanche.

— Il vient d'où ?

— De New York. C'est là qu'il a commencé sa carrière, quand il était mineur. Mais il a aussi fait deux ans de trou à Chicago.

— Un lien avec la mafia ?

Irish est impressionné.

— Vous écoutiez aux portes ou quoi ?

— Bah, pour moi, nom à consonance italienne plus Grosse Pomme plus Chicago égale soit la mafia, soit un gang.

— Peut-être même les deux. Il est connu pour avoir frayé avec Kyle et Jordan Coll, deux frères qui dirigent le MS-13, le gang de la Mara Salvatrucha. Ils étaient indépendants au début, mais maintenant c'est la mafia qui les contrôle.

— J'en ai entendu parler. Ils se crêpaient le chignon avec celui des Bloods, du temps où je bossais à Compton, précise Mitzi en sirotant son café. Et sinon, vous avez pu voir les numéros de la plaque du 4x4 qu'il conduisait avant de se faire zigouiller ?

— Ouais, c'est fait. C'était une fausse. L'originale appartient à un homme d'affaires d'Annandale à qui on donnerait le Bon Dieu sans confession. Tout ce que son Escalade a vu de sale, c'est les pattes de son labrador.

— Bon, résumons un peu ce qu'on a. Une Cadillac Escalade portée disparue, qu'on va probablement repêcher dans le Potomac. Deux cadavres : le premier d'un vieil antiquaire, le second d'un type connu pour ses liens avec la mafia.

Irish prend le relais.

— Une croix celtique d'une valeur indéterminée et une clé

USB contenant un document rédigé en « code de la mort ».

— La clé, c'est le code, rebondit Mitzi. Aucun intérêt à se servir d'un code, sauf si on veut cacher quelque chose. Et quand on veut cacher quelque chose, c'est que ça a de la valeur.

— Ensuite, on a la Lincoln conduite par un consul britannique, qui passe son vendredi soir à suivre le 4x4 d'un truand et quitte le pays le lendemain.

— En résumé, il faut qu'on parle à ce George Trucmuche.

Irish vient à son secours.

— Son petit nom, c'est George Dalton. Mais il est rentré à Londres et il aura l'immunité diplomatique.

— Sauf qu'il détient la clé du mystère. La question, c'est : est-ce qu'on demande la permission de l'interroger à votre boss, ou au mien ?

Irish passe une main sur son visage fatigué. Il connaît la réponse. C'est son affaire. Donc, ça doit venir de son patron. Et il va le bénir, quand il va savoir ça.

45.

Le Bronx, New York

Devant l'immeuble, la jeune femme fond en larmes. Non qu'elle soit déçue de ne plus pouvoir jouer aux martyres – au contraire, elle est bouleversée à l'idée d'avoir été sauvée par un incroyable effet du hasard. Elle tombe à genoux et embrasse le sol.

L'homme qu'elle ne cessera jamais de remercier dans ses prières se trouve non loin de là, dans la salle aux ablutions, et il est nerveux.

Une fois qu'ils sont propres, Antun et ses trois compagnons déroulent les tapis de prière. Ils se tournent vers la Mecque et entament *Salat al-'Asr*, la prière de l'après-midi, en suivant un rituel vieux de quatorze siècles.

Nabil porte les mains au niveau des oreilles et entame la prière par le *Takbir*.

— *Allahou Akbar*, récite-t-il.

Les autres lui répondent, puis recommencent pour le *Qiyaam*, le *Roukou*, le *Soujoud*, et enfin le *Tashahoud*. Chaque étape est marquée par des lectures de versets, des prosternations et des invocations.

À la fin, ils tournent la tête à droite, puis à gauche, et adressent un dernier salut aux anges gardiens qui, dit-on, accompagnent tous les musulmans :

— Que le salut soit sur vous.

Les tapis sont enroulés et remisés. Place à la veste d'explosifs.

Antun se met torse nu. Les charges sont froides au contact de sa peau. Le tissu en toile grossière le gratte. Les fils électriques lui rentrent dans le ventre.

Pendant cette ultime préparation, Antun doit se rappeler qui il est, d'où il vient et ce qu'il représente. Il est Antun Bhatti, membre de l'OSSA, l'Ordre secret et sacré des Arthuriens. Et fier de l'être. En d'autres termes, c'est un croisé des temps modernes, prêt à sacrifier sa vie pour en sauver d'autres.

Cette veste est son crucifix. L'instrument de la mort qu'il doit porter jusqu'au bout du chemin, quel qu'en soit le prix.

Soudain, il se remémore un souvenir de son enfance, en Inde. Il a huit ans, il est orphelin et il court pieds nus dans le bidonville du Pendjab où il vit. Il file comme le vent, en direction d'un bloc de béton misérable : son église.

Une immense croix en bois a été érigée devant et il s'en sert comme point de repère. Les enfants musulmans lui jettent des pierres et des gravats au passage, mais lui fonce à toute allure vers le sanctuaire en slalomant entre les rigoles d'eaux usées, les ordures de toutes les couleurs et l'herbe brûlée par le soleil. Il entend les projectiles siffler dans l'air autour de lui et sent la piqûre de ceux qui atteignent leur cible.

Parvenu dans la fraîcheur de l'église, il se perche sur l'un des vieux bancs en bois – ses pieds ne touchent pas terre – et compte les coupures et les bleus qu'il a un peu partout. Quatorze, ce mois-ci. Autant que les stations de la croix.

Il met le doigt dans l'une des blessures fraîches et le lèche. Le sang a un goût de fer et lui rappelle la croix en métal que le prêtre lui a mise dans la bouche le jour de sa confirmation.

Le souvenir est très net, comme si c'était hier, et non il y a une éternité de cela.

— Ça y est, annonce Nabil, le ramenant malgré lui dans le présent.

Son regard grave se pose sur Antun.

— Mon frère, les jardins d'Allah t'attendent.

46.

Kensington, Maryland

Irish appelle son patron et lui explique qu'il a besoin de le voir.

Mais seuls les mots « ambassade de Grande-Bretagne » font réagir Zach Fulo, au point qu'il daigne proposer à sa recrue la moins populaire le créneau de 17 h 30, avant d'ajouter qu'embouteillages ou pas, il a intérêt à se radiner à l'heure et avec l'agent fédéral.

Avant de partir pour Washington, Irish et Mitzi commandent la spécialité de la maison, un double cheeseburger avec frites et rondelles d'oignons en beignet.

Mais leur plat tient davantage du lest qu'autre chose, et une fois que l'orgie de glucides, de lipides et de protéines est terminée, ils regrettent tous les deux de ne pas avoir pris la salade Caesar.

Pendant qu'Irish paie l'addition, Mitzi sort sur le trottoir pour appeler ses filles. Ou plus précisément, elle appelle Jade en sachant qu'Amber sera dans les parages, mais que Jade sera agacée si elle ne lui parle pas en premier, tandis qu'Amber se fiche pas mal de ce genre de détail.

— Salut ! Ça va, ma chérie ?

Jade est en train de feuilleter un magazine d'un œil distrait et répond d'une voix où pointe l'ennui.

— Ouais, ça va.

Mitzi décide de ne pas se laisser abattre par son peu d'enthousiasme.

— Alors, qu'est-ce que t'as fait depuis mon départ ?

— Pas grand-chose. On est restées chez Tante Ruth.

Elle aimerait vraiment que sa fille soit un peu plus cool, des fois.

— Tout va bien à la maison ?

— J'sais pas. Oncle Jack est parti dormir chez un ami. Je les ai entendus se disputer, ce matin.

— À quel propos ? demande Mitzi, en sentant son cœur battre la chamade.

Jade abandonne enfin l'article qu'elle lisait sur la sexualité des adolescents (intitulé « Doit-elle se jeter à l'eau ? »), et se concentre un peu.

— À propos de toi. Oncle Jack a dit que t'étais une vraie salope et c'est là que Tante Ruth lui a flanqué une baffe et lui a dit de foutre le camp de la maison.

Mitzi inspire profondément.

— Ouah. Je me demande bien ce que j'ai pu faire pour mettre Jack en rogne comme ça.

— Peut-être la même chose qu'à papa ?

Jade sait que ce n'est plus qu'une question de secondes avant de se faire passer un savon, alors elle préfère anticiper.

— Amber ! M'man au téléphone. Elle veut te parler.

Et sur ce, elle pose le combiné et s'éloigne.

Mitzi est carrément furax.

— M'man ? dit son autre fille au bout du fil.

— Bonjour ma chérie, répond-elle en ravalant sa colère. Comment ça va ?

— J'vais bien. Quand est-ce que tu rentres à la maison ? Enfin, j'veux dire, chez Tante Ruth.

— Demain peut-être. Au pire, après-demain. Tu t'amuses bien ?

— Carrément. Enfin, j'veux dire, Tata et moi, oui. Jade... ben, Jade, elle est comme d'habitude, quoi. On est en train de faire des *cupcakes*. Tante Ruth en a fait un géant, attends de voir ça, maman. Il est encore plus gros que le couvercle de la poubelle, carrément énorme.

— Ça a l'air super. À quoi ils sont ?

— Ben, au chocolat. J'veux dire, est-ce que ça pourrait

vraiment être autre chose que du chocolat ?

Mitzi éclate de rire.

— T'as raison, je suis bête. Le cupcake au chocolat c'est bon, et le cupcake géant au chocolat, c'est encore plus bon.

— C'est ça ! Tu veux parler à Tante Ruth ? J'peux lui dire de venir.

Mitzi hésite.

— Non, ça va. Ne l'embête pas si elle est en train de faire la cuisine. Fais-lui un bisou de ma part. Je t'aime, ma chérie.

— J't'aime aussi, M'man.

— Amber, fais un gros câlin à ta sœur pour moi et dis-lui d'arrêter de faire sa râleuse comme ça tout le temps.

La gamine pouffe de rire.

— Je lui dirai. Bisous, M'man.

Mitzi l'entend hurler « râleuse » à l'autre bout de la pièce, juste avant de raccrocher.

Elle repère Irish debout à côté de la Taurus, mains à plat sur le capot. Il a l'air d'avoir envie de vomir.

Elle prend son temps avant de le rejoindre. Elle pense à ses filles et au fait que Jade la rend responsable de son mariage brisé. Et elle se dit que si ça se trouve, Ruth est en train de se dire exactement la même chose concernant le sien.

47.

Londres

L'hélicoptère blindé reçoit l'autorisation d'entrer dans l'espace aérien sécurisé de Buckingham Palace, et quelques minutes après, il atterrit sur l'héliport royal.

Un contrôle facial est mené par la sécurité avant même qu'Owain ait mis un pied hors de l'engin.

Dès qu'on lui donne le feu vert, il est emmené tambour battant à l'intérieur par une armée de gardes et de valets de pied.

Quand il entre dans le Grand Hall, il songe que quinze ans déjà se sont écoulés depuis la dernière fois où il est venu ici, le jour de sa nomination. Chose étonnante, s'était-il dit, ses ancêtres avaient foulé le sol de Buckingham bien avant la famille royale. Les Gwyn fréquentaient déjà les lieux à l'époque où ce n'était guère plus qu'un hôtel particulier pour le duc de Buckingham.

Cela ne l'empêche pas d'admirer les œuvres d'art d'une valeur inestimable qui sont accrochées à tous les murs. Des tableaux de Rembrandt, Vermeer, Van Dyck et Rubens, qui font partie de la collection royale, l'une des plus riches au monde. Il passe devant la Salle du Trône et son arc cintré, encadré par deux victoires ailées tenant des guirlandes au-dessus des fauteuils royaux. Puis c'est au tour de la salle de bal géante dans la galerie est, là où se tiennent banquets d'État et réceptions diplomatiques.

Les gardes du corps d'Owain le laissent dans le Salon blanc, un nom qui l'a toujours amusé car la pièce est tout, sauf blanche. Les tentures et les lambrequins qui vont du sol au plafond, les fauteuils et les canapés moelleux, les coussins et les repose-pieds, les écrans de cheminée et même les cadres richement ornés des immenses miroirs qui agrandissent encore la pièce, tout ici est jaune poussin ou doré.

Le prince de Galles fait son entrée.

Il porte un costume gris clair qui flatte sa silhouette, une chemise blanche et une cravate en soie rose et or – avec un nœud Windsor, bien entendu.

— J'espère que vous voudrez bien me pardonner ce rendez-vous ici plutôt qu'à Clarence House, dit-il en tendant la main au chevalier.

Owain s'incline légèrement en la prenant.

— Mais naturellement, Votre Altesse Royale.

— Je vous en prie, inutile d'être aussi protocolaire lorsque nous sommes seuls. (Le prince lui fait signe de prendre place sur l'un des nombreux canapés qui se font face, et l'imite.) Je sais que mon père veut passer vous dire bonjour, alors ne soyez pas surpris s'il fait irruption sans crier gare.

— Au contraire, je serais ravi de le revoir.

— Vous a-t-on proposé une tasse de thé ?

— Oui, mais je n'en voulais pas, merci.

— Owain, si je vous ai demandé de venir, c'est pour discuter de votre nouveau statut et des responsabilités qui viennent de vous être confiées en matière de défense et de lutte antiterroriste.

— C'est un honneur de vous servir et une joie de pouvoir le faire depuis le sol britannique.

— Je m'en doute. Personne ne peut vivre aux États-Unis sans devenir légèrement fou, à la longue. Je comparerais cela au fait de plonger dans des eaux tropicales. Au bout d'un moment, vous avez malgré tout besoin de remonter pour reprendre votre souffle.

Il déboutonne sa veste et en vient enfin à son but.

— Permettez-moi de vous parler en toute franchise.

— Mais je vous en prie. J'ai hâte de savoir quel type d'informations vous attendez de moi et à quelle fréquence vous aimeriez les recevoir. Se tenir informé n'a d'intérêt que si les renseignements qu'on reçoit sont pertinents.

— En effet, et c'est bien là mon problème, réplique le prince en choisissant visiblement ses mots. Vous comprenez, je sais si peu de choses du fonctionnement interne de l'OSSA.

— C'est peut-être mieux ainsi.

— Certes, mais faites-moi la grâce de croire que je suis suffisamment intelligent pour en décider par moi-même.

Owain ne répond pas. Il sait que son interlocuteur n'en a pas terminé.

— Je souhaite entrer dans l'Ordre.

— Sauf votre respect, je crois qu'il est bien plus sage d'opérer à bonne distance de votre personne.

— Et moi, je ne le crois pas.

Ils se dévisagent l'un l'autre, dans un profond silence.

Lorsque l'horloge ancienne qui trône sur le manteau de cheminée a sonné trois fois, le prince se décide enfin à reprendre la parole.

— Vous connaissez mon passé militaire, Owain, alors je vous prierais de m'épargner les sottises habituelles concernant ma protection. J'ai été quasiment toute ma vie sur la liste noire d'un ou de plusieurs groupes terroristes et j'ai suffisamment vu d'endroits chauds pour pouvoir affirmer que ça me connaît.

— Ce n'est pas cela.

— Alors qu'est-ce que c'est ?

— À moins d'avoir un lien génétique avec l'un des chevaliers originels, vous ne pouvez faire partie de la Lignée de Sang. Et moi seul, je ne puis vous proposer de devenir membre du Cercle. Cela doit être approuvé par les autres.

— Dans ce cas, arrangez-vous pour qu'ils acceptent. Je suis certain que vous jouissez de l'influence nécessaire.

— Je vous l'accorde. Mais même ainsi, vous ne pourrez devenir un membre à part entière du Cercle qu'après avoir accompli le rite d'initiation.

Il laisse le temps à Son Altesse de réfléchir à tout cela, puis ajoute :

— Il n'y a jamais eu d'exception jusqu'à présent et il ne pourra jamais y en avoir.

— Je ne cherche pas à me dérober, rétorque le prince, visiblement satisfait d'avoir progressé. En quoi est-ce que cela consiste, exactement ? (Il sourit comme un enfant savourant à l'avance le défi qu'on va lui soumettre.) Figurez-vous qu'il me reste encore des cicatrices des rites de passage qu'on m'a fait subir à l'armée.

— Cela consiste à verser du sang, Votre Altesse. Le vôtre lors du rituel et celui de nos ennemis par la suite.

48.

New York

Le peu d'espoir qu'Antun avait de simplement défaire la veste et de la désamorcer est vite réduit à néant.

Aasif le menotte dans le dos et l'emmène jusqu'à une camionnette de livraison verte garée à une vingtaine de mètres de la planque, au coin de la rue. Il le pousse sans ménagement sur le siège passager, lui met la ceinture et démarre aussitôt.

Il prend la voie express, direction le sud. Antun se dit qu'il va passer par Port Morris et East Harlem pour arriver à Midtown East.

Curieusement, la grosse brute garde la main dans la poche. Au bout d'un moment, il en sort un objet qui ressemble à un cigare en métal, doté d'un bouton rouge à une extrémité.

— Avec ça, tout se passera comme sur des roulettes. Au cas où le lâche en toi remettrait en question ton besoin de rédemption.

Il lui sourit de toutes ses dents jaunes et remet le détonateur à distance dans sa poche.

Le jeune agent de l'OSSA regarde le monde défiler par le pare-brise. Des images de New York qu'il ne verra peut-être plus jamais, à peine aperçues et déjà remplacées par d'autres.

Il n'est pas loin de 17 heures et Antun calcule qu'ils vont bientôt se retrouver dans les embouteillages. Le trajet jusqu'à Grand Central risque de leur prendre près d'une heure. Ce qui veut dire qu'au mieux, il a soixante minutes pour se sortir du plus gros pétrin de sa vie ou bien il sera littéralement atomisé, et des centaines, voire des milliers de New-Yorkais avec lui.

Ce n'est pas la première fois que la gare est la cible d'un attentat, se souvient-il. Vingt-cinq ans jour pour jour avant le 11 septembre 2001, un groupe de nationalistes croates avait dissimulé une bombe à l'intérieur d'une consigne et simultanément détourné un avion.

À l'époque, les terroristes avaient fini par écouter leur cœur : après avoir posé leurs exigences, ils avaient révélé l'endroit où se trouvait la bombe et donné des instructions pour la désamorcer.

Antun sait qu'aujourd'hui, les terroristes n'écouteront pas leur cœur.

Tout simplement parce qu'Al-Qaïda n'a pas de cœur.

Lorsqu'ils se mettent dans la file au péage du pont Robert F. Kennedy, à environ huit kilomètres de leur destination, Aasif se détend enfin au point de poser les deux mains sur le volant. Aussitôt, Antun place discrètement une menotte au contact de la boucle de sa ceinture et se met au travail.

Un car rempli de jeunes enfants s'arrête à hauteur de la camionnette. Des visages excités se pressent contre les vitres.

Il hésite.

Aasif passe le péage et instinctivement il remet sa main dans la poche.

Antun a laissé passer sa chance.

Les six kilomètres suivants se font en silence. Ils prennent la sortie 11 et se retrouvent à avancer au pas dans la 53ᵉ Rue Est, avant d'être complètement bloqués quand ils tournent dans la Deuxième Avenue.

Antun a le cœur qui cogne dans la poitrine. Ils sont à un kilomètre et demi de leur destination, mais entourés de voitures. Une explosion ici serait aussi dévastatrice qu'à l'intérieur de la gare.

Aasif lit l'anxiété sur son visage.

— Patience, on y est presque. Si j'étais toi, j'essaierais de purifier mon esprit. Tu es sur le point de vivre le plus grand moment de ta misérable vie, tout de même.

Tout à coup, la situation se débloque et les voitures se mettent à avancer. Ils tournent à droite sur la 42ᵉ et Antun aperçoit la forme reconnaissable entre toutes de la gare, au bout de la rue. Le temps semble s'accélérer. Les dernières images de sa vie tournent dans sa tête en avance rapide.

Aasif insiste pour revoir le plan une dernière fois.

— Je me gare juste après le Grand Hyatt Hotel, on descend et on marche jusqu'à l'entrée principale. Toi, tu entres et tu continues à marcher. Tu comptes jusqu'à vingt et tu te fais exploser. Pendant ce temps-là, j'irai dans la direction opposée, mais je compterai aussi. Si, au bout de vingt secondes, j'ai rien entendu, j'appuie sur le détonateur. C'est compris ?

Antun acquiesce d'un signe de tête.

Ils se retrouvent sur la file de droite, derrière les voitures et les taxis jaunes qui veulent accéder à l'hôtel et, plus loin, à Vanderbilt Avenue.

Aasif s'arrête, met le frein à main et enlève les clés du contact. Il fait tourner le porte-clés jusqu'à trouver celle des menottes et libère le futur martyr.

Antun se frotte les poignets. Il défait sa ceinture, ouvre la portière. Il y a du monde partout. Les bruits, les odeurs et la lumière de ce début de soirée ne lui ont jamais paru si pleins de vie, si pleins de sens.

Il inspire profondément, en songeant que c'est peut-être l'une des dernières respirations qu'il prend, et attend qu'Aasif ferme la camionnette et le rejoigne.

Le colosse lui emboîte le pas et se dirige lentement vers l'entrée. Soudain, il lui met une main sur l'épaule et l'arrête.

— C'est ici que nos chemins se séparent, mon frère.

Il lui montre bien le détonateur, qu'il tient fermement dans la main, et tend les bras pour l'étreindre.

Antun passe à l'attaque.

49.

COMMISSARIAT CENTRAL, WASHINGTON DC

Le capitaine Zach Fulo pose les coudes sur son bureau jonché de papiers, fait un petit signe à son lieutenant et l'écoute patiemment résumer l'affaire.

De temps à autre, il jette un coup d'œil à la femme du FBI, histoire de voir si elle est en désaccord sur tel ou tel point du récit d'Irish.

Apparemment, non.

À ce qu'il voit, elle a l'air sérieuse. Pas une ivrogne, comme l'autre. Et certainement pas du genre à coucher à droite et à gauche pour faire carrière. Pourtant, elle ne devait pas manquer de prétendants, il y a dix ans. Son regard trahit le fait qu'elle a beaucoup vécu – tout comme sa main gauche, qui porte la marque d'une alliance qu'on a récemment enlevée.

Irish termine en sollicitant son accord pour interroger George Dalton, le consul britannique, à propos de son emploi du temps le soir du meurtre d'Amir Goldman.

— Même s'il nous fait le coup de l'immunité diplomatique, on doit bien ça à la victime.

— Vous êtes d'accord avec tout ça ? demande Fulo à Mitzi. Vous pensez qu'on devrait, et par là je veux dire les honorables institutions du FBI et de la police de Washington, qu'on devrait vraiment aller faire le pied de grue devant une ambassade, et exiger d'un consul qu'il justifie ses actes et vide ses poches sous nos yeux ?

— Absolument, monsieur. Pour moi, tout le monde devrait

être logé à la même enseigne. Peu importe le job, le titre, le sexe, l'âge, la religion, la race ou la nationalité. L'égalité pour tous les suspects, voilà ma devise.

— Suspect présumé, la corrige-t-il.

Elle sent bien qu'elle est en train de le gagner à sa cause.

— Clairement, capitaine, si ce type-là n'était pas membre du corps diplomatique britannique, et de l'autre côté de l'Atlantique en ce moment, on aurait déjà assis son cul de déserteur dans une de nos salles d'interrogatoire.

Fulo se tortille dans son fauteuil.

— Une fois n'est pas coutume, Irish, je me surprends à être d'accord avec vous et le lieutenant ici présent. Je n'aime pas trop les gens qui se cachent derrière leur position ou leurs privilèges. Un méchant est un méchant, même fringué dans un costume à mille dollars.

Le capitaine se redresse et commence à taper sur son ordinateur.

— Je prends note du fait que vous m'avez bien soumis votre requête, alors n'hésitez pas à poser les questions que vous voulez et à aller où vous devez. Bon sang, barrez-vous en Angleterre et allez secouer les grilles du château de Buckingham, si ça peut aider à résoudre cette affaire.

— Du *palais*, le reprend Mitzi. C'est un palais, pas un château.

Il lui fait son fameux regard, puis le refait à Irish pour qu'il n'y ait pas de jaloux.

— Je me fous de savoir ce que c'est et de savoir où vous allez, tant que vous savez vous tenir, que vous vous bougez le cul et que vous dépensez le moins d'argent possible des contribuables. Compris ?

— Oui, monsieur.

Mais Fulo n'en a pas terminé.

— Ne foirez pas sur ce coup-là, Fitzgerald. Sinon, je jure devant Dieu que vous devrez vous en trouver un, de château, si vous ne voulez pas m'avoir au cul.

50.

GRAND CENTRAL STATION, NEW YORK

De toutes ses forces, Antun donne un coup de boule à Aasif.

L'autre pousse un grognement et crache du sang.

Antun en profite pour lui tordre le poignet. Il le casse. Ensuite il lui rabat violemment le bras dans le dos et appuie jusqu'à sentir l'épaule se démettre.

Mais Aasif ne veut pas mourir. Il sait qu'il doit régler son compte à Antun et s'éloigner de lui avant que la veste n'explose. Il sait aussi qu'il est en train de se faire battre. Il ferme son esprit à la douleur et donne des coups dans tous les sens.

Antun les esquive sans problème. Il lui fait un crochet au tibia qui fait tomber le colosse lourdement.

Aasif roule du côté de son bras valide et se remet debout. Il a une poussée d'adrénaline et donne un coup de pied dans la cuisse de son adversaire.

L'attaque paralyse Antun mais il encaisse sans tomber. Il riposte par un coup de poing que n'aurait pas renié un poids lourd sur un ring. Aasif tangue un peu et Antun en profite pour tourner sur lui-même et lui envoyer un coup de pied frontal dans l'abdomen.

Le géant s'écroule d'un seul bloc, comme un arbre abattu.

Aussitôt Antun lui tombe dessus et lui enfonce le poing dans la trachée-artère.

Aasif sent la mort arriver. Il donne un coup de poing au hasard et touche son rival à la mâchoire inférieure.

Antun ignore la douleur. Son esprit tout entier est concentré sur la pression qu'il exerce avec ses doigts et la délicatesse de la gorge qui se trouve en dessous. Les gens commencent à s'attrouper. Quelqu'un crie d'appeler la police. Un homme tente de séparer Antun de sa victime, mais il ne bouge pas d'un millimètre. Sous lui, le corps se met à avoir des spasmes. Les jambes à donner des coups dans le vide. Les talons à taper sur le trottoir.

C'est fini.

Antun lâche prise, reprend son souffle.

Quelqu'un crie « Oh mon Dieu ! » et soudain les hurlements fusent. Assez pour ameuter tous les flics dans un rayon d'un kilomètre.

Antun se lève. Des gouttes de sueur lui coulent le long de la joue. Il se tourne vers les gens complètement affolés.

— Reculez. Reculez tous, allez !

Il ouvre son blouson noir trop grand et laisse voir la veste d'explosifs.

— J'ai une bombe sur moi. Ils m'ont obligé à porter une bombe.

Le chaos s'ensuit. À la gauche d'Antun, des policiers en uniforme se figent sur place. L'un d'eux marmonne quelque chose dans sa radio. Un autre glisse discrètement la main vers son arme. Mais à sa droite, à cinquante mètres de là, Antun repère un visage qui connaît.

Nabil.

Le commandant de la cellule se retourne et s'éloigne.

Antun sait ce qu'il va arriver. Il ferme les yeux et, au même moment, la bombe actionnée à distance déchiquette son corps en mille morceaux.

51.

WASHINGTON DC

Mitzi et Irish se dirigent vers la sortie quand la nouvelle tombe.

— Explosion à la gare centrale de New York ! hurle un flic d'un certain âge, qui a dû passer toute sa carrière à l'accueil. Y a un sacré bordel.

Irish et Mitzi reviennent aussitôt vers lui.

— Plus de cent morts selon les premières estimations, poursuit le flic en uniforme, qui lit à haute voix le fil d'infos réactualisé en permanence sur la petite télé dissimulée à la vue du public. Peut-être autant de blessés. La journaliste dit que la déflagration a été entendue à deux kilomètres à la ronde.

Mitzi laisse échapper un juron.

Irish se penche sur le comptoir pour mieux voir l'écran.

— Ils savent qui a fait ça ?

— Pas encore.

Le flic en uniforme décide que son histoire est trop importante pour ne pas monter le son.

Une journaliste d'une quarantaine d'années fait de son mieux pour décrire la scène qu'elle voit en direct. Entre les sirènes des ambulances et des camions de pompiers, elle a bien du mal à lutter.

— L'attentat a eu lieu peu avant 18 heures, au cœur de New York et au plus fort de l'affluence. À cette heure-là, Grand Central Station, qui est le sixième lieu touristique le plus visité au monde, était bondée. D'après les premiers témoignages, il s'agirait d'un attentat-suicide et les personnes présentes au moment du drame décrivent un homme d'une trentaine d'années, de taille et de poids moyens, qui se serait battu avec quelqu'un sur le trottoir avant de montrer sa veste d'explosifs aux passants et de la faire détoner. La police tente actuellement de confirmer ces allégations.

Sur l'écran défile un numéro de téléphone que les gens peuvent appeler s'ils pensent que l'un de leurs proches se trouvait à la gare à ce moment-là.

Mitzi en a entendu assez. À partir de maintenant, tout ce qui va se passer c'est que les journalistes vont déprimer tout le monde en essayant de faire monter la sauce.

Elle sort et a une pensée pour Jade et Amber, pour Ruthy et Jack aux mains baladeuses, et même pour son bon à rien d'ex-mari. Elle remercie Dieu de les savoir sains et saufs et en train de mourir d'ennui dans cette bonne vieille Californie plutôt qu'à New York, qui semble être le dernier endroit à la mode pour les tueurs kamikazes.

Quelques minutes après, Irish sort à son tour en se grattant la tête, là où est en train d'apparaître une légère tonsure.

— Ça fait un peu retomber à plat la bonne nouvelle que le capitaine nous a annoncée.

Mais elle ne l'écoute pas vraiment.

— Ça ne vous dérange pas si je retourne à l'hôtel un moment ? Je vais essayer de trouver un vol pour demain matin. À mon avis, je vous serai aussi utile au téléphone de San Francisco qu'ici.

Il aimerait bien qu'elle reste, mais comprend qu'elle ait envie de partir.

— Pas de problème. Donnez-moi un instant et je vous raccompagne.

— Ce ne sera pas nécessaire. Vous avez l'air d'avoir bien besoin d'un petit roupillon. Je peux prendre un taxi.

— Cela me ferait *plaisir* de vous raccompagner. Enfin, si ça ne vous embête pas de monter dans ma poubelle ambulante une dernière fois.

Elle apprécie le geste.

— On va dire que mes vaccins contre le tétanos et le choléra sont encore bons pour un dernier tour dans la Crademobile.

52.

Palais de Buckingham, Londres

Le portable crypté vibre dans la poche intérieure du smoking d'Owain.

— Pardonnez-moi, dit-il à l'ambassadeur canadien, mais c'est un appel urgent et j'ai bien peur d'être obligé de le prendre.

Sans attendre la réponse du diplomate, il court trouver refuge dans un couloir et appuie sur la touche Répondre.

— Bonsoir, Gareth.

— Antun est mort.

— Juste ciel.

— Une bombe a explosé à Grand Central Station et il était au milieu.

Owain a la nausée. Il a la nausée, mais il sent également la colère monter. Il tente de rester calme et concentré, comme tout bon militaire doit le faire.

— C'est vraisemblablement l'œuvre de la cellule qu'il a infiltrée, donc de Nabil.

— Je te le confirme. La surveillance est de nouveau en place, le concernant.

Owain ne désire rien tant que l'éliminer. Le faire tuer dans l'heure. Mais il sait que ce n'est pas la réponse.

— Tabrizi est un commandant, mais ce n'est pas lui qui tire les ficelles. D'ailleurs, c'est même probablement leur maillon faible.

— Tout à fait d'accord avec toi. C'est ce qu'Antun nous avait dit également. C'est pour cela qu'il avait demandé à rester. Il voulait essayer de monter en grade pour voir qui se cachait derrière tout ça.

— Dans ce cas, nous devons respecter son travail et son courage, et nous retenir de tuer ce chien à vue. Combien de morts à la gare, Gareth ?

— Aux dernières nouvelles, cent onze. Et près de deux cents blessés.

Gareth a une certaine réticence à l'idée de répéter l'autre information qu'il vient d'apprendre.

— Apparemment, ils lui ont fait porter une veste d'explosifs.

— Cela ne peut vouloir dire que deux choses : soit il s'est porté volontaire en espérant arriver à la désamorcer, soit sa couverture avait volé en éclats. À ton avis ?

Cela fait un moment déjà que Gareth Madoc essaie de reconstituer les pièces du puzzle.

— D'après la police, il s'est battu avec un autre homme sur le trottoir et l'a tué avant de faire exploser la veste.

— Ils se trompent, c'est forcément quelqu'un d'autre qui a appuyé sur le bouton.

— C'est possible que ce soit Nabil. Notre surveillance n'a repris qu'après l'attentat, quand il est rentré à la planque.

Owain regarde les invités se diriger vers la salle à manger, où le dîner doit être servi.

— Je dois y aller. Je te rappellerai plus tard. Mais pour l'amour du ciel, débrouille-toi pour ne pas perdre Nabil. Il est jeune, il peut commettre une erreur. Et nous, nous sommes suffisamment vieux pour en tirer profit.

— Je m'en occupe personnellement.

— Merci. Mais je veux que tu reviennes en un seul morceau. Nous avons perdu trop de braves ces derniers temps et j'ai bien peur que cette vague d'attentats soit loin d'être terminée.

53.

WASHINGTON DC

Mitzi et Irish écoutent les dernières nouvelles à la radio, en chemin vers son hôtel de Kensington.

Elle a remarqué depuis quelques minutes qu'il est très pâle et qu'il transpire beaucoup. Il agrippe fermement le volant et a l'air de souffrir d'une atroce migraine – ou bien de la pire gueule de bois de sa vie.

— Vous avez quelqu'un pour vous aider sur cette affaire ? Je me demande si ça vous ferait pas du bien de vous reposer un jour ou deux, finalement.

— Je peux demander un coup de main à un collègue qui est sur une autre enquête, mais c'est tout.

— Un double homicide, ça ne vous donne pas droit à une équipe ?

— Une *équipe* ? Il n'y a qu'avec un meurtre d'enfant qu'on obtient une équipe, de nos jours.

— Qu'est-ce que vous voulez, les temps sont durs, mon bon monsieur.

— À qui le dites-vous. Ah si, il y a Kirstin Collins, quand même. Une gosse super intelligente. Elle fait un peu de travail de terrain pour moi, de temps en temps. Elle fera un bon flic, un jour. Du moins si le système ne l'en empêche pas.

— Ou si on la colle pas derrière un bureau pour gérer la paperasserie.

Il réfléchit à ce qu'il pourrait lui demander de personnel. Sur sa carrière. Ses collègues. Sa vie. Les hommes. Les hommes de sa vie. Mais au même moment, il est pris de nausée.

— Ça va ?

Irish a une quinte de toux. Du sang gicle sur le volant. Il a le temps de constater qu'il en a partout sur les mains, et soudain, il s'effondre.

— Nom de Dieu, s'exclame Mitzi en saisissant le volant.

Le pied d'Irish est enfoncé sur l'accélérateur.

La Ford rugit et prend de la vitesse.

Quatre-vingt-dix.

Cent.

Cent dix.

Mitzi évite un 4x4 de justesse. Tout le monde klaxonne autour d'elle. Le cœur battant, elle tente de pousser Irish pour prendre le volant. Un coup d'épaule monumental envoie son corps inconscient valdinguer dans la portière du côté conducteur, mais son pied n'a pas bougé d'un iota.

Mitzi n'a plus aucune marge de manœuvre.

La voiture devant elle freine. Elle donne un coup de volant et se faufile dans la voie du milieu.

Cent vingt.

Cent trente.

Un camion apparaît dans son champ de vision. Il freine à son tour. Dans un crissement de pneus, Mitzi se met sur la voie de gauche. L'accident est inéluctable, maintenant. C'est simplement une question de temps.

La Taurus grimpe sur le bas-côté. Le rétro de gauche heurte un arbre. L'arrière de la voiture patine. Mitzi voit un bosquet de chênes qui arrive sur elle à toute vitesse. Elle fait une embardée.

La voiture se retourne, glisse un instant sur le toit et rencontre enfin un point d'impact. La tôle est pliée, le pare-brise éclate en mille morceaux.

Il y a un bruit assourdissant. Mitzi sent une douleur atroce la saisir au niveau du visage.

Et tout à coup, c'est le trou noir.

PARTIE II

54.

Londres

Angelo Marchetti a l'impression de s'être fait tabasser à coups de batte de base-ball. Il tâte délicatement son front douloureux. Il tente d'ouvrir les yeux et a l'impression d'être un vieux rideau métallique, tout rouillé, qui se relève péniblement. Puis c'est une explosion de lumière, comme s'il avait eu la mauvaise idée de regarder fixement le soleil, un jour d'été brûlant.

Il est au lit. Jusque-là, ça va. Toutes les lumières sont allumées, les rideaux ouverts. Mais il fait nuit dehors. Le réveil à côté de lui indique 04 h 47. Ce n'est pas une heure pour se réveiller.

Mais il n'est pas chez lui. Il est dans une chambre d'hôtel. Il n'est pas, non plus, aux États-Unis, mais à l'étranger.

Tout à coup, il entend du bruit. Celui d'un corps qui s'agite dans son sommeil. Il jette un œil sous la couette.

Il y a une femme nue à côté de lui. Il ne la reconnaît pas. Ce qui n'est pas si étonnant. Toutes celles avec qui il a eu une *vraie* relation l'ont laissé tomber il y a belle lurette.

Angelo se redresse et l'examine de plus près. Avec sa peau ambrée, elle doit être latino – ou italienne, peut-être. Elle a des cheveux encore plus longs et noirs que les siens. Ses seins sont petits, mais ses formes généreuses. Un tatouage de serpent lui enserre la taille, comme une ceinture. La tête du reptile, en forme de losange, repose sur son pubis épilé, et une fine langue va se perdre dans son entrecuisse.

Il entend des insectes bourdonner. Pas dans la chambre, mais dans sa tête. Des essaims entiers de guêpes et d'abeilles qui sont mécontentes d'avoir été réveillées et s'attaquent au rayon de miel mou et gris qu'est devenu son cerveau.

Il se lève et fait quelques pas dans la chambre. Sur la table basse, il trouve de la poudre blanche. Des seringues. Des miroirs de poche. Des lingettes pour les mains et des sacs plastique vides. Des sachets de *speedball*.

Et tout à coup, il se souvient : en rentrant à l'hôtel, il s'est installé là avec la prostituée. Gisela – c'est ça, Gisela. Une Espagnole complètement déjantée. Et ensemble, ils ont sniffé assez de coke pour décimer un groupe de rock.

Le sol est jonché de vêtements à moitié arrachés, de bouteilles d'eau vides et d'argent.

Des tas et des tas de billets de cent livres.

La mémoire lui revient, maintenant. Il est à Londres. Et la nuit dernière, il a eu de la chance. Beaucoup de chance.

55.

COMMISSARIAT CENTRAL, WASHINGTON DC

La lumière crue du matin, qui jaillit d'un store cassé dans le bureau de Fulo, fait douloureusement plisser les yeux à Mitzi.

À cause d'un airbag un peu zélé dans la voiture d'Irish, elle se retrouve avec le nez cassé et une quantité impressionnante d'ecchymoses, dont deux yeux au beurre noir et des lèvres qui lui donnent l'air accro aux injections de botox.

Mitzi décale sa chaise à l'ombre pour soulager son mal de crâne, pendant que le capitaine lit un e-mail de l'hôpital.

— Aux dernières nouvelles, son état est stable. Mais il reste critique.

— Il a de la chance d'être en vie, commente Mitzi en touchant d'un doigt hésitant son nez, qui l'élance atrocement.

— Pas tant que ça, apparemment, réplique Fulo en lisant le reste du message. Il a des côtes cassées, et aussi la clavicule et le poignet. Il s'est luxé la rotule au genou droit, il a une entorse à la cheville gauche, et…

Il se tait.

— Et quoi, capitaine ?

Fulo poursuit sur un ton encore plus sombre.

— Son foie est en train de lâcher. Il est complètement bousillé. Le sang qu'il a craché juste avant de perdre connaissance, c'est à cause de ça.

— L'alcool ?

— Depuis des années. C'était un bon flic, avant. Et puis il y a eu l'affaire du congélo. Il vous en a parlé ?

— Non.

— Une querelle domestique à Brookland. Du moins c'est ce qu'on a cru, au départ. Un jour, une jeune femme s'est pointée au commissariat, avec l'air de ne pas avoir mangé depuis des mois. Elle avait des yeux de panda... Un peu comme vous, tiens, ajoute-t-il en désignant Mitzi du doigt. La pauvre gosse était couverte de bleus, elle avait des cicatrices partout et elle ne pouvait pas parler.

— Vous voulez dire qu'elle était en état de choc ?

— D'après les toubibs, quelques années plus tôt, on lui avait fixé la langue à la lèvre inférieure avec une agrafeuse de moquettiste. Quand elle a commencé à se gangréner, son ravisseur s'est contenté de la couper.

Mitzi écarquille les yeux en entendant cette horreur. Mais Fulo est loin d'avoir terminé.

— Bref, elle était muette. Mais par contre, elle pouvait écrire. Et elle nous a écrit des trucs que personne n'a envie de lire. C'est Fitzgerald qui s'est retrouvé en charge de l'enquête. Grâce aux indications de la fille, il a retrouvé la maison de l'horreur. Quand il s'est pointé, le suspect avait filé depuis longtemps, vous pensez. Mais il a fouillé les lieux et il a trouvé un congélateur dans le garage.

— Oh ! oh ! Et qu'est-ce qu'il y avait dedans ?

— Des cadavres de nouveau-nés.

— Merde, souffle Mitzi en baissant la tête.

— Il y en avait quatre, alignés en rang d'oignons. Ce fils de pute de psychopathe avait kidnappé la fille quand elle avait treize ans et il avait réussi à l'engrosser quatre fois.

Mitzi se raccroche à un semblant d'espoir.

— Les bébés étaient mort-nés, au moins ?

— J'aurais bien aimé, mais non. Le salaud les avait mis au monde lui-même, il avait coupé le cordon et ensuite il les avait fourrés dans le congélo pour qu'ils meurent.

— Mais pourquoi ? Pourquoi les avoir gardés, au lieu de les enterrer ?

— Parce que c'était des trophées. Il a dit à la fille que ces bébés étaient la preuve de sa virilité.

— Sans déconner. S'il vous plaît, dites-moi que ce déséquilibré est dans le couloir de la mort, que je puisse aller applaudir le jour J.

— Oh ! j'ai mieux que ça. Figurez-vous qu'on l'a retrouvé mort quelque temps après, dans un motel sordide de New York. Quelqu'un l'avait ligoté à une chaise, lui avait fourré un bout de drap dans la bouche et avait tiré à bout portant dans les testicules. D'après le légiste, le meurtrier a attendu au moins une heure avant de lui retirer le drap de la bouche, de lui glisser le flingue entre les dents et de le refroidir pour de bon.

— Beau boulot.

— Vous n'êtes pas la seule à penser ça. Personne n'a fait d'excès de zèle pour retrouver le coupable, je peux vous le dire. Et encore moins Fitzgerald. Il n'avait pas l'air exactement surpris, si vous voyez ce que je veux dire.

Elle hoche la tête d'un air entendu.

— En tout cas, j'espère qu'ils arriveront à le soigner, à l'hôpital. Même s'il faut en passer par une greffe du foie.

— On va essayer de tirer quelques ficelles. Histoire de le faire remonter un peu dans la liste d'attente.

Sans transition, il fouille dans la pile de papiers qui s'amoncellent sur son bureau et en extrait un.

— Tenez, c'est pour vous.

Elle prend la feuille et regarde avec attention la liste de noms inscrits dessus.

— Les numéros privés de tous les grands pontes de l'ambassade britannique, ici et à Londres.

— Merci. Je les appellerai à mon retour en Californie.

Mitzi remarque le sourire en coin de Fulo – le genre de sourire qu'un chef a toujours quand il sait quelque chose qu'on ne sait pas.

— J'ai loupé un truc ?

— Figurez-vous que j'ai parlé à votre supérieur, Mlle Donovan. Elle accepte de vous affecter provisoirement à Washington, jusqu'à ce qu'on voie si cette piste nous mène quelque part ou si c'est juste une impasse.

— Elle ne m'a pas dit ça quand je l'ai eue au téléphone hier soir.

— Je lui ai téléphoné il y a une heure. Elle vous demande de bien vouloir la rappeler, d'ailleurs.

— Capitaine, j'aimerais vraiment voir mes filles. Je suis sûre que vous comprenez ça, quand même.

— Dans ce cas, tirez-moi ça au clair illico. Et ne vous faites pas d'illusions, lieutenant. Vous comme moi, on sait que quelqu'un va devoir aller en Angleterre. Et s'il y a bien une chose dont vous pouvez être sûre, c'est que ce ne sera ni moi ni le lieutenant Fitzgerald.

56.

SOHO, LONDRES

Angelo Marchetti réveille Gisela, la prostituée.

Il la paie et lui ordonne de déguerpir. Il faut qu'il aille se doucher et s'habiller : il a un rendez-vous au petit-déjeuner et il ne doit pas le manquer.

Après tout, c'est ce face-à-face imminent qui l'a poussé à prendre l'avion pour Londres il y a un peu plus de vingt-quatre heures, maintenant.

Il est pleinement conscient du fait que l'homme avec qui il a rendez-vous possède la chambre dans laquelle il a dormi, ainsi que le casino clandestin, en bas, où il a gagné plusieurs milliers de livres la nuit dernière. Trois fois rien, puisque l'affaire qu'il est sur le point de conclure va lui rapporter des millions. Des millions et une nouvelle vie. Une vie loin d'Owain Gwyn et de son armée de bonnes âmes.

Marchetti boutonne sa chemise blanche ajustée et décide de ne pas la rentrer dans son jean. Dans la glace, l'homme de trente-quatre ans examine les quelques cheveux gris qui parsèment ses boucles noir de jais et sa barbe de trois jours. Sa jeunesse n'est plus qu'un souvenir et les premiers signes du vieillissement le rendent nostalgique. Il se souvient de l'époque où il jouait au football pour l'équipe de Naples, à l'aube de sa vie d'adulte. Trois petites années durant lesquelles il avait gagné des millions, redistribués pour la plupart aux pauvres de sa région natale, la Campanie.

Et puis, le pire jour de sa vie était arrivé.

Un tacle au genou qui avait provoqué une fracture et l'avait privé de sa première sélection internationale. Le genre de blessure qui se traduit par des années de rééducation, d'anti-inflammatoires et de come-back ratés. Les premiers temps, il avait puisé dans ses réserves et poursuivi avec dévouement ses activités de jeune philanthrope, en montant toutes sortes de projets pour redonner espoir aux gamins des quartiers défavorisés de Scampia et Secondigliano. Ce sont ces actes qui avaient attiré l'attention des Arthuriens sur lui, et pendant un temps, ils lui avaient donné un but et une raison de vivre. Il avait travaillé dur pour que ces jeunes ne tombent pas entre les griffes de la *camorra*, la mafia napolitaine.

C'est là que le second malheur était arrivé, celui qui l'avait achevé.

Lui comme sa femme avaient une liaison – elle, avec un ancien coéquipier d'Angelo, lui, avec l'alcool et la drogue.

Au début, il était simplement accro aux analgésiques, qui soulageaient la douleur aussi bien physique que mentale. Et puis, lorsque la solitude avait commencé à lui peser, il s'était lié d'amitié avec la cocaïne et l'héroïne.

Il était parti vivre aux États-Unis, pour mettre un océan entre lui et les dealers mafieux à qui il devait de l'argent, mais plus ses dettes augmentaient, plus sa dépendance à la drogue aussi. Alors, il avait ajouté les jeux d'argent à la longue liste de ses vices, en se disant que, s'il parvenait à empocher assez, il pourrait effacer son ardoise pour de bon et recommencer à zéro. Mais pour une partie de cartes qu'il remportait, il en perdait dix.

Un coup frappé à la porte le ramène brusquement à la réalité.

Il regarde par le judas : trois hommes. Deux gardes du corps, armés. Et *lui*.

L'homme dont Gwyn lui a tant parlé.

Celui que l'OSSA hait et craint le plus au monde.

57.

Commissariat central, Washington DC

Mitzi se retient de raccrocher au nez de Donovan.

Il n'y a pas pire, pour elle, que de se retrouver coincée à Washington : Ruthy, Jade et Amber vont la tuer quand elle va leur annoncer que les deux jours d'absence se sont transformés comme par magie en deux semaines.

Pour couronner le tout, elle va devoir s'acheter des nouvelles fringues. Sinon elle va finir par sentir aussi mauvais que l'intérieur de la voiture d'Irish. Ou ce qu'il en reste. Et ce qu'il reste de lui, au fait. Elle se promet d'appeler l'hôpital dès qu'elle en aura terminé avec la longue liste de coups de fil qu'elle doit passer.

Elle prend un truc qui ressemble vaguement à du café au distributeur automatique, et s'installe au bureau d'Irish. Il n'y a pas un centimètre carré de l'espace exigu qui ne soit imprégné de son odeur. Whisky, miettes de sandwich et poussière ont fini par pénétrer les rainures du bureau où il a fait ses heures de boulot. À en juger par les piles de dossiers éparpillées un peu partout, il ne les a peut-être pas toutes faites, d'ailleurs.

Elle déblaie ça d'un grand geste et s'attelle à la tâche. Systématiquement, elle appelle le bureau et le portable des membres les plus éminents du corps diplomatique britannique détachés aux États-Unis, présent et passé.

Personne ne répond.

Sans se laisser perturber, elle laisse à chaque fois un message en demandant de rappeler sur son portable, même si elle n'y croit pas vraiment.

Mitzi est sur le point d'appeler sa sœur quand une jeune femme androgyne, le visage pâle et les cheveux hérissés, fait irruption devant elle.

— Mince alors ! s'écrie Mitzi en portant une main au cœur. Faut pas faire peur aux gens comme ça, j'ai failli avoir une crise cardiaque.

— Désolée. C'est vous, le lieutenant détaché du FBI ?

Mitzi avise les cheveux teints en noir corbeau et la panoplie de la même couleur, du tee-shirt aux bottes, en passant par le jean *skinny*.

— Ouais, c'est moi, sauf si vous êtes la Grande Faucheuse. Non mais, c'est quoi ce look ?

— Kirstin Collins, enchantée, annonce-t-elle. Pardon pour les fringues, je bosse aux Stups et je suis infiltrée dans une boîte de nuit, en ce moment. Mais il m'arrive de filer un coup de main à Irish, aussi. Vous savez comment il va ?

— Lieutenant Fallon, se présente-t-elle, en lui tendant la main. D'après ce que je sais, il est plutôt mal en point.

— Et on dirait bien que vous faites partie des dommages collatéraux.

— Nan, ça c'est juste parce que je suis nulle en maquillage. J'ai toujours l'air comme ça, en fait, même sans les bleus.

Kirstin s'éclaffe de rire.

— Je dois appeler l'hôpital dans un instant, pour me renseigner. Asseyez-vous, je vous en prie, lui fait Mitzi en lui indiquant une chaise, comme si elle était chez elle. Irish pense beaucoup de bien de vous. Il m'a dit qu'un jour vous feriez un bon flic.

— *Un jour* ? répète Kirstin en manquant de s'étrangler. Il a un sacré culot. Fulo m'a dit que vous aviez repris l'affaire de la croix, c'est vrai ?

— Malheureusement, oui. Pourquoi, vous avez quelque chose ?

La jeune flic essaie de ne pas trop fixer les yeux au beurre noir et le nez plâtré en parlant.

— Vous vous rappelez qu'on a perdu la trace du 4x4 et de la Lincoln à la sortie de Dupont Circle, vendredi soir ?

— Oui, je suis au jus.

— Eh bien, j'ai eu l'idée de regarder sur une carte pour voir s'il n'y aurait pas des cafés ouverts vingt-quatre heures sur vingt-quatre dans les parages. Il n'y en a qu'une poignée qui sert après 23 h 30. Et aucun n'a de caméra de surveillance sur le parking.

— C'est ce qu'on appelle un soufflé qui *retombe*, Kirstin.

— Je sais. Mais j'ai quand même parlé aux managers de nuit,

pour savoir s'ils n'auraient rien vu de suspect.

— Et j'imagine que l'un d'entre eux vous a répondu oui, sinon vous ne seriez pas en train de me refaire toute l'histoire.

— C'est ça. Un type du nom de Ludo, qui bosse au *diner* All Night All Right, près de Stead Park, a vu une Lincoln quitter son parking. Quelques minutes après, une dépanneuse est arrivée et elle a embarqué le 4x4.

— Et ce Ludo, il a réussi à lire le nom du garage sur la portière de la dépanneuse ?

— Non. Ce n'est pas ce qui a attiré son attention.

— Alors quoi ?

— Le conducteur du 4x4 a mangé au *diner*, mais pas celui de la Lincoln. Une fois Monsieur 4x4 parti, Monsieur Lincoln est entré et il est allé direct aux toilettes. Il est réapparu quelques minutes après et il est ressorti aussi sec. En voyant ça, le manager a eu les boules, vu qu'ils détestent quand les gens se servent des chiottes sans commander, alors il lui a couru après pour lui dire le fond de sa pensée. Seulement au final, il n'a pas bronché, parce que le type était appuyé contre sa voiture et il avait l'air de beaucoup souffrir. D'après Ludo, il avait toutes les peines du monde à se glisser derrière le volant et il pressait des essuie-mains sur son bras. La Lincoln a fini par partir et c'est là qu'il a vu la plaque d'immatriculation. Il s'est demandé pourquoi un diplomate était si pressé d'utiliser les toilettes d'un *diner* et ce qu'il fabriquait avec ces essuie-mains.

— Et alors ?

— Alors, il est retourné aux toilettes et il n'a rien trouvé. À part quelques gouttes de sang sur le sol.

— Je vais vous poser une question bête, Kirstin, mais il n'aurait pas lavé le sol et gardé précieusement la serpillière, par hasard ?

— Non.

— C'est bien ce que je pensais, mais au fond de moi vit une petite fée qui s'appelle Espoir, et des fois elle refuse tout simplement de la fermer.

Kirstin éclate de rire.

— Ben, votre fée est peut-être en veine en ce moment, parce que Ludo a quand même remarqué quelque chose de curieux.

Hormis le sol, il n'y avait aucune saleté. Rien dans la poubelle, pas le moindre essuie-mains taché. Juste ces gouttelettes.

— Alors quoi, il a fait son Dexter et procédé à une analyse de sang ?

— Non. Il s'est dit que peut-être, Monsieur 4x4 s'était fait prendre en train de sauter la femme de Monsieur Lincoln et qu'il l'avait suivi jusqu'au *diner* pour lui régler son compte. Alors Ludo est retourné dehors pour voir si tout allait bien et c'est là qu'il a vu le 4x4 se faire embarquer.

Mitzi râle en repensant à l'occasion ratée.

— Quand même, c'est dommage pour le sang.

— Oh, ce détail ? répond la jeune flic. Figurez-vous que mon copain bosse à la Scientifique. Alors il est allé faire un tour dans les fameuses toilettes et il a fait un prélèvement. Et même si le sol avait été nettoyé, il restait des traces sur le joint de carrelage. Il a emmené son échantillon au labo et je viens d'avoir les résultats. On a deux profils ADN exploitables.

— Deux, comme dans « meurtrier et victime » ?

— Votre fée recommence à faire des siennes, on dirait. Je n'ai pas la moindre idée de ce qu'il a déniché. J'allais entrer les profils dans les bases de données, pour voir s'il y a une correspondance. Vous voulez vous joindre à moi ?

58.

Soho, Londres

Les deux gorilles ne sont pas aussi grands qu'Angelo mais davantage musclés et ils doivent bien avoir cinq ans de moins.

Leur employeur, au contraire, a dans les quarante-cinq ans et est petit et mince. L'Italien a du mal à croire que cet homme qui ne paie pas de mine soit le tristement célèbre Josep Mardrid. En silence, il les emmène dans le salon de sa suite.

Mardrid s'installe sur un canapé et ses gardes du corps se campent de part et d'autre de lui, comme des serre-livres.

— Vous m'avez l'air déçu, Marchetti, s'exclame-t-il en

déboutonnant sa veste de costume. Vous vous attendiez peut-être à voir débarquer un diable avec des cornes et une queue fourchue ?

— Je ne m'attendais à rien du tout. Votre intermédiaire a dû vous remettre une croix. Vous êtes venu pour faire affaire ou pas ?

— Qu'est-ce que vous avez pour moi ?

Marchetti passe la main sur une tablette intégrée dans la table basse et lui tend une croix celtique.

Mardrid la prend et l'examine sous toutes les coutures.

— Vous m'aviez promis des objets de valeur et des informations top secret, Marchetti. Tout ce que je vois, moi, c'est un bout de ferraille.

— C'est bien plus que cela. C'est une croix funéraire appartenant à l'Ordre d'Arthur.

Ce détail semble éveiller l'intérêt de Mardrid, à en juger par la lueur dans ses yeux.

— Dites-m'en plus, je vous prie.

— Lorsque l'un de leurs chevaliers se fait tuer, il est enterré avec une croix comme celle-ci, qu'on place sur sa poitrine. Le métal dans lequel elles sont forgées proviendrait du même minerai que le métal dont est faite Excalibur.

— Merci pour la charmante anecdote, mais où est mon intérêt dans cette histoire ?

— Détrompez-vous, ce n'est pas qu'une simple anecdote, c'est la vérité. Cela fait des siècles que des milliers d'hommes ont été ainsi portés en terre, sur des terres appartenant à la famille Gwyn. Ils reposent dans plusieurs Cimetières de Chevaliers, ainsi que l'Ordre les appelle. Des tombes secrètes et sacrées, un peu partout dans le monde. Supposons que je vous donne leurs emplacements et que vous décidiez de les rendre publics ; cela intriguerait la police, assurément. Mais ce serait aussi une aubaine pour les médias, n'est-ce pas, et intéressant pour vous de voir le secret de sir Owain éventé.

— Continuez.

— Pas de problème, dit-il en montrant la croix d'un geste. Le cercle que vous voyez au milieu n'a rien de celtique ; en fait, il symbolise la Table ronde des disciples d'Arthur. Vous pouvez faire passer Gwyn pour un hurluberlu, un pilleur de tombes, ou que sais-je encore.

— Finalement je me suis peut-être mépris sur votre compte, monsieur Marchetti. Mais dites-moi : si cette croix est bien ce que vous dites, pourquoi l'un de vos hommes a-t-il tenté d'en vendre une similaire à un antiquaire juif, aux États-Unis, pour ensuite le tuer ?

— Une regrettable erreur, commise par les deux idiots qui étaient sous mes ordres. L'appât du gain, vous comprenez. Ils ont voulu voler de leurs propres ailes.

— C'est le genre de choses que les idiots sont capables de faire, effectivement, réplique Mardrid en retournant la croix dans tous les sens. J'ai bien envie de faire comme vous avez dit. Cela me plairait assez de voir les chevaliers de Gwyn désacralisés et j'avoue que ce serait amusant de le regarder se débattre avec le tollé que cela ne manquera pas de provoquer. (Il tend une main décidée.) Donnez-moi la liste des lieux de sépulture.

Marchetti éclate de rire.

— J'ai peut-être eu des idiots sous mes ordres, mais cela ne veut pas dire pour autant que j'en suis un. J'ai suffisamment de jugeote pour ne pas avoir ces informations ici avec moi. Mais rassurez-vous : elles sont en sécurité et tout à fait négociables.

— Dans ce cas, négocions. Combien en voulez-vous ?

— Dix millions de dollars par cimetière.

Mardrid lui sourit.

— Un prix raisonnable pour assister à la chute d'un homme comme Gwyn. (Il se lève d'un bond et lisse son costume.) Mais sachez ceci, monsieur Marchetti : lorsque je conclus un marché, je ne reviens jamais dessus. Par conséquent, si vous me décevez, je veillerai personnellement à ce que mes hommes creusent votre tombe et vous y enterrent vivant, avec cette croix en prime. Sur ce, je vous souhaite une bonne journée.

59.

COMMISSARIAT CENTRAL, WASHINGTON DC

Mitzi penche le distributeur d'eau et fait couler les dernières gouttes dans un gobelet en plastique bleu. Elle en aura assez pour ingurgiter son énième antidouleur.

De son côté, Kirstin Collins a les yeux rivés à l'écran d'ordinateur, attendant patiemment que les multiples bases de données lui disent si elle a tiré le bon numéro avec les deux profils ADN du sang prélevé dans les toilettes du *diner*.

— Ça donne quoi ? demande Mitzi en tirant une chaise à côté d'elle.

— Il continue de chercher. Ça me fait toujours marrer, quand je regarde une série policière à la télé. La fille a pas le temps de se recoiffer que l'ordi lui a déjà trouvé son assassin.

— Ouais, et les mecs de l'équipe sont toujours super mignons et ont un cœur d'or.

L'ordinateur émet un petit bip pour signaler un premier résultat.

— Pas de chance avec le numéro un, annonce Kirstin. Aucune correspondance dans nos fichiers.

— Si c'est celui de notre diplomate, on reste dans la course. Suffit juste que le second nous mène quelque part.

— On va le savoir tout de suite, répond Kirstin en entendant un second bip.

Au bout de quelques secondes de suspense atroce, le résultat s'affiche enfin.

— Et… bingo ! s'exclame-t-elle en se penchant vers l'écran. Bradley John Deagan. Quarante-deux ans. Déjà condamné pour escroquerie.

— Quel genre ?

Kirstin prend la souris et fait défiler la page.

— Apparemment, il a tenté de vendre un tableau qui n'existait pas.

— Lequel ?

— Une minute, je dois cliquer sur le lien pour avoir les détails, répond Kirstin en joignant le geste à la parole. Alors… l'œuvre en question a été peinte par un certain van Eyck. Elle s'appelle *L'Adoration de l'Agneau mystique* et c'est un polyptyque, c'est-à-dire plusieurs panneaux composant un ensemble pictural. Un de ces panneaux a été volé et on ne l'a jamais retrouvé. Deagan a tenté d'arnaquer un type du nom de Christie en lui disant qu'il l'avait et était prêt à le vendre.

— Je crois que vous voulez dire Christie's, plutôt. C'est une société de vente aux enchères, pas une personne. Ils sont spécialisés dans les tableaux et objets anciens.

— Au temps pour moi. J'avoue que je ne m'intéresse pas des masses à l'art. Sauf si vous comptez mon affiche des Chippendales.

— Euh ! pas vraiment, non.

— Si vous l'aviez sous les yeux, vous aussi vous trouveriez que c'est un chef-d'œuvre.

— J'en suis certaine. D'autres détails sur le panneau qu'il a tenté de vendre ?

Kirstin parcourt le texte.

— Il y a pas grand-chose à se mettre sous la dent. Ils disent qu'une partie du polyptyque montre quatre groupes de gens se rassemblant dans un pré pour adorer l'Agneau de Dieu, et Deagan a prétendu qu'il y en avait un cinquième, qui n'avait jamais été identifié auparavant.

— Et ils donnent un ordre de prix, soit pour le vrai tableau, soit pour le faux que Deagan a tenté de refourguer ?

— Alors, *L'Agneau mystique* date du XVe siècle, et… la vache, qu'est-ce qu'il est grand : trois mètres cinquante par quatre mètres soixante !

— Mon premier appart était plus petit que ça.

— Ouais, et celui où je vis en ce moment fait à peu près cette taille, ajoute Kirstin, avant de repérer le chiffre demandé. Dix millions. Deagan demandait dix millions de dollars minimum pour son faux panneau. À ce prix-là, j'espère qu'il était bien fait.

Mitzi énumère la liste des indices dans sa tête :

Les panneaux de *L'Adoration de l'Agneau mystique*.

Une croix celtique.

Une clé USB cryptée.

Un antiquaire assassiné.

Un malfrat zigouillé et enterré à la va-vite.

La disparition d'un escroc avec un faible pour l'art, liée à un diplomate britannique qui a quitté le pays.

Soudain, une voix d'homme lui fait perdre le fil de sa pensée.

— Silence, j'ai une annonce à faire.

Elle se retourne et voit le capitaine Fulo à la porte.

Il élève la voix pour être sûr que tout le monde l'entende, même ceux planqués au fond.

— S'il vous plaît, écoutez-moi. Je viens d'avoir un coup de fil de l'hôpital. Le lieutenant Patrick Fitzgerald est mort il y a dix minutes.

En entendant la clameur que cela provoque, il marque une pause, avant d'ajouter :

— Si quelqu'un veut me parler en privé, je serai dans mon bureau.

60.

SOHO, LONDRES

Il y a deux ou trois petites choses qu'Angelo Marchetti a oublié de dire à Josep Mardrid. Des choses qui pourraient bien le faire tuer.

Accoudé dans un pub sordide, à côté d'un club de strip-tease minable, il s'envoie son troisième *shot* de whisky en essayant de ne pas penser au guêpier dans lequel il s'est fourré.

Il a menti en disant qu'il avait toutes les infos concernant les Cimetières de Chevaliers. Ce n'est pas le cas. La vérité, c'est qu'elles sont consignées dans un document qu'il a transféré sur une clé USB de l'OSSA à l'époque où il était basé au château Caergwyn. Il a scanné certaines pages de livres sacrés pris dans la Bibliothèque arthurienne et a copié le tout sur la clé à partir de l'ordinateur central de l'Ordre.

Le plan initial était de faire chanter Gwyn en échange de la clé. Mais il s'est dégonflé, alors il a cherché un autre moyen de s'enrichir sans s'exposer directement à la colère de l'Ordre.

L'idée lui est venue à son retour aux États-Unis.

On l'avait chargé d'inhumer un jeune chevalier abattu par des trafiquants d'armes. Le lieu de sépulture se trouvait non loin de Glastonbury, dans le Connecticut, au fin fond de la forêt de Meshomasic.

Après avoir accompli le rituel, il a renvoyé ses hommes en leur disant qu'il voulait rester seul quelques instants avec ce frère tombé au champ d'honneur. Seulement, au lieu de lui présenter ses respects, il a dérobé sa croix funéraire, ainsi que celle de son père et de son grand-père, qui reposaient dans la même tombe.

Il avait des contacts dans le milieu qui pouvaient les vendre pour lui. Des hommes qui le fournissaient en drogue. Des chefs de gangs qui allaient probablement le tuer s'il ne remboursait pas ses dettes très vite.

Le jour où il a vraiment été aux abois, il a fini par donner l'une des croix et la clé USB originale à Kyle Coll, le parrain de la Mara Salvatrucha. Au préalable, il avait retranscrit les pages scannées sur une feuille, afin de pouvoir aiguiser la curiosité d'un acheteur potentiel si nécessaire, et gardé pour lui la clé du code, ainsi qu'une copie du document.

Mais ce qu'il ne savait pas, jusqu'à ce qu'il tente d'ouvrir ladite copie, c'est que dès que les données étaient copiées sur un support extérieur à l'OSSA, le fichier se corrompait. En d'autres termes, la copie qu'il s'était faite ne valait rien.

Malgré ce revers, pendant un temps, il a bien cru s'en sortir. Le gang de Coll a déniché Goldman, un spécialiste en objets religieux pas trop à cheval sur les principes. Assez rapidement, l'homme a fait un premier versement pour montrer qu'il tenait à acheter les trois croix. Quand les hommes de Coll lui ont montré les extraits des livres sacrés, Goldman a vu des dollars danser devant ses yeux.

Mais le vieil homme a alors fait l'idiot. Il a baissé son offre au dernier moment, en menaçant de les dénoncer aux flics s'ils n'acceptaient pas. Ce coup de poker lui a coûté la vie.

Et à partir de là, tout est allé de travers.

Angelo devait retrouver Brad Deagan dans un *diner* de Dupont Circle, mais il a fumé du crack ce soir-là et il est arrivé en retard. Tellement en retard que tout ce qu'il a vu, c'est George Dalton en train de quitter le parking. Il a regardé la Lincoln s'en aller, puis la dépanneuse venir chercher le 4x4 de Deagan. Il a alors compris que son plan était tombé à l'eau et qu'il avait plutôt intérêt à quitter le pays avant que l'Ordre le retrouve.

Seulement maintenant, on lui offre une autre chance.

Une dernière chance.

Il finit son verre et prie pour ne pas la foutre en l'air.

61.

COMMISSARIAT CENTRAL, WASHINGTON DC

Mitzi refuse de rester assise une seconde plus au bureau d'Irish. Ça ne serait pas juste. Tout comme de rester dans les parages alors que ses collègues disent du mal de lui.

Elle monte dans un taxi et se surprend à penser qu'elle aurait pu avoir un faible pour Irish. Ça a toujours été son type, les mauvais garçons et les blessés de la vie. Et c'est clair qu'avec lui, elle aurait eu du boulot.

De retour dans sa chambre du Silver Fall Lodge, elle ouvre le minibar, prend une mignonnette d'alcool fort et dévisse le bouchon d'une chiquenaude.

— À ta santé, lieutenant Fitzgerald. J'espère pour toi que ce sera *open bar* au paradis et qu'ils te dégoteront une gentille fille pour veiller sur toi.

Elle avale le whisky cul sec, puis prend un analgésique et décide de s'allonger cinq minutes.

Deux heures plus tard, elle est réveillée par la sonnerie de son téléphone.

Elle l'attrape sur la table de nuit, le cœur battant.

— Allô ?

Il y a un silence, puis une voix d'homme répond :

— Je suis bien en communication avec le *lieutenant* Fallon ?

Elle gigote pour se mettre en position assise et a la vague impression qu'on lui a enfoncé un pieu au milieu de la figure, tellement elle a mal.

— C'est bien elle. (Elle jette un œil à l'écran : « Appel masqué ».) Écoutez mon p'tit gars, si vous faites partie de ces abrutis qui appellent les particuliers pour tenter de leur fourguer une assurance ou un crédit auto, je vous préviens, c'est *pas* le moment.

— Sir Owain Gwyn à l'appareil. L'ancien ambassadeur de Grande-Bretagne aux États-Unis.

Mitzi ferme les yeux : elle a tellement honte qu'elle voudrait rentrer sous terre. Si seulement c'était possible.

— Vous m'avez laissé un message, ainsi qu'à plusieurs de mes collègues, concernant une enquête pour homicide. En quoi pouvons-nous vous aider ?

Mitzi n'est pas, mais alors pas *du tout* prête pour ça. Avec la sieste et les médicaments, elle a le cerveau tout embrumé.

— Je vous prie de m'excuser. L'affaire sur laquelle je travaille est en fait un double homicide et nous avons établi un rapport avec l'un de vos collaborateurs, un certain M. George Dalton. J'aimerais lui poser quelques questions.

— Quel genre de questions, lieutenant ?

— Où il se trouvait à telle et telle heure, avec qui il était et ce qu'il faisait. Les questions *habituelles*, quoi.

— En toute probabilité, il se trouvait avec moi. Il est l'un de mes plus proches conseillers et je crains fort de le faire beaucoup travailler. Voici ce que je vous propose : je demande à ma secrétaire de vous appeler, vous lui soumettez une liste de questions pour M. Dalton et je veille personnellement à ce qu'il y réponde. Qu'en dites-vous ?

— Et voici ce que je vous propose : je lui parle directement.

— J'ai bien peur que cela ne nous arrange pas. Nous sommes soumis à un protocole, vous comprenez.

Il est en train de se refermer comme une huître, Mitzi le sent.

— Votre consul et mes homicides sont eux-mêmes liés à une relique, une croix celtique plus précisément : ça ne vous rappelle rien, par hasard, monsieur l'ambassadeur ?

— Pas particulièrement.
— Et si je vous dis « code X » ?
Il a un temps d'arrêt.
— Je suis désolé, j'ai été distrait par quelqu'un qui m'apportait un message. Pourriez-vous me répéter la question, je vous prie ?
Mitzi sait qu'elle a touché un point sensible.
— Code X. Ça vous dit quelque chose ?
Un long silence au bout du fil, puis :
— En effet, lieutenant, mais je ne peux l'évoquer au téléphone. C'est quelque peu délicat. Y a-t-il un moyen d'en discuter face à face ?
Elle laisse échapper un long soupir. Le pénible voyage qui se profilait à l'horizon est devenu inéluctable.
— Je peux être à Londres demain.
— Parfait. Ma secrétaire vous appelle sous peu pour les détails d'ordre pratique. Je vous ferai envoyer un chauffeur.
Et sur ce, il raccroche. Elle flanque le portable sur la table de nuit et s'écroule sur le lit.
— Merde. Merde-merde-merde.
Le téléphone se remet à sonner.
Elle lui lance un regard plus glacial que la banquise et prend l'appel.
— Allô ?
— Maman, c'est Amber.
— Oh ! bonjour ma chérie. Comment ça va ?
— J'suis malade. Tante Ruth dit que j'ai une gastro-machin-truc.
— Une gastro-entérite ?
— Ouais, c'est ça. J'passe ma vie aux toilettes et Jade me rend dingue. Quand est-ce que tu rentres ? J'ai vraiment besoin de toi, M'man.

62.

MARYLAND

Mitzi met vingt bonnes minutes à convaincre Amber qu'elle n'est pas la pire mère du monde et ça prend deux fois plus de temps avec Jade. Sans compter tous les pots-de-vin qu'elle se retrouve obligée de leur promettre.

Comme on pouvait s'y attendre, Ruth se montre particulièrement froide quand elle apprend que les deux jours à Washington sont tout à coup devenus un voyage outre-Atlantique qui a toutes les chances de durer une semaine de plus.

Son instinct de flic dit à Mitzi que sa sœur cadette n'est pas simplement dégoutée de s'être fait mener en bateau. Dans sa voix, elle perçoit la colère, le trouble et même un petit coup de déprime, et Mitzi regrette de ne pas être auprès d'elle pour l'aider à traverser cette mauvaise passe.

Quand elle a raccroché, elle engloutit le reste de la mignonnette et la jette à la poubelle. Un miroir accroché au mur de sa chambre minuscule lui renvoie l'image méconnaissable d'une femme avec deux yeux au beurre noir, un nez rouge comme un camion de pompier et un morceau de plâtre blanc incroyablement seyant au milieu de tout ça. Sa seule consolation, c'est que les toubibs en ont profité pour redresser son nez, qui était de travers depuis que son ex lui avait flanqué un coup, il y a quelques années de ça.

Mitzi parcourt le menu du *room-service*, et elle a beau avoir la ferme intention de ne commander qu'une salade de poulet et un verre de lait, elle se retrouve – elle ne sait comment – avec des frites et une part de tarte en plus.

En attendant son dîner, elle appelle Donovan pour tout lui raconter, depuis la mort d'Irish jusqu'à sa conversation avec Gwyn, sans oublier le petit détail du voyage à Londres.

— Le timing est parfait, s'exclame sa chef. Eleonora a trouvé le coupable du meurtre sataniste. Elle est avec la police en ce moment, ils vont l'inculper dans l'heure.

— La chanceuse. Alors, qui c'était ?

— Le frère du mari. Vous n'étiez pas tombée loin, finalement. Elle vous racontera tout à votre retour. Dans tous les cas, je peux libérer Bronty, si vous pensez qu'il peut vous être utile.

— Étant donné l'aspect religieux de cette affaire, je suis certaine que oui.

— C'est bien ce que je pensais. Il peut vous assister d'ici, ou bien vous voulez que je vous l'envoie à Londres par UPS ?

— À Londres, je préfère. Il sera d'accord pour partir à la dernière minute ?

— À peu près autant que vous, je dirais.

Donovan marque une pause. Il y a une chose dont elle doit s'assurer avant de lâcher son agent dans la nature.

— Lieutenant Fallon, vous comprenez qu'on va s'attirer pas mal d'ennuis, avec cette histoire. Les diplomates britanniques ont des amis diplomates américains, qui eux-mêmes ont des amis capables de tirer des ficelles à tous les niveaux, du plus minable poste de police au Bureau ovale.

— Oui, j'imagine assez bien la tournure que ça pourrait prendre.

— C'est une bonne chose. Dans ce cas, vous savez que je compte sur vous pour agir le plus intelligemment possible. Je ferai tampon aussi longtemps que je pourrai, mais si je vous dis qu'on arrête tout, on arrête tout. Pas de caprice. Pas de pétage de plomb. Compris ?

Mitzi est trop fatiguée pour argumenter.

— Compris.

— Souvenez-vous bien de cette conversation, parce que si vous me lâchez sur ce coup-là, votre accident de voiture vous fera l'effet d'une journée au spa en comparaison de ce que je vous ferai.

63.

Aéroport de Dulles, Washington DC

Mitzi prend sa revanche sur la souffrance physique et émotionnelle qu'elle endure en faisant un peu de shopping.

Le temps de s'installer dans l'Airbus qui doit l'emmener en Grande-Bretagne, elle se sent beaucoup plus calme – vu qu'elle s'est offert plusieurs culottes Calvin Klein, un haut rouge à manches longues et col rond, une chemise rayée bleu marine et blanc qui va à ravir avec cette longue jupe à godets dans les mêmes tons, un pull en laine d'agneau bleu pâle et un tee-shirt pour porter en dessous, puisque c'est un col en V.

Ça fait une éternité qu'elle n'avait pas acheté de fringues aussi chaudes mais elle n'a aucune intention de se geler, avec le temps de dingue qu'il fait en Angleterre. Si elle avait le choix, jamais elle ne mettrait les pieds dans un pays qui pense avoir une belle journée d'été quand le baromètre passe la barre des vingt degrés.

Le vol long-courrier s'avère finalement moins pénible que le vol intérieur entre San Francisco et Washington. Pas de gosses qui hurlent à côté d'elle. Pas de familles qui se crêpent le chignon dans les tranchées de la classe éco. Elle a à peine le temps de faire un petit somme (ou plus exactement, de tomber comme une masse après avoir gobé un ibuprofène) et de regarder quelques films larmoyants que l'avion se pose sur le tarmac d'Heathrow, ou *Hell Row* – « le couloir de l'enfer » – comme elle a entendu l'équipage l'appeler.

Il est plus de minuit lorsqu'elle passe enfin la douane. Elle trouve le Hilton à côté de l'aéroport et, en un rien de temps, elle est dans sa chambre et se douche. Le temps de mettre son réveil pour le lendemain et de s'écrouler, la sale bête se met à sonner comme si une catastrophe nucléaire était imminente.

Il est 7 heures du matin. Mitzi n'arrive pas à croire que six heures viennent de s'écouler.

En se levant, elle découvre que parler de « contrecoup de l'accident » a vraiment un sens. Ses épaules et son cou sont tout raides, surtout du côté où la ceinture s'est bloquée au moment de l'impact, lui évitant ainsi d'être projetée dans l'habitacle comme une poupée de chiffon dans le tambour d'une machine à laver.

Elle passe sa nouvelle jupe et la chemise à rayures et découvre que ça ne va pas si bien que ça avec le pull en laine d'agneau. Mais ce n'est pas le pire : les cercles noirs autour de ses yeux sont devenus si épais et parfaitement circulaires qu'on dirait presque une farce, comme si quelqu'un lui avait peint la figure pendant qu'elle dormait à poings fermés. Le nez a encore gonflé et viré au noir violacé autour de la fracture. Elle se fait un nouveau pansement et annonce à son reflet :

— Ma fille, tu vas devoir oublier cette idée de te dégoter un mari royal pendant ton séjour.

Vers 8 heures, elle descend petit-déjeuner. Elle a une heure pour retrouver Bronty, lui faire un topo, rendre la chambre et retrouver le chauffeur de l'ambassadeur qui doit les emmener au rendez-vous.

Devant le buffet, une jeune femme note son numéro de chambre et lui montre une table pour deux, qui comme par hasard se trouve au fond dans un coin, là où elle ne pourra pas faire peur aux clients.

Le serveur vient juste de la quitter avec un pot de café noir et un regard plein de compassion lorsque Bronty fait son apparition. L'agent du FBI est vêtu d'un pantalon en velours côtelé (caramel, cette fois), d'un polo Lacoste rose et d'un pull à torsades marron sur les épaules.

— Doux Jésus, s'exclame l'ancien prêtre en s'attablant. Mais qu'est-ce qui t'est arrivé ?

Mitzi repose sa tasse sur la soucoupe.

— Félicitations, tu avais droit à un coup gratuit. Maintenant, tu veux du café ou bien tu vas vraiment te hasarder à poser d'autres questions sur ma sale tronche ?

64.

GLASTONBURY, ANGLETERRE

Les vitres teintées du Range Rover blindé offrent à Lance Beaufort et Jennifer Gwyn le luxe coupable de pouvoir se tenir la main sans se préoccuper des gardes du corps, qui les suivent en voiture.

Ils filent vers le nord par la route de la côte, traversent Avonmouth, prennent l'un des ponts sur la Severn pour éviter Newport, et entrent enfin dans les mille cinq cents kilomètres carrés de nature sauvage qu'est le parc national des Brecon Beacons.

Le 4x4 s'enfonce en grondant dans ces superbes paysages de forêts, de champs, de lacs et de montagnes, parmi les plus reculés et préservés de Grande-Bretagne.

Jennifer passe tendrement un doigt sur la main balafrée de Lance, qui a pris le volant.

— Un souvenir de ta folle jeunesse ?

— Ces cicatrices sont autant de batailles gagnées que perdues. Il y a là des preuves de querelles adolescentes et de bagarres d'adultes. Je me rappelle chacune de mes blessures.

Elle décide de le mettre à l'épreuve.

— Celle-ci ?

Il inspecte la petite marque d'un blanc brillant près du pouce de sa main gauche.

— Un pugilat dans un bar parisien. On fêtait les vingt et un ans de mon meilleur ami.

— Et celle-là ?

Une balafre argentée qui court sur la longueur de son petit doigt.

— Ah, celle-là, je me la suis faite en tombant de la vespa de ma petite amie, répond-il avec une pointe de nostalgie dans la voix. J'avais dix-sept ans, et elle dix-neuf.

— Elle était jolie ?

— *Très*. On a dérapé sur une tache d'huile et je suis tombé sur la main. Je me suis aussi fait une fracture de la clavicule, cette fois-là. Ça m'a fait très mal, mais pas autant que le jour où elle m'a quitté pour un homme marié.

— *C'est la vie**, répond Jennifer. Il arrive que l'amour fasse souffrir.

Il ne dit rien, regarde la route un instant, puis demande :

— Et toi, tu me feras souffrir un jour ?

Elle lui serre la main, un sourire triste au coin des lèvres.

— Tu sais bien que oui. Hélas, notre amour est de ceux qui brisent le cœur.

65.

Londres

— C'est une Rolls, constate Bronty en tirant sur la manche de Mitzi, qui est occupée à régler les chambres. On est venus nous chercher en *Rolls-Royce*.

Et il sort de l'hôtel en courant quasiment, pour aller examiner ça de plus près.

Mitzi range précieusement son reçu de carte de crédit et le suit.

— Elle a l'air plus vieille que le professeur McGonagall dans *Harry Potter*, constate-t-elle en avisant la voiture d'époque.

— En effet, dit le chauffeur, un ancien militaire du nom d'Harold, en prenant leurs bagages. Vous n'êtes pas loin de la vérité. C'est une Phantom IV, madame. Fabriquée sur mesure par ceux qui ont créé la première Rolls pour la reine. (Il leur ouvre la portière.) S'il vous plaît.

Mitzi se glisse à l'intérieur, suivie tant bien que mal par Bronty, qui visiblement ne peut pas attendre d'être assis pour sortir une lingette désinfectante de son paquet format voyage.

La portière se referme sans un bruit, et l'instant d'après, le chauffeur reprend son laïus tout en s'éloignant en douceur du trottoir.

— Vous venez de prendre place dans le modèle de Rolls-Royce le plus exclusif de tous. (Il remarque Bronty, occupé à essuyer les accoudoirs.) Elle est également nettoyée tous les jours, monsieur.

L'agent du FBI lui sourit faiblement, puis se résigne à faire une boule de sa lingette et à la glisser dans une poche.

— Cette limousine compte parmi les dix-huit exemplaires seulement réalisés au début des années 1950, pour la royauté et les chefs d'État.

Mitzi attire son attention dans le rétroviseur.

— Et sir Owain, il l'a rachetée à un membre de la famille royale ou bien à un chef d'État ?

— Je n'en ai aucune idée, madame. Vous allez devoir lui poser la question vous-même.

Bronty remarque que la statuette de femme, habits au vent, qui orne traditionnellement le dessus de la grille du radiateur, a été remplacée par un autre symbole.

— Quelle est cette silhouette sur le capot, là, à la place de la statue qu'on voit habituellement sur les Rolls ?

Harold semble ravi de le lui expliquer.

— Ah, monsieur, savez-vous que la Rolls originale de la reine avait une mascotte spéciale représentant saint Georges terrassant le dragon ? Eh bien, sir Owain lui aussi a souhaité avoir une sculpture personnalisée. Elle représente un chevalier inconnu en haut d'une colline où a eu lieu une célèbre bataille. Cela fait partie des armoiries familiales. L'Honneur dans l'Anonymat.

— S'il y a bien une devise qui marcherait pas à Hollywood, c'est celle-là, rétorque Mitzi.

Elle pose le coude sur l'accoudoir et appuie sans faire exprès sur un bouton. Aussitôt, une vitre remonte derrière le siège du chauffeur.

Sa voix jaillit de haut-parleurs encastrés dans les portières.

— C'est pour avoir un peu d'intimité, madame. Si vous souhaitez me parler, le bouton d'à côté actionne un micro. Lorsque la lumière rouge est allumée, je peux à la fois vous entendre et vous répondre. Mais pour l'instant, je vous laisse tranquille. Notre trajet durera approximativement cinquante minutes.

Mitzi lui crie « Merci », mais elle n'est pas sûre qu'il ait entendu. Elle se tourne vers Bronty.

— Au fait, Vicky t'a fait passer le message à propos de la croix ? Tu étais censé me rappeler.

Il se couvre le visage des deux mains.

— Désolé, j'ai oublié. Eleonora m'a tellement fait bûcher sur l'autre affaire que ça m'est sorti de la tête.

— Super. Au moins, maintenant, je sais où je me situe dans la chaîne alimentaire.

— L'important, c'est que maintenant tu es tout en haut, rétorque-t-il en lui souriant le plus sincèrement possible. Que veux-tu savoir ?

— Tout ce que tu peux me dire. En quoi cette croix est différente du crucifix lambda, ce que signifie le cercle. Par exemple.

— Eh bien, selon la légende, lorsque les missionnaires étrangers se sont mis en tête de convertir les druides au christianisme, saint Patrick est tombé par hasard sur une pierre où était gravé un cercle représentant la lune, et il a affirmé qu'une croix latine avait été sculptée par-dessus. Il a béni ce nouveau symbole de la croix et de la lune réunies, et c'est comme ça que la première croix celtique est née.

— Chouette histoire. Tu crois que c'est vrai ?

— Il y a autant de preuves qui viennent le confirmer que l'infirmer. Selon une autre théorie, ce serait un emblème de l'Eucharistie, la sainte hostie du Christ, qui est toujours ronde. D'autres encore pensent qu'il représente le halo du Saint-Esprit. De nos jours, tout le monde s'en sert, de l'Église aux agences de voyages spécialistes de l'Irlande, de l'Écosse et du pays de Galles. Sans compter les voyants, les astrologues et les boutiques vendant des boules de cristal sur Internet, plus tous les groupes de folk irlandais qui sont un jour montés sur scène.

— C'est que du vent, alors ?

— Ce qui est du vent pour les uns sera tangible pour d'autres. Et comme toi et moi on le sait, la foi peut déplacer des montagnes.

— Et rapporter un paquet de fric.

— Évidemment. Rien ne pourrait fonctionner sans ça, pas même l'Église.

Tout à coup, Bronty se souvient d'une histoire datant de l'époque où il était prêtre.

— Quand je faisais le séminaire, il y avait ce vieil abbé un peu zinzin qui soutenait mordicus que le cercle sur la croix n'avait rien à voir avec l'Eucharistie ou saint Patrick. D'après lui, c'était une sorte de signe de reconnaissance chrétien symbolisant l'alliance avec les chevaliers de la Table ronde du roi Arthur.

— Jésus et Merlin dans le même sac ? J'ai du mal à y croire.

— Bah ! t'imagines vraiment saint Georges terrassant un dragon, de l'eau se transformant en vin ou une vierge mettant un enfant au monde ?

— Vu sous cet angle, non.

— Bref, l'abbé n'avait pas son pareil pour nous raconter de vieilles légendes. Comment les saintes croix des chevaliers étaient forgées dans un minerai extrait de la tombe de Jésus par les apôtres ? Comment elles étaient en fait à la fois une croix et un poignard, pour qu'ils puissent les enfoncer dans le cœur des guerriers païens et ainsi sauver leur âme ?

— Comme c'est charitable de leur part. Tu as vu le croquis fait par la vendeuse de la boutique d'antiquités, dans le Maryland ?

Bronty prend un air coupable.

— Désolé, je ne l'ai pas vu non plus.

Mitzi plonge la main dans son sac et en sort une feuille pliée, qu'elle lui tend.

Il prend le temps de l'examiner.

— C'est difficile à dire, vu que l'échelle et les dimensions n'ont pas dû être respectées, mais effectivement, on dirait bien moitié une croix et moitié un poignard. (Il lui rend la feuille en souriant.) Cela dit, le bout pointu servait probablement à enfoncer plus facilement la croix dans la terre, vu que les messes avaient lieu dehors, sur des collines et des endroits comme ça.

Elle replie soigneusement le dessin et le remet dans son sac.

— Tu penses qu'on devrait appeler ton abbé pour le lui montrer ?

Bronty éclate de rire.

— Mitzi, père Ryan avait un faible pour le vin de messe,

si tu vois ce que je veux dire. Il avait tendance à enjoliver ses histoires, quoi.

— D'accord, mais s'il adhère à cette légende du roi Arthur et de la croix sacrée, il y en a peut-être d'autres comme lui. Ça expliquerait sa valeur et aussi les meurtres. Tu sais, comme le Saint-Graal et les fragments de la Vraie Croix du Christ !

— Le roi Arthur n'a même pas existé, réplique l'ancien prêtre avec dédain. Et de toute façon, je croyais que Vicky avait montré le croquis à un type du Smithsonian.

— Oui, et il a répondu qu'elle datait de l'âge de fer, si tu te souviens ?

— Je me souviens, rétorque Bronty d'un ton cassant. Et je le croirais davantage que le père Ryan, si j'étais toi.

— Bah ! on peut toujours vérifier. T'as jamais remarqué que les experts se contestent systématiquement ?

Bronty secoue la tête devant tant d'obstination.

— Dans ce cas, il va falloir que tu pries pour une intervention divine : il est mort il y a six ou sept ans de ça.

Mitzi se tait pour de bon et réfléchit à cette croix en regardant par la fenêtre. Le paysage change rapidement, à mesure que la ville approche et les enveloppe dans ses bras de béton et de verre.

Elle sort son smartphone, trouve la fonction appareil photo et se colle brusquement à Bronty en disant :

— *Cheese* !

Il s'exécute de mauvaise grâce.

Mitzi prend la photo et lève l'écran devant elle pour qu'ils puissent voir le résultat.

— C'est pour quand je rentrerai. Je veux que mes filles voient que je me suis assise dans une Rolls. Ça leur fera peut-être passer l'envie de me tuer.

66.

Château Caergwyn, Pays de Galles

Le château Caergwyn rosit dans le soleil de l'après-midi. Ses tourelles aux quatre coins et son solide donjon central tranchent sur les douces nuances de vert des champs et des forêts.

Jennifer Gwyn descend du Range Rover. Elle porte un pull à col bateau léger et un pantalon jacquard bleu, ayant privilégié le confort sur l'élégance pour ce trajet de deux heures. L'air est agréablement vif, et tout en observant les remparts, elle savoure la sensation que lui procure la douce brise dans ses cheveux.

Elle sait qu'il est là. Derrière les murs de pierre, en haut de la tour, il observe. Il la regarde à travers les meurtrières, aujourd'hui vitrées mais qui autrefois servaient à dissimuler les flèches implacables des meilleurs archers du pays.

Myrddin.

Il l'a connue toute sa vie. Et il est arrivé qu'il la comprenne mieux qu'elle-même.

Le vieil homme a eu beaucoup à dire du séjour de Jennifer en Amérique. Quand elle sera face à lui, il ne manquera pas de lui sonder l'âme, c'est certain.

Les gardes du corps descendent du Land Rover et se dégourdissent un peu les jambes. À la lisière du domaine, des Marines et des membres de la SAS s'entraînent en permanence. Quant aux « soldats » arthuriens, ils sont stationnés près des remparts du château. À ces deux barrières infranchissables, il faut ajouter une équipe de gardes armés, qui opère uniquement à l'intérieur du château.

Un majordome en costume noir et chemise blanche approche, suivi de deux jeunes valets de pied vêtus de rouge, qui vont directement chercher les bagages dans le coffre du Range Rover.

— Bienvenue, lady Gwyn.

— Merci, Alwyn. Comment va tout le monde ?

Il marche avec elle jusqu'à la porte tandis que les valets reçoivent quelques instructions de Lance.

— Je suis heureux de pouvoir vous dire que tout le monde va

bien, madame. Mrs Stokes est en congé comme vous le savez, puisqu'elle doit accoucher la semaine prochaine, et Nerys la remplace en cuisine.

— Et ? Elle est à la hauteur ?

— Absolument. Ne le dites pas à Mrs Stokes, mais le ragoût d'agneau de Nerys n'a rien à envier à celui de ma mère.

Jennifer éclate de rire et lui répond par le fameux dicton gallois :

— *Cystal yfed o'r cawl a bwyta'r cig* – « C'est aussi bon de boire le bouillon que de manger la viande. »

Cela fait grand plaisir à Alwyn de l'entendre parler dans la langue traditionnelle.

— Dînerez-vous seule avec M. Beaufort, ce soir ? Puis-je…

Elle anticipe son commentaire.

— Non, nous allons nous joindre à Myrddin. Je ne voudrais surtout pas être maudite jusqu'à la prochaine génération.

— Sage décision, madame.

Alwyn la laisse dans l'immense hall d'entrée, avec son parquet foncé, ses armures exposées, ses grandes tapisseries, son escalier majestueux et ses têtes d'animaux empaillés vieilles de plusieurs centaines d'années.

Les valets de pied sourient poliment en passant devant elle pour monter les bagages au premier.

Lance arrive à leur suite, une pointe d'appréhension dans les yeux. Tout ici rappelle Owain.

— Tu sens sa présence, n'est-ce pas ? lui demande Jennifer.

Il incline la tête, l'air résigné.

— Comment faire abstraction ?

Elle le prend délicatement par la main et l'entraîne dans un couloir.

— Viens, allons prendre le thé au petit salon. Ensuite tu pourras travailler, puis nous nous retrouverons pour le dîner.

— Avec Myrddin ?

— Avec Myrddin, répète-t-elle, en voyant son inquiétude. Mais je vais le voir seule, d'abord, histoire d'arrondir les angles.

67.

Londres

Mitzi regarde un à un les noms des rues qui défilent par la fenêtre de la Rolls, et elle les reconnaît tous. Piccadilly Circus. Oxford Street. Covent Garden. Leicester Square. The Strand.

La circulation devient plus dense au moment où ils approchent d'un bâtiment géant en pierre grise, orné d'immenses fenêtres cintrées, de lourds portails en fer forgé et de tourelles qui s'élancent vers le ciel. Elle a la sérieuse impression de passer devant une aile de Poudlard, l'école d'Harry Potter – une impression encore renforcée par ce socle en pierre planté au beau milieu de la route et surmonté d'une sculpture d'oiseau bizarroïde. Elle appuie sur le bouton indiqué par Harold comme étant un micro.

— Excusez-moi. Vous pouvez me dire où on est ? Et c'est quoi cette espèce de volatile, là ?

Le chauffeur se retourne brièvement pour lui répondre.

— Nous sommes dans Fleet Street, madame. Et ce grand bâtiment, c'est la Cour royale de justice. Le bureau de sir Owain est juste au coin.

Regardant de nouveau devant lui, Harold admire la superbe statue de Charles Bell Birch, qui se dresse fièrement sur sa colonne, et tente de chasser le léger ton de supériorité qu'il sent poindre dans sa voix.

— Et voici le monument de Temple Bar. Il marque la limite entre Westminster et la City. La statue que vous avez mentionnée est en fait un dragon héraldique. Vous en trouverez deux sur les armoiries de la cité de Londres, ainsi qu'une croix de saint Georges.

Bronty l'écoute, tout ouïe.

— Vous avez dit « Temple ». Est-ce que par hasard il y aurait un rapport avec les chevaliers de l'ordre du Temple ?

— Et allez, encore des chevaliers, marmonne Mitzi en aparté.

— Oui, monsieur. L'église et même le quartier se nomment ainsi. Tout cela appartenait jadis aux Templiers, mais aujourd'hui c'est le lieu de prédilection des gens de loi.

— Ah ! des saints remplacés par des pécheurs, ironise Mitzi. Y a pas plus éloigné du noble chevalier d'antan que l'avocat du XXIe siècle.

— Sans doute avez-vous raison sur ce point, madame, réplique Harold, qui a enfin réussi à passer la seconde. Cela vous intéressera peut-être d'apprendre que chaque année, comme le veut la coutume, le monarque fait un arrêt à Temple Bar avant d'entrer dans la Cité de Londres, afin que le lord-maire lui offre l'épée d'apparat, incrustée de perles, en gage de loyauté.

— Mon vieux, j'avoue que vous m'avez ennuyée à mourir jusqu'au moment où vous avez prononcé le mot « perles ». Ça, ça me parle. Dans ma prochaine réincarnation, je serai reine d'Angleterre, sinon rien.

— Je vous souhaite bonne chance, madame.

La limousine tourne au coin comme prévu et roule bruyamment dans une ruelle pavée qui se termine par un immense porche. La Rolls s'arrête le temps que le portail en métal s'ouvre, puis s'engage dans un long passage couvert.

À travers le pare-brise arrière, Mitzi regarde les portes se refermer et la lumière du jour disparaître. Peu à peu, l'étroit passage se transforme en une rampe qui descend en spirale jusqu'à un immense parking souterrain, où ils se garent.

Le chauffeur descend et leur ouvre la portière.

— Par ici, s'il vous plaît.

Il les guide jusqu'à une entrée ultrachic, tout en acier et en verre, et à un ascenseur gardé par deux hommes en costume bleu. Ils échangent quelques amabilités, puis Harold place l'index sur le lecteur d'empreintes digitales, à côté du bouton d'appel.

— L'ascenseur va vous mener directement au dernier étage. Lorsque votre rendez-vous sera terminé, vous n'aurez qu'à redescendre et nous vous ramènerons, un de mes collègues ou moi.

Il leur fait un petit salut courtois et s'efface pour les laisser passer.

L'ascenseur se referme automatiquement dès que Mitzi et Bronty sont à l'intérieur, et commence à monter en silence.

Quand il s'arrête et s'ouvre, ils se trouvent face à une vue panoramique de Londres.

— Ouah, s'exclame Bronty en sortant de la cabine. On doit bien être à cent mètres au-dessus du sol.

— À cent dix mètres, exactement, précise une brune mince habillée en femme d'affaires. Bienvenue à CEI. Je suis Melissa Sachs, la secrétaire personnelle de sir Owain.

Un élégant jonc en or brille à son poignet bronzé lorsqu'elle tend la main pour leur montrer le chemin.

— Il vous attend.

68.

CHÂTEAU CAERGWYN, PAYS DE GALLES

Lady Gwyn traverse la cour pavée en direction de l'aile sud-est, qui a toujours été connue sous le nom de la tour de l'Augure. De génération en génération, les domestiques se racontent ce conte de bonne femme, selon lequel lorsqu'on se tient au sommet, on est si haut qu'on peut voir l'avenir.

Malgré les caméras de surveillance high-tech et les gardes, cette promenade donne toujours l'impression à Jennifer de remonter le temps. Elle imagine sans peine les remparts truffés d'archers et les murs épais rouges du sang des ennemis de ses ancêtres.

Elle tente de se rasséréner en prenant une profonde inspiration, puis pousse la porte en chêne laissée ouverte pour elle et entre dans les quartiers de Myrddin, un lieu froid et spartiate.

Le vieil homme est assis sur un trône en bois dont le dossier fait plus de deux mètres de haut. Une grande tapisserie représentant les armoiries de la famille Gwyn flotte au-dessus de sa tête : deux féroces dragons dessinés dos à dos et séparés par un glaive. Les yeux verts de Myrddin brillent sous ses paupières ridées, et ses mains tachées, anguleuses, reposent sur les accoudoirs ouvragés.

— Je t'attendais plus tôt.

Il ne dit pas cela sur le ton de la critique. Aucune trace de déception ou de jugement dans sa voix.

Jennifer connaît bien ce ton. Elle l'a entendu toute sa vie et a appris à en déchiffrer chaque nuance.

— Il fallait que j'apaise mon amant.

Ce n'est pas une surprise pour lui. Il a eu des visions de leur liaison bien avant que Jennifer ne commence à voir le jeune homme différemment, et il sait qu'elle en est pleinement consciente.

— Ne vas-tu pas embrasser ton vieux confident, pour lui réchauffer un peu le corps et l'esprit ?

Elle lui sourit et se penche vers lui.

Myrddin l'enveloppe dans sa longue cape qui sent le renfermé. Pendant un instant, ils se serrent l'un contre l'autre, puis elle prend les doigts glacés de Myrddin dans ses mains chaudes et s'ouvre à lui.

— J'ai peur. Peur des changements imminents qu'Owain et toi sentez.

— Mon enfant, ta famille a traversé tellement d'épreuves, tellement de fois. Les saisons changent. L'hiver tue et le printemps redonne la vie. (Il lui lance un regard plein de sous-entendus en direction du ventre.) Lui as-tu dit ?

— Tu sais bien que non.

— Alors, tu le dois.

— Mais réagira-t-il avec joie ou avec tristesse ?

— Avec compréhension. Il sait que la naissance de son enfant est également la marque de sa propre mortalité. Souviens-toi, c'est par le renouveau que l'esprit ancien renaîtra et deviendra plus fort.

— Je regrette que les choses soient ainsi.

— Mais ça l'a toujours été et ça le sera toujours.

Elle s'arme de courage pour lui poser la plus terrible des questions.

— Comment sera-t-il ?

— Je ne l'ai pas encore vu, répond-il en la regardant avec bienveillance. Il sera honorable et courageux ; de cela, tu peux être certaine.

Jennifer ferme les yeux pour stopper les larmes qu'elle sent monter. Il est trop tôt pour être triste.

Il la voit se débattre avec ses émotions et se penche vers elle pour la réconforter.

— Là, là, mon enfant. Un amour comme celui d'Owain et toi ne meurt jamais. C'est à cela que sert le Cycle d'Arthur. Vos enfants recréent sans cesse l'esprit et la bonté nécessaires pour propulser le vieil Ordre dans le nouveau monde.

— Je sais. Mais cela n'empêche pas mon cœur et mon âme de souffrir.

— Dans ce cas, espérons que l'autre homme qui partage ta couche sait aussi bien sécher tes larmes qu'il sait te faire soupirer de plaisir.

Elle rougit.

— J'espère que tu te monteras un peu moins irrévérencieux envers lui ce soir.

— Seulement si tu promets de venir me voir chaque jour jusqu'à ton départ.

— C'est promis, dit-elle en se penchant pour l'embrasser. Mais je compte sur toi pour remplir ta part du marché.

Il la regarde se lever.

— Vite, Jennifer. Dis-le à Owain, vite. Tu sais que le temps nous est compté.

69.

CALEDFWLCH ETHICAL INVESTMENTS, LONDRES

Au bout du long et spacieux couloir, Melissa Sachs s'arrête devant une double porte en chêne, ouvre celle de droite d'un geste élégant et s'efface pour laisser passer les visiteurs.

La pièce dans laquelle ils entrent est à couper le souffle : le gigantesque dôme transparent qui déborde à moitié du gratte-ciel est carrément hallucinant, et l'omniprésence de panneaux en verre, des murs au sol, donne littéralement l'impression de marcher dans les airs.

Mitzi et Bronty s'avancent, mais ils ne sont guère rassurés.

— Je vous en prie, venez. Il n'y a aucun danger, vraiment.

L'homme qui tente ainsi de les rassurer (avec un sourire amusé, tout de même) paraît exceptionnellement grand et fort dans son costume trois-pièces vert bouteille.

— Owain Gwyn, enchanté. Et voici mon collègue, George Dalton.

— Mitzi Fallon, enchantée.

Elle ne peut s'empêcher de jeter un coup d'œil nerveux au sol et, à travers, au trottoir cent mètres plus bas.

— Euh, mon collègue, Jon Bronty.

Owain leur serre la main, puis indique à Mitzi deux canapés en cuir posés sur de bonnes vieilles lattes de parquet.

— Tenez, asseyez-vous là. Je sais que certains trouvent mon bureau un peu intimidant.

Elle s'exécute avec joie.

— Merci. Il m'arrive d'avoir le vertige. Surtout quand il n'y a que quelques centimètres de verre entre moi et un gros *splash* par terre.

Il sourit.

— D'autant que vous semblez avoir déjà eu votre dose de « *splash* », comme vous dites.

— Bien vu. Un accident de voiture, à Washington.

Bronty et Dalton prennent place à leur tour.

— Si vous avez soif, servez-vous, dit Owain en leur montrant des bouteilles de jus de fruits, de soda et d'eau disposées sur la table basse entre eux.

— Merci, répond Mitzi, qui ouvre d'un geste brusque une petite bouteille d'eau et boit un coup.

Il attend poliment qu'elle l'ait reposée pour reprendre la parole.

— Lieutenant, George et moi souhaitons vous aider autant que *possible* s'agissant de votre enquête pour homicide. J'insiste sur le terme « possible », car certaines questions relatives à la sécurité nationale pourraient nous empêcher de vous répondre en toute franchise, et je ne voudrais pas que vous vous mépreniez sur nos raisons d'agir ainsi. (Il se tourne légèrement vers Bronty, qui vient de sortir un carnet et fouille dans ses poches à la recherche d'un stylo.) Je dois également vous prévenir que cette conversation est purement officieuse. Vous remarquerez que nous nous entretenons avec vous en l'absence des avocats de l'ambassade, et que jusqu'ici nous n'avons pas invoqué l'immunité diplomatique.

— Sauf que, bien sûr, vous venez de le faire, rétorque Mitzi en lui souriant courtoisement. Vous inquiétez pas, j'ai pigé. Vous allez tous les deux vous fermer comme des huîtres ; simplement, on ne sait pas quand.

Sans se presser, elle sort plusieurs photos d'un dossier qu'elle a apporté. Telle une croupière à Las Vegas, elle les place l'un après l'autre sur la table, face cachée.

En levant les yeux, elle constate que les deux hommes face à elle présentent un contraste saisissant.

Owain Gwyn est serein et parfaitement concentré. George Dalton, qui n'a pas encore dit un mot, a l'air à peu près aussi détendu qu'un chaton sur un lac gelé.

Bronty est occupé à les scruter, lui aussi. Être prêtre l'a aidé à développer une intuition quasi infaillible sur les gens, comme s'il avait un détecteur de péchés intégré. En l'occurrence, ni l'un ni l'autre ne semblent avoir de lourd fardeau à porter, mais quelque chose d'inhabituel le frappe, chez Gwyn.

C'est davantage que du charisme.

Il a l'air de respirer la paix et la bonté. C'est le genre d'intensité que Bronty a ressenti en présence de missionnaires en Afrique, mais en plus fort. En *considérablement* plus fort.

— Je vous présente Amir Goldman, lance Mitzi.

Elle joue sa première carte et retourne une photo post-mortem du vieil homme. Nu. Blanc. Avec vue dégagée sur une vilaine blessure à l'abdomen.

— Mort poignardé dans son magasin d'antiquités du Maryland, vendredi dernier, dans la soirée.

Elle retourne la deuxième. Un autre cliché post-mortem. Pris dans les bois, juste après que le corps a été retiré de sa tombe infestée d'asticots.

— Ce gentleman s'appelle James Tiago Sacconni, un ex-taulard condamné pour coups et blessures par arme blanche. Il a été vu en train de quitter la boutique de Goldman le soir du meurtre. Il est monté dans un 4x4 marron, une Escalade hybride, et s'est fait assassiner quelques minutes après. Son corps a été enterré dans les bois.

Mitzi remarque qu'aucun des deux ne sourcille en voyant ces photos. Elle ouvre son dossier et en sort une page imprimée de Google Maps.

— S'il vous plaît, monsieur Dalton, regardez ceci. Sur ce plan se trouve le magasin d'antiquités, signalé par un A. Les bois où Sacconni a été retrouvé, par un B. Vous remarquerez qu'il y a un C. Il correspond à Massachusetts Avenue, à Washington, le siège de l'ambassade britannique.

Elle observe le consul, qui n'arrive pas à détacher les yeux de la carte. Elle note comment il croise les jambes au niveau des chevilles, pour dissimuler les tressaillements intempestifs de son pied gauche. Elle ne rate surtout pas la façon dont il presse les lèvres pour les humecter le plus discrètement possible. Elle se tourne alors vers Gwyn et constate qu'il a l'air beaucoup moins intéressé par la carte que par son collègue et semble se demander s'il tient le coup.

Mitzi se laisse aller en arrière sur le canapé et se détend.

Elle a encore quelques cartes dans sa manche, mais il est temps de bluffer un peu et de faire monter les enchères.

Elle attend patiemment que le consul lève la tête et accroche son regard, qu'elle espère le plus pénétrant possible.

— Ma question, monsieur Dalton, est la suivante : où étiez-vous entre 21 h 30 vendredi dernier et samedi à l'aube ?

Encore un petit coup de langue sur les lèvres pour les humecter.

— Je ne suis plus sûr. Il s'est passé tant de choses les derniers jours avant mon départ pour la Grande-Bretagne. (Il se tourne vers l'ambassadeur.) Il me semble que j'étais allé chercher quelque chose pour sir Owain. Quelque chose de confidentiel.

Le chevalier confirme d'un hochement de tête.

La réponse collectivement évasive incite Mitzi à ne pas précipiter les choses.

— Quel véhicule aviez-vous pris ?

— La Lincoln de l'ambassade.

— C'est bien une MKZ gris métallisé avec toit panoramique ?

— Oui.

— Que diriez-vous si je vous annonçais qu'un témoin oculaire a vu cette même Lincoln suivre une Escalade marron conduite par M. Sacconni au départ du magasin de Goldman, juste après son meurtre ?

— Je dirais que votre témoin oculaire s'est trompé en croyant que je le suivais délibérément, alors que ma voiture se trouvait simplement sur la même route au même moment que l'autre véhicule.

— Je ne crois pas, non.

Il est temps de sortir les autres cartes. Mitzi retourne les troisième, quatrième et cinquième photos.

— Voici une série de clichés de la Lincoln sur l'autoroute, avec vous au volant. Étonnamment, vous vous trouvez toujours à quatre cents mètres derrière le 4x4. (Elle tapote du doigt la dernière photo.) Et lorsqu'il prend la sortie de Dupont Circle, vous la prenez aussi.

Le consul hausse les épaules avec dédain.

— Il doit bien avoir une demi-douzaine de voitures sur ces photos. N'importe laquelle pourrait être en train de suivre le véhicule cible. Et je suis sûr et certain que je n'étais pas le seul à sortir à Dupont.

Mitzi prend note qu'il vient juste de lui donner deux précieux indices. Mais elle n'a pas l'intention de le lui faire remarquer. Pas maintenant. Elle attendra le bon moment, celui qui lui permettra de reprendre l'avantage si nécessaire.

— Quinze kilomètres seulement séparent Kensington de Dupont. Vous êtes le seul à avoir emprunté cette voie dans les soixante secondes après le passage de l'Escalade, et jamais vous ne l'avez doublée durant ce court trajet. C'est tout de même curieux, vous ne trouvez pas ?

De nouveau, un haussement d'épaules. Et une autre réponse pleine de morgue.

— Je suis un conducteur prudent. Je représente le gouvernement britannique et j'essaie de me montrer à la hauteur de l'honneur qui m'est fait. En respectant les limitations de vitesse, par exemple.

Tout à coup, la porte s'ouvre et Melissa Sachs passe la tête, en lançant un regard appuyé à son patron.

— Je vous prie de m'excuser, dit sir Owain en se levant pour aller la voir.

Ils discutent brièvement, puis l'ambassadeur revient auprès de ses invités.

— Je crains de devoir vous quitter quelques instants. J'ai un appel urgent, je suis obligé de le prendre.

Mitzi se tourne vers Dalton. Il est temps de jouer son atout maître. Elle retourne un mauvais cliché du *diner* All Night All Right, qu'elle a demandé à Kirstin de prendre pour faire croire qu'il provient d'une caméra de surveillance.

— Ça, c'est un fast-food de Connecticut Avenue, à deux pas de Dupont et de Stead Park. Pas exactement le genre d'endroit où je vous aurais imaginé aller. Et pourtant, c'est le cas.

Les yeux de Dalton observent tour à tour le cliché et les deux restants, toujours retournés sur la table : il est persuadé qu'ils le représentent entrant dans le *diner* et en sortant.

— Que faisiez-vous là-bas, monsieur Dalton ?

Il change de position sur le canapé, l'air embarrassé.

— Un besoin pressant. J'ai utilisé leurs toilettes.

Il prend une bouteille d'eau et en boit un peu, sans se presser, puis ajoute :

— Nous autres Britanniques, nous sommes un peu vieux jeu. Il nous est tout simplement impossible d'uriner dans la nature.

— Ah, mais carrément ! renchérit Mitzi. Où irait le monde, sinon ?

Elle reprend son eau et reproduit les mêmes gestes que lui.

— Et alors, comment ça s'est passé dans les toilettes pour hommes ?

Il pose sa bouteille et fronce les sourcils.

— Enfin je suis allé aux toilettes, tout bêtement. Où voulez-vous en venir ?

Tout en notant que le sujet est sensible, elle pose son eau à côté de celle du consul.

— Faites-moi revivre la scène. S'il vous plaît.

Dalton devient rouge de colère.

— Je suis entré. J'ai utilisé l'urinoir. Je suis sorti et je suis remonté en voiture pour rentrer chez moi. (Il se penche en arrière et la fusille du regard.) Vous avez vraiment fait le voyage depuis les États-Unis pour me poser des questions sur mes habitudes aux toilettes ?

— Parce que j'ai l'air de plaisanter, peut-être ?

Ce type est coupable à mort. Si elle lui donne un peu plus de corde, c'est sûr et certain, il va finir par se pendre.

Sur ces entrefaites, la porte du bureau s'ouvre.

Sir Owain entre, une détermination nouvelle dans sa posture.

— Je suis vraiment navré, mais je vais devoir vous demander de partir. Il est arrivé quelque chose de très grave.

Mitzi ramasse ses photos, les glisse dans son dossier et prend sa bouteille d'eau. Elle est vraiment en rogne et a le plus grand mal à ne pas le montrer. À tous les coups, sir Machin était en train de les espionner grâce à une caméra cachée, et ça ne lui a pas plu de voir son poulain se faire secouer un peu. Elle se lève d'un bond et s'approche de lui.

— Est-ce que ce qui vient d'arriver est *vraiment* plus important que le code X, monsieur l'ambassadeur ? J'avais *tellement* hâte d'en discuter avec vous.

— En effet, lieutenant, rétorque-t-il en plissant les yeux. Vous saurez bien assez tôt ce qui m'a retenu et pourquoi cette réunion a dû être écourtée. Il me reste à espérer qu'alors, vous vous excuserez en bonne et due forme, et ensuite, une seconde entrevue sera peut-être envisageable.

70.

CHÂTEAU CAERGWYN, PAYS DE GALLES

Du haut de la tour de l'Augure, Myrddin contemple avec nostalgie le lac miroitant du château Caergwyn et, au-delà, les bois où gambadent les majestueux cerfs élaphes.

Il se souvient comme si c'était hier de l'époque où, jeune homme, il vivait sur le domaine, la tête pleine de projets et le cœur rempli d'amour. En ce temps-là, il se nourrissait exclusivement de ce qu'il chassait et pêchait. Chevreuil, lapin et saumon les jours fastes. Rat et écureuil les autres.

Chaque journée apportait son lot d'aventures. Il ne maîtrisait pas encore son art. Il lui restait tant de secrets à découvrir. La magie de la vie était intacte.

Tout en redescendant dans la chambre solaire, il ne peut s'empêcher de penser que les années ont passé vite, plus vite que les faucons en vol, comme ceux qu'il dressait autrefois. Aujourd'hui, il a l'impression d'être devenu l'esclave de ce savoir qu'il n'a pourtant eu de cesse de maîtriser. Toute cette connaissance l'a épuisé. Son poids est devenu tel qu'il sent comme des semelles de plomb à ses pieds fatigués.

Il est en train de sombrer.

Et tout cela à cause d'Owain Gwyn.

Myrddin le guide depuis son enfance. Il l'a aidé à devenir un homme, en le prenant sous son aile, en faisant de lui son protégé. Il était l'incarnation de tous ses espoirs, tout son amour. Il a consacré sa vie à le rendre plus fort, à révéler sa grandeur – et sa bonté. À faire d'Owain un roi parmi les hommes.

Le petit lit grince lorsqu'il allonge son corps raide sur le dur sommier. Il ne s'est jamais permis de luxe dans la vie – hormis en imagination. Dans sa tête, il s'est adonné à des plaisirs que les simples mortels seraient incapables de comprendre.

Le sommeil vient rapidement.

Les visions, également. Confuses, multiples. Telles les images d'un film se superposant à un rythme effréné.

Il y a de l'eau. Une grande étendue d'eau. Plus grande qu'un lac, mais plus petite qu'une mer. Il y a des gens qui parlent en une langue inconnue. Des êtres chers, séparés par la géographie mais unis dans la peine.

Et puis viennent les corps. Des corps qui brûlent. Des corps enterrés. Des corps décomposés, plein d'asticots, qui se mettent à bouger sous terre et se lèvent. Des corps vivants, qui saignent, poussent un râle d'agonie mais refusent de capituler.

Et des femmes.

Il y a une jeune femme, et une plus âgée. Elles sont ensemble mais ne se connaissent pas. Elles sont nées dans deux pays différents. Il reconnaît l'une, mais pas l'autre. L'inconnue est terriblement puissante. Une menace pour toutes les choses et les êtres auxquels il tient.

Mais il y a de la bonté en elle, également. Et de la vulnérabilité.

Là-bas, dans les champs anonymes – aux yeux de tous, hormis des Arthuriens –, les ossements des hommes qui sont morts pour le bien de l'humanité secouent la terre qui les recouvrait, et sentent de nouveau les rayons du soleil.

Mais ce n'est pas une résurrection. Ce n'est pas le jour du Jugement dernier, ni celui de la rédemption divine. C'est le temps de la dénonciation, de la destruction de l'Ordre. La fin du secret.

Les yeux fermés de Myrddin sont aveuglés par une lumière éclatante. Des nuances de bleu, de rouge, d'orange et de blanc explosent en lui, et lui donnent l'impression de regarder fixement une boule de feu. Ses oreilles lui font mal à force d'entendre les cris des hommes et des femmes, des adultes et des enfants. Ils pleurent. Ils prient pour que la douleur s'arrête, et c'est à qui hurlera le plus fort pour être entendu.

Et puis il y a Owain. Au milieu de toute cette souffrance. Essayant désespérément de l'absorber.

Mais incapable de la stopper.

71.

Caledfwlch Ethical Investments, Londres

Melissa Sachs reconduit les Américains à la porte et revient aussitôt dans le bureau de sir Owain.

— Êtes-vous prêt à parler au ministre de l'Intérieur, monsieur ?

— Oui, merci Melissa.

Dalton se lève du canapé.

— Veux-tu que je te laisse ?

— Non, reste. Il faut qu'on parle.

Une lumière clignote sur son téléphone ; il décroche.

— Bonjour, Charles. Comment est-ce que vous en sortez ?

— Du mieux que l'on peut. Que savez-vous, au juste ?

Charles Hatfield a dans l'idée que son interlocuteur en sait au moins autant que lui.

— Je n'ai que les premiers éléments. Une bombe dans l'Eurostar. L'attentat a eu lieu du côté britannique. Il y aurait une cinquantaine de morts.

— Peut-être plus. Impossible à dire, tant que les différents services d'urgence ne nous auront pas briefés. L'engin a explosé au sud d'Ashford, cinq minutes après que le train a quitté la gare. Une retraitée a vu un homme en train de bidouiller des fils électriques dans un sac à dos et elle a alerté le contrôleur. Quand celui-ci a tenté d'interroger le suspect, il a couru aux toilettes, il s'est enfermé à clé et il a fait exploser sa foutue bombe.

Des images filmées en direct d'un hélicoptère sont déjà retransmises sur l'écran que l'ambassadeur a sous les yeux. On y voit des rails défoncés, de la fumée et des flammes qui s'élèvent des wagons encastrés, des cadavres en travers de la voie et les gyrophares des pompiers et des ambulances.

— Je termine quelque chose ici et je viens aussitôt après. Je suppose que vous allez convoquer les ministres concernés pour faire le point.

— J'ai déjà mis une équipe dessus. Quand pouvez-vous être à Whitehall ?

— Dans l'heure.

— Bien, répond Hatfield tout en consultant son ordinateur pour vérifier s'il y a de nouveaux éléments. Je sais que ça ne sera d'aucune consolation pour les victimes et leurs familles, mais Dieu merci, la bombe n'a pas explosé dans le tunnel. Cela aurait été une tragédie inimaginable.

— Et pourtant, cela devait être leur intention.

Sur son écran, l'hélicoptère se positionne directement au-dessus du cratère provoqué par la déflagration, et zoome.

— Pas de revendication ?

— Rien pour l'instant. Mais ce sera Al-Qaïda, affirme le ministre.

Gwyn raccroche et retourne voir Dalton. Il voit bien que son collaborateur est inquiet.

— Quel est le problème, George ?

— J'ai repensé à mon entretien avec les Américains. J'ai bien peur d'avoir aggravé les choses.

— Pourquoi ?

— Avec le recul, je ne pense pas qu'elle avait la preuve de ma présence au *diner* de Dupont. Je le lui ai confirmé sans même m'en rendre compte.

— Le fait qu'elle ait évoqué ce point-là avec toi signifie qu'elle avait de bonnes raisons de penser que tu t'y trouvais. Non, l'erreur que tu as faite a été de prendre la Lincoln.

— Je n'ai pas eu le choix. J'étais au volant quand j'ai reçu le message comme quoi les hommes de Marchetti se dirigeaient vers Kensington. Si j'avais changé de voiture, je ne serais jamais arrivé à temps.

— Je vais devoir monter au créneau dans cet attentat de l'Eurostar, alors je compte sur toi pour t'occuper des Américains. Qu'on trouve l'adresse de leur nouvel hôtel. Je veux que leur chambre soit passée au peigne fin et qu'on les mette sur écoute jusqu'à nouvel ordre. Voyons si on peut arrêter cette enquête avant qu'elle ne nous arrête.

72.

LONDRES

Dans la Rolls, la nouvelle de l'explosion du train passe en boucle à la radio.

Mitzi et Bronty écoutent, muets de stupéfaction.

Dès la fin du flash spécial, elle appelle le bureau de sir Owain et laisse un message à Melissa. L'ambassadeur avait raison, elle avait toutes les raisons de s'excuser auprès de lui.

Le trajet vers leur hôtel se fait en silence. La vitre a beau être remontée, ni elle ni Bronty n'ont très envie de discuter de leur entrevue avec Dalton devant le chauffeur.

Enfin ils arrivent à The Dean, un nouvel hôtel en plein Soho, à proximité des lieux à la mode que sont le Groucho Club et l'Ivy, et font un débriefing autour de club-sandwichs frites et d'un grand pot de café, le tout commandé au *room-service*.

— Alors, il t'a fait quelle impression, notre ami le consul ?

demande Bronty en penchant une bouteille de ketchup pour faire sortir la précieuse sauce.

— Dalton ? Il est mouillé jusqu'au cou, réplique-t-elle en ouvrant son sandwich pour l'inspecter. Comment ça se fait que ce bacon soit si bon, comparé à celui que j'achète chez nous ?

— Les Britanniques sont à la pointe, question bacon. Comment tu sais qu'il est impliqué ?

— Sa première bévue, ça a été d'admettre que la Lincoln se trouvait bien devant la boutique d'Amir Goldman. On avait zéro image de surveillance pour le prouver. Deuzio, il est devenu nerveux et a parlé du 4 x 4 marron comme du « véhicule cible ».

— C'est peut-être un ancien militaire, ou bien un ancien flic.

— Non, j'ai vérifié avant de prendre l'avion pour Londres. Mais c'est peut-être un ex-agent du MI5 ou 6.

— Ça expliquerait sa filature très pro.

— C'est sûr, mais pas *pourquoi* il suivait l'Escalade. Ou encore ce qu'il fichait quand le 4 x 4 s'est arrêté dans les bois et que Sacconi s'est fait zigouiller.

— Tu crois que Dalton l'a tué ?

— Non. Je crois que Sacconi s'est fait refroidir par son complice, Bradley Deagan. En revanche, c'est très possible que Dalton ait éliminé Deagan au *diner* de Dupont. (Elle attrape son sac à main et en sort une bouteille en plastique.) Et cette petite merveille va peut-être nous aider à le prouver.

— L'eau minérale que tu as ramenée du bureau de Gwyn ?

Elle sourit.

— Rectification. Celle de Dalton. Et je suis prête à parier que l'ADN qu'on va trouver dessus correspond au profil établi à partir du sang prélevé dans les toilettes du *diner*, le sang mélangé à celui de Deagan.

— Mais c'est qui, ce Deagan ?

— Un escroc qui a tenté d'arnaquer Christie's avec un tableau intitulé *L'Adoration de l'Agneau mystique*.

Bronty écarquille les yeux.

— Également connu sous le nom de *L'Autel de Gand*, ajoute-t-il. L'une des œuvres d'art les plus remarquables et les plus volées au monde. (Il indique l'ordinateur de Mitzi d'un geste.) Tu permets ?

— Fais comme chez toi.

Il va sur Internet, ouvre la page d'un moteur de recherche et tape « Agneau mystique ».

— Voilà. Il a été commandé au XVe siècle en Belgique, par un particulier qui voulait décorer la chapelle de sa femme. Les vingt-quatre panneaux représentent une scène totalement différente selon qu'ils sont ouverts ou fermés.

— J'en vois que douze, moi.

— Douze à l'extérieur, douze à l'intérieur.

— Suis-je bête ! s'exclame-t-elle en comprenant.

— Depuis six cents ans, ce polyptyque a fait l'objet de treize crimes, dont six vols distincts et une demande de rançon.

Elle verse un peu plus de café dans les deux tasses.

— Allez, raconte-moi les détails croustillants.

Il essaie de se rappeler tout ce qu'il sait.

— Au début du XIXe siècle, certains panneaux ont été mis en gage par le diocèse de Gand et se sont retrouvés en Angleterre. Le roi de Prusse les a achetés et les a fait exposer à Berlin. Après la Première Guerre mondiale, ils ont été confisqués aux Allemands en réparation des actes de destruction commis. Quand la Seconde Guerre mondiale a éclaté, les Belges ont envoyé les panneaux en lieu sûr au Vatican. Du moins, c'était l'idée. Parce que les troupes d'Hitler les ont interceptés, ramenés en Bavière et enfermés dans un château. Quand les attaques des Alliés se sont intensifiées, il est allé jusqu'à les faire déplacer dans une mine de sel. Après la défaite des nazis, nos troupes les ont récupérés et rendus aux Belges.

— Pas mal. Et la rançon ?

— Voyons voir, que je ne me trompe pas. Dans les années 1930, deux panneaux, un extérieur et un intérieur, ont été dérobés à la cathédrale Saint-Bavon de Gand. On entend souvent dire qu'il n'y en avait qu'un, mais en fait c'était deux : le premier s'appelle *Les Juges intègres*, le second *Jean-Baptiste*. Pas moins de treize lettres de rançon ont été envoyées. Le ravisseur exigeait plus d'un million de francs belges, faute de quoi il menaçait de détruire les panneaux.

— Et qu'est-ce qui s'est passé ?

— L'évêque a refusé de payer. Il y a eu des négociations, et le tableau représentant Jean-Baptiste a été récupéré, mais *Les Juges intègres* n'a jamais été retrouvé. Quelques années après, un autre peintre a été engagé pour faire une copie, mais d'après ce que j'ai entendu dire, il y a des erreurs.

— OK, j'ai eu ma dose d'histoire pour la journée, l'interrompt Mitzi. J'ai la tête qui va exploser, et pour être honnête, la dernière chose dont j'ai envie, c'est d'ajouter un célèbre tableau volé à une affaire déjà bourrée de reliques et de codes secrets.

— À ce propos, les cryptographes ont avancé, là-dessus ?

— Non, je dois appeler Vicky. Ce serait le pied, si ce code X pouvait nous donner toutes les réponses.

— Quand tu dis code X, tu fais référence à la lettre X ?

— Ouais, pourquoi ?

— Tu as la clé avec toi ?

— Bien sûr.

Elle fouille dans son sac et la lui tend.

Bronty lit C-O-D-E-X et sourit.

— Quoi ?

— Il faut lire « codex », et non « code X ». Un seul mot, d'origine latine, qu'on utilisait déjà dans l'Antiquité pour parler des manuscrits reliés, par opposition à ceux sur parchemin. Ton code secret n'a rien de nouveau. Il cache quelque chose vieux de probablement plusieurs siècles, et visiblement, il y en a qui sont prêts à tuer pour que ça reste ainsi.

73.

SALLE DE RÉUNION DU CABINET, WHITEHALL, LONDRES

La salle de réunion A du Cabinet est plus connue sous le nom de COBRA, depuis que la presse l'a surnommée ainsi. Elle sert exclusivement à la coordination des secours en cas de catastrophe majeure. Autour de sa célèbre table de conférence sont installés aujourd'hui sir Wesley Piggot-Smith, ministre de la Défense, Charles Hatfield, ministre de l'Intérieur, Norman Batherson, vice-Premier ministre, et Milton Coleman, chef de l'ACPO, l'association des préfets de police.

Un conseiller guide l'ambassadeur Gwyn jusqu'à cette pièce sombre et fraîche et lui indique un fauteuil à côté du vice-Premier ministre.

Il est aussitôt salué par le ministre de l'Intérieur, qui se tient debout à côté d'un écran géant diffusant en boucle les images du drame, sans le son.

— Prenez place, sir Owain. Je viens de commencer. Bien, je disais donc que les derniers chiffres font état de cinquante-quatre morts et quarante blessés. Le Premier ministre est en Écosse, mais il va prendre un hélicoptère dans la demi-heure, afin d'être à Ashford dans les meilleurs délais et de pouvoir tenir rapidement une conférence de presse sur les lieux du drame. Une équipe de démineurs fouille actuellement la carcasse du train, à la recherche d'autres engins explosifs, et bien entendu la voie ferrée est elle aussi inspectée. La compagnie des chemins de fer tente de contourner le problème en affrétant des bus pour les passagers, mais ils sont déjà prévenus qu'il ne faut pas compter sur une réouverture du tunnel sous la Manche avant au moins douze heures.

Le chef des préfets de police, un grand échalas qui approche de la soixantaine, pose la question qui brûle toutes les lèvres.

— A-t-on la confirmation que c'est bien Al-Qaïda qui est derrière tout cela ?

— Pas encore, répond le ministre de l'Intérieur, mais ce n'est qu'une question de temps.

— Ils comptent poster une vidéo, ajoute Owain. Elle sera téléchargée vers un serveur d'Al Jazeera dans les minutes qui viennent. Elle montre le kamikaze, un homme du nom d'Abu bin Swedani, faisant serment d'allégeance à la cause et avertissant les voyageurs occidentaux qu'ils doivent s'attendre à d'autres bombes, et beaucoup plus de morts.

Personne ne demande à l'ambassadeur comment il sait tout cela, et encore moins comment il a pu voir cette vidéo avant eux. Après tout, on lui a confié un poste de conseiller spécial dans la lutte antiterroriste, et toutes les personnes présentes l'ont déjà vu faire à d'autres réunions : il est systématiquement mieux informé qu'eux.

— À quoi avons-nous affaire, Owain ? demande le vice-Premier ministre. Une campagne de terreur visant spécifiquement la Grande-Bretagne ? Ou bien est-ce une stratégie de plus grande ampleur, liée à l'attentat de New York ?

— Je pencherais pour la seconde option. Il ne s'agit pas seulement des États-Unis ou du Royaume-Uni. À mon avis, il faut s'attendre à d'autres attentats, et sur certains sols moins habitués que nous aux effusions de sang.

Le ministre de la Défense sait à quoi il fait allusion.

— L'Italie ?

— Exactement.

Sir Wesley entreprend d'expliquer au reste du groupe.

— Les mêmes rumeurs nous sont parvenues aux oreilles. Possibilité d'attentats à Rome en réponse aux propos du pape, qui a fermement condamné, je cite, « les fondamentalistes musulmans qui se fourvoient en attisant la haine ».

Owain prend sur lui d'apporter quelques précisions importantes.

— On pense qu'Al-Qaïda a élaboré une nouvelle stratégie, sur trois fronts en même temps. Premièrement, on ne change pas les bonnes vieilles habitudes : leur but est toujours de mettre une raclée à la Grande-Bretagne et aux États-Unis. Ensuite, ainsi que sir Wesley vient de le dire, il s'agit pour eux de s'attaquer à des cibles catholiques peu protégées, du type Rome. Cela n'a jamais été fait, et les Espagnols s'inquiètent tout autant que les Italiens. Enfin, nous pensons qu'ils ont l'intention de missionner une nouvelle génération d'assassins ultra-entraînés pour éliminer certaines personnalités très en vue.

La porte s'ouvre brusquement et un jeune collaborateur va murmurer quelque chose à l'oreille du ministre de l'Intérieur, avant de quitter la pièce discrètement.

— Al Jazeera vient de diffuser ceci. Exactement comme sir Owain l'a dit.

L'homme qui apparaît sur l'écran ne correspond pas aux stéréotypes habituels du terroriste musulman. Il n'a pas de barbe hirsute. Ne porte pas de vêtements amples blancs. Ne tient pas le Coran dans la main. La vidéo n'a pas l'air d'avoir été filmée dans un couloir d'école, avec un drap noir accroché au mur derrière. Il n'y a pas de soldats masqués à l'arrière-plan, une kalachnikov serrée contre la poitrine. Au contraire, c'est un trentenaire calme, rasé de près, bien coiffé, qui regarde droit vers la caméra. Il porte un costume gris anthracite, et s'il a comme toile de fond les montagnes afghanes, reconnaissables à leurs contours déchiquetés, il a également l'air posé et tout à fait normal d'un correspondant de CNN.

« Citoyens de l'Occident, déclame-t-il d'une voix ferme, en parfait anglais. Lorsque vous verrez ceci, cela voudra dire que j'ai tué et blessé beaucoup de gens. Beaucoup d'innocents qui ne méritaient pas qu'une telle chose leur arrive. (Le ton employé est monocorde, et ne révèle à première vue aucune colère latente.) Je regrette qu'il y ait eu des victimes. Mais par-dessus tout, je regrette que leurs gouvernements aient rendu ces morts nécessaires. Quand vous verrez les images de cet attentat, quand vous écouterez la radio et lirez des articles sur toutes ces victimes, demandez-vous : que veut Al-Qaïda ? pourquoi font-ils ces choses ? pourquoi tuent-ils tant de gens ? (Il marque un temps d'arrêt, pour laisser à ses questions le temps de germer dans l'esprit fertile de certains téléspectateurs.) Il y a forcément une raison, non ? Par exemple, l'intime conviction que mon pays devrait être débarrassé de ses ennemis. Que chacun devrait avoir droit à un toit, à un lopin de terre, en bref, à une *base*, parce que c'est ce qu'"*al-qaïda*" signifie, "la base". Si des étrangers tentaient d'occuper *votre* pays, de renverser *votre* gouvernement, de tuer *vos* amis, *votre* famille et *vos* proches, que feriez-vous ? (Ses doux yeux noirs fixent la caméra un instant, avant de continuer.) Je pense que je le sais. Vous vous battriez. Vous vous battriez jusqu'au bout. Alors, quand vous compterez les morts aujourd'hui, et demain, et après-demain, réfléchissez, au-delà des discours de vos dirigeants, à ce que je viens de vous dire. Si cela vous arrivait, quand rendriez-vous les armes ? (Zoom sur les yeux noirs, qui se plissent tout à coup.) Jamais. Jamais vous ne rendriez les armes. Eh bien, nous non plus. »

La vidéo se termine par un arrêt sur image.

Owain Gwyn montre l'écran d'un doigt déterminé.

— Cet homme représente une nouvelle génération de terroristes. Et son discours marque le début d'une nouvelle campagne de terreur. Disputée sur de nouveaux fronts, par de nouveaux leaders, qui ont de nouvelles façons de procéder.

— Je pense que vous vous trompez, intervient le ministre de la Défense. Des nouvelles têtes peut-être, mais c'est la même vieille rengaine. Ils posent une bombe. Ils s'enfuient et se cachent. Ils ont des ressources et un soutien limités. On ne mettra pas longtemps à les retrouver, et cette fois-ci, on les anéantira jusqu'au dernier.

Owain baisse les yeux vers la table de conférence et se retient de le contredire. Sir Wesley ne pourrait pas être plus éloigné de la vérité. Un ouragan se prépare. Un ouragan comme ils n'en ont jamais connu auparavant.

74.

North Bethesda, Maryland

Une douce pluie d'été est en train de tomber. Le charmant livreur cale le carton sous un bras et se dépêche de fermer à clé sa camionnette pour ne pas trop le mouiller. Le quartier dans lequel il se trouve a l'air tranquille, mais on n'est jamais trop prudent. Laisser son véhicule ouvert, c'est inviter le premier salaud venu à venir se servir. Et de là à piquer la camionnette, il n'y a qu'un pas.

Si ça ne tenait qu'à lui, il leur donnerait les clés avec joie. Ce truc est un vieux tas de boue. Le moteur est lent comme un escargot constipé, et ça pue la transpiration et la clope, là-dedans. Mais il en sera bientôt débarrassé.

Il grimpe les quelques marches menant à la porte de l'immeuble, puis vérifie le nom et l'adresse sur le colis. Les taches sombres se multiplient dessus, là où les gouttes de pluie ont touché le carton. Mais la personne à qui il est destiné s'en fichera bien. La plupart des gens voient le mot « Amazon » et se jettent sur le paquet pour l'ouvrir.

Il frappe à une porte en mauvais état et patiente.

Il entend du bruit de l'autre côté. Quelqu'un approche. Il

aperçoit du mouvement derrière le judas et devine qu'on est en train de l'observer.

— Qui est-ce ?

Une voix féminine, hésitante.

— Amazon. J'ai un colis pour vous, vous devez signer.

La porte s'entrouvre à peine, bloquée par une petite chaîne. Il tend la boîte pour qu'elle puisse voir le logo en forme de sourire.

La porte se referme, puis s'ouvre en grand.

Il lui tend aussitôt le colis, en disant :

— Attention, c'est un peu lourd.

La femme le prend et il se rue sur elle, la poussant si fort qu'elle tombe en arrière. Quand elle entre en contact avec le sol, le colis lui heurte violemment la poitrine et elle s'ouvre le crâne.

Le livreur a déjà refermé la porte d'un coup de pied. Il se tient au-dessus d'elle, s'agenouille et lui écarte les lèvres pour lui enfoncer l'extrémité d'une arme munie d'un silencieux dans la bouche.

— T'aurais vraiment dû demander à voir une pièce d'identité, ma jolie.

75.

AMBASSADE AMÉRICAINE, LONDRES

À moins de trois kilomètres de la réunion de Cabinet à Whitehall, Mitzi Fallon et Jon Bronty établissent leur camp de base dans un petit bureau mis à la disposition du FBI à l'ambassade américaine.

C'est de là que les agents de renseignements de passage à Londres opèrent traditionnellement, depuis l'époque où le second président des États-Unis, John Adams, possédait une maison à Grosvenor Square.

À deux pas de leur bureau, les agents de terrain commencent à s'activer sur l'attentat de l'Eurostar et tentent de déterminer s'il y a un lien avec celui de la gare centrale à New York.

Mitzi, venue confier la bouteille de Dalton pour analyse, en profite pour observer le ballet des grosses légumes. Elle remplit la paperasse nécessaire et demande combien de temps ça va prendre pour obtenir les résultats du test ADN.

Annie, la jeune employée qui lui répond, semble totalement épuisée par cette soudaine agitation. Elle a dans les vingt-cinq ans, les cheveux châtains ondulés ; son visage pâle et couvert de taches de rousseur est durci par les lunettes à monture noire qui reposent sur son nez aquilin.

— Vous les aurez en fin de semaine. Peut-être plus tôt si le labo est au complet.

— Et pourquoi pas demain ? rétorque Mitzi en prenant un air légèrement menaçant. Je ne suis ici que pour deux ou trois jours, et cet objet est lié à une enquête pour homicide aux États-Unis.

— Les homicides ne sont pas prioritaires.

L'employée met le sachet contenant la preuve dans une boîte et reprend son travail comme si de rien n'était.

Mitzi va repêcher le sachet dans la même boîte et le balance sur son clavier.

— Qu'est-ce qui est prioritaire, dans ce cas ?

La jeune femme de Chicago lui adresse un regard dédaigneux.

— Si vous ne savez pas, ne demandez pas, madame.

Mitzi se penche au-dessus de l'ordinateur et s'empare du badge épinglé au revers de la veste de l'entêtée.

— J'apprécierais que vous arrêtiez de vous foutre de ma gueule, Annie Linklatter. Comme vous pouvez le voir à ma tronche, je traverse une sale période, et les gens qui traversent une sale période ont tendance à faire des sales choses. Vous avez vraiment envie de souffrir ?

La fille devient rouge comme une tomate.

— Je vais essayer pour demain, ou après-demain.

— Demain, ce serait super, conclut le lieutenant Fallon en s'éloignant du comptoir. Je passerai à la première heure.

Bronty est au téléphone quand elle revient dans leur bureau temporaire.

— Je suis avec Vicky, annonce-t-il.

— Mets-la sur haut-parleur.

Bronty s'exécute.

— Vicks, Mitzi vient d'arriver, tu es sur haut-parleur.

— Hé, salut lieutenant ! OK, j'ai une bonne et une mauvaise nouvelle pour vous deux. Laquelle vous voulez en premier ?

— Je ne fais que dans les bonnes nouvelles, Vicks, on t'avait pas dit ? rétorque Mitzi. Alors garde la mauvaise pour toi et tâche de m'arranger ça. Qu'est-ce qu'on a ?

— D'accord. J'ai creusé un peu concernant l'ambassadeur britannique, comme tu me l'avais demandé. Je t'envoie ça par e-mail… maintenant.

— Super. Continue, je me connecte, dit-elle en ouvrant son ordinateur et en l'allumant.

— Les cryptographes ont progressé sur les données que tu nous as envoyées. Et c'est super chelou. Apparemment, ça parle du roi Arthur et de ses chevaliers.

— Co-dex, susurre Bronty à Mitzi, l'air triomphant.

Vicky poursuit son compte rendu :

— Le document qu'ils ont décrypté s'intitule *Code Camelot* et il contient quatre parties : *Les Morts*, *Avalon*, *Les Prophéties modernes* et *Le Cycle d'Arthur*.

Mitzi note tout ça sur un bloc à côté de l'ordi, qui est encore en train de démarrer à cause de l'armée d'antivirus, de logiciels antispyware et de pare-feu installés.

— Et c'est quoi, une sorte de *Twilight* version Table ronde ?

— Pour le moment, ils n'ont retranscrit que la première page. Le code n'est pas évident à décrypter, visiblement.

— Ils t'ont dit quel genre de code c'était ? demande Bronty.

— Oui, ils l'ont surnommé « Lecture aléatoire ». Chaque lettre de l'alphabet est représentée par un chiffre ; mais ça, c'est la partie simple. Parce que figurez-vous que les chiffres associés aux lettres changent sans cesse. Par exemple, sur la première ligne, la lettre A est remplacée par 1, M par 2 et E par 3. Le mot ÂME est donc codé 123. Ça va jusque-là ?

— Oui, quand même.

— D'accord, mais dans la phrase d'après, la lettre A équivaut à 2, M à 3 et E à 4. Le même mot s'écrit maintenant 234.

— Donc à chaque fois, ça se décale d'un cran, en conclut Mitzi.

— C'est ce qu'on pourrait croire, mais en fait c'est bien plus compliqué. Le cryptographe m'a expliqué que la seule solution qu'ils ont trouvée pour venir à bout du code a été de créer deux cercles virtuels, un extérieur avec les vingt-six lettres de l'alphabet, un intérieur avec les vingt-six chiffres correspondants. À chaque nouvelle phrase, ils faisaient coïncider les lettres avec un nouveau chiffre. Sauf que ça se déréglait systématiquement à la septième, quatorzième, vingt et unième et vingt-huitième ligne. À ces points précis, tout se remettait à zéro, et parfois il fallait repartir dans l'autre sens ou bien sauter les chiffres pairs ou impairs, pour que ça veuille dire quelque chose.

— Les jours de la semaine, observe Bronty. Ça se remettait à zéro parce qu'il y a sept jours dans une semaine. Autrefois, les moines utilisaient ce qu'ils appelaient des codes calendaires : chaque semaine ou chaque mois, ils changeaient la clé du code dont ils se servaient pour écrire leurs messages secrets.

— Assez, s'exclame Mitzi. Vous me donnez mal au crâne, tous les deux. Vicky, dis-nous simplement ce qu'il y a d'écrit dans ce foutu code Camelot.

— Oh, c'est génial, réplique la jeune femme, tout excitée. Carrément gothique et super bizarre. Mais il faut le lire pour y comprendre quelque chose. Je vous envoie une transcription de ce qu'ils ont déchiffré jusque-là. Ça provient de la section intitulée *Les Morts*.

— Je brûle d'impatience de le lire, rétorque Mitzi d'un air sarcastique. Autre chose, tant qu'on y est, histoire de me faire passer une encore meilleure journée ?

— Non, c'est tout.

— T'as dit tout à l'heure qu'il y avait une mauvaise nouvelle.

— Oui, c'est vrai, et tu as répondu que je pouvais me la garder.

— Je sais, mais en plus d'être menteuse, je suis fouineuse comme pas deux. Alors maintenant, tu me dis.

Vicky s'arme de courage en pensant à la réaction qu'elle ne va pas manquer de susciter chez sa collègue.

— Le fichier que tu m'as envoyé, il s'est corrompu dès que je l'ai ouvert. J'en ai perdu une bonne partie, et…

— Quoi ?

— *S'il te plaît*, avant de hurler... Les cryptographes disent que ce n'est pas ma faute. Le document était programmé pour se corrompre.

— Comment ça ?

— Ça va vous paraître dingue, mais quand des copies sont faites sur un support autre que celui d'origine, un bug s'enclenche et détruit tout. La seule façon d'éviter ça, c'est d'avoir une copie autorisée de l'original.

— Dans ce cas, comment ça se fait que le fichier ne se soit pas corrompu quand je te l'ai envoyé ?

— C'est ce qui se serait passé sur tout autre système que le nôtre. Les ordinateurs du FBI ont réussi à verrouiller le début, mais c'est tout. Tout le reste a été anéanti en une demi-seconde. D'après les techniciens, entre le code et la technologie qu'il faut pour faire ça, on a affaire à un truc super balèze, du genre que seules les agences de renseignements peuvent se permettre.

Mitzi jette un œil à la clé USB qu'elle a fourrée en vrac dans son sac à main.

— Heureusement que j'ai pris de sérieuses mesures de sécurité pour la protéger.

— Absolument, renchérit Vicky, sans comprendre l'ironie.

Un bip se fait entendre sur l'ordinateur de Mitzi.

— Ça y est, j'ai tout reçu. Je regarde ça avec Bronty et l'un de nous deux te recontacte. Merci, Vicks.

Elle raccroche, et Bronty fait le tour pour regarder par-dessus l'épaule de sa collègue. Mitzi clique sur le nouvel e-mail et ouvre la partie intitulée *Les Morts*.

> *Il a été décrété que dans chaque royaume, le lieu de sépulture du chevalier doit se situer à moins d'une journée de trajet d'un rivage à dos de bête et ne doit pas être plus profond que la taille du plus grand des hommes.*
>
> *La terre où reposent les os sacrés des morts doit être pour toujours sous la protection de leurs frères et le sol qui recouvre leur peau bénie doit être autant touché par les rayons du soleil que de la lune.*
>
> *À chaque moisson, ceux qui continuent à vivre et à servir viendront rendre visite et entretenir la tombe de ceux qui sont morts. Ils allumeront de grands feux et évoqueront avec force*

détails les exploits de ceux qui ne sont plus. Lors du Rituel de la Flamme éternelle, ils rallumeront l'Esprit de Bonté qui a forgé la grande épée et servi l'unique roi.

Et il est décrété par le présent document que dans chaque patrie, le lieu de sépulture sera pour toujours là où les grands Celtes se croisent et où les bardes se rendent seuls pour déclamer leurs oraisons funèbres.

Les deux enquêteurs échangent des regards perplexes.

Mitzi réduit le document et se met en quête de l'autre e-mail promis par Vicky.

— Avant d'essayer d'y piger quelque chose, voyons voir ce qu'elle a découvert sur Owain Gwyn.

Cette fois-ci, le document est une suite de points factuels. Il n'a pas le côté lyrique du précédent, mais le contenu est tout aussi frappant.

NOM ET PRÉNOMS : Owain Richard Arthur Gwyn.

ÂGE : 42 ans.

NATIONALITÉ : Britannique.

LIEU DE NAISSANCE : Pays de Galles.

POSTE ACTUEL : Ambassadeur en fin de mandat ; vient d'être promu conseiller en matière de défense et de lutte antiterroriste.

POSTES PRÉCÉDENTS : Ambassadeur britannique aux États-Unis ; ambassadeur britannique en Allemagne ; ambassadeur britannique en France ; conseiller spécial de Son Altesse Royale le prince de Galles.

FORMATION : New College, Oxford (licence d'histoire).

SERVICE MILITAIRE : Officier dans la Garde galloise (*Gwarchodlu Cymreig*), un régiment d'infanterie d'élite de l'armée britannique, dont Son Altesse Royale le prince de Galles est le colonel. Gwyn a servi en Afghanistan en tant que lieutenant, puis capitaine. Il a reçu la CGC (*Conspicuous Gallantry Cross*) pour bravoure au feu, et la croix de Victoria (plus haute distinction militaire britannique) pour les qualités de leader qu'il a su montrer sur le champ de bataille.

SITUATION FAMILIALE : Marié depuis 18 ans à lady Jennifer Gwyn (née Degrance) ; pas d'enfant.

Distinctions honorifiques :
En GB – chevalier de l'Empire britannique ; chevalier de l'ordre de la Jarretière (*) ; chevalier commandeur de l'ordre de Saint-Michel et de Saint-Georges (**).
Aux États-Unis – médaille de la Légion du mérite pour mérites éminents acquis dans une fonction publique.
* *Le nombre de membres de l'ordre de la Jarretière est limité à 24 chevaliers maximum en plus du souverain britannique et du prince de Galles.*
** *L'ordre de Saint-Michel et de Saint-Georges a été créé en 1818 par le prince régent, pour honorer les hommes et femmes ayant rendu de grands services à la nation britannique à l'étranger.*
Intérêts financiers : Gwyn possède 80 % des actions de Caledfwlch Ethical Investments, dont il est également l'administrateur. Cette société est ce qu'on appelle un *business angel* : elle investit dans des entreprises innovantes à travers le monde, mais finance uniquement celles qui répondent à ses critères très stricts en matière d'éthique. L'an dernier, CEI a réalisé un chiffre d'affaires de plus de 2,48 milliards de livres (4 milliards de dollars), et elle possède 32 bureaux dans 27 pays. Elle a déclaré un bénéfice net de 200 millions de livres (322 millions de dollars) et a fait des donations à des œuvres d'intérêt public dans 21 pays pour un total de 150 millions de livres (241 millions de dollars). CEI est une entreprise familiale qui a été fondée il y a plus de trois siècles et aurait contribué à la fondation du Lloyd's of London.

Quand elle a fini de lire la biographie de Gwyn, Mitzi tape un e-mail destiné à Vicky pour lui demander de creuser encore à propos de l'ambassadeur : sa famille, sa société. Elle clique sur Envoyer, fait rouler son fauteuil en arrière et se tourne vers Bronty.

— Pourquoi, mais pourquoi est-ce que je me suis jamais dégottée un mec comme Gwyn ? Sur le papier, il a tout ce dont une fille peut rêver. Quasiment autant de médailles que de millions.

Bronty, lui, n'a pas l'air impressionné.

— La vérité est loin d'être aussi attrayante, Mitzi, tu peux me croire. Il a un charisme fou, je te l'accorde, mais il a aussi un côté sombre. (Il avance et tapote l'écran du doigt.) Tiens par exemple, regarde ça : une médaille pour bravoure au feu et une autre pour qualités de leader sur un champ de bataille. À quoi ça te fait penser ?

— À un héros, répond-elle sans hésitation.

— Mauvaise réponse : à un tueur. Un tueur entraîné et sans pitié. Et il est tellement bon dans ce qu'il fait que son gouvernement et la reine l'ont récompensé par les plus hautes distinctions existantes. Les types comme Owain Gwyn redéfinissent le mot « dangereux ». Je te le dis, on va devoir être prudents, et même très prudents avec cet homme.

76.

Soho, Londres

Angelo Marchetti est défoncé à cause de la ligne de coke qu'il vient de se sniffer dans les toilettes glauques d'un café de Tottenham Court Road.

Le flash vient quand il retourne dans la rue et se fait engloutir par une marée humaine bruyante. Tous ses sens sont en éveil. Il hume l'arôme corsé du café qu'une femme tient dans la main, les drogues douces que certains sont en train de fumer, le parfum dont ils se sont aspergés ce matin.

Son iPhone vibre et il tâtonne un peu partout avant de le trouver. Le numéro est masqué, mais il sait qui l'appelle. En ce moment, personne au monde n'est plus important pour lui que l'homme à l'autre bout du fil. Il appuie sur la touche verte et dit :

— Dis-moi que tous mes ennuis sont terminés.

L'autre lui répond, et tout à coup le bruit de la rue s'estompe. C'est comme si le monde s'était arrêté de tourner. L'euphorie de Marchetti retombe à une vitesse déprimante.

— Tu en es sûr ? Tu en es absolument sûr.

Son correspondant le lui confirme. Il lui soutient qu'il n'a pas pu se tromper, c'est impossible.

Marchetti regarde autour de lui dans la rue. Toute l'énergie a disparu. Les gens ne sont plus que des fantômes. Il ne se sent plus connecté au monde.

Il vient de signer son arrêt de mort.

À moins de trouver une autre idée, ce n'est plus qu'une question de temps avant que Mardrid ou Gwyn – au choix – mette un terme à sa misérable vie.

L'homme est toujours là. Il attend une décision. Au regard de ce qui est arrivé, il veut savoir ce qu'il doit faire.

— D'accord, dit Marchetti. Fais ce que tu dois. Mais fais-le vite et ne m'appelle plus jamais.

77.

Caledfwlch Ethical Investments, Londres

Le temps qu'Owain Gwyn retourne à son bureau, la soirée est déjà bien avancée.

Melissa Sachs passe discrètement la tête par la porte.

— Avez-vous encore besoin de moi, monsieur ?

Il regarde l'heure : 21 h 15.

— Non. Pardonnez-moi, je ne pensais pas qu'il était si tard.

Elle lui fait un sourire bienveillant. Il est toujours aussi tard, mais il n'a jamais l'air de s'en apercevoir.

— Tout va bien, Melissa. Et merci d'être restée.

— Mais de rien.

Elle se retourne pour partir, mais songe à une chose, tout à coup :

— Voulez-vous que je commande votre dîner ?

— Non, merci. Cela ne me fera pas de mal de sauter un repas.

Et il lui fait signe de se sauver avec un grand sourire.

Lorsqu'il est seul, il appuie sur un bouton qui ferme la porte à clé, puis sur un autre qui fait coulisser un panneau en bois dans le mur d'en face et dévoile un écran LED de 203 cm. En quelques clics, sans bouger de son bureau, il obtient des images *live* de l'attentat par satellite et se retrouve connecté par vidéoconférence avec les bureaux de l'OSSA aux États-Unis.

À des milliers de kilomètres de lui, Gareth Madoc se glisse dans un fauteuil et active à son tour la vidéoconférence.

— Allô ? Tu m'entends ?

Owain monte légèrement le volume.

— Je te reçois cinq sur cinq. Comment vas-tu ?

— Je tiens le coup. Une bonne nuit de sommeil et il n'y paraîtra plus.

— Ça viendra, va. En attendant, parle-moi de notre ami Nabil Tabrizi.

— On le surveille étroitement depuis l'attentat-suicide, ainsi que le plastiqueur, Malek. Aucun mouvement ni d'un côté, ni de l'autre, et ils ne sont pas entrés en contact.

Owain fait la grimace.

— J'espérais bien que Nabil ferait un faux pas.

— Eh bien non. Pas encore. Mais le fait que Malek soit resté dans les parages a son importance, je crois.

— Pourquoi ?

— Cela confirme que la veste d'explosifs n'était pas son œuvre. Si ça avait été le cas, ils lui auraient fait quitter le secteur pour éviter qu'on remonte jusqu'à eux.

— Ce qui veut dire qu'ils ont encore besoin de lui à New York. Pour autre chose.

— C'est ce que je pense aussi.

— On doit trouver qui était l'autre plastiqueur. Est-ce que les Américains ont une idée ?

— La CIA ne lâche pas d'une semelle les deux terroristes qu'ils ont capturés à la suite du raid dans le garage. Ils ne manquent pourtant pas d'imagination, question torture, mais aucun des deux n'a parlé jusqu'à maintenant.

— Ils finiront par le faire, réplique Owain. À condition bien sûr qu'ils aient quelque chose à nous dire et que la CIA ne les tue pas avant.

— On a peut-être une piste prometteuse, mais je ne voudrais pas te donner de faux espoirs.

— Oh ! tu sais, j'en aurais bien besoin, même si ce n'est que temporaire.

Gareth se lance.

— La mort d'Antun a été filmée par les caméras de la gare. On a réussi à reconstituer le déroulement de la scène, image par image, grâce au système de surveillance dans les rues. Il est arrivé à bord d'une camionnette verte qui était garée au départ dans le Bronx, à Westchester Avenue précisément. On a même un cliché en gros plan d'Antun et de l'homme avec lequel il s'est battu avant de se faire tuer.

Owain doit faire appel à sa mémoire.

— On n'avait pas mis une des planques de Nabil sous surveillance, dans ce quartier ?

— Si, mais ce n'est pas où il est en ce moment. En revanche, on a des images d'une jeune musulmane entrant dans la planque, l'air terrifié.

— La pauvre.

— La *chanceuse*, tu veux dire. Quand elle ressort, elle se met à genoux et embrasse le sol. Elle remercie Allah pour quelque chose.

— Sa vie.

— C'est ce que je me suis dit aussi. À mon avis, c'était elle qui avait été choisie pour être la kamikaze au départ, et Antun s'est porté volontaire à sa place.

— Espérons qu'elle reste chanceuse.

— C'est le cas, pour l'instant. Une de nos équipes la suit de près. Si on est en mesure de lui offrir un nouveau départ très loin d'ici, elle se laissera peut-être influencer.

— La CIA est-elle au courant, pour elle ?

— Pas encore, mais ils finiront par remonter la piste de la planque de Westchester, même avec leur matériel rudimentaire.

Gwyn tapote des doigts sur son bureau.

— J'hésite, parce qu'il est important de regarder la situation dans son ensemble. Lance a des renseignements laissant à penser qu'Al-Qaïda va frapper Rome, et j'essaie de trouver le lien entre les deux.

— Tu es sûr qu'il y en a un ?

— Non, mais c'est une possibilité qu'on ne peut ignorer. En parallèle de ses activités en Afrique, Mardrid est en train d'injecter de l'argent comme jamais dans Al-Qaïda. Il a notamment aidé les

Frères musulmans à étendre leur réseau d'influence en Égypte, en Syrie, en Algérie et en Libye. De là à y voir un plan de déstabilisation de grande ampleur, il n'y a qu'un pas.

— Il a opté pour la bonne vieille méthode de la guerre pécuniaire.

— L'argent a toujours été le nerf de la guerre, Gareth, et pendant des siècles la famille Mardrid a financé les pires d'entre elles. J'ai déjà averti Lance : je veux que Josep Mardrid soit éliminé. Il faut couper la tête du serpent. Si on ne le fait pas, un grand nombre d'innocents vont mourir.

78.

CHÂTEAU CAERGWYN, PAYS DE GALLES

Un dîner simple, composé de gigot d'agneau rôti, de pommes de terre nouvelles et de légumes d'été, est servi dans une grande pièce lambrissée, dont les murs sont ornés de cent cinquante boucliers datant de l'époque médiévale. Chacun d'entre eux est un don d'un chevalier de la Lignée de Sang, l'un des membres fondateurs de l'Ordre d'Arthur.

Haute de plafond, la pièce est rehaussée de lourdes tentures écarlates et, sur trois murs, de portes-fenêtres à petits carreaux. Si l'on avait été en hiver, un beau feu serait venu compléter le tableau dans l'immense cheminée qui occupe une bonne partie du quatrième et dernier mur.

Lady Gwyn, Lance Beaufort et Myrddin sont installés à une longue table en chêne, fabriquée à partir d'un arbre vieux de plusieurs siècles, qui se dressait autrefois sur les terres du château. Dix candélabres en argent, qui dégoulinent de cire, sont disposés à intervalles réguliers sur toute sa longueur.

Myrddin repose une coupe de vin en argent, au pied serti de pierres précieuses, qu'il possède depuis toujours, et s'essuie les lèvres à l'aide d'une serviette en coton blanc. Tout à coup, ses yeux verts fixent Lance, comme s'il lisait ses pensées.

— Il me semble bien que c'était au mois de février de l'année dernière.

— Plaît-il ? réplique l'intéressé, en reposant fourchette et couteau.

— La première fois où tu as eu l'audace de déclarer ta flamme à ta bien-aimée.

Lance prend son verre de vin et boit une gorgée, l'air nerveux.

— Depuis, tu penses à elle tous les jours et toutes les nuits. Tu es éperdument amoureux d'elle, à tel point que tu mourrais pour elle. Tu donnerais ta vie sans hésiter. N'est-ce pas ?

Lance sait que cela ne sert à rien de nier.

— Oui, c'est vrai.

— C'est réconfortant de savoir qu'il reste un tant soit peu d'honneur dans le déshonneur, car un jour, probablement, tu *devras* donner ta vie pour elle. J'ai tout lieu de croire qu'Owain le sait aussi.

Lance le regarde, l'air effaré.

— Est-ce qu'il… ?

Myrddin l'interrompt d'un sourire moqueur.

— Est-ce que le chef de ton Ordre est au courant de tes indiscrétions ? Tu nous insultes tous les deux en posant la question. Ce qui est important, c'est qu'il te tient en haute estime. Il te voit comme un homme courageux et… *vaillant.*

Le ton sarcastique irrite le Français.

— Au temps jadis, une telle qualité n'aurait pas été tournée en ridicule par un vieillard.

Myrddin se passe un doigt en travers de la gorge.

— Au temps jadis, la lame froide de l'acier aurait traversé sans coup férir la chair tendre, pour des actes tels que les tiens.

Lance se tourne vers Jennifer.

— C'est pour cette raison que tu as organisé le dîner de ce soir ? Pour qu'on me fasse la leçon, qu'on me mette mal à l'aise devant toi ?

Myrddin l'empêche de répondre.

— Non, c'est pour me donner l'occasion de te rappeler que prudence est mère de sûreté. Certaines choses sont inévitables dans le grand Cycle, et il m'incombe de montrer à ceux qui en sont au cœur combien il est important de se comporter de façon à ne pas être source d'inquiétude pour les membres de l'Ordre. Comprends-tu, mon jeune et *vaillant* chevalier ?

— Cela suffit, *monsieur**. J'en ai assez. (Lance jette sa serviette sur la table et repousse son siège.) Mieux vaut que je m'en aille. Je risquerais de dire des choses que nous regretterions tous demain.

— Comme tu veux.

Lance hoche la tête en direction de Jennifer et quitte la pièce.

Myrddin tend la main vers elle pour prendre la sienne.

— Sage décision de sa part. Dans les mathématiques du cœur, l'amour et la bonté se multiplient par le sacrifice, et jusqu'ici ton amant n'a apporté qu'une bien modeste contribution.

— Tu n'as pas besoin de le gronder ainsi.

— Mon enfant, bientôt il te faudra faire le plus grand des sacrifices, et je dois m'assurer que tu seras bien entourée lorsque la vie te prendra tout ce qui compte pour toi.

Elle lui serre la main, fort. Elle s'y agrippe comme elle le faisait quand elle n'était qu'une petite fille et se réfugiait dans ses bras, apeurée.

— Depuis combien de temps Owain sait-il ?

— Depuis suffisamment longtemps pour y être préparé, mais tout de même pas assez pour s'y être habitué. Nous allons bientôt connaître des heures bien sombres, et ton mari comme moi pensons que ton fougueux Français est le plus à même de te guider vers la lumière.

79.

SOHO, LONDRES

À la fin de cette journée harassante, Mitzi et Bronty dînent au restaurant de l'hôtel : une soupe, un steak et des frites – un repas simple, mais bon. Pas de dessert, mais ils boivent un peu trop de vin. Quand ils ont terminé leurs assiettes, ils se sentent gonflés et tombent de sommeil. Ils se disent aussitôt bonne nuit.

Mitzi se met au lit et appelle sa sœur.

— Je me demandais si tu allais faire l'effort d'appeler, l'accueille Ruth, visiblement toujours fâchée.

Mitzi ravale une réplique cassante.

— J'ai eu une journée chargée, Ruthy. Tu as peut-être entendu dire qu'il y avait eu un attentat en Grande-Bretagne. Sans oublier que j'enquête toujours sur un double meurtre.

— Je n'étais pas en train de critiquer.

— Mouais, t'en étais pas loin, quand même. Comment va Amber ?

— Un peu mieux, dit-elle, l'air adouci. Elle ne mange pas encore, mais elle a commencé à prendre les médicaments que le médecin lui a prescrits, et elle est passée des toilettes à son lit. Elle sera bientôt guérie.

Mitzi tente une manœuvre d'apaisement.

— Merci de t'occuper d'elle. Ça m'embête vraiment de pas être là, tu sais.

— Je m'en doute bien. Et tu nous manques aussi. Je... je sais que ce qui s'est passé avec Jack n'était pas de ta faute. (Un silence gêné s'installe, puis elle ajoute :) Simplement, il fallait bien que je m'en prenne à quelqu'un. À quelqu'un d'autre que moi, je veux dire.

— Dans ce cas, prends-t'en à lui. Mais certainement pas à toi.

— Je sais. Dis, pour cette histoire de déménagement, il n'y a pas le feu, tu sais. Tu peux rester ici autant que tu veux.

— Je vais vite trouver quelque chose. Promis.

— Pas trop vite, quand même. Ça va me manquer de ne plus vous avoir à la maison.

— On sera pas loin, t'inquiète. Seulement, on sera plus dans tes pattes. Est-ce que l'une ou l'autre de mes filles accepterait de me parler ?

— Je crois qu'Amber dort, je te passe Jade. (Elle pose le combiné et se met à crier :) Ta mère au téléphone ! Elle veut te parler.

Mitzi entend le bruit d'un lave-vaisselle qu'on est en train de vider, puis la voix de sa fille, au loin.

— J'veux pas lui parler. Si elle est pas fichue d'être là quand on a besoin d'elle, et ben moi non plus.

— Jade !

Il y a une pause, puis Ruth reprend le combiné.

— Désolée, elle a dû aller aux toilettes.

— Te fatigue pas, Ruthy, j'ai entendu. Elle est toujours furieuse contre moi, c'est clair.

— C'est une adolescente, elle est furieuse contre à peu près tout et tout le monde. Elle te rappellera un peu plus tard.

— Merci.

Mitzi ne veut pas raccrocher sans louer les efforts de sa sœur pour arranger les choses entre elles.

— Et merci de ne plus être remontée contre moi. Je déteste ça, quand on se chiffonne.

— Moi aussi.

— Dans ce cas, on arrête. On le fait plus du tout. Dis aux filles que je les aime et qu'il me tarde de les voir.

— D'accord.

Mitzi raccroche et, tout à coup, se sent terriblement seule. Peut-être que ce nouveau job était une erreur, finalement. Certes, c'est grâce à ça qu'elle est repartie à zéro, mais si c'est pour avoir mauvaise conscience parce qu'elle est loin de ses enfants, ça ne valait peut-être pas le coup.

Son portable sonne. Elle regarde le numéro et reconnaît l'indicatif de la région de Washington.

— Fallon.

— Lieutenant, c'est Kirstin Collins. J'espère que je ne vous ai pas réveillée.

— Non, mais ma tête cabossée et moi, on était sur le point d'éteindre.

— Je ne vous retiens pas longtemps. Sophie Hudson, l'assistante d'Amir Goldman, a été retrouvée morte chez elle. On lui a brisé la nuque et on a retourné son appart.

80.

Londres

Il est plus de 2 heures du matin quand Angelo Marchetti sort en titubant d'Experientia, une boîte en sous-sol considérée comme la plus cool du West End.

Ça faisait longtemps qu'il n'avait pas été aussi défoncé, et il n'est pas sûr de trouver un taxi ; sans parler de son hôtel.

Aujourd'hui, ça a vraiment été la merde. La merde totale, absolue et suprême.

Et même maintenant, alors qu'il est complètement *stone* à force d'avoir sniffé de la mauvaise coke, il n'arrive pas à oublier qu'il a fait tuer une fille et qu'il n'a toujours pas récupéré les précieuses informations qui auraient dû être son passeport vers une vie pépère et à l'abri du besoin.

Il tangue un peu en tournant dans une ruelle sombre et se dirige résolument vers les lumières qu'il voit au bout, en se disant qu'il trouvera peut-être un taxi.

Il entend le cliquetis d'un pistolet qu'on arme une seconde avant qu'une voix s'exclame d'un ton impérieux :

— File-moi ton putain d'fric.

Marchetti ne répond pas.

— Ton fric, ton téléphone et ta montre, ou j'te bute.

Marchetti ne parle pas, parce qu'il est en train de se demander si ce ne serait pas une bonne chose de se faire descendre ici et maintenant. D'en finir enfin avec ce pétrin dans lequel il s'est fourré. Si son agresseur est bon, peut-être qu'il ne sentira rien.

— Va te faire voir !

— J'suis sérieux, mec, réplique la voix, plus près cette fois. Vide tes putains d'poches, ou j'te fais ta fête.

L'entraînement d'élite que Marchetti a reçu à l'OSSA revient malgré lui. Il reprend ses esprits rapidement. La grande gueule est un voyou, mais il n'est pas seul. Ils sont deux, peut-être trois à attendre nerveusement dans l'obscurité. Dans une minute, l'un d'eux le saisira par-derrière, et ensuite il aura droit à un déluge de coups de pied et de poing, et ils prendront carrément leur pied.

— D'accord, d'accord ! (Il lève les mains en signe de capitulation.) Je commence par la montre. Je l'enlève.

Il fait un pas en avant, imperturbable, puis décoche un violent uppercut dans le menton qu'il distingue vaguement devant lui.

— Ah, l'enculé !

Un homme titube en arrière en se tenant la mâchoire, qui est cassée.

Sans attendre, Marchetti plonge et chope un deuxième type aux jambes. Il tire d'un coup sec, et l'autre s'écroule. Il continue à tenir le pied et le tord jusqu'à ce que la cheville casse.

Soudain, on entend des coups de feu.

Un des agresseurs a enfin eu le cran d'appuyer sur la détente. Mais c'est simplement une mise en garde. Grosse erreur. Il a révélé sa position.

La fumée ne s'est même pas dissipée que Marchetti lui saute dessus. D'un geste de la main il envoie valdinguer le flingue et donne un violent coup de boule au type.

Quelqu'un cogne Marchetti au niveau du flanc. Une douleur sourde monte. Il donne un coup de coude dans la tête de son attaquant et l'envoie valser contre un mur.

Ça commence à dégénérer, et il sait que même s'il ne plane plus, à trois contre un, ça va mal finir pour lui. À moins de tous les tuer.

Le coup qu'il a reçu au flanc lui fait atrocement mal. Il passe une main dessus et se rend compte qu'il s'est fait poignarder.

Marchetti attaque son agresseur tant qu'il en a encore la force. Il lui décoche une droite parfaite, qui vient lui fêler les côtes. Le voyou en a le souffle coupé. Marchetti en profite pour lui prendre son arme et lui tirer dans la jambe.

Brièvement, il regarde où se trouvent les deux autres. Il pivote et tire vers le bas. Dans les jambes encore, de façon à les estropier, simplement.

L'air est lourd de l'odeur de poudre et des hurlements des éclopés.

Marchetti fourre le flingue dans sa ceinture et sort de la ruelle en boitant. Pas de danger qu'ils le suivent. Ni maintenant, ni jamais.

PARTIE III

81.

Château Caergwyn, Pays de Galles

Au milieu de la nuit, Myrddin entend l'hélicoptère de sir Owain atterrir dans une zone réservée à cet effet à l'écart du château.

Il soulève sa carcasse fatiguée du matelas de paille, se poste devant la meurtrière et observe les lumières clignotantes de l'engin illuminer le ciel noir. Il n'a pas besoin de regarder une horloge pour savoir que l'aube ne se lèvera pas avant une bonne heure. Cela fait des décennies qu'il lit l'heure dans les étoiles, la lune et le soleil.

Il s'emmitoufle et, d'un pas traînant, descend l'escalier en colimaçon.

Owain vient toujours ici en premier.

On a beau être en été, les murs en pierre sont glacials, et il se penche devant l'âtre pour allumer un feu à l'aide de papier et de petit bois. Puis il s'assoit pour contempler les flammes rouge orangé, qui viennent avidement lécher les bûches sèches.

On frappe poliment à la porte.

— Entre.

Les verrous métalliques grincent. Le vieux chêne craque. Un sir Owain tout ébouriffé par les rotors de son engin entre, un sac dans chaque main.

— J'espérais que tu ne dormes pas, avoue-t-il en se fendant d'un sourire satisfait.

— Comme s'il aurait pu en être autrement. Pose tout cela et viens t'asseoir auprès du feu.

— Aurais-tu un verre d'eau à m'offrir ?

Il ôte sa veste et se dirige vers l'une des deux chaises rudimentaires placées de chaque côté de la flambée.

— Oui, j'en ai tiré au puits, hier soir.

Myrddin tend la main vers une cruche en terre cuite posée sur un guéridon et verse le liquide cristallin dans le gobelet assorti.

Owain le prend et se régale de cette délicieuse eau de source qu'il boit depuis sa plus tendre enfance.

— Ça va mieux ? s'enquiert Myrddin en le resservant.

— C'est en bonne voie.

Il attend qu'Owain ait fini, puis demande :

— Jennifer a-t-elle évoqué le Cycle avec toi ?

— Non, elle n'arrive pas à s'y résoudre. Mais le secret qu'elle porte se voit dans ses yeux. Je l'ai remarqué à Glastonbury et j'ai réalisé combien elle souffrait à vouloir le cacher.

— Les temps sont durs, constate Myrddin en contemplant les flammes dansantes. C'est dans le feu le plus virulent qu'on forge l'acier le plus solide.

— Ma foi, cela décrit assez bien mon dilemme. Mon épouse est enceinte de notre premier enfant, et au lieu de célébrer la future naissance de mon fils, je dois me préparer à la mort. Et pour comble de malheur, je dois la jeter dans les bras de son nouvel amour et m'assurer qu'elle y reste.

— Ainsi en va le Cycle.

— Eh bien, pardonne-moi, mais je préférerais qu'il en soit autrement, rétorque Owain en faisant un sourire triste au vieil homme. Avons-nous bien choisi, Myrddin ? Lance est-il véritablement celui que j'espère, l'homme qui saura protéger Jennifer et mon fils ?

— Il le deviendra. Le sort en a voulu ainsi, et j'y veillerai personnellement.

— Merci.

Owain se tourne vers la lumière grise qui commence à filtrer à travers les meurtrières.

— Assez parlé de cela. J'ai l'impression que mon cœur va exploser, tant je souffre. (Il va chercher une bûche, la jette dans le feu et se rassoit sur la chaise.) Parle-moi de la vie, de tes souvenirs. De tout, sauf de ces obligations qui n'en finissent pas et de tout ce qu'on attend de nous. Je vais passer le reste de la nuit avec toi, puis je retournerai au château pour préparer la réunion avec la Lignée de Sang.

82.

Soho, Londres

Victime du décalage horaire et de la faim, Mitzi regarde l'aube se lever en buvant un café. Une vraie aube anglaise, tout en nuances ternes, à vous donner le cafard.

Elle est sortie sur la terrasse du toit de l'hôtel pour prendre l'air. Elle contemple la Tamise, mais son esprit est à des milliers de kilomètres de là. Elle pense à ses enfants. L'une malade et la réclamant, l'autre fâchée et la repoussant. À sa sœur : seule et le cœur brisé, qui ne doit plus savoir où elle en est. À son ex-mari : violent et difficile, mais qui reste quand même le seul homme qu'elle ait jamais aimé. À Irish : un homme bon, broyé par son travail, qui n'est plus qu'un tas d'os attendant d'être inhumé. La vie lui semble filer à une telle vitesse et causer tant de dégâts au passage.

Mitzi retourne dans sa chambre, se sert un autre café et s'attelle à la tâche de comprendre pourquoi Sophie Hudson a été tuée. Elle a sa petite idée sur le mobile, mais veut connaître tous les faits avant d'en tirer des conclusions.

Elle allume son ordinateur, et quelques minutes plus tard, entame la lecture du rapport envoyé par Kirstin. Puis elle examine les photos prises sur la scène de crime : on y voit des tiroirs de commode retournés, des vases cassés, des boîtes vidées. Café, sucre, chocolat, riz et céréales tapissent le lino de la cuisine. Les fringues de Sophie sont en lambeaux. Y compris celles qu'elle portait.

Mitzi passe ensuite au rapport de la médecin légiste. La pauvre fille a été passée à tabac. Elle a reçu des coups de poing au visage, dans l'estomac, aux seins. Il y a également des contusions au niveau des cavités buccale, vaginale, anale.

Une bleue en conclurait aisément qu'elle s'est fait violer par son cambrioleur. C'est exactement comme si un camé s'était introduit pour chercher du fric et qu'il avait perdu tout contrôle sur sa libido en découvrant cette jolie jeune femme, seule chez elle.

Mais Mitzi n'est pas dupe.

Elle sait que les prélèvements qui ont été faits démontreront l'absence de sperme – et d'ADN. Elle n'a pas été violée, elle a été *fouillée*. Les ecchymoses au niveau des poignets et les traces de fibres dans sa bouche prouvent qu'elle a été ligotée, bâillonnée et interrogée par quelqu'un prêt à tout pour trouver ce qu'il était venu chercher.

Mitzi ouvre son sac à main et en sort la clé USB.

C'est forcément ça.

Après avoir vu les clichés de l'autopsie, elle n'a plus aucun doute : son tortionnaire a fait avouer à Sophie qu'elle avait confié la clé à la femme du FBI. Elle a certainement craché l'info peu de temps après le premier coup au visage, mais son assassin l'aura torturée juste pour vérifier, jusqu'à son dernier souffle.

Et maintenant, il est à sa recherche.

Soit lui, soit les hommes qui le paient pour ses talents d'assassin.

83.

LONDRES

Angelo Marchetti se réveille en souffrant.

Le temps qu'on finisse de le recoudre à l'hôpital St Thomas, il était quasiment 4 heures du matin. À deux reprises, il s'était senti un peu gêné. La première, quand il avait sorti à l'infirmière, au triage, une histoire de mari jaloux rentré plus tôt que prévu, et qu'il lui avait glissé un billet de cinquante livres dans la main pour l'empêcher d'appeler les flics. La seconde, au moment où il partait et avait croisé l'ambulance amenant deux des types sur qui il avait tiré.

Mais hormis cela, il s'estime heureux. La plaie n'est pas très profonde (cinq centimètres seulement) et n'a touché que du gras.

Il fouille dans le petit sachet blanc que le pharmacien de l'hôpital lui a donné, et prend deux calmants avec un peu d'eau.

Il repose le verre sur la table de nuit, se rendort une heure de plus. Il se laisse aller dans un doux sommeil réparateur, heureux d'être inconscient tant qu'il le peut.

Il est 8 heures du matin quand il émerge, les yeux fixés sur le réveil qui recharge également son iPhone. Il calcule qu'il est 3 heures du matin à Washington et qu'il y a là-bas une vendeuse de moins, plongée dans un sommeil éternel par le tueur qu'il a engagé pour l'assassiner.

Il s'extrait brusquement du lit et sent un vertige monter. Il arrive presque à sentir la culpabilité, aussi, grossir dans son crâne comme une tumeur. Il sait qu'il ne doit pas y penser. Il ne peut pas se permettre de se laisser bouffer par ça.

La fille fait partie des dommages collatéraux. C'est tout.

Mais plus Marchetti tente de la chasser de son esprit, plus son fantôme le hante.

Il titube jusqu'à la salle de bains, jette un œil au pansement taché de sang. Il regrette de ne pas y être resté, la nuit dernière. Il regrette que ces voyous ne se soient pas secoué les puces pour abréger son supplice.

Il ouvre le robinet de la douche et tente de faire face à ses responsabilités.

Un nouveau jour commence. Une nouvelle marche éprouvante à travers les sables mouvants du péché. Et à moins d'obtenir ce dont il a besoin, il y aura probablement un nouveau meurtre, qui viendra noircir un peu plus son âme.

84.

SOHO, LONDRES

Bronty frappe à la porte de Mitzi, en chemin vers la salle du petit-déjeuner.

Elle le fait entrer pour lui annoncer l'info tombée dans la nuit :

— Sophie Hudson, tu sais, l'assistante de Goldman : elle s'est fait liquider chez elle.

— Quand ça ? demande-t-il en refermant précipitamment derrière lui.

— Hier. J'ai reçu un appel de la police de Washington juste avant de m'endormir. Le suspect l'a torturée avant de l'achever en lui faisant le coup du lapin. À en croire les photos de l'autopsie, c'était un pro. Briser le cou de quelqu'un, c'est vachement plus dur qu'ils veulent bien le faire croire à la télé. Tu comprends, il faut tourner la nuque d'un coup sec, et…

Bronty tressaille.

— Stop, Mitzi, c'est un peu *too much* pour moi. Surtout quand je n'ai rien dans le ventre.

— Je pense que quelqu'un en a après la clé USB qu'elle m'a donnée. (Elle lui tend deux feuilles qu'elle a fait imprimer à la réception il y a plus d'une heure.) La première page est une copie de ce que Vicky nous a envoyé hier soir. C'est pour toi. Et la seconde, un nouveau bout de texte décodé que je viens de recevoir par e-mail.

Extrait du « Cycle d'Arthur » :

Prends garde, toi qui as l'audace de tourner cette page et de lire d'un air inquisiteur ces mots lourds de sens.

Veille à avoir une âme suffisamment forte pour en supporter le sens, et à n'être point autre chose que noble et chevaleresque.

Veille encore à avoir du courage en abondance et de la bonté en excès dans ton cœur et ton esprit.

Veille enfin à être vertueux et incorruptible, car ce texte a été écrit dans le sang sacré et, par le droit divin, est un miroir qui reflète ton âme.

Si une quelconque de ces qualités venait à te faire défaut, non seulement tu le paierais de ta vie, mais ta quête des secrets « du souverain connu sous tant de noms » serait également ta ruine outre-tombe. Prends garde : si la Noirceur t'habite, tu n'auras pas ta place en terre promise et tu frapperas ta famille de la malédiction engendrée par tes péchés.

Ne prends pas mes mots à la légère, car je suis le sorcier qui a créé le Vrai Roi, celui qui fut, qui est, et qui sera toujours.

C'est moi qui ai déguisé sa vertu à l'image de l'homme et

imprégné son âme de mortalité humaine, moi qui ai mêlé les faits et la fiction pour créer les nuages qui ont obscurci des siècles d'histoire.

Sache que la connaissance n'est jamais absolue. Sache-le ou tu ne comprendras jamais le Cycle d'Arthur, comment il se meut avec les planètes et comment il façonne l'histoire de la Terre.

Chaque homme a une naissance. Chaque croyance a un commencement. Chaque cercle a un début.

Mais que se passerait-il si le plus solide des cercles était moulé d'un seul tenant ? Si le fer en fusion était versé dans un moule ne présentant aucune marque ? Le commencement d'un tel cercle surviendrait-il au moment où le métal brûlant touche le moule froid ? Ou bien à la création de ce même moule ? Ou encore, par la main de celui qui a créé le moule ? Ou dans les corps de ceux qui ont créé l'homme qui a créé le moule ? Ou dans l'esprit de celui qui a imaginé tout cela ? Vois comme nous sommes mal armés pour parler de commencements et de fins, de temps et de lieux, et de notre position dans ceux-ci.

Dans le but de séparer les grands hommes des grands mythes qui les entourent, tu dois comprendre que le Cercle de Fer a été forgé de toutes pièces. Car le Roi des Rois est un homme de fer. La croyance en est le moule, et génération après génération, un nouvel homme est versé dedans. Siècle après siècle, ceux qui l'entourent le désignent en disant qu'il était l'élu, qu'il est l'élu, ou qu'il sera l'élu.

Et c'est ainsi que ceux qui relatent ses exploits ont parfois le sentiment qu'il y en a trop pour un seul homme, qu'il vit éternellement, ou qu'il n'a jamais vécu.

Prends garde à toi dans ta quête de connaissances.

La route est longue, et le voyage périlleux.

Je le sais, car je suis tombé mille fois dans ses fossés rocailleux et je me suis noyé dix mille fois dans ses lacs sulfureux.

Mieux vaut vivre heureux dans l'ignorance que d'éprouver l'indifférence cruelle de la connaissance. Souviens-toi, l'ignorance est mère de la paix, et la paix ne connaît pas le préjugé. Mais l'ignorance comme la paix peuvent être semées avec autant de succès dans le sol de la duplicité que dans la terre de l'honnêteté.

Bronty lève les yeux de la feuille et se rend compte que Mitzi attend un commentaire de sa part.

— Sans avoir vu tout le texte, c'est difficile de savoir quoi en penser. Je pourrais facilement en tirer des conclusions hâtives, et…

— Oh, pour l'amour du ciel, Bronty ! Des gens se sont fait tuer pour ce fichu machin. Donne-moi simplement ton avis et épargne-moi les excuses bidon. T'es pas un avocat, que je sache.

— D'accord.

Il tient le papier de façon à ce qu'elle puisse suivre, et lui indique un paragraphe du doigt.

— Là, l'auteur explique le Cycle d'Arthur et son rôle dans l'univers. (Il souligne un autre mot.) Et là, il prétend être un sorcier. Un sorcier qui a créé, je cite, « le Vrai Roi ». Il dit qu'il l'a façonné à l'image de l'homme. Fabriqué, tel un cercle de fer qui n'aurait ni début, ni fin. (Il marque une pause, pour voir si elle fait le lien d'elle-même.) Ça te fait penser à quoi ?

— Concrètement, aux superhéros, et à Iron Man plus précisément. J'étais en train de me dire que Robert Downey Jr est quand même super sexy.

— Bon. Maintenant, remplace Hollywood par Dieu.

— Désolée, je te suis pas, là.

— Oublie le roi Arthur un instant. Tu te retrouves avec l'histoire de Dieu le Père : c'est lui le sorcier, et Jésus-Christ est le Vrai Roi. Vu sous cet angle, ton truc parle de Jésus, comment il a été créé par une puissance divine, comment il est mort mais est revenu d'entre les morts, et comment il est, aujourd'hui encore, parmi nous. Comment certains croient en lui et d'autres pensent qu'il n'est qu'une légende, un mythe, un conte de fées.

— Sans déc', s'exclame Mitzi en lui arrachant la feuille des mains. Tu vois vraiment *ça* là-dedans ?

— Le Christ n'était-il pas le Roi des Rois, le seul roi vrai ?

— Pas pour tout le monde, rétorque-t-elle, histoire de se faire l'avocat du diable.

— Certes, mais tu vois où je veux en venir ?

— Vaguement, mais éclaire quand même ma lanterne.

— Eh bien, peut-être que ce qui se trouve sur cette clé USB, ce n'est pas juste des histoires à propos d'un vieux roi et de ses chevaliers. Arthur pourrait simplement être un autre nom pour désigner Jésus, et ce qu'on a, enfoui sous des siècles de code secret, ce serait des extraits d'un évangile inconnu. Imagine la valeur qu'aurait une telle découverte.

85.

Château Caergwyn, Pays de Galles

Owain quitte les quartiers de Myrddin pour retourner au château et prend le temps d'admirer les pétales de fleurs emportés par le vent dans la cour.

Tout à coup, il remarque Lance Beaufort devant lui, visiblement perdu dans ses pensées. Il fixe le sol en marchant, et Owain sait qu'il pense à Jennifer et au genre d'avenir qui les attend.

— *Bonjour**, s'exclame-t-il quand il n'est plus qu'à un mètre de lui.

Lance se retourne brusquement, l'air décontenancé. Dans son regard, on lit clairement la culpabilité.

— Désolé, je ne t'avais pas vu, répond-il en tentant de chasser son trouble. Bonjour ! Quand es-tu rentré de Londres ?

— Je viens d'arriver, ment Owain. Je suis venu tôt à cause de la réunion de cet après-midi, avec la Lignée de Sang.

Lance jette un œil à sa montre.

— Quelques membres sont arrivés hier soir. Je les ai entendus dire qu'ils iraient regarder les nouvelles recrues s'entraîner ce matin, avant de faire une promenade jusqu'au lac.

Owain sourit.

— Cela leur rappelle des souvenirs. Tu verras, toi aussi ça t'arrivera.

Lance s'esclaffe et se détend un peu.

— Vraiment ? J'ai plutôt envie de l'oublier, cet entraînement. Toutes ces semaines passées dans la nature sans rien à manger ni à boire ! (Il fait la grimace.) Je préfère de loin un hôtel cinq étoiles et un dîner dans un bon restaurant, je peux te le dire.

Owain lui sourit.

— Je te l'accorde. Même si je dois faire attention à ne pas me ramollir, avec l'âge.

Ils poursuivent leur marche au pied des remparts du château, et Lance fait la conversation.

— Comment ça se passe, à Londres ? Ça doit être un peu la panique, non ?

— Ce n'est pas le chaos, mais presque. Le Cabinet est parfaitement incompétent, et le prince de Galles exige un briefing deux fois par jour.

Lance ouvre la porte menant à l'aile sud du château.

— Un bienfaiteur trop zélé, ce n'est jamais une bonne chose.

Owain entre, conscient que la remarque était tout autant une gentille moquerie adressée à lui.

— L'intérêt, même excessif, vaut toujours mieux que le *manque* d'intérêt.

— *Je comprends**.

— Son Altesse Royale m'a également fait part de son souhait d'entrer dans le Cercle.

— C'est une métaphore ?

— Non. Il veut vraiment participer, s'impliquer.

Lance s'immobilise.

— Que lui as-tu dit ?

Owain s'arrête à son tour.

— Que j'allais soumettre sa proposition.

— Et tu y es favorable ?

— Je n'ai pas encore décidé, réplique sir Owain en prenant Lance par le coude pour l'entraîner. Au-delà de sa fortune considérable, qui est, comme tu le sais, l'arme la plus puissante en toute guerre, le prince a une énorme influence, tant sur le plan national qu'international.

— L'influence d'aujourd'hui est l'interférence de demain.

— Tu as peut-être raison, concède sir Owain, avant de changer de sujet. As-tu passé la soirée avec Jennifer, hier ?

Il laisse la question en suspens et voit son conseiller se crisper imperceptiblement.

— Parce que j'ai appelé sur son portable, et elle n'a pas répondu. Et je n'ai pas réussi à l'avoir sur le fixe non plus.

Lance peine à cacher son anxiété.

— Oui, je l'ai vue au dîner. Nous avons mangé en compagnie de Myrddin. Mais je n'ai pas entendu de téléphone sonner.

— Tiens, c'est curieux. Tu sais que quand je ne suis pas là, je compte vraiment sur toi pour t'occuper d'elle. Tu le sais, n'est-ce pas, Lance ?

— Oui, répond le Français dans un souffle, le cœur battant.

Owain lui sourit, comme pour le remercier.

— Tu es un homme bien. Je savais que je pouvais te faire confiance.

86.

SOHO, LONDRES

La réceptionniste de l'hôtel finit de s'occuper d'un couple de retraités chinois et enchaîne en faisant un sourire de bienvenue au client suivant, un cadre en costard.

— Bonjour, puis-je vous aider ?

L'homme aux cheveux bruns et à la mine sombre jette un œil au badge de la fille, tout en sortant son insigne.

— Je l'espère bien, Kata. Je suis l'inspecteur-chef Mark Warman, de Scotland Yard. Je peux voir le directeur, s'il vous plaît ?

La jeune Hongroise s'empresse d'appuyer sur un bouton rouge situé sous le comptoir.

— Je l'appelle pour vous.

— Merci.

Il devine une nervosité plutôt excessive par rapport à sa demande. Heureusement pour elle, il n'est pas là pour vérifier si ses papiers sont en règle.

Un homme corpulent, vêtu d'un complet marron trop petit

d'au moins une taille, fait son apparition. Il resserre sa cravate et se présente.

— Jonathan Dunbar, directeur de l'hôtel. Vous avez demandé à me voir ?

— Oui, monsieur.

Dès que Warman l'entraîne à l'écart des autres clients, il est rejoint par une jeune femme qui patientait dans un coin. Il ressort son insigne et annonce :

— Ma collègue Penny Jackson et moi-même appartenons à la SO15, l'unité antiterroriste. Nous nous intéressons à deux de vos clients.

Dunbar pâlit.

— Deux Américains, renchérit Jackson, en sortant des clichés de la poche intérieure de son blazer léger. La femme se nomme Mitzi Fallon, elle est brune et approche de la quarantaine. Son collègue s'appelle Jon Bronty et c'est un homme mince, châtain.

— Je les ai vus, confirme le directeur nerveusement. Ils sont arrivés hier. Ils avaient une plaque du FBI.

Jackson lui fait un sourire bienveillant.

— Il arrive que les plaques soient fausses, vous savez. Sont-ils à l'hôtel, en ce moment ?

— Je ne peux pas vous répondre, je vais devoir me renseigner.

Le regard de Warman se fait fiévreux.

— Ne leur dites pas que nous sommes ici. On ne voudrait pas que les choses deviennent… comment dire… *compliquées*.

Il ouvre légèrement sa veste de costume pour que Dunbar voie l'arme de service rangée dans son holster.

Le directeur détale sans demander son reste. Il parle à la réceptionniste, vérifie sur l'ordinateur, puis revient les voir.

— Ils viennent de sortir. Il n'y a pas dix minutes.

Warman paraît soulagé.

— Vous pouvez nous emmener à leurs chambres ?

— Mais, euh… certainement, rétorque Dunbar, pris au dépourvu.

Son œil gauche se contracte convulsivement sous l'effet du stress.

— Vous ne pensez tout de même pas qu'ils y ont caché des explosifs ?

— Très peu probable. Si c'était le cas, on aurait amené l'équipe de démineurs avec nous.

— Oui, c'est juste, concède le directeur, tout en restant cloué sur place.

— On peut y aller, s'il vous plaît ?

— Oui, oui, bien sûr, bafouille Dunbar. J'ai un passe. Suivez-moi.

Ils prennent l'ascenseur jusqu'au dernier étage, et Dunbar les guide au pas de course dans le couloir moquetté.

— Ils ont les chambres 602 et 604.

Il insère une carte magnétique dans les deux fentes et ouvre les portes.

— Dois-je entrer avec vous ?

— Ce ne sera pas nécessaire, monsieur Dunbar, répond Warman. Sauf si vous le souhaitez vraiment.

— Euh, non. Non merci. Je serai en bas, si vous avez besoin de moi.

Il leur sourit faiblement et se sauve.

Warman sort son arme de l'étui et enlève le cran de sûreté.

— Dix minutes et on se casse.

Jackson hoche la tête.

— Il ne faudrait pas que cette andouille ait tout d'un coup l'idée d'appeler Scotland Yard pour vérifier notre identité.

87.

AMBASSADE AMÉRICAINE, LONDRES

À la grande frustration de Mitzi, les résultats d'analyse sur la bouteille d'eau de George Dalton ne sont toujours pas là.

— Vous les aurez avant la fin de la journée, lui promet Annie Linklatter, plutôt apeurée.

Mitzi lui lance un regard noir et retourne sans mot dire dans le bureau que Bronty et elle ont réquisitionné.

L'ancien prêtre lève les yeux des papiers et cartes de Grande-Bretagne qui s'amoncellent sur la petite table.

— Alors ?

— Me demande même pas. Ces foutus Rosbifs avancent à une allure préhistorique.

Il éclate de rire.

— Elle est *américaine*.

— Je m'en fous. C'est de vivre ici qui l'a rendue lente. Et toi, qu'est-ce que tu fais ?

— Viens voir ça.

Il ouvre à plat une grande carte d'état-major et place une feuille A4 à côté.

— Il y a un passage dans la section *Les Morts* qui me chagrine : « Il est décrété par le présent document que dans chaque patrie, le lieu de sépulture sera pour toujours là où les grands Celtes se croisent et où les bardes se rendent seuls pour déclamer leurs oraisons funèbres. »

— À part la référence aux Celtes, je t'avoue que c'est du chinois pour moi, dit-elle en parcourant le texte.

— Justement, « là où les grands Celtes se croisent », je pense que ça renvoie à un point où les clans celtes se rencontraient, une sorte de frontière entre Irlandais et Gallois.

— Un lieu physique.

Il tape sur la carte du bout de son crayon.

— Ici. C'est une île qui appartenait autrefois aux Templiers.

Mitzi observe l'île microscopique située au large de la côte ouest de l'Angleterre.

— Lundy ? Jamais entendu parler.

Soudain, Bronty s'anime.

— Ça pourrait bien être l'endroit où les chevaliers ont été inhumés. C'est là que la mer Celtique rejoint le canal de Bristol.

Mitzi étudie la carte.

— Ça a vraiment l'air minuscule. Ça fait quoi, dix kilomètres de long et deux de large ?

— Moins que ça, encore. Tu te souviens, le texte parle de l'endroit « où les bardes se rendent seuls pour déclamer leurs oraisons funèbres ». Figure-toi qu'il y a un cimetière là-bas, et je ne vois pas d'endroit plus isolé en Europe pour se recueillir sur la dépouille d'un frère tombé au combat. (Sur ce, il se lève et va à l'ordinateur.) Et maintenant, regarde ce que j'ai trouvé.

Il lui montre le site Internet de l'île.

— Lundy appartient aujourd'hui au National Trust, mais elle est administrée par le Landmark Trust, une association à but non lucratif qui œuvre à sa préservation.

— Et ?

— Regarde en bas.

Mitzi lit alors à voix haute :

— « Le diplomate britannique sir Owain Gwyn contribue généreusement au National Trust et au Landmark Trust, et parraine de nombreux groupes de soutien à Lundy. »

— S'il y a des secrets sur l'île, en déduit Bronty, Gwyn est bien placé pour les protéger.

— Conclusion, il va falloir que t'ailles fouiner là-bas. Ça fait loin, de Londres ?

— C'est la phrase que je redoutais d'entendre. Il y a pas loin de quatre cents kilomètres en voiture, sans compter le trajet en ferry.

Mitzi lui fait un sourire.

— Mon coco, t'as pas de temps à perdre, dans ce cas.

88.

Château Caergwyn, Pays de Galles

Les membres de la Lignée de Sang arrivent des quatre coins du pays mais également de France et de Belgique, les vieilles nations qui ont vu naître les premiers chevaliers et les allégeances à l'origine de la Table ronde.

Les valeureux guerriers et guerrières ne montrent pas patte blanche en sortant une banale pièce d'identité : les gardes postés à l'entrée leur piquent un doigt à l'aide d'un appareil spécial qui teste leur ADN en temps réel et transmet les résultats à toute l'équipe chargée de la sécurité. Une fois qu'ils ont été formellement identifiés, les chevaliers de la Lignée de Sang peuvent jouir comme bon leur semble du château et de ses terres.

Un petit groupe part en direction des bois, où les chevaliers fraîchement recrutés s'entraînent au combat rapproché avec d'anciens commandants de la SAS. Non loin de là, dans des bâtiments de plain-pied aux fenêtres obturées, des coups de feu retentissent par intermittence. Tous les membres de la Lignée de Sang sont passés par ce labyrinthe impénétrable de pièces obscures, où sont simulées diverses opérations de sauvetage. Aujourd'hui, il s'agit d'une prise d'otages particulièrement périlleuse.

À l'intérieur du château, Owain Gwyn entre dans la Salle du Donjon et s'installe au milieu de l'une des quatre longues tables mises bout à bout, pour former non pas un cercle mais un carré parfait. Cent cinquante trônes sont disposés symétriquement et ornés des armoiries familiales de l'un des membres.

Celles d'Owain représentent un bouclier blanc et, par-dessus, une croix rouge identique à celles qui sont placées dans les tombes des chevaliers morts au combat. En haut à gauche, un dragon rouge montre les dents ; en bas à droite, c'est un grand ours brun. Les deux autres coins contiennent trois couronnes dorées et une table ronde en bois.

Owain lève les yeux du registre relié en bois et vieux de plusieurs siècles, qui est ouvert devant lui. Les anciens arrivent au compte-gouttes pour la réunion. Ce sont toujours eux les premiers. S'agissant des nouveaux membres, il y a fort à parier qu'ils débarqueront au dernier moment, les joues roses et le souffle court.

Le chef de l'OSSA se lève pour aller serrer la main de Terry Lyons, descendant de Tristan de Lyonesse, et Gerry Erbin, descendant de sire Geraint. Une queue se forme derrière eux, et Owain passe les quinze minutes suivantes à accueillir personnellement chaque membre de la Lignée de Sang.

Pour finir, Myrddin fait son entrée et, comme le veut la coutume, il ferme à clé les immenses portes de la salle en glissant un glaive en travers des deux poignées en fer, avant de prendre place à côté.

Owain Gwyn contemple les visages de ses condisciples. Cent cinquante hommes et femmes, dont les ancêtres ont vécu (et sont morts) selon un seul principe : leur foi inébranlable en la liberté et la justice.

— Illustres membres de la Lignée de Sang, je vous remercie sincèrement d'être venus de si loin et si rapidement. Chers amis et collègues, vous savez que je n'aurais pas convoqué cette assemblée extraordinaire si je ne souhaitais évoquer avec vous une affaire de la plus haute importance. (Tout autour de lui, les regards se font sérieux, certains croisent les bras, d'autres s'agitent.) Grâce aux bulletins quotidiens du Comité de Vigilance, vous êtes conscients du fait que les menaces pesant sur nos pays respectifs sont de plus en plus précises. Vous savez également que les chevaliers opérationnels doivent plus que jamais combattre notre ennemi juré, Josep Mardrid, qui en ce moment paie des organisations telles qu'Al-Qaïda pour semer les germes du mécontentement dans un but profondément égoïste, et se fiche bien d'avoir du sang sur les mains. Non seulement cet homme étend son réseau d'influence dans les pays riches, mais il n'hésite pas non plus à exploiter les nations pauvres, où il prive les jeunes générations d'un avenir par la violence.

Des protestations s'élèvent parmi les vénérables membres, dont beaucoup sont à un âge suffisamment avancé pour se souvenir des atrocités commises par le père et le grand-père de Mardrid, en Éthiopie, en Ouganda et en Rhodésie.

Owain attend que chacun ait retrouvé son calme pour continuer.

— Les membres du Cercle vous demandent instamment de ratifier leur décision d'envoyer des croisés en Afrique pour veiller à ce que, désormais, plus aucun homme, femme ou enfant ne succombe aux machinations des hommes de Mardrid. À l'heure où je vous parle, deux cents chevaliers se tiennent prêts à entrer au Togo, où Mardrid a inauguré son macabre ballet de viols, de meurtres, de tortures et d'incendies criminels. Et un millier de plus sont en route.

Percy del Graal, descendant de sire Perceval, lève la main.

— A-t-on informé l'OTAN, sir Owain ?

— Le terrain a effectivement été tâté de ce côté-là. Il ressort qu'aucun des membres n'est suffisamment motivé pour envoyer ses propres troupes. Mais il faut bien avouer que les budgets consacrés à la défense se réduisent comme peau de chagrin. Pour autant, nous avons l'approbation tacite du secrétaire général. (Il regarde autour de lui.) D'autres questions ?

Quelques-uns secouent la tête pour lui signifier que non.

— Dans ce cas, illustres membres de la Lignée de Sang, je vous demande solennellement d'approuver la décision du Cercle d'envoyer des hommes en croisade, ainsi que je le propose. Puis-je compter sur votre soutien ?

Comme un seul homme, les cent cinquante membres serrent le poing droit et se frappent le cœur en silence.

— Je remercie chacun d'entre vous.

Owain trempe une plume d'oie dans un encrier et consigne le vote dans le registre, avant d'y ajouter la date, son nom et son propre sceau. Il prend le soin de tamponner le tout avec un buvard, repose la plume, et lève de nouveau les yeux vers l'assemblée.

— Chers amis, j'avais une autre raison de vouloir vous réunir aujourd'hui.

Il se sent ému, tout à coup. La gorge serrée et le cœur battant, il regarde en direction de Myrddin et voit le vieil homme sécher une larme. Autour de la table, d'autres portent déjà une main discrète à leurs lèvres. Owain se force à sourire et poursuit :

— Je vois que certains d'entre vous ont deviné ce que j'allais vous annoncer. Sachez donc que les portes d'Avalon sont en train de s'ouvrir pour moi, et que je me prépare au grand voyage. (Des cris plaintifs s'élèvent, mais il n'ose regarder d'où ils proviennent.) C'est peut-être la dernière fois que je suis ici avec vous, la dernière chance que j'ai de pouvoir vous remercier de votre amitié…

Quelqu'un s'écrie :

— Non ! C'est trop tôt.

Owain coupe court au flot d'émotions en levant une main ferme.

— Comme j'aimerais que ça soit vrai. Mais c'est toujours trop tôt, j'en ai bien peur. Que Dieu vous bénisse et vous protège, vous et vos familles, et que vos lignées soient prospères.

89.

NEW YORK

Zachra Korshidi entend des garçons se moquer d'elle quand elle sort de l'épicerie, les bras chargés de sacs.

— Pardon, mademoiselle. Je peux vous parler ?

La jeune fille de vingt et un ans ignore l'inconnu en costume chic et poursuit son chemin, péniblement. Elle ne l'a quasiment pas remarqué, tant elle est obsédée par la *burqa* que ses parents l'obligent à porter et qu'elle a en horreur. C'est moche, informe et elle crève de chaud sous ce truc.

— Juste une minute, mademoiselle, l'interpelle l'homme en lui emboîtant le pas.

Elle se souvient de l'époque où ils la laissaient s'habiller en jean et tee-shirt. Où elle avait le droit de simplement se couvrir la tête avec un foulard, de la couleur de son choix. Mais tout avait changé, après « le garçon ».

C'est comme ça que ses parents l'appelaient. Ce n'était pas Javid, ni son petit ami.

C'était *le garçon*.

Ils crachaient ces mots comme si c'était un démon. Tout ça parce qu'ils ne l'avaient pas choisi. Parce qu'il était orphelin, avait grandi aux États-Unis et représentait le genre de valeurs modernes qu'ils haïssaient.

Pas étonnant qu'elle l'adore, dans ces conditions. Qu'elle l'aime de toute son âme. Et qu'elle ait eu envie de proclamer son amour haut et fort, en privé comme en public.

C'était ça, le cœur du problème – la goutte d'eau qui avait fait déborder le vase.

Avouer qu'on a eu une relation sexuelle avant le mariage ne ferait même pas sourciller à New York, mais en Iran, c'est une infraction punissable de coups de fouet, et dans certains cas, de la peine de mort. Et ces temps-ci, ses parents passaient le plus clair de leur temps à se comporter comme s'ils étaient de retour au pays.

Elle se serait enfuie sans hésitation avec Javid si son frère cadet, Sadeq, n'avait pas eu une leucémie à un stade avancé. Au lieu de ça, elle était restée et son père l'avait rouée de coups, à tel point qu'elle n'avait pas pu marcher pendant des jours.

C'était à ce moment-là que Javid avait disparu.

Il avait cessé de l'appeler, de répondre à ses textos. Il s'était volatilisé. Elle ne voyait que deux explications : on lui avait fichu une trouille bleue, ou bien on l'avait tué. Dans tous les cas, elle n'avait plus jamais entendu parler de lui.

Puisqu'elle ne pouvait plus le voir, Zachra n'avait plus de raison de vivre. Elle avait volé les somnifères de sa mère et en avait pris en cachette. Après avoir subi un lavage d'estomac à l'hôpital, et bien compris qu'elle déshonorait encore davantage sa famille si c'était possible, elle avait été ramenée manu militari et enfermée à double tour dans sa chambre.

On l'avait emprisonnée.

C'était là que l'occasion de « se racheter » s'était présentée. De faire amende honorable et de sauver l'honneur de sa famille. Si elle devait se suicider, autant que ce soit une action d'éclat plutôt qu'un acte vain. C'est ainsi que son père lui avait présenté les choses.

Bien évidemment, le jour J, elle avait pris peur. Elle en avait été malade de frousse, de remords, de regrets, de rage. Elle était écœurée de savoir que des innocents allaient mourir avec elle. Des gens avec qui elle avait davantage de choses en commun qu'elle n'en avait avec ses propres parents.

C'était un miracle qu'un autre se soit porté volontaire au dernier moment.

— Mademoiselle !

L'homme en costume chic est devant elle, maintenant. Il lui barre le passage et la regarde droit dans les yeux, avant de lui annoncer :

— Je suis un ami de celui qui vous a sauvé la vie. L'homme qui portait la veste d'explosifs.

Son cœur fait un bond dans sa poitrine, et elle repousse l'inconnu sans ménagement.

— Combien de temps ça va prendre, Zachra ? Combien de temps avant qu'ils te forcent à être de nouveau volontaire ? Combien de temps, Zachra ?

90.

SERVICE DES HRI, SAN FRANCISCO

L'e-mail qui s'affiche sur l'écran de Vicky Cantrell provient du professeur Quinn, au Smithsonian :

Chère Melle Cantrell,

J'ai pu discuter du croquis de votre relique avec le professeur Wilson, à Oxford, et il est d'accord avec moi pour dire qu'elle date de l'âge de fer irlandais. Cependant, il pense que la forme aux extrémités est plutôt rare pour cette époque-là, et que le trou au milieu signifie peut-être qu'on s'en servait lors de cérémonies.

D'après lui, il est possible que cette croix ait été plantée en hauteur, de façon à ce que celui qui venait se recueillir devant la tombe puisse voir le soleil passer à travers. Il a également mentionné le fait que, dans les légendes celtes, les grands guerriers sont souvent enterrés avec des objets tels que celui-ci, non seulement pour prouver leur foi au cas où un mortel tomberait par hasard sur leur sépulture, mais également pour les équiper d'une arme sacrée si d'aventure ils devaient combattre les esprits du mal outre-tombe.

J'espère que cela vous aidera.

Bien à vous,

Simon Quinn.

Vicky transfère aussitôt le message à Mitzi. Eleonora Fracci est au commissariat pour boucler l'affaire de la sorcière, alors Vicky a un peu de temps devant elle pour fouiner un peu plus dans la vie d'Owain Gwyn.

Vicky commence par Caledfwlch Ethical Investments et a la surprise d'apprendre que l'entreprise est antérieure à la création des archives nationales. CEI fait régulièrement de généreux dons à plus d'une dizaine d'organisations caritatives britanniques, dont Natural England, un organisme qui protège les réserves naturelles et certaines zones sélectionnées pour leur intérêt scientifique.

Vicky découvre ensuite des liens plutôt intrigants entre la compagnie et la légende arthurienne. Par exemple le fait que « *Caledfwlch* » signifie « Excalibur » en gallois, et que la famille Gwyn possède depuis des générations deux immenses propriétés au pays de Galles et à Glastonbury, l'un des lieux où la légende veut que le roi Arthur et la reine Guenièvre soient enterrés. C'est aussi à Glastonbury que Joseph D'Arimathie, un personnage central dans l'histoire du Saint-Graal, serait venu se réfugier après avoir vu Jésus ressusciter d'entre les morts.

Le château Caergwyn, la demeure de sir Owain au pays de Galles, se situe non loin des monts Preseli et d'un site nommé *Cerrig Marchogion* (les Pierres du Chevalier), qui se trouve être un autre lieu de sépulture présumé du roi Arthur. Ces montagnes sont connues pour leur géologie, et plus précisément une pierre bleue dont le magicien d'Arthur, Merlin, se serait servi pour créer Stonehenge. Par ailleurs, l'ambassadeur possède à titre personnel plusieurs cottages à Tintagel, petite bourgade de Cornouailles et possible lieu de naissance d'Arthur.

En poursuivant ses recherches, elle tombe sur des actes de propriété pour des terres situées à Cadbury, dans le Somerset. Visiblement, ça fait quelque temps que Gwyn en acquiert à intervalles réguliers. Toutes se trouvent à proximité des ruines d'un ancien fort datant de l'âge de fer, dont on s'accorde généralement à dire qu'il s'agirait du site de Camelot.

Puis elle exhume la liste des filiales de CEI et s'intéresse à celle nommée CEIDP, car elle est exclusivement gérée par Jennifer Gwyn. Au début, Vicky se dit que ce doit être une société-écran, mais elle s'aperçoit bientôt que cette filiale aussi possède d'immenses terres, dont « l'accès, la recherche et l'utilisation de l'eau » à Dozmary Pool, en Cornouailles. Dans les années 1950, ce petit lac a été déclaré site d'intérêt scientifique particulier, et l'accès en est limité, depuis. Apparemment, CEIDP a financé d'importants projets visant à protéger les poissons et à explorer l'histoire du lac, qui date de l'âge de pierre.

Par curiosité, Vicky cherche s'il n'y aurait pas des légendes associées à Dozmary. Elle en trouve deux. La première concerne Jan Tregeagle, un magistrat du coin qui vécut au XVIIe siècle et serait devenu riche et puissant en scellant un pacte avec le diable. Inévitablement, le prince des Ténèbres avait fini par prendre son âme et jeter son corps au fond du lac, d'où il était ensuite revenu pour hanter les villageois.

La seconde légende est plus intéressante : Dozmary Pool serait le palais de la Dame du Lac, l'endroit où le roi Arthur alla chercher Excalibur à la rame. C'est également là que le chevalier Bedivère rendit l'épée à la Dame après la bataille de Camlann, qui fut fatale à Arthur.

Tous ces récits folkloriques commencent à lui tourner la tête, et Vicky décide d'aller déjeuner à la cantine. Elle espère aussi secrètement qu'un certain jeune homme du nom de James Watkins aura eu la même idée qu'elle.

Un peu plus âgé qu'elle, mais surtout bâti comme un *quaterback*, James est le petit nouveau du service informatique. La veille, ils ont mangé côte à côte, et elle a réussi l'exploit d'en avoir des frissons et des bouffées de chaleur en même temps.

Elle commande une salade de thon et prend tout son temps pour mâcher, en priant à chaque bouchée qu'il arrive.

En vain.

Au bout du second soda, elle est toujours seule. Abattue, elle ramène son plateau et se remet au travail.

Elle retrouve le sourire en faisant des recherches sur lady Gwyn. Bon sang, cette femme sait se mettre en valeur, y a pas de doute. Vicky se régale de voir des photos d'elle dans une somptueuse robe de bal lors d'un dîner de bienfaisance, dans une robe de cocktail scintillante à une soirée VIP, et même en veste de pluie jaune et gilet de sauvetage sur un yacht lancé à toute allure.

Madame a l'air d'être une vraie *fashionista*, mais il faut dire aussi qu'elle fait partie du gratin depuis sa naissance. En tant que fille de Leo Degrance, un homme d'affaires riche et influent, elle est allée dans les meilleures écoles privées, elle a fait partie de l'équipe britannique d'équitation (avec qui elle a même gagné des médailles), et elle est la marraine d'une bonne dizaine d'associations caritatives.

Pour s'amuser, Vicky tape « Jennifer » dans Google et, comme par hasard, il s'agit d'un prénom d'origine galloise, dérivé de Gueniêvre.

Elle fait la même chose avec « Owain », et vu qu'elle a plutôt eu de la chance jusque-là au jeu des coïncidences, elle prend le pari que ça va signifier « Arthur » ou « roi ».

Raté.

Mais tout de même, en gallois le prénom veut dire « jeune guerrier », ce qui la console suffisamment pour éplucher la longue liste des réponses, à la recherche d'autres éléments.

Sa persévérance est récompensée lorsqu'elle déniche un article de journal révélant que Gwyn est un homme extrêmement procédurier : il a poursuivi d'innombrables entreprises et particuliers en justice pour atteinte à la vie privée.

Tout en haut de la liste figure Rhys Mallory, un historien gallois connu pour ses excentricités, qui a écrit une biographie non autorisée sur sir Owain. Gwyn a également réussi à obtenir une série d'injonctions dans le but d'interdire à Mallory de « ... divulguer toute information sur la famille Gwyn qui ne soit pas dans le domaine public, à tout individu, groupe d'individus ou base d'échanges de données, qui pourrait être lue, vue, entendue ou, dans le cas du braille, sentie, et ce, en privé comme en public ».

Vicky ne s'appelle peut-être pas Sherlock, mais elle en déduit facilement que l'historien doit avoir des infos ultrasensibles sur le compte de l'ambassadeur, si ce dernier fait à ce point des pieds et des mains pour empêcher le biographe de parler. Elle trouve ses coordonnées et les ajoute au rapport qu'elle tape pour Mitzi et Bronty.

Une fois tout ça envoyé, elle se dit qu'elle a bien mérité une petite barre de chocolat avec son café. Elle a déjà la main sur son tiroir à cochonneries quand sa ligne fixe se met à sonner.

— Cantrell à l'appareil.

— Vicky ? fait la voix du *quaterback*.

— Oh, bonjour, dit-elle en en oubliant presque de respirer.

— Salut, c'est James. Ça va ?

Elle pense à son beau sourire et à ses doux yeux noisette, et se sent aussitôt nerveuse.

— Ça... ça va.

— Dis, je suis désolé d'avoir raté le déjeuner. Je suis sur le terrain, j'aide à installer un système de surveillance sur un ordi.

Tu as quelque chose de prévu pour le dîner ?

— Le dîner ? (Elle s'attendait à tout sauf à ça.) Tu veux dire « dîner » comme dans « rendez-vous pour le dîner », ou bien « dîner » comme dans « repas du soir » ? (Elle n'arrive pas à croire qu'elle a dit ça.) Oh là ! là ! mais qu'est-ce que je raconte ? Tu vas vraiment me prendre pour une gourde.

— Mais non. Et oui, je voulais parler de « dîner » comme dans « rendez-vous pour le dîner ».

— Dans ce cas, oui. Tu me plais beaucoup, enfin je veux dire, *l'idée* me plaît beaucoup.

Il pouffe de rire.

— C'est cool, parce que, toi aussi, tu me plais beaucoup. Je passe te prendre à 20 heures ?

91.

New York

Dans l'intimité de la limousine aux vitres teintées, Zachra Korshidi ôte son *niqab*. Elle se recoiffe, observe le chauffeur et tourne enfin la tête vers l'homme avec qui elle a pris place à l'arrière.

— Qui êtes-vous ? La police ? La CIA ?

— Ni l'un ni l'autre, répond Gareth Madoc. Mais je peux les faire venir en quelques minutes, si vous préférez leur parler à eux.

— Non, intervient-elle d'une voix tendue.

Elle a pris d'énormes risques en montant dans cette voiture. Son père a des amis partout dans le quartier.

— Qui, alors ?

— Disons que je travaille pour une organisation philanthropique qui aimerait vous aider.

Elle le toise d'un air cynique.

— Pourquoi ?

— Parce qu'en empêchant des jeunes femmes comme vous de devenir kamikazes, on sauve la vie de centaines d'Américains.

Elle a tellement honte en l'entendant énoncer cette vérité qu'elle baisse les yeux.

— Vous avez dit que vous pouviez m'aider.

— Oui.

— Est-ce que ça veut dire que si je voulais partir très loin d'ici et ne jamais être retrouvée, vous pourriez le faire ?

— Si vous coopérez avec moi, je peux vous offrir un nouveau départ où vous voulez, sous une autre identité, avec un peu d'argent, un logement, et peut-être même un travail.

Elle regarde fixement l'habit noir qui la recouvre, en sachant parfaitement tout ce qu'il représente. Mais ce que l'homme à l'accent anglais lui demande, c'est de trahir les siens et tout ce qu'*ils* représentent.

Gareth sort un petit paquet de photos de la poche intérieure de son costume.

— Regardez ces clichés. C'est un mauvais moment à passer, mais il le faut.

Elle hésite, mais les prend quand même. La première photo montre une grande benne à ordures dans une cour, à l'arrière d'un fast-food. La porte menant aux cuisines est ouverte, et on distingue une friteuse et un immense gril. La seconde représente un tas de sacs-poubelle noirs à moitié déchirés, qu'on a posés contre la benne. Dans la troisième, les sacs sont ouverts par des policiers en uniforme. La quatrième montre le contenu des sacs. Un corps démembré. Des mains. Des pieds. Des bras.

Le cœur de Zachra fait le lien avant même de voir la cinquième.

La tête de Javid.

Elle a été tranchée. Son bel amant la regarde fixement avec des yeux laiteux où les mouches se précipitent. Les cheveux qu'elle aimait tant caresser quand ils s'embrassaient sont collés par le sang et les restes de nourriture.

Elle lutte pour respirer normalement. Pour ne pas se laisser submerger par l'ouragan d'émotions qui la traverse. Enfin, elle retrouve la voix. Et les mots qui, elle le sait, vont changer sa vie :

— Je peux vous aider. Il y a certaines choses que je sais.

92.

COMMISSARIAT CENTRAL, WASHINGTON DC

Kirstin Collins se ronge les ongles en examinant la peinture à l'huile qu'elle a dans les mains.

Cette croûte a été trouvée dans l'appart tout aussi merdique de Bradley Deagan. Elle n'est vraiment pas sûre que ça intéresse Mitzi, mais elle a promis de la tenir au courant du moindre fait nouveau et c'est ce qu'elle fait.

La jeune inspectrice place le tableau dans l'énorme scanner de la brigade, le numérise, insère l'image en pièce jointe d'un e-mail et compose le numéro de Mitzi.

— Fallon.

— Lieutenant, c'est Kirstin Collins. Vous êtes près d'un ordi ?

— Un peu trop près, même. Je commence à péter un câble, dans ce cagibi. On est plus à l'étroit que dans la salle de bains de mes gosses. Qu'est-ce que vous avez pour moi ?

Kirstin clique sur Envoyer.

— Vous allez recevoir une image scannée d'un tableau que les flics ont trouvé en fouillant l'appart de Deagan. Il était enveloppé dans un linge et caché sous les lattes du parquet.

Mitzi regarde dans sa boîte e-mail.

— Pas encore là. Est-ce que Deagan a donné signe de vie ?

— Non. Sa voiture et lui se sont tout simplement évaporés. Sa boîte aux lettres débordait de courrier. Personne ne l'a vu ni entendu depuis le fameux soir où il est allé casser la croûte au *diner* de Dupont.

— Et c'est avec ce tableau qu'il a tenté de monter son arnaque ?

Kirstin regarde la peinture fixement.

— J'en sais rien. Je n'ai pas encore eu le temps de vérifier auprès d'un expert, et il n'y avait pas de photo dans le rapport d'enquête.

— Vous trouvez qu'il fait religieux ?

— Pas vraiment. Mais il a l'air très ancien et la taille semble correspondre. Et je me dis que si c'était un faux, le tribunal l'aurait autorisé à le garder, non ?

— C'est vrai, ils auraient considéré que c'était à lui. Ah, l'e-mail vient d'arriver. Attendez une minute, que je l'ouvre.

Kirstin gribouille en attendant. Elle dessine des fleurs. Des gros bouquets, de toutes les formes. C'est la seule chose qu'elle sache faire.

Mitzi regarde l'image se dérouler très lentement sur l'écran.

— Et sinon, Kirstin, comment ça va ? Vous tenez le coup ?

— Ça va, répond la jeune flic en terminant une rose. Irish me manque, je m'attends toujours à le voir entrer d'une minute à l'autre. Les obsèques sont prévues dans deux jours. Il n'y aura probablement pas grand monde. Punaise, si ça se trouve, il y aura que moi et le prêtre. Vous allez venir ?

Mitzi se tortille sur sa chaise.

— J'aurais bien aimé, mais honnêtement je n'ai ni le temps, ni les moyens. J'ai deux gosses qui m'attendent en Californie, ma sœur est au bord du divorce, et moi je suis coincée à Londres. Désolée. Mais j'ai une idée, envoyez-moi les infos et je ferai livrer des fleurs.

Kirstin griffonne par-dessus ses belles roses.

— Vous savez quoi, il en a un peu rien à faire, des fleurs. Envoyez-moi une bouteille de whisky, plutôt. Je la boirai à sa mémoire, et à votre santé aussi.

— C'est comme si c'était fait.

L'ordinateur a enfin fini le téléchargement.

— Ça y est, Kirstin. J'ai le tableau sous les yeux.

— C'est celui dont vous parliez ?

— J'en ai pas la moindre idée, mais je connais quelqu'un qui saura. Merci d'avoir pensé à moi.

— Y a pas de quoi.

— Hé, si vous avez besoin de parler, vous m'appelez, OK ?

— Merci.

Kirstin Collins raccroche. Elle remet le tableau dans le linge et le ficelle comme il était.

Puis elle va au bureau d'Irish et s'installe dans son vieux fauteuil tout fichu. Elle reste là, se contentant de le faire tourner de droite à gauche, de gauche à droite. Et elle continue, jusqu'à se sentir un peu mieux.

93.

Ambassade américaine, Londres

Bronty fait une pause dans ses préparatifs de voyage pour venir examiner le tableau sur l'écran de Mitzi.

— Si tu te souviens, *L'Agneau mystique* montre plusieurs groupes de gens se rassemblant pour adorer le Christ. Celui-ci représente des chevaliers. Et sur le panneau manquant, ce sont des juges.

— Ça veut dire quoi, que c'est la pire contrefaçon de l'histoire ?

Il s'approche encore de l'écran et inspecte les bords de la toile.

— Je ne suis pas spécialiste, mais tu vois ces couleurs, ici ? Ça ne va pas. Ces teintes foncées ne collent pas avec le reste du tableau.

Mitzi penche la tête et observe la peinture sous tous les angles.

— Ça pourrait pas être une sorte de cadre ?

— Possible. Ou alors, ça pourrait être la preuve qu'avant, il y avait un autre tableau par-dessus. Un tableau qu'on aurait retiré.

— Comme celui des juges ?

— Il y a déjà eu des rumeurs de ce genre, à propos des panneaux. Pendant une campagne de restauration, quelques-uns ont laissé entendre qu'un autre tableau se cachait sous au moins l'un d'entre eux. Quand on y réfléchit, ça correspond bien au concept même du polyptyque, qui montre différentes scènes selon qu'il est ouvert ou fermé. Et d'autre part, il ne faut pas oublier qu'on doit ce chef-d'œuvre à deux hommes, Hubert van Eyck et son frère Jan.

Mitzi doit fouiller dans sa mémoire.

— Tu sais que Deagan, notre escroc, a montré cette peinture aux experts de chez Christie's ? C'est eux qui ont découvert le pot aux roses. Ils auraient vu la même chose que nous, sans arriver à la même conclusion ? Ça paraît louche.

Bronty est toujours concentré sur l'image, scrutant chaque coup de pinceau.

— Ils ont pu être payés pour affirmer que c'était un faux, concède-t-il en prenant une chaise pour s'asseoir à côté d'elle. Il faut comprendre que ce polyptyque a une importance considérable dans l'histoire de l'art. Ce qui explique que tout le monde, de Napoléon à Hitler, a tenté de le voler. Il est considéré par beaucoup comme étant la première œuvre majeure de la Renaissance, un précurseur du réalisme, et certainement la plus belle peinture à l'huile de son temps. La présence de chevaliers n'a donc rien d'anodin, ici. Rends-toi compte, ils ont été immortalisés au même titre que les autres groupes d'adorateurs.

Mitzi a presque peur de poser la question.

— Mais pourquoi ? C'est juste des chevaliers, non ?

— C'est là que tu te trompes. Partons du principe que van Eyck a bien peint un panneau de chevaliers qui correspond à cette description. Celui-ci est légèrement différent. Regarde de plus près.

— Celui du milieu, là, ce serait pas… tu sais qui ? questionne Mitzi.

Bronty acquiesce d'un signe de tête.

— Tu as raison, ça pourrait bien être lui. Et si c'est le cas, tous ces chevaliers rassemblés autour et derrière lui sont ceux de la Table ronde. (Il approche délicatement un doigt.) Si tu regardes ici, tu vois qu'il y a un emblème circulaire sur leurs boucliers, et trois couronnes dorées sur le drapeau qui flotte derrière Arthur.

Mais Mitzi ne l'écoute pas. Elle a les yeux fixés sur un autre détail.

— Nom de Dieu, t'as vu ça ? s'écrie-t-elle en tapant furieusement sur l'écran.

Bronty examine le personnage qu'elle lui montre, à l'arrière-plan : un prêtre à cheval, qui tient une bible et une croix. Et tout à coup, il comprend. La croix est identique à celle qu'ils ont en dessin. Celle qui a coûté la vie à Amir Goldman.

Ils tournent vivement la tête quand on frappe à la porte du bureau.

Annie Linklatter la pousse et se tient timidement dans l'embrasure, une enveloppe la main.

— J'ai les résultats de votre test ADN, madame.

94.

LONDRES

Angelo Marchetti vient de passer une journée peu ordinaire.

Pas d'alcool. Pas de cocaïne. Pas de casino.

L'Italien est clean depuis quasiment vingt-quatre heures et il en a profité pour remettre ses idées en place. Pour trouver le moyen de rester en vie et prendre un nouveau départ, loin de tout ça. Il sait désormais qu'il n'a qu'une solution : retrouver cette clé USB. Grâce à elle, il aura une prise sur Gwyn et pourra négocier avec Mardrid. Sans la clé, ses jours sont comptés.

Sophie Hudson a beaucoup parlé avant de mourir. Elle a clairement nommé les flics qui enquêtaient sur le meurtre de Goldman, et avoué qu'elle avait donné la clé à une flic du FBI.

Mitzi Fallon.

Seul dans sa chambre d'hôtel, Marchetti contemple la photo officielle du lieutenant. Elle porte l'uniforme de la police de Los Angeles, mais elle n'est pas vraiment son genre. Il préfère les femmes plus jeunes, plus minces, à plus forte poitrine et avec les cheveux plus longs. À part ça, c'est clairement une flic exceptionnelle – avec l'accent sur le *ex*.

Ex-brigade antigang. Ex-brigade criminelle. Ex-épouse.

À en croire la fiche de renseignements qu'il a entre les mains, elle a presque autant cafouillé que lui, dans sa vie. Elle est à court d'argent et a deux adolescentes à charge.

C'est tout ce qu'il a besoin de savoir.

Pour l'instant.

95.

AMBASSADE AMÉRICAINE, LONDRES

L'unique tirage sur papier brillant que Mitzi sort de l'enveloppe ressemble à un électrocardiogramme bizarre, avec toutes sortes de colonnes plus ou moins grandes et des chiffres en couleur réunis par paires.

Mitzi a déjà vu des centaines d'empreintes génétiques, mais ce n'est pas le cas de Bronty.

— Qu'est-ce que je suis en train de regarder ? s'enquiert-il. Je sais que c'est l'ADN de Dalton, prélevé sur la bouteille d'eau que tu as volée…

— Que je me suis appropriée.

— Au temps pour moi ! Que tu t'es *appropriée* dans le bureau de Gwyn. Mais à part ça, qu'est-ce qu'il y a à comprendre ?

— Rien, réplique Mitzi en lui reprenant le précieux document. Tu te contentes simplement de trouver une correspondance entre celui-ci et un autre profil. Les jurys adorent l'ADN. Ils y pigent que dalle, mais ils savent que c'est l'empreinte unique d'un être humain, qu'on est tous différents et que cette preuve génétique est irréfutable. C'est tout ce qui compte, pour eux.

Bronty est toujours intrigué.

— D'accord, mais tu peux m'expliquer l'aspect scientifique ?

— Dans les grandes lignes, oui. Quand j'ai commencé, ce n'était pas encore automatisé ; maintenant tout passe par une machine, mais le procédé reste similaire. Pour commencer, il te faut une cellule, une seule, pourvu qu'elle soit exploitable. Tu la trouves sur l'échantillon prélevé ; dans notre cas, la bouteille de Dalton. Ensuite, tu en extrais l'ADN. Tu te sers d'enzymes pour isoler certaines sections cruciales. Après ça, les sections sont bombardées à coup d'électricité, ce qui les sépare en plusieurs paires uniques, et tout le tintouin est transféré sur papier.

— C'est vraiment tout ?

— En gros, oui. Mais comme je te l'ai dit tout à l'heure, tout se fait par machine, maintenant. Si tu poses la question à une blouse blanche, il va t'embrouiller la tête avec de l'*endobidule* par-ci, de l'*acide ribomachin* par-là, et des sornettes sur la *longueur variable du trucmuche*. Mais au bout du compte, ouais, c'est vraiment tout.

Elle retourne au bureau et se met à taper sur l'ordinateur.

— Ce que je vais faire, maintenant, c'est aller dans notre base de données et comparer l'ADN de Dalton à celui du profil qu'on a obtenu à partir du sang dans les toilettes du *diner*.

— Et s'ils correspondent, ça veut dire que Dalton est l'assassin de Deagan ?

— Là, tu vas un peu trop vite. On n'a pas encore réussi à prouver que Deagan était mort : pour l'instant, il est dans la catégorie « présumés disparus ». Mais ce qui est sûr, c'est que ça voudrait dire de façon irréfutable que Dalton était lui aussi à l'endroit où Deagan a été vu pour la dernière fois.

Ils patientent pendant que l'ordinateur cherche.

— Une fois, j'ai calculé que je passais soixante minutes par semaine à attendre un résultat sur l'ordi, commente Mitzi. Ça fait quatre heures par mois, et quarante-huit heures par an. Toute une foutue semaine de travail perdue chaque année à poireauter devant un écran.

Soudain, ils entendent un bip, et l'image se fige.

Deux séries de colonnes s'affichent, la première superposée à l'autre.

Le mot CORRESPONDANCE clignote au milieu.

— Regardez qui voilà ! s'exclame Mitzi. On dirait bien que je vais devoir rendre une seconde visite à nos amis britanniques, pendant que toi, tu seras en route pour l'Île aux Macchabées.

96.

CHÂTEAU CAERGWYN, PAYS DE GALLES

L'une des télés du bureau privé de sir Owain est allumée sur CNN ; sur deux autres, les chaînes Sky News et Bloomberg TV ont été mises en sourdine. Toutes diffusent des interviews de ministres et d'experts en terrorisme, qui reviennent inlassablement sur l'attentat de l'Eurostar.

Owain coupe le son sur les trois en voyant un appel de Gareth Madoc sur sa ligne sécurisée.

— Gareth, comment ça va ?

— Mieux, et il en ira de même pour toi quand je t'aurais annoncé la bonne nouvelle.

— Nabil ?

— Non. Il fait toujours profil bas. Mais on a réussi à approcher la fille.

— Et à en juger par le ton de ta voix, elle accepte de coopérer.

— Exactement. Le père de Zachra Korshidi, Khalid, est le principal collecteur de fonds et administrateur de la mosquée locale, et c'est l'une des plus grosses aux États-Unis.

Owain est momentanément distrait par une info qui défile au bas de l'écran sur Bloomberg TV, à propos du prix des actions Mardrid : elles ont chuté de 2 % suite à l'achat d'une société en Colombie « réputée pour ses liens avec les FARC ». Il écrit quelques mots sur un post-it jaune, puis reprend sa conversation.

— Excuse-moi, il fallait que je note quelque chose. Le père de cette fille, n'est-il qu'un simple acteur financier ou bien est-il activement impliqué dans les opérations ?

— S'il ne l'est pas directement, il l'est tout au moins en termes d'influence. Khalid Korshidi est président du conseil de la charia de New York, et il est réputé pour être un fondamentaliste pur et dur. D'après Zachra, il est trop égoïste et dominateur pour accepter de passer au second plan sur quoi que ce soit. Elle est persuadée qu'il sait tout ce qui se trame.

— Ce n'est pas le grand amour, entre eux ?

— Pas vraiment, non. Elle le déteste. Elle veut s'enfuir aussi loin que possible de lui.

— Dans ce cas, nous devons l'aider. Mais tu crois vraiment que cela va nous mener à Nabil et à ses supérieurs ?

— La fille m'a affirmé qu'elle connaissait Nabil. Je lui ai montré une photo de lui et elle l'a tout de suite reconnu, en précisant que depuis un an, il vient régulièrement chez elle, en général seul ou avec un autre homme. Sa mère sert le thé pendant que son père et lui discutent dans une pièce que Khalid s'est plus ou moins appropriée, à l'arrière de la maison. D'ordinaire, quand ils ont terminé, ils annoncent qu'ils vont à la mosquée et partent ensemble en voiture.

Owain tente d'assembler les pièces du puzzle.

— Donc, Nabil fait confiance à Khalid. Le problème, Gareth, c'est que le temps joue contre nous : on ne peut pas se contenter de suivre le père en espérant gagner le gros lot.

— Je le sais. Je lui ai demandé de copier sur son portable

le carnet d'adresses du père, à l'aide d'une carte SIM. Et elle va dissimuler une puce GPS dans le talon de la chaussure de Khalid. S'il la repère, il pensera avoir marché sur un bout de métal. Apparemment, il porte toujours la même vieille paire de mocassins noirs, alors ça ne devrait pas être trop compliqué.

— Peut-on également avoir des yeux et des oreilles dans la maison, de préférence dans la pièce en question ?

— Cette idée la rend nerveuse, mais je vais insister auprès d'elle une fois que la puce sera en place et qu'on aura commencé à espionner son père.

— Fais-le dans les prochaines vingt-quatre heures, Gareth. Myrddin est dans tous ses états, et tu sais ce que ça veut dire.

— Des visions ?

— Celles-ci sont terribles. Les pires qu'il ait jamais eues, dans mon souvenir.

97.

Caledfwlch Ethical Investments, Londres

Mitzi prend un taxi pour se rendre à CEI, tandis que Bronty se dirige vers la gare pour monter dans le prochain train en partance pour Ilfracombe ; de là, avec un peu de chance, il pourra sauter dans le dernier ferry pour Lundy.

Mitzi déteste les bateaux. Un simple bain moussant lui fiche le mal de mer. Nic Karakandez (son ancien coéquipier de la police de Los Angeles) avait un bateau et il emmenait régulièrement les filles faire un tour, mais elle déclinait toujours la proposition et en profitait pour aller faire des courses, ou bien elle les attendait au café du port avec un bon bouquin. Karakandez était un bon flic et un homme encore meilleur. Suffisamment mignon pour qu'elle ait un sérieux béguin pour lui. Si elle ne s'était pas raccrochée stupidement aux vestiges d'un mariage condamné, peut-être que sa vie aurait été différente ; peut-être qu'il n'aurait pas passé toutes ses économies dans ce vieux rafiot et qu'il n'aurait pas plaqué son boulot pour partir sillonner les mers du globe.

Ses pensées toutes tournées vers lui et une hypothétique idylle, elle patiente dans ce monde à part qu'est l'accueil de CEI, avec son mobilier en bois laqué, ses fauteuils en cuir vintage, et ses employés parlant avec un accent anglais comme elle en a toujours entendu à la télé, mais jamais en vrai.

Un ascenseur à parois de verre apparaît dans son champ de vision et commence par révéler les élégants escarpins noirs de Melissa Sachs, puis ses jambes bronzées, sa jupe orange à la mode, sa chemise blanche avec de la dentelle aux poignets et, pour finir, la coupe parfaite de ses beaux cheveux bruns.

En comparaison, j'ai l'air d'une clocharde qu'on aurait passée à tabac, songe Mitzi en se dirigeant vers elle.

— Lieutenant Fallon, je suis très surprise de vous voir ici.

La secrétaire de sir Owain se fend d'un sourire amical, mais se pose visiblement des questions.

— Il n'y a aucun rendez-vous noté dans l'agenda pour vous, si je ne m'abuse. En quoi puis-je vous aider ?

— J'ai besoin de parler à votre patron et à George Dalton.

— Je ne sais vraiment pas où se trouve M. Dalton. J'ai cru comprendre que vous aviez ses numéros de téléphone. Je vous suggère de l'appeler directement, ou bien, le cas échéant, de vous renseigner auprès de l'ambassade.

— Merci, mais non. S'il y a bien une chose que je sais, c'est qu'il est plus facile de communiquer avec les morts que d'obtenir une réponse d'une ambassade. Et sir Owain ?

— Je crains qu'il ne soit pas ici. Il est reparti chez lui, au pays de Galles, et il travaillera de là-bas pendant quelques jours. Voulez-vous que je lui fasse passer un message ?

— Ouais, vous avez qu'à lui dire que je viens le voir.

Et sur ce, Mitzi commence à se diriger vers la sortie.

— Ce n'est pas une bonne idée, s'empresse de lâcher Melissa en lui emboîtant le pas. Il n'aime pas mélanger ses vies personnelle et professionnelle, il est très strict sur ce point. Je vais l'appeler et lui demander de vous proposer un rendez-vous au bureau. Ce sera beaucoup plus simple pour tout le monde.

— Écoutez-moi bien, ma jolie. Votre boss et son vieux pote

George sont dans la mouise jusqu'à leur cou blanc comme un cachet d'aspirine. Et mon petit doigt me dit que si cette info était rendue publique, ça ne ferait pas exactement du bien à leur réputation. (Elle ouvre les bras et tourne lentement sur elle-même.) Sans parler de ce que ça ferait à la valeur des actions de cette *remarquable* société.

— Lieutenant, je suggère...

— On arrête les suggestions, j'en peux plus, s'exclame-t-elle en lui lançant un regard assassin. Appelez votre patron et dites-lui que je suis furax. Tellement furax que je pars sur-le-champ à Pétaouchnok pour venir le voir, et qu'à mon arrivée, j'exige un café correct et des réponses sincères.

Et sur ce, Mitzi la plante là.

Dehors, le tumulte de la mégapole londonienne l'agresse désagréablement. Elle en a ras-le-bol de cette enquête. Tout ce qu'elle veut, c'est rentrer chez elle, soigner son enfant malade, faire la paix avec Jade et être là pour sa sœur.

Ce qu'elle *ne veut pas*, c'est être obligée d'aller dans un pays qui a un nom de maladie contagieuse, pour se faire encore balader par sir Machin.

— Taxi ! crie-t-elle en empiétant sur la route, bras levé.

Une voiture noire s'arrête, et la vitre se baisse sur un Londonien chauve en maillot de Chelsea.

— Où est-ce que vous voulez aller, ma p'tite dame ?

— À San Francisco, rétorque Mitzi en ouvrant la portière. Mais pour l'instant, emmenez-moi à Dean Street. Et au fait, c'est pas parce que vous entendez un accent américain que vous allez pouvoir m'arnaquer en prenant un trajet plus long, mon pote. S'il y a bien une chose que je déteste, c'est qu'on me prenne pour une poire.

98.

San Francisco

À première vue, Tess et Chris Wilkins semblent être un couple sans enfants typique. Mariés depuis douze ans, ensemble depuis quinze, ils sont devenus paresseux et ont pris un peu trop de poids avec l'âge. Leur argent provient d'une petite société de recyclage de cartouches d'encre, qui leur permet de vivre dans un trois-pièces assez correct et dans un bon quartier de Los Angeles.

Mais c'est San Francisco qu'ils aiment. Lors de voyages précédents, ils ont fait tous les trucs pour touristes, de la traversée du Golden Gate à l'excursion en bateau jusqu'à Alcatraz, en passant par la dégustation des meilleures crevettes du monde sur une terrasse de Fisherman's Wharf, en admirant le coucher de soleil.

Chris a gardé ses cheveux longs, ce qui lui donne un air moitié hippie, moitié biker. Il a trente-neuf ans, une barbe noire épaisse, et fait un mètre quatre-vingt-huit pour cent trente kilos. Tess est plus jeune de trois ans, plus petite de douze centimètres et plus légère de quarante kilos. Fut un temps où elle était une *pom-pom girl* blonde capable de faire le grand écart, mais cette époque est révolue depuis longtemps. Ses cheveux sont plus ternes qu'autre chose aujourd'hui, son dégradé a disparu, et ça lui irait bien mieux de les porter plus courts. Elle dit à ses amies qu'elle ne serait pas contre une nouvelle coupe, mais que Chris a un côté un peu ours et préfère qu'elle les garde « longs et naturels ».

Une chanson de Taylor Swift passe à la radio, dans le camping-car six places qu'ils ont loué à l'aéroport. Ils ont apporté beaucoup de choses : de quoi manger, de quoi boire et toute une armoire de fringues. Le véhicule répond parfaitement à leurs besoins.

Chris prend un nouveau chewing-gum et fait vrombir le camping-car pour grimper une longue colline des environs de San Francisco.

— On est bientôt arrivés, tu crois ?

Sa femme remet le bouchon sur la bouteille de coca qu'elle vient de boire à grandes gorgées, et jette un œil au GPS fixé au pare-brise.

— Tu as encore deux ou trois kilomètres avant de tourner, et à peu près autant, après.

Elle tire sur le décolleté de son tee-shirt rose « Miss Piggy » et s'évente un peu.

— Tu crois que la clim marche ?

— J'ai mis le chauffage exprès pour t'obliger à enlever ton haut.

Elle pouffe de rire et roule le tee-shirt jusque sous les seins.

— Si je l'enlève pendant que tu conduis, on va finir dans le fossé.

— Moi ça me va, s'esclaffe-t-il, en donnant un léger coup de volant.

— On va finir *morts*, je voulais dire.

— Là, ça me va moins.

— Sérieux, tu peux faire sortir un peu d'air froid de ces machins ? reprend-elle en lui montrant les bouches de ventilation.

Chris tripote le bouton, mais il est déjà au maximum.

— Ça doit être cassé. Tu ferais mieux de baisser la vitre et de laisser le vent souffler dans tes beaux cheveux.

Elle le gratifie de son sourire le plus sexy, suit son conseil et se laisse aller contre l'appuie-tête.

Chris en profite pour reluquer ses longues boucles qui flottent au vent et se rabattent de temps en temps sur ses jolies petites joues. Il a envie de s'arrêter et de la sauter ici et maintenant, et il imagine le camping-car en train de provoquer un bouchon de dix kilomètres sur l'autoroute, et tous ces idiots klaxonner autant qu'ils peuvent.

— Garde les yeux sur la route, mon poussin, lui ordonne-t-elle de derrière ses grosses lunettes noires. Si t'es sage, dès qu'on sera garés, je tâcherai de résoudre ce petit problème d'érection qu'on a là.

99.

Soho, Londres

Mitzi donne un pourboire au portier. Elle a travaillé dans l'hôtellerie quand elle était jeune, et elle ne sait que trop combien la générosité des clients était indispensable si elle ne voulait pas toucher le strict minimum à la fin du mois.

Elle entre dans la fraîcheur de la réception et se dirige vers les ascenseurs. Elle est en train de réfléchir au moyen le plus rapide de se rendre au pays de Galles. Dès qu'elle en aura terminé là-bas, elle boucle son enquête de ce côté-ci de l'Atlantique et rentre chez elle.

— Excusez-moi, Mrs Fallon, s'exclame un homme joufflu. Je me présente, Jonathan Dunbar, le directeur de l'hôtel.

Il lui tend une carte de visite au moment où l'ascenseur annonce son arrivée par un *ding*.

— Je vous en prie, après vous, poursuit-il en lui faisant signe d'entrer dans la cabine ultramoderne, tout en acier poli et miroirs. Laissez-moi vous accompagner à votre chambre.

Elle s'exécute, tout en le zieutant d'un air soupçonneux.

— Ça fait plus de vingt-quatre heures que je suis arrivée. Je ne vais pas me perdre.

— Certes, répond le directeur en appuyant sur un bouton. Mais j'aimerais vous parler en toute discrétion, si c'est possible.

L'ascenseur se referme et commence à monter.

— La discrétion, c'est pas mon truc. La discrétion, ça se traduit dans toutes les langues par « Je cherche à étouffer l'affaire parce que j'ai merdé ». Ou alors, par « J'essaie à tout prix de faire taire quelqu'un ». C'est le mot que j'aime le moins au monde. Sauf peut-être « pénalités ». Quand je l'entends, celui-là, c'est que c'est vraiment la merde.

Dunbar jette un œil à son reflet dans le miroir et se rend compte qu'il respire l'appréhension. Cette femme va lui causer des problèmes quand il va lui dire ce qu'il a à lui dire.

L'ascenseur s'arrête. Les portes s'ouvrent. Il tend une main au-dehors et lui sourit.

— Nous y voilà.

— C'est quoi votre truc, une sorte de maladie ? lui demande-t-elle en passant devant lui.

— Je vous demande pardon ?

— Cette habitude que vous avez de débiter des évidences. Vous ne pouvez pas vous en empêcher, c'est ça ?

Elle fourre la clé dans la serrure de sa porte, qu'elle ouvre sans ménagement.

— Oh, regardez. *Nous y voilà.*

— Puis-je entrer un instant, s'il vous plaît ?

— Bien sûr. Mais si c'est pour me sortir une connerie du genre que la chambre est plus chère que prévu ou que ma carte a été refusée, c'est même pas la peine d'y penser.

— Ce n'est pas cela. Pas du tout. (Il referme la porte derrière lui.) Je crains que l'erreur vienne de notre part. Ou plus précisément, de la mienne.

— Ah oui ?

— Il y a quelques heures, nous avons reçu la visite de deux officiers de police qui ont demandé à fouiller votre chambre et celle de M. Bronty. Ils étaient de l'unité terroriste. Je veux dire, *anti*terroriste. Il est évident que la police n'a pas d'unité composée de terroristes. Seulement voilà, ce n'était pas vrai.

Mitzi n'y comprend plus rien.

— Qu'est-ce qui n'était pas vrai ? Qu'ils étaient flics ou qu'ils faisaient partie du contre-terrorisme ?

— Qu'ils étaient flics. Policiers, je veux dire.

— Dans ce cas, qu'est-ce qu'ils étaient ? et pourquoi les avez-vous laissés entrer ?

Elle parcourt la pièce du regard pour voir si quelque chose a été dérobé.

— La vraie police, qui est venue après, pense que ce devait être des escrocs d'un genre quelconque. Mais hautement professionnels, parce que leur plaque faisait vraiment officielle.

— La vache, ça a bien dû leur prendre vingt minutes pour en trouver une sur Internet et la télécharger.

Son esprit tout entier est tourné vers la clé USB qui repose sagement au fond de son sac à main, mais elle prend quand même le temps de vérifier la penderie et le reste de ses affaires.

— S'il manque des trucs, je vous préviens, vous allez finir encore plus amoché que mon nez.

Il sautille d'un pied sur l'autre en la voyant fouiller dans son sac de voyage à roulettes.

— Vous avez du bol : le peu que j'ai est encore là, conclut-elle en remettant ses habits en vrac, avant de refermer son sac.

Puis elle le regarde comme elle fait quand une des jumelles a tenté une acrobatie stupide et que l'autre l'a mouchardée.

— Et vous n'avez pas pensé à appeler le commissariat pour vérifier, avant de les laisser entrer ?

— Non, je suis désolé. Je n'y ai pensé qu'après.

Elle lève les yeux au ciel.

— Pour info, Dumbo…

Il la corrige :

— C'est *Dunbar*, pas Dumbo.

— Non, non, je ne m'étais pas trompée, dit-elle en lui faisant un sourire glacial. Pour info, donc, Dumbo, la vérification ça ne marche que si on s'en sert comme mesure de précaution. En d'autres termes, *avant* qu'il y ait un problème.

Monsieur le directeur se sent rougir.

— Je sais. Je vous présente mes plus plates excuses. Pour nous faire pardonner le désagrément causé, nous aimerions vous faire envoyer du champagne…

Mais Mitzi veut des détails.

— Ces prétendus flics, ils avaient un nom ?

— Oui, Mark Warman et Penny Jackson.

Elle note tout ça sur un carnet posé sur la table de nuit.

— Il y a vraiment des officiers de ce nom-là à Scotland Yard, reprend Dunbar. Seulement voilà, ils n'étaient pas dans votre chambre.

— Vous recommencez.

— Désolé, répète-t-il en souriant faiblement. Il est évident qu'ils n'étaient pas dans votre chambre.

Soudain, il pense à quelque chose.

— Aviez-vous quelque chose dans le coffre-fort ? demande-t-il en avisant la petite porte située au-dessus du minibar.

Elle hoche la tête d'un air solennel.

— Voyons voir, il y avait mon bracelet Cartier. Une Rolex.

Des boucles d'oreilles en diamants achetées à la vente aux enchères des bijoux d'Elizabeth Taylor. Pas grand-chose, finalement.

Dunbar est devenu blême.

— Détendez-vous. Je n'avais rien, dans ce coffre-fort.

Elle fait un tour dans la salle de bains : la brosse à dents, le dentifrice, le démaquillant, les serviettes hygiéniques, tout est là. Elle l'interpelle depuis l'autre pièce :

— Vous avez dit qu'ils ont aussi fouillé la chambre de mon collègue. Vous l'avez prévenu ?

Le directeur est gêné.

— Malheureusement, il a quitté l'hôtel pendant mon absence et n'a pas laissé de numéro où l'on puisse le joindre. Peut-être pourriez-vous lui demander de m'appeler ?

— Je lui en toucherai un mot plus tard, dit-elle en revenant dans la chambre. Et maintenant, si ça ne vous dérange pas, j'aimerais bien être tranquille. J'ai des coups de fil à passer, et après je pars d'ici.

— Je comprends. Encore toutes mes excuses.

— Vous pensez pouvoir empêcher les inconnus d'entrer pendant une petite heure ?

— Mais certainement.

— Et vous avez parlé de champagne, tout à l'heure.

Il se détend quelque peu.

— Tout à fait.

— Mettez-moi une bouteille de whisky, à la place. Le meilleur de votre bar, et faites monter une ou deux parts de gâteau avec, le plus indécent et calorique que vous ayez.

— Avec plaisir, dit-il en reculant vers la porte, l'air soulagé. Merci de vous montrer aussi compréhensive.

— Ouh, mais je suis encore loin de la compréhension, Dumbo. Vous pouvez dire à la réception que quand je descends, je compte bien avoir une ristourne. Le genre de ristourne qui me fera quitter les lieux *en toute discrétion*, si vous voyez ce que je veux dire.

100.

New York

Pendant plusieurs minutes, Zachra Korshidi observe en silence son père qui dort dans la pièce donnant sur l'arrière de leur petite maison mitoyenne du Bronx. Son fauteuil déglingué est placé sous la fenêtre poussiéreuse qui donne sur le jardinet, où sa mère tente de faire pousser un olivier. On dirait bien que le soleil de l'après-midi et le copieux repas qu'il vient d'avaler ont contribué à le plonger dans un profond sommeil.

Zachra observe les miettes de nourriture venues se loger dans sa barbe grise et les replis de sa *dishdasha* blanche, et elle exècre tout en lui, jusqu'aux chaussures bon marché qu'il a laissées dans le couloir, près de la porte d'entrée.

Sa mère lui a demandé de ramener le plateau de son père à la cuisine, car elle fait la vaisselle. Mais Zachra a des choses bien plus importantes en tête. Elle touche la minuscule puce GPS dans sa poche. Tout ce qu'elle a à faire, c'est l'enfoncer dans le talon en caoutchouc.

Elle écoute attentivement – sa mère, qui fait s'entrechoquer les assiettes sur l'égouttoir en métal, son père, qui ronfle bruyamment – et son cœur se serre d'angoisse quand elle se glisse discrètement dans le couloir. Elle pose le plateau et ne perd pas de temps pour agir. La puce est vraiment petite, et elle manque de la faire tomber. L'une des extrémités est pointue, l'autre arrondie.

La semelle des mocassins est dure comme la pierre. Elle a beau forcer, elle n'arrive pas à l'enfoncer à mains nues.

Le sol du couloir est en parquet, alors vite, elle glisse un pied dans la chaussure et appuie de tout son poids pour enfoncer la puce. Elle y arrive, non sans faire du bruit. Elle enlève la chaussure pour vérifier : la puce y est.

— Qu'est-ce que tu fabriques ?

La voix de son père la fait se retourner. Il est à quelques mètres d'elle et la regarde fixement.

Elle prend l'autre chaussure, ainsi que le plateau.

— Je suis venu prendre ton assiette, et en passant j'ai vu que tes chaussures étaient sales.

Il fait un pas vers elle, l'air soupçonneux.

Zachra baisse les yeux sur les mains de son père. Sur ses poings, qu'elle connaît si bien.

— S'il te plaît, ne me frappe pas. Tu m'as dit que c'était *sunna* de garder ses habits et ses chaussures propres. Je voulais juste les cirer pour toi.

Il les lui prend des mains, d'un geste brusque.

— Amène le plateau à ta mère. Et ne t'avise plus jamais de toucher à mes affaires, sauf si je te le demande.

Il la regarde passer devant lui et, sans prévenir, lui donne une méchante gifle sur le côté de la tête.

Le coup provoque une explosion de douleur dans l'oreille de Zachra. Elle a la tête qui bourdonne, mais ne pleure pas. Elle ne lui donnera pas cette satisfaction. Plus jamais. Zachra espère de tout son cœur que les Américains vont l'attraper. Et qu'ils vont le tuer pour ce qu'il a fait à Javid et pour l'atrocité qu'il voulait la forcer à commettre.

101.

San Francisco

Coyote Point est un grand parc boisé à une quinzaine de kilomètres de l'aéroport, qui surplombe fièrement la baie de San Francisco.

Chris et Tess Wilkins garent le camping-car sur une place autorisée. Ils mettent la radio à fond, ferment les rideaux, et c'est parti pour une séance de jambes en l'air d'une bonne heure et demie.

Après, ils prennent une douche, et pendant que Chris fait cuire des steaks au barbecue sous l'auvent, Tess s'occupe de leurs papiers et passe quelques coups de fil. Ils mangent dehors sur une table de camping, saluant de temps à autre les gens qui passent, puis partagent quelques bières avec un couple de vieux routards installés à gauche de leur emplacement, des retraités du Wyoming qui viennent à Coyote Point depuis vingt ans.

Après le dîner, ils se promènent à travers les eucalyptus et vont jusqu'au bord de l'eau observer les loutres.

— Si on a le temps, on devrait aller visiter le zoo, dit Tess. Sur le prospectus que j'ai pris, ils disent qu'il y a une grande volière, là-bas aussi.

— Quand t'as vu un zoo, tu les as tous vus. Et en plus, tu sais ce que je pense des cages.

— Oh ! arrête. Les barreaux, c'est dans ta tête. Dis-toi que tu es libre, et tu le seras.

— C'est facile à dire, Mademoiselle Je-sais-tout. T'as jamais fait de taule, toi.

— Ouais, ben t'en feras plus jamais, alors tu ferais mieux de t'y habituer.

— Et toi, tu ferais mieux de changer de sujet.

— Ça me va, répond-elle en lui prenant la main. Je t'aime, bébé.

— Moi aussi, beauté.

— Tu crois qu'on s'est assez promenés ?

Elle lui balance la main d'avant en arrière, comme un pendule.

— Plus qu'assez, même, répond-il en voyant un sourire coquin se dessiner sur les lèvres de sa femme.

Il la lâche brusquement pour lui mettre la main aux fesses.

— Allons voir si on peut battre notre record de tout à l'heure.

102.

New York

Bradley Sullivan et Jessica Lanza, deux agents de l'OSSA, sont garés chacun dans une voiture, aux deux extrémités de la rue où vit Khalid Korshidi.

Ils ont les yeux rivés sur un terminal relié à la puce GPS que

Zachra a enfoncée dans la chaussure de son père, et peuvent suivre tous ses faits et gestes.

Sullivan, vingt-cinq ans, est vêtu d'un jean noir, d'un tee-shirt avec logo, d'une veste en jean et de sandales en cuir. Lanza est brune, cheveux mi-longs, et elle pourrait passer pour sa mère. Elle porte un pantalon gris foncé, un haut beige, et un long gilet coordonné qui dissimule son Glock.

Six heures passent en silence, puis tout à coup :

— Visuel un. La cible est en mouvement, je la suis.

Sullivan démarre sa vieille Buick.

— Visuel deux. OK, je suis derrière toi.

Lanza pose son café dans le porte-gobelet du tableau de bord et fait ronfler le moteur de la Toyota Avensis.

Korshidi traverse la rue, monte dans un Ford Transit tout cabossé, et en moins d'une minute, il a rejoint la circulation en direction du sud.

Lanza et Sullivan le suivent sur l'I-95, puis sortent comme lui à hauteur de Jerome Avenue, où ils supposent qu'il va tourner à gauche dans la 161e Rue Est, ce qui le mènerait directement au stade des Yankees, là où Antun avait retrouvé Nabil.

Mais il ne fait pas du tout ça. Il serre à droite jusqu'à arriver à la 176e, puis tout à coup gare le véhicule dans un petit parking et marche jusqu'à une station de métro, quelques centaines de mètres plus loin.

Sullivan se retrouve coincé dans les embouteillages, mais Lanza s'en sort mieux. Elle trouve une place rapidement, et n'est qu'à vingt mètres de lui lorsque Korshidi s'engouffre dans la bouche de métro.

Il patiente sur le quai de la ligne 4 et monte dans la rame en jetant un œil derrière lui pour s'assurer qu'il n'est pas suivi.

Lanza lui emboîte le pas, tout en faisant semblant de tripoter ce qui ressemble fort à un iPhone, mais est en fait un système de géolocalisation ultrasophistiqué. La rame est bondée et il y fait une chaleur accablante. Une demi-heure se passe puis, enfin, il descend à Utica Avenue.

De retour dans la rue, Korshidi marche en direction du nord. Un pâté de maisons plus loin, Lanza a la bonne surprise de voir la Buick de Sullivan passer devant elle et se garer dans Beverley

Road. Le temps d'y arriver, son partenaire a pris le relais dans la rue et elle peut se glisser dans la voiture laissée ouverte pour se reposer un peu. Mais surtout, elle est contente de pouvoir mettre la clim.

La filature à pied de Sullivan l'emmène jusqu'à Tilden Avenue, puis Snyder Avenue, où Korshidi tourne à gauche et traverse la rue. C'est le quartier des boutiques pas chères. On trouve de tout ici, des fringues d'occasion aux outils volés, des spécialistes du déblocage de portables aux dealers cachés dans un coin.

À côté d'un salon de coiffure pour hommes, Korshidi descend des escaliers menant à un appartement en sous-sol, et Sullivan reste en arrière pour éviter de se faire repérer par celui ou celle qui vient lui ouvrir.

Lanza le dépasse en voiture et s'arrête vingt mètres plus loin, de l'autre côté de la rue. Il la rejoint, et en quelques secondes, ils se sont fondus dans le décor.

L'attente peut commencer.

103.

Soho, Londres

Au bout de deux grosses parts de cheese-cake du chef, Mitzi pardonne enfin à Dumbo et arrête de flipper à l'idée qu'on a fouillé sa chambre pendant son absence. Même après avoir passé partout un détecteur à main pour vérifier qu'on ne l'a pas mise sur écoute, elle se sent toujours nerveuse.

La bouteille de whisky *single malt* trente ans d'âge que le directeur a fait envoyer est déjà partie en express par la poste, et Kirstin Collins pourra la déboucher aux obsèques d'Irish. Elle se promet de l'appeler ce jour-là, pour voir si la jeunette tient le coup.

Mitzi finit de lire le rapport de Vicky sur la famille Gwyn en léchant sa petite cuillère. Sa collègue a fait du bon boulot. Tous ces trucs sur le roi Arthur sont un peu zarbi, mais peut-être que Gwyn est une sorte de passionné ou de collectionneur.

Les collectionneurs sont toujours déjantés, c'est bien connu. Et quand on est déjanté, il arrive souvent qu'on tue si les choses ne se passent pas comme prévu.

Elle appelle Donovan et la met au courant des événements des douze dernières heures, puis demande à parler à Vicky, qui décroche à la seconde sonnerie.

— Service des HRI, que puis-je pour vous ?

— Salut ma choupinette, c'est Mitzi.

— Salut, lieutenant. Comment ça va ?

— Oh, je me sens à peu près autant à vif qu'une saucisse sur un barbecue. En fait, j'appelais juste pour dire que t'as fait un super job sur les profils que je t'ai demandés.

— Ah ! merci. À vrai dire, j'ai trouvé ça fascinant. C'est comme si sir Owain était un Arthur du XXIe siècle, et lady Gwyn sa Guenièvre.

Mitzi éclate de rire.

— T'emballe pas trop, quand même. À mon avis, tous les lords anglais sont nantis, et je ne suis pas si sûre que ce soit un chevalier au sens noble du terme.

— Oui, bien sûr. Je ne parlais pas de sa moralité, mais c'est tous ces liens avec la légende, ça fait beaucoup, je trouve.

— T'as raison, c'est curieux. Et le type qu'il a poursuivi en justice, des infos ?

— Mallory ? J'ai noté ses coordonnées sur le rapport, et je lui ai parlé, depuis. Il m'a dit qu'il savait des choses sur le compte de Gwyn à te faire dresser les cheveux sur la tête.

— Et ça, ça serait pas beau à voir, crois-moi. Il t'a dit quoi ?

— Rien, il refuse de parler au téléphone. Je suppose que c'est à cause des injonctions contre lui.

— Je pars pour le pays de Galles ce soir, j'en profiterai pour faire un crochet par chez lui. Tu peux voir avec le service qui gère les déplacements, pour qu'ils me trouvent un hôtel près de chez Gwyn ?

— Pas de problème.

— Et envoie-moi aussi l'adresse précise du château. Je viens de chercher sur Google et ça n'a rien donné.

— OK. J'ai regardé sur une de nos cartes satellite, et ça n'apparaît pas non plus.

— Comment c'est possible ?

— J'ai vérifié auprès d'un agent de terrain, et selon lui, c'est probablement parce que le survol de la zone est interdit.

— Comme au-dessus d'un terrain militaire ?

— On dirait bien. Apparemment, la SAS fait des manœuvres dans la campagne environnante. Et d'après ce que je comprends, le château se trouve au beau milieu de leur terrain d'entraînement.

— Comme par hasard, le chevalier est entouré d'une armée, pense Mitzi tout haut.

— Ah, un roi, un château, une armée, s'exclame Vicky, l'air surexcité. J'aimerais bien être là pour voir ça.

— J'échange sans problème ma place avec toi, si tu veux. Envoie-moi les détails par e-mail dès que possible. Je vais rendre la chambre et louer une voiture.

— Je fais au plus vite, lieutenant.

Mitzi raccroche et jette un long regard à la clé USB dont elle a la charge malgré elle.

Sa nervosité à l'idée qu'on soit venu fureter dans sa chambre revient en force. C'est sûrement ça que les faux Warman et Jackson sont venus chercher – et n'ont pas trouvé. C'est ça qui a coûté la vie à Sophie Hudson. Et en coûtera d'autres. Elle sait qu'elle doit la mettre en sécurité quelque part : la petite poche de son sac à main, ça commence à devenir risqué.

104.

BUREAUX DE L'OSSA, NEW YORK

Gareth Madoc est assis derrière une table en verre, dans un bureau ultrasécurisé au dernier étage d'un building de la Sixième Avenue.

Il écoute Jessica Lanza lui faire son rapport via un interphone.

— Il y a environ une heure, Khalid Korshidi a abandonné son véhicule pour prendre le métro jusqu'à East Flatbush, et à première vue, il est entré dans une planque. (Elle ne peut s'empêcher de ressentir une pointe d'excitation en songeant à ce qu'elle a à lui annoncer.) Et maintenant, la cerise sur le gâteau : Nabil Tabrizi vient de le rejoindre.

— On les a sur écoute ?

— Pas encore, la maison est mal positionnée et on n'arrive pas à l'atteindre avec une parabole, explique-t-elle en jetant un œil dans le rétroviseur. Sully vient de sortir, il va jouer le rôle du camé qui cherche un endroit tranquille pour se piquer. L'idée est qu'il jette discrètement une seringue équipée d'un micro dans l'escalier menant à l'entrée de la planque. Avec un peu de chance, elle tombera au plus près de la porte, et ensuite il ne nous restera plus qu'à prier pour que ça marche.

— Généralement, ça marche.

— D'accord, mais j'arrêterai d'avoir des sueurs froides le jour où on passera de « généralement » à « toujours ». Je dois y aller. On se rappelle.

— Soyez prudente.

— Merci, dit-elle avant de raccrocher.

Madoc fait le point concernant Zachra. Le fait qu'elle ait placé la puce GPS comme promis signifie qu'elle est avec eux. Maintenant, c'est le moment décisif. Il faut qu'elle arrive à mettre sur écoute cette pièce où son père passe le plus clair de son temps. Si elle réussit cette mission, il est prêt à lui offrir le nouveau départ qu'elle demande.

Dans la poche de sa veste, il prend un portable jetable et tape un SMS : « j vais fr du shopping 2min, tu ve vnir ? Shrn. »

C'est le code dont ils ont décidé pour que Zachra le rappelle aussitôt. Si par malheur ses parents tombaient sur le message, elle pourrait toujours dire que c'est son amie Sharron qui le lui a envoyé.

Il jette un œil en face de lui, au mur d'écrans qui diffusent les images de plus de cinquante antennes nationales et internationales de l'OSSA. Puis derrière lui, au gigantesque tableau électronique qui lui permet de réactualiser en permanence les opérations menées, les effectifs déployés et les ressources utilisées.

Le portable émet un bip pour signaler l'arrivée d'un texto.

Il lit : « j te tel ds 5mn. »

Le téléphone toujours en main, il va jusqu'à la fenêtre pour patienter. Le temps semble s'étirer tandis qu'il observe les gens, quarante étages plus bas, avancer telles des fourmis sur le trottoir.

Le portable sonne.

— Zachra ?

— J'ai une minute, pas plus, annonce Zachra d'un ton nerveux.

Gareth va droit au but.

— Ces mini-caméras que je t'ai données. Il faut que tu les mettes en place maintenant, pendant que ton père est sorti. Est-ce que tu comprends ?

— Quand est-ce que vous pourrez me faire sortir d'ici ?

Sa voix est empreinte de désespoir.

— Dès qu'on aura enregistré ton père en train de dire quelque chose de compromettant.

Elle garde le silence. Sa mère est occupée à faire le ménage et elle doit sûrement commencer à se demander où elle est.

— Faut que j'y aille.

— Tu *dois* le faire, Zachra. Pour ton bien, tu dois le faire, et tout de suite.

105.

San Francisco

Chris Wilkins est parti pour un long périple d'une journée, seul dans une berline Toyota qu'il a louée le matin même. Le camping-car, ça n'aurait pas été pour ce qu'il a prévu de faire. Il prend l'autoroute 101 jusqu'à l'I-80, et passe San Bruno, Brisbane et Bayview, puis South Beach, Oakland Bridge, Emeryville et enfin Walnut Creek.

Aux alentours de midi, il avale un mauvais hamburger et une bière fraîche dans un endroit grouillant de mouches et d'ivrognes de comptoir. Après s'être restauré, il serpente sur la 680 jusqu'à Danville et San Ramon, y entrant, en sortant, avant de revenir sur ses pas, direction Castro Valley, et de retraverser la baie par le San Mateo Bridge.

Le temps de trouver l'autoroute qui le ramènera à Coyote Point, il est au bord de l'épuisement. Mais ça valait le coup. Il a trouvé la surprise qu'il cherchait.

Il a le sourire jusqu'aux oreilles quand il se gare à côté du camping-car et découvre Tess installée sur une chaise pliante, un livre posé sur ses jambes bronzées.

Elle baisse ses lunettes noires en le voyant approcher.

— Rude journée au bureau, mon cœur ?

— On peut dire ça. J'ai un de ces mal au dos. Les sièges de la Toyota sont tellement durs, c'est à se demander s'ils sont rembourrés.

— Viens à l'intérieur, j'ai quelque chose à te montrer qui va te faire oublier la douleur.

Elle lui prend la main et le fait entrer dans le camping-car. Elle verrouille la porte derrière elle, met ses mains sur la nuque massive de son homme et lui insuffle un peu de vie par un baiser.

Les mains de Chris commencent aussitôt à se balader, mais Tess l'arrête gentiment.

— Ce n'est pas pour *ça* que je t'ai dit de venir.

— Ah bon ?

— Nan, viens par là, plutôt, répète-t-elle en montrant l'ordinateur portable ouvert sur la table de la kitchenette.

Chris s'exécute, appuie sur la Barre d'espace pour enlever l'écran de veille et lit attentivement les nouveaux posts sur le profil Facebook. Son visage s'éclaire.

— T'es la meilleure, beauté. La meilleure.

106.

PAYS DE GALLES

Mitzi jette un œil à l'horloge digitale sur le tableau de bord de sa Ford de location et calcule qu'elle est partie depuis trois heures ; elle avait un peu moins de trois cents kilomètres à faire, et il lui en reste encore un quart à parcourir.

Grâce à Vicky, qui a ajouté une note fort utile à la fin de son rapport, Mitzi sait désormais qu'il y a davantage de châteaux au pays de Galles que n'importe où dans le monde, mais elle n'en a pas vu un seul pour l'instant – et encore moins celui qu'elle cherche.

— Quel bordel pour conduire dans c'pays ! s'exclame-t-elle tout haut, en klaxonnant l'énorme tracteur jaune qui avance au pas derrière un troupeau de moutons égaré sur la route.

Du haut de son siège, un vieux paysan au teint rougeaud, vêtu d'une veste Barbour et coiffé d'une belle casquette à motif écossais, se retourne pour lui lancer un regard noir.

Cinquante minutes plus tard, elle a enfin réussi à le doubler et le GPS annonce gaiement :

— *Tournez à gauche. Vous avez atteint votre destination.*

— Ouais, ben c'est pas trop tôt.

Elle obéit et la voiture se retrouve rapidement à cahoter sur une piste défoncée qui a tout l'air d'un cul-de-sac.

— *Dans cinquante mètres, vous avez atteint votre destination.*

— Où, bon sang ? s'écrie Mitzi, folle de rage, en scrutant à travers le pare-brise. Espèce de GPS de merde, il est où, mon foutu château ?

Un mini-drapeau à damier apparaît sur l'appareil et se met à flotter d'un air triomphant, tandis que la Ford roule dans un nombre incalculable d'ornières, avant de finalement s'immobiliser devant un portail bordé d'une haie.

— *Vous avez atteint votre destination.*

Mitzi met le frein à main.

— Bordel de chiotte de… Je te hais, stupide machine !

— *Vous avez atteint votre destination*, répète la voix d'un ton de défi, avant que l'écran d'accueil s'affiche pour signifier que le GPS est prêt à repartir vers de nouvelles aventures.

Elle sort de la voiture parce qu'elle sent qu'elle va tout casser, sinon.

Des alouettes s'envolent d'un bosquet de bouleaux voisin, et les exhalaisons des fleurs et des herbes sauvages embaument l'air. *Ah, ça fait du bien, de se dégourdir les jambes*. Au loin, à travers champs, elle distingue une forêt dense entourant une colline. Elle est prête à parier un Londres-San Francisco en classe affaires que le château Caergwyn se cache derrière.

Mitzi se rassoit derrière le volant et vérifie les coordonnées que Vicky lui a données.

Elle ne s'est pas trompée en tapant tous ces noms biscornus et elle a le bon code postal. Dans l'idéal, elle voulait voir Gwyn ce soir pour le contraindre à organiser un face-à-face avec George Dalton. Mais présentement, elle n'a pas très envie de tourner en rond pendant une heure, comme la touriste paumée qu'elle est. En reprenant les notes de Vicky, elle découvre que Rhys Mallory – l'homme que sir Owain a réussi à faire taire – habite à quelques kilomètres de là. Elle entre son adresse dans le GPS et appuie sur OK pour confirmer.

— *Faites demi-tour dès que possible et prenez la première rue à droite.*

— T'as pas intérêt à te tromper, prévient Mitzi en regardant l'appareil d'un œil mauvais, avant de démarrer la voiture.

Dix minutes après, elle est de nouveau ballottée sur un chemin de terre, qui cette fois-ci la mène à un cottage isolé. Elle se gare derrière un vieux Land Rover Defender que son propriétaire n'a visiblement jamais pris la peine de laver, et descend. Quand elle claque la portière, un chien aboie à l'intérieur.

Peu après un homme, cheveux grisonnants et salopette marron crasseuse, apparaît sur le pas de la porte. Un colley noir et blanc tente de se frayer un passage entre ses jambes.

— Je peux vous aider ? demande-t-il d'une voix au fort accent gallois.

— Vous êtes bien le professeur Mallory ?

Il la toise d'un air interrogateur.

— Et vous êtes ?

Elle sort aussitôt son insigne.

— Un lieutenant du FBI, rattaché à un service qui s'occupe plus précisément des crimes religieux, historiques et inexpliqués.

— Le FBI, hein ? répète-t-il en s'essuyant les mains sur un chiffon graisseux, avant de prendre la plaque, de la regarder d'un air amusé et de la lui rendre. Ça fait une trotte, de venir jusqu'ici, pour le Eff-Bi-Aïe.

— Ce n'est pas moi qui vais vous dire le contraire. J'aimerais vous parler de sir Owain Gwyn.

— Vraiment ? s'exclame-t-il en ouvrant grand les yeux.

Alors ça, c'est marrant, tiens. Vous voulez me faire parler sur le seul sujet que la loi m'interdit d'aborder. Comment est-ce que vous comptez vous y prendre, exactement ?

— Et si on avait une de ces conversations qu'on niera tous les deux avoir eue ensuite ?

— Une conversation officieuse, vous voulez dire ?

Cette habitude de répondre à ses questions par une autre commence à lui taper sur les nerfs.

— Oui.

Il réfléchit une seconde, puis acquiesce d'un signe de tête.

— Suivez-moi. Autant que je vous offre une bonne tasse de thé, si nous devons avoir cette non-conversation.

107.

PAYS DE GALLES

À la place du thé, Mitzi choisit un verre de limonade que la femme de Mallory, Bethan, a faite elle-même. Courtaude, elle a des mèches blondes et rousses dans ses cheveux naturellement bruns qui lui vont jusqu'à la taille, et les seins qui tombent sous sa longue robe noire agrémentée d'un sautoir en perles de toutes les couleurs.

— C'est vraiment bon, la complimente Mitzi. J'en aurais bien eu besoin il y a deux heures, quand j'étais sur la route et que ça n'avançait pas.

Bethan a l'air contente.

— Est-ce que vous avez faim ? Je peux vous faire réchauffer un peu de ragoût de lapin, si vous voulez.

— Non, ça va, merci.

Mitzi n'ose imaginer ce qu'un plat avec un nom pareil peut avoir comme goût.

L'épouse du professeur s'excuse et laisse l'Américaine discuter tranquillement avec son mari dans la petite véranda à l'arrière du cottage.

Mitzi est confortablement installée dans un fauteuil marron, qu'elle doit partager avec un vieux chat roux, lové sur un accoudoir. Elle pose son verre à même le sol en terre cuite et tourne son attention vers son hôte.

— Donc, Owain Gwyn. Que pouvez-vous me dire sur lui ?

— C'est un menteur, un imposteur, un fourbe qui ne cesse de nier la vérité. Ce n'est certainement pas un ami de l'Histoire. Ni de la transparence.

Mitzi est prise au dépourvu. Elle ne s'attendait pas à le voir aussi remonté.

— Et à quel sujet mentirait-il, précisément ?

— Sa vie entière est un mensonge. Lui, sa femme, et ce vieux fou qui vit avec eux : aucun des trois n'est ce qu'il paraît être. (Mallory se penche vers Mitzi, les yeux brillants.) Qu'est-ce que vous lui voulez, exactement ? Pourquoi avoir fait tout ce chemin pour me poser des questions à son sujet ?

Elle sait qu'elle ne peut pas se contenter de l'envoyer balader comme elle le ferait en temps normal.

— Nous enquêtons sur un meurtre en lien avec un de ses collaborateurs.

Il écarquille les yeux.

— Un meurtre en lien avec Gwyn ?

— Non, avec un collaborateur. Sir Owain n'est pas suspect.

Mallory se laisse aller en arrière dans son fauteuil pour mieux la jauger, un peu comme il faisait avec ses étudiants quand il enseignait à la fac.

— Vous savez ce qu'est un nom patronymique, je présume ?

— Oui, bien sûr.

— C'est donc le nom commun à tous les descendants d'un même ancêtre. Mais chaque nom renferme des trésors, pour qui sait les déchiffrer. Par exemple, « Williamson » dérive de « son of William », autrement dit « fils de William ». Les noms, l'héritage, tout cela est important, lieutenant. En particulier pour Owain Gwyn.

— Pourquoi ?

— Parce que c'est ce qu'il cherche à cacher.

— Je ne comprends pas.

— Mon livre, celui dont il a empêché la publication, révélait la vérité sur les liens familiaux entre lui et le roi Arthur, les activités secrètes de sa société et la façon dont les gouvernements ferment les yeux.

— Vous voulez dire qu'il se fait de l'argent sur le dos de la légende arthurienne ?

Mallory s'esclaffe.

— Oh non, non. C'est bien plus grave qu'une simple exploitation commerciale. (En voyant la tête que fait Mitzi, il se rend compte qu'elle ne voit pas du tout de quoi il parle.) Laissez-moi vous expliquer. En gros, il existe trois hypothèses concernant l'existence du roi Arthur. La première, c'est qu'il aurait été un soldat romain et serait resté ici pour aider les Bretons à combattre les barbares qui envahirent le pays après le départ des Romains, au VIe siècle. Selon certains, il s'agissait d'Ambrosius Aurelianus, selon d'autres, de Lucius Artorius Castus. Le centurion Castus est même associé à une division de la cavalerie qui vénérait un glaive enfoncé dans la terre et que personne n'arrivait à sortir.

— Là vous parlez d'Excalibur, la célèbre épée encastrée dans le rocher. J'ai juste ?

Le professeur sourit.

— Ce détail n'est probablement qu'une mauvaise interprétation de l'histoire, comme tant d'autres choses dans la légende d'Arthur. Il faut savoir qu'au Moyen Âge, les lourds glaives étaient fabriqués en versant du métal en fusion dans des moules en pierre. On disait que lorsque le moule était suffisamment bon pour produire une épée digne d'un roi, elle était si parfaite qu'en refroidissant, un enfant pouvait la retirer sans peine.

— Et la légende de la Dame du Lac, qui aurait donné Excalibur à Arthur ?

— Encore une interprétation erronée. À l'époque, quand un roi mourait, son corps était placé sur un bûcher et son épée donnée en offrande à une déesse de l'eau, afin de le protéger outre-tombe. Soit dit en passant, Ambrosius aurait été enterré à Stonehenge, une structure attribuée par certains au prophète Merlin.

Sentant bien que le professeur pourrait facilement tomber dans un puits sans fond de superstitions et de mythes, Mitzi tente de le recadrer un peu.

— Vous avez évoqué trois hypothèses concernant le roi Arthur.

— Oui. La deuxième, c'est qu'il aurait été un chef de guerre romano-britannique, nommé Riothamus. Il me semble que c'est la latinisation du nom brittonique « *Rigotamos* », qui signifie « le plus grand roi », « le roi suprême ». En plus de s'être vaillamment battu contre les Goths, Riothamus aurait traversé la Manche et livré une dernière bataille dans un champ en Bourgogne, champ qui a une grande résonance dans la légende arthurienne. Il s'agit en effet d'un lieu qui s'appelle Avallon, avec deux L, soit un de plus que dans Avalon. Là où Arthur reposerait.

Mitzi est à deux doigts de mourir d'ennui.

— C'est fascinant, professeur Mallory, mais qu'est-ce que l'ambassadeur et sa famille ont à voir avec tout ça ?

— Pour vous répondre, laissez-moi vous ramener en 500 après Jésus-Christ et vous conter l'histoire du guerrier gallois Owain Ddantgwyn. C'était un grand chef et, à l'époque, un homme de son rang avait pour habitude de s'associer à une bête. Par exemple, vous avez peut-être entendu parler de Richard Cœur de Lion ?

— Bien sûr.

— Eh bien, cet Owain Ddantgwyn… Et vous conviendrez, j'en suis sûr, que ce n'est guère éloigné d'« Owain Gwyn ». Donc cet Owain Ddantgwyn était connu sous le nom de l'Ours. Le mot gallois pour « ours » est « *Arth* », tandis que le nom latin est « *Ursis* ». Il est facile de voir comment il a fini par se faire appeler « Arth-Ursis » qui, plus tard, a été raccourci en « Arthur ». (Il marque un temps d'arrêt pour laisser le temps à son invitée d'assimiler le tout, puis continue :) L'histoire a retenu qu'Owain Ddantgwyn était communément surnommé « le roi passé et le roi futur ». C'est une phrase que vous verrez constamment associée à Arthur. Toujours est-il qu'Owain a eu un fils, dont on a réussi à établir l'arbre généalogique jusqu'à la période médiévale. Dans cet arbre, le nom d'un descendant direct, à la fois plus noble et plus familier, se dégage. (Il marque une pause, pour l'effet.) Avez-vous entendu parler de la famille Spencer ?

— Spencer comme dans « Diana, princesse de Galles et fille du comte Spencer ».

— Exactement. Et les routes sinueuses qu'empreinte la généalogie royale ne s'arrêtent pas là. Si vous fouillez un peu dans l'histoire familiale, vous verrez que le prince William a pour deuxième prénom Arthur, tout comme son père, le prince Charles. Saviez-vous que le titre « prince de Galles » est systématiquement donné à l'héritier du trône britannique ? lui demande-t-il en l'observant avec une certaine curiosité.

— Non, comme vous vous en doutiez.

— Eh bien, c'est le cas. Et cela remonte à l'époque post-romaine et pré-normande, lorsque le plus puissant des chefs gallois était également considéré comme le véritable roi des Bretons. Au XIIe siècle, un homme du nom d'Owain Gwynedd a décidé qu'il ne se ferait plus appeler « roi de Galles », mais « prince de Galles ». En tant que détective, j'imagine que vous commencez à en tirer quelques conclusions.

Mitzi essaie de ne pas s'énerver en l'entendant employer un ton aussi condescendant avec elle.

— Vous êtes en train de me dire que le sir Owain d'aujourd'hui est un descendant direct du roi Arthur.

Mallory prend un air exaspéré.

— C'est le minimum.

— Comment ça, le *minimum* ? répète Mitzi en fronçant les sourcils.

Pour la première fois depuis le début de leur conversation, l'homme paraît mal à l'aise.

— Mais regardez les preuves, bon sang. Ses armoiries familiales sont ornées d'un ours, d'une table ronde et de la triple couronne d'Arthur.

— Professeur, j'ai un cousin au Texas qui est lord écossais. Il a acheté le titre sur Internet parce qu'il trouvait ça rigolo.

— Votre comparaison est stupide. Owain Gwyn n'a pas acheté ses titres. Cet homme était, et reste…

Mallory s'arrête au beau milieu de sa phrase et a l'air profondément peiné de devoir tenir sa langue.

— Quoi ?

— Je ne peux pas vous le dire. Même lors d'une conversation qui n'a jamais eu lieu. (D'un geste irrité, il indique l'horloge au mur.) Il se fait tard. Vous devez vous en aller, j'ai à faire.

Le professeur s'extirpe de son fauteuil en soupirant et la reconduit à la porte de derrière.

— L'histoire en sait davantage sur Owain Gwyn que le monde moderne. Soyez prudente avec cet homme.

Elle s'arrête net.

— Qu'entendez-vous par là ? Vous pensez qu'il représente un danger pour les autres ?

Mallory tente alors de lui expliquer :

— Imaginez que Jésus-Christ soit sur terre, mais qu'il ne veuille pas être découvert. Imaginez ensuite que l'histoire ait été écrite pour dissimuler son existence. Estimeriez-vous qu'il est de votre devoir d'étaler son secret au grand jour ? Et si c'est le cas, ne pensez-vous pas que de telles révélations mettraient votre vie en danger, lieutenant ?

108.

Pays de Galles

Au moment où Mitzi pousse la porte du Norton, le soleil couchant embrase le ciel du soir. Le bed & breakfast s'avère être un imposant manoir et sa chambre jouit d'une vue panoramique sur les vallées environnantes, avec en bande sonore le murmure perpétuel d'un ruisseau sous sa fenêtre.

Tout en se faisant couler un bain pour se détendre après cette longue journée, elle appelle Bronty et apprend qu'il vient de descendre du ferry à Lundy.

— Je suis crevé, lui annonce-t-il en hurlant pour se faire entendre par-dessus le grondement des vagues et les cris des goélands. Je suis sûr qu'on mettrait moins de temps pour aller au ciel que dans ce trou perdu.

Mitzi éclate de rire en vérifiant l'eau – pas assez chaude à son goût. Elle rouvre le robinet.

— Je t'assure que le pays de Galles, c'est *aussi* le bout du monde.

— Je suis sur la jetée, là, et je crois bien avoir vu des

phoques dans l'eau. Des phoques gris, deux mètres cinquante au bas mot.

— Arrête, tu m'énerves à t'amuser comme ça. Moi, j'ai eu une journée pourrie de chez pourrie, et j'ai même pas été fichue de trouver le château Caergwyn.

— Comment est-ce qu'on peut rater une forteresse ?

— Crois-moi, dans les parages, il y a rien de plus facile. Quand tu m'appelleras sur une ligne sécurisée, je te dirai ce que Mallory m'a sorti sur l'ambassadeur.

— D'accord. Il fait quasiment nuit ici, alors je ferai le tour de l'île demain matin. Je te recontacte après.

— Parfait. Passe une bonne soirée.

— Toi aussi.

Mitzi raccroche et vérifie de nouveau l'eau du bain. Elle est tellement chaude, maintenant, qu'on pourrait y faire bouillir un homard. Elle rouvre le robinet d'eau froide à fond, envoie valser ses fringues et appelle les jumelles.

Personne ne répond.

Ça fait deux fois qu'elle tombe sur le répondeur.

Ruthy a dû les emmener quelque part pour la journée. Elle rappellera après le dîner.

Elle entre dans l'eau en douceur. La sensation est tellement bonne qu'elle s'exprime à voix haute :

— Aaaah, quel pied !

À côté d'elle, elle découvre des échantillons de bain moussant, de gommage pour le corps, de shampooing, d'après-shampooing. Mitzi les ouvre tous. C'est vraiment le top d'être allongée sans rien faire sous cette mousse parfumée.

Son portable sonne.

Elle scrute la salle de bains et le voit qui vibre sur l'étagère au-dessus du lavabo. Trop loin pour l'atteindre.

Comme le bain fait des merveilles sur son humeur, elle envisage une seconde d'ignorer l'appel. La sonnerie s'intensifie.

— Et merde !

Elle s'extirpe maladroitement de la baignoire et embarque des litres d'eau avec elle.

— Fallon, grogne-t-elle en attrapant un peignoir blanc accroché derrière la porte.

— Bonsoir, lieutenant. Owain Gwyn à l'appareil.

— Un instant, dit-elle en posant le téléphone, puis en enfilant le peignoir. Désolée, je sortais du bain.

— Je m'excuse de vous déranger. Devant votre hôtel est garé un Range Rover noir, avec un de mes hommes au volant. Quand vous serez prête, ayez l'obligeance de monter dedans. Il vous emmènera directement chez moi.

— Je pensais venir demain matin.

Il n'y a pas de réponse.

— Sir Owain ?

Elle regarde l'écran de son portable pour voir si elle n'a pas appuyé sur une touche sans faire exprès.

Mais non.

C'est lui qui a raccroché.

109.

Pays de Galles

Un fin quartier de lune bleu métallique brille au-dessus du Range Rover, qui fonce à toute allure sur les routes de campagne obscures.

Mitzi saisit la poignée au moment où ils roulent sur une bosse, mais elle est quand même soulevée du siège.

— C'est quoi ce bintz, je croyais que les Romains vous avaient fait des routes ?

Le chauffeur ne prend pas la peine de répondre. En fait, il n'a pas dit un mot depuis qu'il lui a demandé de décliner son identité devant le Norton, avant de lui ouvrir la portière.

— Ce serait possible de ralentir un peu, histoire d'arriver là-bas en un seul morceau ?

Une fois de plus, elle se fait snober par le grand baraqué derrière le volant.

Elle se cale du mieux qu'elle peut et écoute son ventre gargouiller. Elle regrette de ne pas avoir accepté le ragoût de lapin si gentiment proposé par Mrs Mallory.

Des lumières apparaissent au loin. Quelques minutes après, le 4x4 s'arrête dans un crissement de gravier. Entre les sièges avant, Mitzi voit une guérite et des ombres qui bougent à l'intérieur. Un homme sort et s'avance vers le chauffeur.

Le fou du volant baisse la vitre et montre ses papiers, toujours sans parler. Soudain, une lampe torche aveugle Mitzi.

— Hé !

Elle lève une main pour se protéger de la lumière vive mais aussitôt, l'obscurité revient. Le gardien tape par deux fois sur le toit du 4x4, qui repart de plus belle sur le gravier. L'immense portail en fer se referme bruyamment derrière eux. À sa grande joie, elle arrête d'être secouée comme un prunier : ils roulent maintenant sur l'asphalte, mais ici non plus ils ne connaissent pas les réverbères. Mitzi plisse les yeux pour tenter d'y voir quelque chose. Dans la lumière des phares, elle distingue des moutons, immobiles.

Grâce aux aiguilles fluorescentes de sa montre, elle sait qu'il est 22 h 30 et que cela fait sept bonnes minutes qu'ils remontent l'allée. Elle mettait autant de temps pour aller de son ancienne maison au supermarché, à Los Angeles.

Les douces lumières du château Caergwyn apparaissent enfin dans la nuit d'encre. Cette fois-ci, Mitzi passe carrément la tête entre les sièges pour y voir mieux. L'édifice est éclairé par de puissants projecteurs encastrés dans le sol. Elle admire les murs crénelés d'un beau grès, couleur sirop d'érable, et les tours qui s'élancent vers le ciel.

Le Range Rover s'immobilise et le sourd-muet de chauffeur descend lui ouvrir la portière.

L'espace d'un instant, elle reste plantée là, à humer l'air frais de la nuit, qui sent la lavande et le pin. Elle n'a aucun mal à imaginer un roi et une reine vivre ici avec une ribambelle de domestiques, et faire ripaille dans l'immense salle à manger pour célébrer une glorieuse victoire sur le champ de bataille ou la dernière conquête en date.

Un bruit métallique se fait entendre dans la nuit. De lourds verrous sont tournés derrière les deux énormes portes d'entrée en chêne. Un homme au visage rond, tout de noir vêtu, vient à sa rencontre d'un pas décidé, suivi d'un petit jeune en veste rouge et pantalon crème qui tente de garder le rythme.

— Bonsoir, madame. Je me prénomme Alwyn et je suis le majordome de sir Owain. Veuillez me suivre, je vous prie.

Ils entrent.

Aussitôt, Mitzi est assaillie par toute une nouvelle gamme d'odeurs. Encaustique pour le cuivre. Encaustique pour l'argenterie. Encaustique pour le marbre. Encaustique pour le parquet.

— Sir Owain m'a demandé de vous faire patienter dans la bibliothèque, l'informe Alwyn en ouvrant une porte et en se tenant sur le côté pour la laisser passer.

Quand Mitzi entre dans la pièce aux murs tapissés d'ouvrages, elle croit avoir la berlue.

— Visez-moi un peu la taille de ce truc ! Il a jamais entendu parler du Kindle ou quoi ?

110.

Château Caergwyn, Pays de Galles

Le majordome laisse une Mitzi médusée devant cette cathédrale de livres.

La bibliothèque, dont le plafond est bardé de poutres en chêne, comporte un étage en forme de galerie octogonale à laquelle on accède par deux escaliers en colimaçon espacés de près de cinquante mètres. Au rez-de-chaussée, les vingt arcades en pierre de chaque côté créent de profondes alcôves contenant chacune vingt étagères de livres. Plusieurs échelles coulissantes sont appuyées contre celles du haut, afin de rendre plus facilement accessibles les ouvrages, vu qu'ils sont à trois mètres cinquante du sol.

Au centre de la pièce, où il fait frais, diverses vitrines mettent en valeur d'anciens manuscrits. Tout en flânant, Mitzi remarque les lumières rouges clignotantes des caméras de surveillance et le système d'alarme ultrasophistiqué.

Sur le mur du fond trône une peinture à l'huile représentant une scène médiévale, une bataille féroce dans un paysage vallonné et verdoyant. Au premier plan de la toile, qui ne fait pas loin de trente mètres carrés, des soldats emportent le corps d'un roi mort au combat. Dans un halo de lumière quasi céleste, un évêque en tenue de cérémonie ramasse sa couronne.

Mais il y a un autre tableau, beaucoup plus petit, au-dessus de la porte par laquelle elle est entrée. C'est le portrait d'un homme arborant de longs cheveux et une fière moustache, vêtu d'une cape noire nouée sur un col à jabot blanc. Ses yeux noirs songeurs lui rappellent étrangement sir Owain.

Comme s'il avait lu dans les pensées de Mitzi, l'ambassadeur apparaît dans l'embrasure de la porte sous le portrait, en pantalon noir et chemise blanche ouverte sous un pull en cachemire noir.

— Lieutenant Fallon, comment allez-vous ? demande-t-il chaleureusement en s'avançant, main tendue.

Elle la lui serre, puis lui montre le tableau.

— Je vais bien, monsieur l'ambassadeur. J'étais en train d'admirer le portrait. Un ancêtre, je suppose ?

— Il s'agit de saint Richard Gwyn. La bibliothèque porte son nom. Venez, il y a certaines choses que j'aimerais vous montrer.

— « Saint » comme dans « un vrai saint », ou bien c'est juste une façon de parler ? s'enquiert-elle en lui emboîtant le pas.

— Non, comme dans « un vrai saint ». C'est un martyr : il a été exécuté au XVIe siècle pour haute trahison. En d'autres termes, pour avoir refusé de renier sa foi en disant que Jésus-Christ n'était pas le Fils de Dieu. Il a été pendu, éviscéré et démembré. Vous savez ce que cela veut dire ?

— Je dirais qu'après le lynchage, on l'a évidé comme une tomate avant de le couper en petits morceaux ?

— Pas tout à fait, car le supplice commençait *avant*. Le condamné était traîné par un cheval à travers les rues de la ville jusqu'à ce qu'il soit à l'agonie. Ensuite, on le faisait monter à l'échafaud pour le pendre, mais sans que mort s'ensuive. Puis il était éventré, éviscéré et émasculé. Ses entrailles et ses organes génitaux étaient brûlés en public. C'est seulement à ce moment-là qu'il était démembré, parfois décapité ; et dans ces cas-là, le crâne était planté sur une pique, à la vue de tous. Quant aux morceaux du corps, ils étaient cloués à des endroits stratégiques dans la cité ou bien expédiés aux quatre coins du pays.

— La vache ! Et moi qui trouvais que nos exécutions étaient dégueu.

— La Grande-Bretagne a un passé plus violent que la plupart des pays. (Soudain, il se tourne vers elle.) Mais c'est le présent et l'avenir que vous devriez craindre. Malheureusement, vous êtes mêlée à une affaire qui ne vous concerne pas, lieutenant.

Mitzi lui lance un regard sévère.

— Je vous prierais de ne pas prendre cet air condescendant avec moi, monsieur. Me mêler des affaires des autres, comme vous dites, ça fait partie de mon job.

— Certes, mais je crois qu'il y a malentendu.

— Comment ça ?

— Vous pensez que je fais référence à votre enquête pour meurtre.

— Et ce n'est pas le cas ?

— Pas directement.

— Éclairez ma lanterne, alors.

— Un peu de patience.

Owain fait quelques pas de plus et lui montre d'un geste la galerie à l'étage.

— Chaque ouvrage dans cette bibliothèque est une première édition, et tous ou presque ont une valeur inestimable. Pour certains, ce sont les seuls exemplaires au monde. D'autres sont si rares que les spécialistes ne savent même pas qu'ils existent.

— Je suppose que le codex Camelot en fait partie ?

L'ambassadeur ignore sa question et tapote du doigt une des vitrines.

— Ce livre, ici, est la plus vieille bible illustrée au monde. Elle est plus ancienne encore que celle retrouvée au monastère de Garima, en Éthiopie, et bien plus belle que le Livre de Kells, rédigé par des moines celtes et conservé aujourd'hui à Dublin.

Mitzi s'approche du volume qui repose sur un pupitre en cuivre finement ouvragé. Il fait la taille d'un grand atlas, en plus épais, et les pages sur lesquelles il est ouvert sont noircies d'une belle écriture moulée, accompagnée de riches illustrations.

Son hôte passe une carte à puce sur un capteur situé sur le côté de la vitrine, qui s'ouvre aussitôt. L'odeur de tabac séché des pages séculaires les prend au nez.

— Voici la Bible d'Arthur. Peu de gens connaissent son existence. Il s'agit d'un manuscrit sur vélin, qui est une peau d'agneau très jeune, la plus fine qui soit.

Mitzi examine les pages pendant que sir Owain poursuit ses explications.

— Les poils de l'animal ont été ôtés par trempage dans de la chaux et des excréments, puis par raclage à l'aide d'un couteau semi-circulaire. Ensuite la peau a été tendue sur un cadre spécial et découpée en feuilles par le parcheminier. C'est tout un art. (Il caresse amoureusement les bords de l'ouvrage.) Plus de deux cents agneaux bénis ont été abattus pour fabriquer cette bible.

L'illustration qui saute aux yeux de Mitzi est celle d'un homme aux airs d'empereur romain. Il est représenté à cheval, sur le champ de bataille, mais au lieu de tenir l'étendard de sa légion, il brandit une grande croix en or, identique au dessin envoyé par Irish. Autour de la bête gisent les corps des infidèles, empalés sur des piques et des glaives.

— Elle symbolise la lutte perpétuelle de Dieu pour les âmes, explique Owain. Le texte a été rédigé par un ordre d'hommes saints qui ont veillé sur le Christ pendant les quarante jours où il a erré sur terre, après sa résurrection.

Mitzi le dévisage d'un air sceptique.

— Ça ne serait pas de la tarte à prouver, ce que vous avancez.

— Je n'ai pas besoin de le faire. Je n'ai aucune intention de vendre cet objet ; par conséquent, sa provenance n'a d'importance que pour ma famille et moi.

Mitzi fait le tour de la vitrine, inspectant la forme et la texture de l'ouvrage sous divers angles. Ici et là, elle parvient même à distinguer les follicules des poils sur le vélin.

— Sauf que la personne qui détenait cette bible avant vous avait dû dire la même chose, et elle l'a quand même vendue.

— Pardonnez-moi, mais vous vous trompez. Cette bible n'a jamais été vendue, ni volée. Ni pillée dans une tombe, si c'est ce à quoi vous pensez. Elle a été remise en main propre à ma famille par Josephus d'Arimathie, lorsqu'il est venu ici après la mort du Christ.

Mitzi ne sait pas trop si elle doit le croire ou pas.

— Joseph d'Arimathie, c'est pas le type riche qui a payé Ponce Pilate pour mettre le corps du Christ dans son tombeau ?

— Non, ce n'est pas Joseph. Il s'agit de son fils, Josephus. L'histoire les confond fréquemment. Tout comme elle ne sait toujours pas si le Saint-Graal était un calice, un plateau de cérémonie, ou bien, ainsi qu'un petit nombre le croient, un texte sacré écrit avec le sang du Christ.

— Petit nombre dont vous faites partie, c'est ça ?

— Oui.

Owain tourne une page pour lui montrer une miniature de chevaliers galopant à travers les vertes prairies.

Mitzi observe le personnage du milieu, qui est visiblement le roi Arthur, et à ses côtés, celui du prêtre qui tient une bible et une croix : c'est la réplique exacte du prêtre sur le panneau de *L'Agneau mystique* que la police de Washington a trouvé dans l'appart de Deagan.

— Pour ce folio, ajoute-t-il, il a fallu faire appel à un doreur, qui a appliqué des feuilles d'or pur sur chacune des lettrines. Un miniaturiste très renommé a dessiné les chevaliers et l'arrière-plan a été confié au peintre paysagiste le plus doué de son époque.

Owain tourne de nouveau un feuillet et Mitzi retient son souffle en entendant le craquement que cela fait. Elle découvre alors une double page de texte de couleur marron, recouverte d'un vernis mat qui s'est craquelé avec le temps.

L'ambassadeur lit dans ses pensées.

— Dans un moment de doute, j'ai fait analyser le liquide qui a servi à l'écriture. Il s'agit bien de sang humain et la datation au carbone 14 prouve qu'il remonte au ier siècle. On sait que le manuscrit était enveloppé dans un tissu béni par saint Pierre lui-même. Que les plumes dont se sont servis les scribes provenaient de la queue d'oies que le Christ a bénies en personne avant sa mort. Et que la reliure en bois a été réalisée par un charpentier du nom de Joseph, le père de Jésus sur terre.

Mitzi n'arrive pas à détacher le regard du manuscrit. Elle ne comprend rien à ce qu'elle lit, mais elle voit bien qu'il a été rédigé avec une extrême minutie, et ce genre d'attention portée aux détails est révélatrice d'un message fort.

— Le texte, poursuit Owain, débute à l'ère préchrétienne. Il commence par la naissance du monde et la genèse du bien et du mal. Il décrit la lutte incessante pour la vie et comment, du combat universel entre le chasseur et le chassé, entre l'oppresseur et l'oppressé, un homme doit émerger pour devenir un guide juste et honorable, capable d'établir des normes et une morale. (Ses doigts glissent sur la page avec révérence.) Ces passages-ci expliquent comment ce guide doit choisir des disciples et comment ces disciples doivent être répartis entre apôtres et chevaliers ; en d'autres termes, entre hommes de paroles et hommes d'action.

Avec mille précautions, Owain revient quelques pages en arrière, ferme la vitrine et remet l'alarme.

— Dans la galerie au-dessus de vous se trouvent des rouleaux et des parchemins antérieurs à la bible que je viens de vous montrer. Ils sont écrits dans des langues mortes, telles que l'étrusque, mais tous livrent le même message.

Mitzi lève machinalement les yeux, puis les repose sur sir Owain.

— Et les autres vitrines, qu'est-ce qu'elles contiennent ?

— Des œuvres arthuriennes. Elles ont toutes été cryptées et copiées numériquement, mais on m'en a récemment volé des extraits.

— On parle bien du codex Camelot, là ?

— D'après ce que je comprends, la personne ayant fait indûment ces copies l'appelle ainsi, effectivement.

— Et donc, c'est à cause de ça qu'Amir Goldman et son assistante ont été assassinés ?

— En effet. Lieutenant, possédez-vous encore cette copie ?

— Oui.

— Dans ce cas, j'insiste pour que vous me la remettiez immédiatement. Elle a été faite illégalement.

Mitzi perçoit un changement d'humeur chez son hôte.

— Pour l'instant, c'est impossible. Elle fait partie de mon enquête pour homicide, et il en sera ainsi tant que l'affaire ne sera pas classée.

— Pour votre bien *et* celui de votre famille, vous devez me la donner sans tarder.

Mitzi penche la tête et fronce les sourcils, l'air accusateur.

— Vous pourriez me redire ça ? Parce que là d'où je suis, ça m'avait tout l'air d'une menace.

— C'en est une. Tant que vous êtes en possession de cette copie, vous mettez non seulement votre vie, mais également celle de toute personne qui vous est chère, en grave danger.

Sir Owain plonge la main droite dans sa poche et en sort une petite télécommande noire, sur laquelle il appuie.

Soudain, la salle se remplit du bruit assourdissant de rideaux métalliques qui se baissent et condamnent toutes les issues.

En quelques secondes, la bibliothèque s'est transformée en cellule géante.

111.

Les vitrines descendent tout à coup et vont s'encastrer dans des niches blindées à même le sol. Une sirène se met à hurler, des lumières rouges à clignoter.

Sir Owain va calmement à l'une des alcôves et place la main sur un lecteur d'empreintes digitales.

— Cette bibliothèque est protégée, explique-t-il à Mitzi, mais malheureusement vous, vous ne l'êtes pas. Je peux vous offrir la sécurité, la meilleure au monde, mais seulement si vous me rendez ce qui m'appartient, si vous comprenez les causes qui me sont chères et si vous respectez les raisons pour lesquelles je souhaite garder le secret.

L'ambassadeur tape un code sur un clavier alphanumérique et la vitrine du milieu s'enfonce aussitôt dans le sol, laissant apparaître des marches en pierre qui mènent sous terre.

Sir Owain revient vers Mitzi.

— Lieutenant, la menace qui pèse sur votre vie, celle de vos jumelles et celle de votre sœur Ruth ne vient pas de moi. Elle vient de gens qui cherchent à me faire du mal, à moi et à ceux qui œuvrent avec moi pour le bien de l'humanité.

— Et c'est qui, exactement, ces gens qui œuvrent pour le bien de l'humanité ?

— J'espère que vous aurez l'occasion de les rencontrer, peut-être même de devenir l'un d'eux. D'après ce que je sais de vous…

— Vous ne savez rien de moi, et franchement, je préférerais que ça reste comme ça.

— Je sais que vous avez travaillé sur plus d'une centaine d'homicides et que par trois fois vous vous êtes retrouvée confrontée à un serial killer. Vous avez eu en charge seize enquêtes pour viol plus cinq pour agression sexuelle sur mineur, et toutes se sont terminées par des poursuites judiciaires. Quand vous avez commencé dans la police, vous avez bouclé davantage de dossiers de vols à main armée que tous vos collègues réunis.

— D'accord, vous avez demandé à un privé de dénicher mes états de service. La belle affaire !

— Vos jumelles, Amber et Jade, sont nées à cinq minutes d'écart. À ce qu'on m'a dit, ce n'était pas votre première grossesse. Vous avez perdu un bébé, un garçon, durant le premier trimestre. Vous n'aviez dit à personne que vous étiez enceinte, alors vous n'avez parlé à personne de la fausse couche. Si je ne m'abuse, vous retourniez travailler le lendemain de votre sortie d'hôpital.

Mitzi se sent violée. Seul son dossier médical confidentiel aurait pu révéler tous ces faits.

— Votre ex-mari, Alfred, est au chômage depuis que vous l'avez fait mettre en prison pour coups et blessures, après avoir gardé le silence pendant des années. Et il est probable que dans un an, il n'aura toujours pas retrouvé de travail. Jack, l'homme que votre sœur Ruth a mis dehors, a engagé hier l'un des avocats les plus agressifs de San Francisco pour son divorce, et en ce moment même, des détectives cherchent à s'assurer par tous les moyens que la décision du juge sera la plus défavorable possible pour elle.

— Mais comment vous savez tout ça ?

— Je le sais parce que c'est mon métier.

D'un geste de la main, Owain lui indique l'escalier qui s'enfonce sous la bibliothèque.

— Vous rigolez, j'espère ? s'exclame-t-elle en le regardant d'un air méfiant. Pas question que je descende là-dessous avec vous.

— Vous n'avez rien à craindre de moi, Mitzi. Bien au contraire. Vous êtes venue ici pour me poser des questions sur une croix datant de l'âge de fer et une série de meurtres. Vos réponses sont en bas.

— Je marche pas quand même.

Owain glisse alors une main dans sa veste et en ressort une arme.

Mitzi a un mouvement de recul.

— N'ayez crainte, ce n'est pas pour moi mais pour vous, explique-t-il en lui tendant le pistolet par le canon. Attention, il est chargé.

Elle s'en empare et vérifie qu'il dit vrai. C'est un Glock 23 et le chargeur est effectivement rempli de balles.

— Je croyais que les armes de poing étaient interdites en Grande-Bretagne ?

— En effet, mais j'ai un permis spécial pour celle-ci, et pour bien d'autres encore, dit sir Owain en lui tournant le dos et en commençant à descendre. Prenez garde dans l'escalier, les marches sont traîtresses. Ce serait dommage de trébucher et de me tirer dessus par inadvertance.

Mitzi le regarde s'engouffrer sous terre, le cœur battant.

Elle jette un dernier regard à la salle condamnée, prend une profonde inspiration et entame sa descente vers les ténèbres.

112.

L'escalier mène à un long et large tunnel en pierre faiblement éclairé par des lumières orange encastrées dans les murs. Leurs moindres mouvements sont épiés, à en croire les innombrables caméras de surveillance au plafond.

Quelques mètres plus loin, Mitzi a la surprise d'apercevoir une loge en verre et en métal qui ressemble fort à un poste de contrôle. Sir Owain s'y arrête et discute avec deux hommes en uniforme noir. Ils sont presque aussi grands que l'ambassadeur et ont chacun un pistolet à la ceinture, ainsi que plusieurs automatiques à portée de main derrière eux.

Elle fourre le Glock que sir Owain lui a donné dans son pantalon. Ça ne sert à rien de le garder en main : il lui serait autant utile qu'une sarbacane, devant une telle puissance de feu.

— Mitzi, l'appelle son hôte pour qu'elle presse le pas.

Les hommes en noir lui sourient poliment quand elle passe devant eux, puis se dirige vers une porte qu'ils viennent d'ouvrir pour leur patron.

À son grand étonnement, un second escalier les attend juste après, et les mène à ce qu'elle prend au départ pour une chapelle. Ses yeux sont attirés vers l'autel éclairé par des bougies et recouvert d'un drap blanc, à une trentaine de mètres devant elle. Un grand crucifix en bois est accroché derrière. À mesure que ses yeux s'habituent au faible éclairage, elle remarque que la croix, derrière le corps inerte du Christ, est encore une fois identique au dessin qu'Irish lui avait envoyé.

C'est là qu'elle voit les tombes.

Il y en a des dizaines. En fait, leur nombre est si grand qu'au départ elle croyait que c'était des bancs en pierre. Chaque sarcophage fait près d'un mètre de haut et le couvercle est orné d'une sculpture d'un chevalier en armure, avec bouclier et glaive, les bras croisés sur la poitrine ; sur son cœur repose une petite réplique de la fameuse croix.

— C'est quoi ça ? demande Mitzi. La crypte familiale ?

— C'est un mausolée de chevaliers, réplique Owain en la rejoignant. Ce n'est pas le seul qui existe au monde, mais c'est sans aucun doute le plus secret et le mieux protégé. (Il passe la main sur la tête en marbre lisse d'une statue.) Ici repose mon père. De ce côté de la crypte, ce sont mes ancêtres. De l'autre côté, ceux de ma femme.

Mitzi suit des yeux les rangées qu'il lui indique.

— Et le reste, ceux du milieu ?

— Des braves parmi les braves. Des hommes et des femmes qui, depuis des siècles, ont servi leur pays en secret et donné leur vie pour lutter contre le mal.

Elle fait le tour d'une des pierres tombales et remarque une inscription datant du XIIIe siècle.

— Si je comprends bien, tous ces morts, là, formaient une sorte de milice religieuse ?

— C’est la première fois qu’on l’appelle ainsi. Nous nous plaisons à voir notre mouvement comme un cercle de gens qui, comme vous, consacrent leur temps à rendre le monde plus sûr. À l’époque médiévale, on les appelait des chevaliers ; aujourd’hui, le but étant que personne ne connaisse notre existence, nous n’avons pas vraiment de nom. L’anonymat est notre rempart le plus précieux.

— Mais comment vous vous appelez entre vous ?

— Des Arthuriens. Nous suivons les codes et les principes attribués par certains historiens au roi Arthur.

Owain s’éloigne et Mitzi ne se fait pas prier pour le suivre. Ils s’arrêtent près de l’autel.

Sur quatre tombes, le couvercle a été déplacé et les corps sont visibles. En plus des squelettes, chaque cercueil contient des photos, des bijoux, des lettres et des souvenirs chers au défunt.

— Vous avez là une seule et même famille, explique-t-il. Le fils, le père, le grand-père et l’arrière-grand-père.

Elle jette un œil à l’intérieur et constate qu’ils ont tous été vêtus du même genre de tunique et de collant gris qu’elle imagine bien des chevaliers porter sous leur armure. Trois lions rouges sont dessinés à l’endroit où leur cœur battait autrefois. Sur la cage thoracique, elle retrouve une fois de plus la croix en fer à l’origine de son enquête.

— Le vieil homme qui possédait le magasin d’antiquités dans le Maryland a été tué par des gens déterminés à profaner les tombes de nos chevaliers en Amérique, poursuit sir Owain. Trois croix comme celle-ci ont été volées dans notre mausolée de la forêt de Meshomasic, près de Glastonbury, dans le Connecticut. Je peux vous emmener là-bas, si vous préférez le constater par vous-même.

— Pas besoin, je vous crois, répond-elle, les yeux rivés sur les cadavres.

— L’homme qui a ordonné ces pillages était l’un des nôtres, avant. Nous avions confiance en lui. Aujourd’hui, il cherche à anéantir tout ce que nous représentons.

— Comment vous expliquez un tel revirement ?

— L’appât du gain. La faiblesse et les mauvais choix, qui finissent par pousser au désespoir. Tous les facteurs qui, en général, mènent à la chute d'un homme comme lui.

— Mais en quoi quelques croix volées représentent-elles une si grande menace pour vous ?

— Les gens qui le paient veulent notre destruction. Et pour cela, ils ont besoin de prouver que nous existons. S'ils trouvent les différents cimetières, notre histoire sera étalée au grand jour. Nous ne saurions tolérer que les noms des chevaliers soient révélés. Ce serait la fin de notre Ordre.

Mitzi commence à entrevoir les dangers.

— Si je vous suis, toutes les injonctions contre le professeur Mallory, c'était parce que vous aviez peur qu'il évente le secret ?

— Disons qu'il commençait à se rapprocher dangereusement de la vérité. Avec les liens qu'il avait réussi à établir, il aurait pu démarrer une réaction en chaîne impossible à stopper ensuite.

— Et les meurtres que je tente de résoudre, dit-elle avec un certain scepticisme dans la voix, ils sont tous à mettre sur le compte de ce mystérieux ex-chevalier pilleur de tombes ?

Owain sait qu'elle le teste.

— Non, pas tous. George Dalton sera là demain matin, vous pourrez discuter en détail des soupçons qui pèsent sur lui.

— Vous pensez qu'en m'emmenant ici, en me montrant tout ça et en me racontant ces choses, je verrai ses réponses, voire ses aveux, sous un jour différent ?

— C'est en tout cas ce que j'espère.

— Pardon de vous dire ça, sir Owain, mais vous me connaissez bien mal. Pour moi, un meurtre est un meurtre. Il n'y a pas d'excuse. Pas d'échappatoire. Il n'y en a pas si vous êtes un escroc à la petite semaine qui a fait une boulette, et il n'y en a pas non plus si vous êtes un diplomate avec une liste de diplômes longue comme le bras et qui, vraiment, aurait dû avoir un peu plus de jugeote. Et maintenant, vous pouvez demander à ce qu'on me ramène à l'hôtel ? J'ai l'estomac dans les talons et si je ne mange pas illico, ça va être franchement moche à voir.

113.

Pays de Galles

Il est près de minuit quand Mitzi arrive enfin au Norton.

L'homme qui l'accueille, un petit maigre aux cheveux gras, lui annonce qu'elle devra patienter jusqu'au petit-déjeuner, maintenant, pour manger.

— Sans déc', mais c'est quoi ce foutu pays ? Vous êtes pas au courant que la vie s'arrête plus à cinq heures du soir ?

— Navré, madame.

— Ouais, ben, c'est pas ça qui va me remplir le ventre.

Et elle monte dans sa chambre en trépignant de rage.

Arrivée devant le minibar, elle constate que tout ce qu'ils proposent est ridiculement cher. Rongée par la culpabilité, elle ouvre deux barres au chocolat et une petite bouteille de vin blanc. Le dîner réussit l'exploit de la laisser complètement sur sa faim tout en lui coûtant la bagatelle de vingt livres. Elle n'ose même pas convertir la somme en dollars.

Le temps de se mettre au lit, elle s'est un peu calmée et appelle sa sœur. Elle parle à Amber, qui est surexcitée parce que Ruth a promis d'emmener les filles à l'aquarium le lendemain et qu'apparemment, il y a un système génial de tunnels sous l'eau pour admirer au plus près les quelque vingt mille poissons qu'il contient.

Mitzi tuerait père et mère pour voir un poisson. Une belle grosse truite bien juteuse. Passée au gril, avec un peu de jus de citron – et peut-être quelques frites et des légumes.

Elle raccroche, éteint son portable et lève les yeux au plafond.

— T'es là, Dieu ? J'ai vraiment besoin de Ta bénédiction, figure-toi, et aussi d'une bonne nuit de sommeil.

Pour augmenter ses chances, elle prend le dernier analgésique qu'on lui a donné à l'hôpital et se recroqueville sous les draps.

114.

Château Caergwyn, Pays de Galles

Owain Gwyn se verse un verre de vieux cognac devant la belle vitrine en noyer et l'amène à son bureau.

Sur son écran est ouvert un document intitulé Bulletin du soir. Chose inhabituelle, il n'arrive pas à se concentrer dessus. Son esprit est ailleurs. Il songe à cette inspectrice américaine partie en croisade contre les assassins, mais également à Mardrid, Marchetti, aux attentats à New York et en Angleterre. À la grossesse de Jennifer, à sa liaison avec Beaufort.

À sa propre mortalité.

Il ne lui reste guère de temps. Il doit s'assurer que l'Ordre pourra continuer sans lui.

Il perd le fil de sa pensée en entendant la sonnerie de la ligne sécurisée directe entre New York et Caergwyn.

— Allô ?

— J'espérais que tu ne serais pas couché, commence Gareth Madoc d'une voix enrouée, après avoir passé plusieurs jours sans dormir. Bonne nouvelle : la fille a réussi à mettre la puce GPS dans la chaussure de son père.

— Bravo.

— Attends, il y a mieux. Il nous a menés jusqu'à une planque au fin fond d'East Flatbush. On a réussi à la mettre sur écoute et on a bien fait. Quand il est arrivé là-bas, ils étaient trois à l'attendre. Et devine qui il y avait parmi eux : l'imam Yousef Mousavi.

Le nom suffit à lui faire poser brusquement son verre de cognac.

— Vous en êtes certains ?

— Le logiciel de reconnaissance vocale a analysé la conversation. Il y a 90 % de chances pour que ce soit lui.

Mais Owain reste sceptique.

— Est-ce que vous les avez entendus l'appeler par son nom ?

— Non. Mais Nabil Tabrizi était présent et il l'a appelé

« imam ». Antun a toujours pensé que Nabil était sous les ordres directs de Mousavi.

— Qui était l'autre homme ? Tu as dit qu'ils étaient trois dans la planque.

— On ne sait pas, mais c'est clairement lui qui était aux commandes. Il menait la conversation et les autres s'adressaient à lui avec le plus grand respect.

Owain sent son cœur s'accélérer.

— Les agents de la CIA et de la CAT vendraient leur âme pour mettre la main sur Mousavi. Sans parler d'attraper celui qui est au-dessus de lui ! Je n'imagine même pas ce qu'ils en penseraient. Je t'en supplie, dis-moi qu'ils ont parlé d'autre chose que du prix de la viande halal.

— Trinity.

— Pardon ?

— C'est ce que *l'inconnu* a dit. Je cite : « Dans quarante-huit heures, l'opération Trinity sera terminée. » Ensuite, le type leur a demandé s'ils comprenaient tous ce qu'ils avaient à faire. Ils ont répondu que oui et ils sont rapidement passés aux prières.

— J'essaie de comprendre cette référence à la trinité. Est-ce que les Américains ont pu tirer quoi que ce soit des terroristes qu'ils ont arrêtés après le raid sur le garage ?

— J'ai parlé à la CIA il y a une heure. Ils n'ont rien de rien.

— Dommage. La trinité évoque d'emblée le religieux, bien sûr, mais quand on y songe, cela pourrait être une trinité de tout et n'importe quoi. Tu te souviens de cette info ultrasecrète selon laquelle Al-Qaïda envisageait de cibler les stars du sport ?

— Oui, c'était une liste noire établie à partir du classement Forbes des sportifs les plus riches.

— Regarde s'il n'y en aurait pas trois qui seraient bientôt réunis pour un événement quelconque.

Gareth note tout cela sur un papier.

Owain a une autre idée.

— Je vais demander à nos analystes de créer un diagramme clair reprenant les mouvements de toutes les personnalités politiques, sportives et religieuses dans les prochaines quarante-huit heures.

— Au moins, tu sais que le nouveau pape n'est pas en danger, fait remarquer Gareth.

— Je l'espère bien. Je serai à ses côtés pour la première visite d'un souverain pontife sur le sol gallois en plus de trente ans, et le diable lui-même n'arriverait pas à déjouer la sécurité qui sera déployée autour de lui.

— J'en suis persuadé.

— Et avec la fille de Korshidi, tu as pu avancer ? poursuit Owain.

— Un peu, oui. Je l'ai convaincue de placer des mini-caméras et un mouchard pendant que son père était sorti. Si c'est un personnage aussi important qu'elle le prétend, on aura peut-être de la chance.

— On en aurait bien besoin.

Owain marque une longue pause, avant de continuer :

— Gareth, je sens que ces prochains jours vont être déterminants pour notre destin : le mien, le tien, celui de Lance, voire celui de l'Ordre. Si, pour une quelconque raison, il s'avérait que je ne peux plus… Comment dire cela ? … que je ne peux être parmi vous, je veux que Lance et toi guidiez les membres de l'Ordre jusqu'à ce que mon descendant soit prêt à prendre la relève.

— Owain, je…

— Non, je t'en prie, laisse-moi finir. Je te considère comme un frère, je t'aime sincèrement et je te suis infiniment reconnaissant pour ton soutien, ton amitié et ta loyauté. Tu vas peut-être me trouver bête et penser que ce n'est pas nécessaire, mais je voulais te remercier. (Owain ne lui laisse pas le temps de répondre.) Et maintenant, ne parlons plus de cela. J'ai un cognac à finir et quelques heures de sommeil à rattraper. Bonne nuit, mon ami, bonne nuit.

115.

Pays de Galles

Les rêves de Mitzi sont peuplés de chevaliers du Moyen Âge, de tonneaux dans la voiture d'Irish et de poissons.

Des poissons tropicaux, par millions.

Ses filles nagent dans l'aquarium de San Francisco avec eux. D'ailleurs, tout le monde est à l'eau. Les chevaux. Les chevaliers. Irish. Sa voiture-poubelle aux vitres cassées. Les poissons et les filles entrent et sortent par les trous du bassin.

Quelque part au-dessus de l'eau, dans le monde réel, un téléphone sonne.

Mitzi remonte à la brasse aussi vite qu'elle peut, sort un bras de sous la couverture et attrape l'appareil.

— Arrrgh, parvient-elle à articuler au prix d'un effort surhumain.

— Bonjour, Mrs Fallon.

Elle reconnaît la voix de Cheveux Gras, le type de l'accueil.

— Un chauffeur vous attend à la réception, l'informe-t-il.

— Un quoi ?

— Un chauffeur, madame. Envoyé par sir Owain Gwyn.

Elle plisse les yeux en direction du réveil : 8 h 55.

— Merdum. Dites-lui que je suis en bas dans dix minutes.

— Oui, madame.

Elle jette le portable sur le lit, vole jusqu'à la salle de bains et se douche à la vitesse de l'éclair. Une fois séchée, elle voit dans le miroir que les yeux au beurre noir en sont au stade violacé. À grand renfort de fond de teint, elle parvient à atténuer cette mocheté, mais impossible de la masquer totalement. Elle s'attaque aux cheveux, passe un coup de peigne, se lâche carrément sur la laque. Elle enfile en cinq secondes top chrono un pantalon noir et un haut gris qu'elle a oublié de repasser. Enfin elle attrape sa veste au vol, sort de la chambre en claquant la porte et descend les escaliers quatre à quatre.

Le même chauffeur que la veille l'attend en bas. Celui qui

reste muet comme une carpe et prend son véhicule pour un shaker à cocktail. L'homme lui sourit, tourne les talons et sort.

116.

LUNDY

Il a plu toute la nuit et il pleut encore lorsque Bronty sort du minuscule cottage où il loge. Rien à voir avec le léger crachin qui n'est pas désagréable et vous donnerait presque envie de rester dessous ; là, c'est la pluie torrentielle qui vous trempe jusqu'aux os et vous condamne à grelotter le reste de la journée.

L'Américain court jusqu'à la taverne Marisco, la seule auberge de l'île, où un petit-déjeuner anglais complet (bacon, œufs brouillés, champignons et toast beurré) coûte moins cher qu'un cappuccino à Londres.

Rapidement, on l'oriente vers un homme qui prend lui aussi son petit-déjeuner, dans un coin de la taverne. Il est marin sur l'Oldenburg, le ferry qui a amené Bronty ici. Le vieux loup de mer s'appelle Dan Smallfellow, qui signifie « petit homme », et Bronty trouve qu'il porte admirablement bien son nom. Il lui fait penser à un petit moineau, avec son dos voûté et ses quelques touffes de cheveux blancs qui refusent de rester tranquilles sur son crâne sinon chauve.

— Alors, qu'est-ce que vous voulez savoir ? demande Smallfellow une fois les présentations faites. Vous cherchez quoi, du pétrole, de l'or ou des légendes ? En général, c'est l'un des trois.

Bronty aime bien son franc-parler. Il lui montre une copie du dessin de la croix réalisé par Sophie Hudson.

— Ce genre de croix, ça vous parle ? Auriez-vous déjà vu quelque chose de semblable sur l'île ?

Le vieux Dan y jette un œil en avalant une gorgée de thé.

— Ça ressemble à une croix celtique, en un peu différent. Comme si elle appartenait à une tribu ou à un clan en particulier. (Il repose le dessin sur la table.) Alors comme ça, c'est les légendes qui vous intéressent. C'est qu'y en a plein, par ici.

— Comme celle du roi Arthur et des chevaliers de la Table ronde, par exemple ?

— Amerloque, hein ?

— Si vous me demandez si je suis américain, la réponse est oui.

Le marin avale tranquillement le reste de son toast.

— Et vous voulez savoir s'il y a un rapport entre cette croix, là, le roi Arthur et Lundy ?

— L'hypothèse est si ridicule que ça ?

— Pas du tout. Dans le coin, y en a pour dire que l'île est la vraie Avalon, que c'est là où Arthur a été enterré, quoi.

Bronty soupçonne l'homme de le mener en bateau.

— Je croyais que c'était censé être en Angleterre, près de Glastonbury ?

— Bah ! de la propagande, tout ça. Les Anglais prétendent que c'est en Angleterre, les Gallois au pays de Galles, et les Français en Bretagne. (Le marin regarde longuement par la fenêtre.) Dès qu'il s'agit de légendes, c'est tous des menteurs. Ils voient arriver les touristes avec leurs dollars et ils mentent, ils mentent, et ils mentent encore. C'est pas pour rien que Lundy est connue sous le nom de *Annwyn*, « la porte vers l'Autre Monde ».

Bronty réprime une furieuse envie de se lancer dans un cours de théologie sur le paradis.

— OK. Et si Arthur était ici, où est-ce que je trouverais sa tombe, exactement ?

Le vieux Dan reprend du thé avant de répondre.

— Ah, mais ça serait un secret, vous pensez pas ? Comme le roi Richard III, qui a croupi pendant des siècles sans que personne sache où à Leicester. Si ça se trouve, le roi Arthur est quelque part par ici, enseveli dans une tombe sans nom. (Une étincelle brille dans ses yeux fatigués.) Je serais vous, j'irais visiter le Cimetière des Géants, ou alors le site des Roches celtes. Peut-être que vous aurez un coup de chance ! Sinon, regardez vers la mer et demandez-vous si on l'aurait pas amené au large à la rame et jeté son corps là pour qu'il repose avec les poissons et les épaves de navires.

— J'ai comme l'impression que vous vous fichez de moi.

Smallfellow secoue la tête.

— Oh non, je vous mets pas en boîte. Tout est possible à Lundy. C'est un endroit magique. Si vous restez un peu ici, vous verrez que je dis vrai.

117.

Château Caergwyn, Pays de Galles

Des cerfs qui flânaient aux abords d'un bosquet de hêtres se dispersent brusquement quand un Range Rover roulant bien au-delà de la vitesse autorisée vient troubler leur tranquillité. Quelques lièvres courent fébrilement aux abris. Des moutons bien dodus ouvrent un œil et avancent d'un pas lourd sur l'herbe humide de la rosée du matin.

Le 4x4 freine brutalement devant l'entrée du château.

Mitzi s'extirpe de cette machine infernale avant que le chauffeur ait le temps de faire le tour pour lui ouvrir la portière. Elle la claque le plus fort possible, sans lui jeter un regard, et se dirige d'un pas décidé vers la porte.

— Vous êtes l'Américaine, n'est-ce pas ?

La voix grave sort de nulle part.

Elle se retourne et sursaute en voyant un vieillard à la longue barbe blanche, enveloppé dans une cape noire qui lui arrive aux chevilles, planté devant elle.

— Nom de Dieu, vous m'avez fichu une trouille bleue ! D'où est-ce que vous sortez comme ça ?

— Je m'appelle Myrddin, dit-il en levant une main décharnée vers elle. Et cette rencontre à l'improviste me fait grand plaisir.

Ses yeux se promènent sur le visage de Mitzi et il se souvient de sa vision : *deux femmes, l'une connue, l'autre une parfaite inconnue. Les deux sont en danger ; les deux verront la mort de près.*

Elle regarde droit dans ses yeux vert pâle en lui serrant la main.

— Mitzi Fallon. Un conseil, allez-y mollo sur les rencontres *à l'improviste*, quand même.

— Les yeux en disent très peu, déclare-t-il d'un air charmant. Quand on veut connaître la vraie nature d'une personne, il faut regarder sa bouche. Les lèvres et la langue sont les esclaves du cerveau ; elles sont stupides et bien plus enclines à commettre des erreurs que les yeux.

Sans le vouloir, elle baisse le regard vers la bouche de Myrddin. Les dents, qu'il a encore toutes à première vue, sont bien droites et blanches. Les lèvres, charnues, roses et humides – des adjectifs que d'ordinaire elle se verrait employer pour un homme bien plus jeune que lui.

À son tour, Myrddin la scrute ouvertement.

— Votre bouche est habituée à dire la vérité. Vous êtes quelqu'un de bon, mais ce n'est pas bien d'être venue ici.

— Qu'est-ce que vous dites ?

— Vous recherchez les hommes qui sont entrés dans la Grotte du Passé et du Présent, ceux qui ont occis le Gardien du Temps…

— Ceux qui ont *quoi* ?

— … vous les poursuivez, et aussi la bête marron qui transporte les disciples de la Mort en silence.

— Aaaah !

Ça y est, elle a compris. Il manque une case au pauvre vieux.

— Heureuse d'avoir fait votre connaissance, Mervyn, dit-elle en lui souriant poliment et en lui serrant de nouveau la main. Il faut que je vous quitte, maintenant, je dois voir sir Owain. Prenez soin de vous, surtout.

Mitzi fait mine de s'en aller, mais pour une raison obscure, elle ne peut pas. Ses pieds sont si lourds qu'elle n'arrive pas à les bouger.

Myrddin lui lâche la main. Il plisse les yeux et de ses douces lèvres sortent des mots énoncés lentement, d'une voix hypnotique :

— Tu dois restituer l'ombre de la connaissance. Rends la lumière de demain, ou bien tu pleureras des larmes sans fin.

— Lieutenant !

La voix d'Owain.

Mitzi tourne la partie supérieure de son corps et voit venir l'ambassadeur à sa rencontre d'un pas pressé.

— Bonjour, comment ça va aujourd'hui ?

Ses pieds sont tout à coup libérés et elle manque de se vautrer devant Owain.

— Je... Euh ! Je viens de rencontrer Merv, ici pré..., explique-t-elle en se retournant pour lui montrer le vieil homme.

Sauf qu'il n'est plus là.

— Vous allez bien ? lui demande Owain en la prenant par le coude pour l'aider. On dirait que vous avez vu un fantôme.

118.

San Mateo, San Francisco

Ruth Everett se réveille avec la pire gueule de bois de sa vie – du moins, c'est l'impression que cela donne. D'abord vient la douleur atroce à la tête. Puis une brusque vague de nausée, suivie de la prise de conscience qu'elle est allongée, tout habillée, sur le sol de la cuisine et qu'elle a les yeux fixés au plafond depuis elle ne sait combien de temps.

Mais le pire est à venir.

Le moment où elle se souvient de ce qui s'est passé.

La gentille dame, qui était tombée en panne près de la maison... elle m'a agressée.

Ruth lui avait proposé d'utiliser son fixe pour appeler l'agence de location, et pendant qu'elles attendaient la dépanneuse, elle avait fait du café. Elle était en train de prendre des tasses dans le lave-vaisselle quand la femme l'avait piquée au cou avec quelque chose de très pointu. La garce l'avait droguée en douce et allongée par terre, où elle avait perdu connaissance.

Ruth se met debout. Elle prend appui sur l'évier pour boire un verre d'eau et imagine ce qu'elle va trouver. Son sac à main aura été vidé, ses cartes de crédit et son liquide volés. En toute probabilité, ses bijoux auront disparu jusqu'au dernier. Peut-être même la voiture qui était garée dans l'allée.

Les jumelles.

Son cerveau est encore tellement embrumé qu'elle y pense seulement maintenant.

— Jade ! Amber !

La gorge lui pique à force de crier.

— Les filles… où vous êtes ?

Elles étaient dans le patio à l'arrivée de la femme. Peut-être qu'elles sont allées demander de l'aide aux voisins. Elle se précipite dans l'entrée. Vérifie dans le salon et la salle à manger. Il n'y a pas de désordre. Aucun signe de lutte. Rien n'a été dérobé.

— Vous êtes en haut, les filles ?

La tête lui tourne quand elle monte au premier, péniblement.

Dans la chambre à coucher, les bouquins de Jack sont toujours empilés de son côté du lit, sur la table de nuit, un marque-page dépassant d'un roman qu'il n'a jamais terminé. Bracelets et bagues pendent comme d'habitude du porte-bijoux en cristal qui trône sur sa coiffeuse.

— Oh ! mon Dieu.

Elle s'écroule sur le lit en comprenant enfin ce qui se passe.

Un bout de papier a été posé sur la couette.

Il contient un message très simple, de huit mots :

« SI VOUS APPELEZ LES FLICS, LES FILLES MEURENT. »

119.

CHÂTEAU CAERGWYN, PAYS DE GALLES

Sir Owain guide Mitzi jusqu'à un banc en teck à quelques mètres de l'endroit où il l'a trouvée.

— Reposez-vous un instant, puis nous rentrerons.

— Je vais bien. Et je suis pas un toutou en mal de promenade, je vous signale. (Elle regarde en direction de la pelouse, toujours aussi vide.) C'était qui, le vieux ? Et pourquoi il s'est fait la malle comme ça ?

— C'est compliqué.

— Ça m'aurait étonné.

Le portable de Mitzi sonne.

— Ça vous embête si je décroche ?

— Non, je vous en prie, réplique-t-il en s'éloignant un peu par politesse.

L'écran affiche le nom de sa sœur. Probablement incapable de dormir et tentée de pester un bon coup contre Jack et ses mains baladeuses.

— Hey Ruthy, je suis un peu occupée en ce moment, je peux te rappeler ?

Un silence tendu s'installe, puis Ruth répond :

— Mitzi, c'est les filles.

Elle sent la peur dans sa voix.

— Quoi, les filles ?

— Elles ne sont plus là. Elles ont été emmenées.

— Comment ça ?

Elle pense tout de suite à Alfie. Peut-être qu'il est venu les chercher sans autorisation.

— J'ai laissé cette femme entrer dans la maison..., commence-t-elle, avant de s'étrangler. Elle m'a dit que sa voiture était en panne. Et pendant qu'on attendait la dépanneuse, elle m'a enfoncé une seringue dans le cou. (Ruth n'arrive quasiment pas à finir, tant elle a envie d'éclater en sanglots.) Je... je viens de revenir à moi et j'ai trouvé un mot sur le lit. Dessus, il y a écrit que si j'appelle la police, les jumelles mourront.

Le cœur de Mitzi s'emballe.

— Tu les as appelés ? aboie-t-elle.

Elle s'oblige aussitôt à rester calme et à agir en professionnelle.

— Qui as-tu appelé, Ruth ?

— Juste toi, gémit-elle en craquant pour de bon. Toi et personne d'autre.

Le souffle court, Mitzi s'entend dire :

— D'accord. Tu ne vas rien faire. Tu vas t'enfermer, te mettre sur le canapé et attendre que je te rappelle.

Elle lève les yeux vers Gwyn. Il est à quelques mètres d'elle, dos tourné, le regard fixé sur une des tours du château.

Est-ce qu'il aurait pu faire ça ? La preuve par l'exemple de l'avertissement qu'il lui a donné la veille – comme par hasard ?

Elle fourre le portable dans sa poche et charge. Elle le frappe en plein milieu du dos. Le coup fait chanceler l'ambassadeur, mais pas tomber.

Décontenancé, il se tourne et voit une Mitzi au visage déformé par la rage.

— Espèce de fils de pute, vous croyez pouvoir faire du mal à mes putains de gosses ?

Et sur ces mots, elle lui envoie une bonne droite.

Il l'arrête aussi aisément qu'une balle de baseball envoyée par un enfant de quatre ans.

Mitzi lui donne un coup de pied dans les jambes – de quoi l'estropier, un coup suffisamment fort pour lui éclater le tibia.

Il l'esquive sans le moindre effort, lui tord doucement le poignet jusqu'à lui bloquer le coude, puis l'épaule, et l'oblige à s'accroupir et enfin à s'allonger à plat ventre dans l'herbe.

Mitzi connaît bien cette prise. Si elle bouge d'un centimètre, elle sait que son poignet ne résistera pas.

Il s'approche de son oreille.

— Je n'ai rien fait à vos enfants. Vous entendez ?

Elle ne répond pas.

Mais la poigne d'Owain reste ferme, tout comme sa voix.

— Lieutenant, avez-vous entendu ce que j'ai dit ?

— Oui, admet-elle en grognant.

— Bien, dit-il en relâchant la pression et en l'aidant à se mettre debout. Je suis désolé d'avoir été obligé de faire cela. Et maintenant, vous allez tout me dire, d'accord ?

120.

CALIFORNIE

C'est une petite bicoque de rien du tout. Complètement isolée. Quatre murs en planches, et à l'intérieur, un salon-kitchenette, deux petites chambres et une salle de bains.

L'endroit parfait pour ce qu'ils ont à y faire.

— Ça donne soif, dis donc, de kidnapper, s'exclame Chris

en allant chercher deux packs de six dans le camping-car. Ça te dit, une bière ?

Les jumelles sont allongées par terre, dos contre dos. Tess est assise en face d'elles sur un fauteuil déglingué, une arme de poing posée sur les cuisses.

— Ouais, mais apporte-moi un verre. J'aime pas trop boire à la bouteille.

Tout s'était passé comme prévu.

Elle avait mis Ruth Everett sous sédatif, puis avait passé un coup de fil à Chris, qui attendait dans les bois à quelques centaines de mètres de là. Une fois son homme en place dans la maison, elle avait appelé les filles dans le patio en leur disant que leur tante était malade. Chris leur avait planté des seringues dans le cou aussi facilement qu'une fourchette dans des saucisses cuites au barbecue.

Ils les avaient entassées dans le camping-car et avaient aussitôt décollé pour l'endroit où, à présent, ils savouraient la bière de la victoire.

Chris prend un gobelet poussiéreux dans un placard, l'essuie avec le chiffon à vaisselle, verse la Bud et enlève l'excès de mousse pour l'amour de sa vie.

Pendant ce temps-là, Tess s'agenouille près des jumelles et met deux doigts sur leur poignet pour vérifier le pouls. Si elle force trop sur les sédatifs, elles vont mourir. Mais si elle ne les drogue pas assez, elles vont lui donner du fil à retordre.

À en croire les veines qui palpitent sous ses doigts, elles ont reçu pile la bonne dose.

Elle vérifie les liens une fois de plus. Chris les a menottées et ligotées dos à dos, il leur a cloué le bec avec du ruban adhésif bien épais et, pour faire bonne mesure, il les a aveuglées en leur passant une cagoule noire sur la tête.

Tout est au poil.

Elle se rassoit et lui prend le verre des mains.

— Merci, dit-elle avant d'avaler une longue gorgée et de reposer le gobelet par terre.

Il jette un œil aux jumelles et lève sa bouteille à leur santé.

— Elles sont mignonnes, ces gosses. Ce sera vraiment dommage de devoir les tuer.

121.

CHÂTEAU CAERGWYN, PAYS DE GALLES

Owain ferme la porte de son bureau et écoute avec attention Mitzi, qui lui répète ce qu'elle sait de l'enlèvement de ses enfants.

Nul besoin d'être devin pour voir qu'elle a grandement besoin d'être rassurée.

— Mitzi, vous êtes inspecteur, vous savez bien ce que ce message signifie : ils ont l'intention d'entrer en contact avec vous. Probablement dans les minutes qui viennent, d'ailleurs.

Mitzi hoche la tête et arrête de se ronger les ongles.

— Je dois appeler ma chef et tout lui raconter. Le FBI a une unité spéciale pour ce genre de choses.

Owain lui indique d'un geste un bureau victorien en acajou doré.

— Je vous en prie, servez-vous de mon téléphone. Mais peut-être devriez-vous envisager d'attendre une heure de plus. Je suis certain que ces gens sauront vous contacter directement.

— Impossible, s'exclame-t-elle en se levant. Je suis déjà folle d'inquiétude. Vous ne comprenez pas, ils ont ce que j'ai de plus cher au monde. Mes bébés.

— Oui, bien sûr, concède-t-il en se levant à son tour. Je vous laisse seule le temps que vous passiez ce coup de fil.

Elle décroche le combiné mais n'entend aucune tonalité.

— Comment je fais pour avoir l'extérieur ?

— Zéro, zéro, et votre numéro.

— Merci.

Elle a les doigts qui tremblent en composant le numéro de la ligne directe de sa chef.

Owain sort de la pièce et prend le couloir menant à l'aile ouest. Il passe un système de sécurité par contrôle digital et rétinien et se plie à une fouille corporelle complète opérée par deux gardes armés, à l'aide d'un détecteur à main. Ensuite seulement est-il autorisé à entrer dans le centre opérationnel de l'OSSA qui, outre des agents, abrite les principales banques de données de l'Ordre, ainsi que ses ordinateurs centraux.

L'ambassadeur se dirige vers Lance Beaufort, assis à un bureau incurvé devant une multitude d'écrans 3D disposés en demi-cercle.

— Le lieutenant Fallon est au téléphone avec sa supérieure dans le petit bureau. On a kidnappé ses enfants.

Le Français appuie sur une touche rouge et la voix de Mitzi sort aussitôt d'un haut-parleur encastré dans le bureau.

Elle a l'air tendue.

— Non, je n'ai parlé à personne à part Ruth. Ce serait bien qu'une flic l'appelle pour la réconforter un peu, d'ailleurs.

— C'est comme si c'était fait, répond Donovan. Dès qu'on raccroche, je contacte la cellule qui s'occupe des enlèvements et je demande à ce qu'on mette les téléphones de votre sœur et votre portable sur écoute.

— Je dois aussi l'annoncer à leur père, poursuit Mitzi, autant pour elle-même que pour sa chef. Il va péter un câble, quand il va savoir ça.

— Dites-moi où le trouver et on envoie un officier chez lui. Comme ça, il sera au plus près de l'action.

Owain fait un geste à son collègue.

— Éteins, je n'ai pas besoin d'entendre ça.

Beaufort coupe le volume.

— Tu veux que je mette une équipe en place ?

— Tout de suite. Quel agent avait fait les recherches sur Fallon et le flic irlandais, déjà ?

— Ross Green, en tandem avec Eve Garrett. Deux ex-flics qui feront partie du Cercle un jour, c'est certain.

— J'espère que tu dis vrai, on a toujours besoin de sang frais. Mets-le sur l'affaire, et elle aussi, si on peut la libérer.

— J'appelle Gareth tout de suite pour arranger ça.

— Et dis-leur d'être prudents. Tu peux être sûr que c'est Mardrid qui tire les ficelles derrière Marchetti et qu'il va tenter de se servir des filles de Fallon pour nous atteindre.

122.

New York

Le match des poussins est en train de se terminer au Met Oval, dans le Queens, un terrain de football américain connu pour être le plus vieux des États-Unis.

Les Brooklyn Knights sont en passe de gagner 2 à 0 contre Westchester, dans ce petit stade qui offre une vue imprenable sur les gratte-ciel de Manhattan – et, accessoirement, se situe à trois minutes de marche de chez Zachra Korshidi. Parmi les parents venus encourager leurs enfants sur la ligne de touche se trouve Gareth Madoc. En face, deux membres de son équipe (tous les deux armés) sont debout en train d'applaudir. Six autres sont stationnés dans les rues environnantes.

Zachra a vingt minutes de retard à leur rendez-vous secret et Madoc commence à se sentir nerveux. Il met une main en visière pour se protéger du soleil. Au loin il aperçoit une forme indistincte, vêtue d'une *burqa* noire, qui longe les buissons.

Madoc chuchote dans l'émetteur fixé au poignet de son blouson d'aviateur marron.

— Tenez-vous prêts. La cible approche en direction du sud.

Aussitôt, des silhouettes se faufilent dans la foule. Des mains invisibles enlèvent le cran de sûreté sur leur arme de poing. Peut-être Zachra a-t-elle été suivie, peut-être pas. C'est un risque qu'ils ne sont pas prêts à prendre, en tout cas.

Madoc s'assure qu'elle le voit bien, puis quitte la touche en remontant un talus qui mène à la rue. Il se positionne à l'ombre d'un arbre et la regarde venir vers lui.

D'une main, elle tient un sachet marron de Burger King, de l'autre un gobelet de soda avec une paille. À travers la minuscule fente de son *niqab*, il voit des yeux affolés qui regardent partout comme un animal apeuré.

— Ça va ? demande Madoc.

La tête recouverte de noir acquiesce.

— Tu as quelque chose à me dire ? poursuit-il.

— Mon père nous a ordonné de sortir, à ma mère et moi. Il a

dit qu'il allait recevoir un invité très important et qu'il ne voulait pas qu'on soit là, qu'on allait lui faire honte. On a dû nettoyer de fond en comble la pièce à l'arrière de la maison, et ensuite il a décrété qu'on resterait dehors jusqu'à ce qu'il appelle.

— Tu lui as demandé combien de temps ça allait prendre ?

La jeune femme éclate d'un rire amer sous son voile.

— On ne *demande* pas à mon père. On fait simplement ce qu'il dit de faire.

— Tu as réussi à installer les caméras et le mouchard ?

Zachra ne répond pas. Elle lève son soda d'une main, soulève le voile de l'autre et boit une longue gorgée.

Madoc la regarde faire et s'aperçoit que les articulations de sa main droite sont gonflées. La gauche est tout aussi abîmée.

Zachra surprend son regard.

— Il m'a battue parce que je suis entrée dans sa pièce sans permission. À cause de vous. Il m'a forcée à me mettre à quatre pattes, comme un chien, et il m'a marché sur les mains.

Madoc en a entendu assez.

— Je t'emmène à l'hôpital.

— L'hôpital peut attendre, réplique-t-elle d'une voix dure, avant de jeter son gobelet dans une poubelle et de lever son sachet Burger King bien haut. Je vais m'asseoir au calme pour manger ça.

Juste avant de tourner les talons, elle ajoute :

— Et oui, vos machins sont installés.

123.

Château Caergwyn, Pays de Galles

Mitzi raccroche et reste assise sur le fauteuil, l'air hébété. Soudain, la porte s'ouvre et Owain entre avec George Dalton.

C'est bien sa chance : l'homme qu'elle cherchait désespérément à interroger se pointe au pire moment pour lui parler.

— J'ai appris pour vos filles, lui dit Dalton, l'air de compatir vraiment. Je suis sincèrement navré.

Mitzi s'adresse à l'ambassadeur :

— Je dois partir tout de suite, je veux prendre le prochain vol pour la Californie. Vous pouvez me dire où se trouve l'aéroport le plus proche ?

L'ambassadeur secoue vivement la tête.

— Ce ne sera pas nécessaire. Mon hélicoptère va vous emmener directement à Heathrow et, de là, un jet vous ramènera à bon port.

Elle en reste bouche bée.

— C'est très gentil à vous. Merci.

— Vous n'avez pas besoin de me remercier. Excusez-moi un instant, le temps de faire le nécessaire.

Mitzi le regarde partir et ses yeux se posent sur Dalton. Faute de mieux, elle va au moins lui poser une question avant de quitter ce pays de malheur.

— Finalement vous l'avez tué, Bradley Deagan ?

Il marque une longue pause avant d'ouvrir la bouche.

— Sir Owain m'a indiqué que vous en savez un peu sur notre cause. Sur tout *le bien* qu'on essaie de faire.

Mitzi se lève et pénètre son espace personnel d'un air décidé.

— J'ai votre ADN.

Le consul rougit malgré lui.

— J'ai piqué la bouteille d'eau dans laquelle vous avez bu quand on s'est vus à Londres, et je l'ai fait examiner. Et devinez quoi ? Votre ADN correspond à celui qu'on a retrouvé sur le sol des toilettes du *diner* de Dupont Circle, mélangé à celui de Deagan.

Dalton réfléchit un instant.

— Je ne vois pas bien où vous voulez en venir en me disant cela. Je vous ai déjà dit que je m'y trouvais. Ces toilettes ne devaient pas briller par leur propreté, j'imagine que vous avez dû trouver quantité d'autres traces d'ADN, là-dedans, conclut-il d'un air dégagé.

— Eh ben non, justement, la pièce venait d'être nettoyée. On en a même la preuve : le tableau de service a été signé dix minutes avant votre arrivée. Pas de bol, hein ?

Visiblement nerveux, Dalton passe la langue sur des lèvres sèches.

— La dernière fois, vous m'avez fait croire que vous aviez des images d'une caméra de surveillance. C'était un mensonge.

— Vous vous trouviez à ce *diner* avec un homme que vous avez suivi depuis une scène de crime.

— Vous pourriez être en train de me mentir, en ce moment.

— Ce n'est pas le cas.

Sur ces entrefaites, Owain revient dans la pièce.

— Le pilote dit qu'il est prêt à décoller dans une vingtaine de minutes.

— Merci, lui lance Mitzi, avant de se retourner vers Dalton. Allons, George. Vous comme moi savons que vous avez tué Deagan et que vous avez dissimulé son cadavre et son véhicule quelque part. Vous ne voyez pas l'état dans lequel je suis ? Ce serait vraiment chic de m'épargner vos salades.

Dalton jette un œil à l'ambassadeur, qui acquiesce d'un air entendu.

Enfin, le consul se confie.

— J'ai suivi un 4x4 marron depuis le magasin d'antiquités où le vieil homme a été tué. Deagan et son complice se sont arrêtés quelques kilomètres plus loin. Ils se sont enfoncés dans les bois tous les deux, mais seul Deagan en est ressorti. Je l'ai suivi jusqu'au *diner*. Il est entré, a commandé quelque chose à manger. Quand il est ressorti, je lui ai demandé de nous rendre ce qui nous appartenait.

— *Demandé* ?

— Oui, *demandé*. S'il m'avait écouté, rien ne lui serait arrivé. Mais au lieu de cela, il est devenu fou, il a sorti un couteau et on s'est battus. Je me suis fait blesser, et lui, tuer.

— Et le corps ? Le véhicule ?

— On a dû les bouger, dit-il en haussant les épaules.

Elle lui fait un sourire incrédule.

— Dommage, vous vous en sortiez pas mal jusque-là.

Owain s'immisce alors dans la conversation.

— Lieutenant, depuis hier, vous savez pourquoi il est préférable qu'on ne soit pas mêlés à une enquête pour meurtre. Il est impératif que les aveux de George restent entre nous.

— Je suis désolée, sir Owain. Mon métier, ce n'est pas de garder les secrets. Au contraire, je les révèle.

— J'espère sincèrement que vous ferez une exception pour nous, s'exclame l'ambassadeur en vérifiant l'heure à sa montre. Nous devrions y aller. Le pilote aura terminé ses préparatifs.

Soudain, le portable de Mitzi sonne.

Son cœur bondit. Sur l'écran, elle lit « Appel masqué ». Elle répond.

— Mitzi Fallon à l'appareil.

Une voix déformée et horriblement lente lui dit :

— Laquelle de tes filles tu aimes le plus ?

Les mots lui donnent le vertige. Elle s'assoit sur le rebord d'un canapé en cuir, par peur de tomber dans les pommes.

— Qu'est-ce que vous voulez ?

— Le codex. Si on l'a pas dans les vingt-quatre heures, j'en tue une. Tu peux choisir laquelle.

124.

Q.G. du FBI, San Francisco

Les bureaux de la cellule d'intervention rapide spécialisée dans les enlèvements de mineurs se situent deux étages en dessous de ceux du HRI. Donovan appelle Bob Beam, le chef de l'équipe, pour le mettre au courant et l'informe qu'elle descend de ce pas avec un de ses lieutenants.

Cinq minutes plus tard, Eleonora et elles s'assoient en face de Beam dans une salle de réunion aux murs vitrés.

L'homme approche de la cinquantaine et a l'air d'un prof de fac, avec son blazer marron aux coudes en cuir et ses lunettes à monture carrée.

Deux agents au physique pour le moins contrasté se joignent à eux : un grand gaillard aux cheveux noirs coupés ras et une blonde menue en costume gris. Pendant qu'ils prennent place, Beam les présente :

— Voici Damon Spinks, qui dirigera toute opération de sauvetage que nous serons amenés à monter. Et voici Helena Banks, notre psychologue et négociatrice. Elle serait capable de convaincre le diable de chanter dans une chorale d'église.

Donovan hoche la tête en direction de sa voisine :

— Ma collègue ici présente, Eleonora Fracci, est un de nos meilleurs enquêteurs. Elle travaille avec Mitzi Fallon, et je veux qu'elle soit l'agent de liaison sur cette affaire, avec vous, moi et toute autre unité qui pourrait être sollicitée.

Beam écrit son nom au bas des notes qu'il a prises quand Donovan, la directrice adjointe, l'a appelé.

— Pour l'instant, on est tous en mode tournage de pouces. C'est la phase la plus déstabilisante, dans ce genre d'affaires. Vu l'avertissement laissé par les ravisseurs, impossible d'envoyer une équipe à la maison où les filles ont été kidnappées : ils pourraient la faire surveiller.

Spinks intervient pour les rassurer un peu.

— J'ai quand même envoyé un hélicoptère banalisé survoler discrètement la zone, il va nous envoyer des images. On a également demandé l'accès aux images satellite en temps réel et depuis vingt-quatre heures, mais on aura du bol de les obtenir.

Donovan pousse un soupir.

— Et les téléphones, ils sont sur écoute ?

— Ça, c'est bon, réplique Beam. Mais vous connaissez la chanson. Les suspects vont sûrement se servir de portables jetables et s'en débarrasser dès qu'ils auront appelé une fois avec.

— Ça vaut le coup de tenter quand même.

— Toujours.

Beam fait rouler le stylo entre ses doigts tout en réfléchissant.

— Comme ça, vous pensez que les filles ont été enlevées à cause de cette affaire sur laquelle leur mère bosse en ce moment ?

— Exact. Elle enquête sur deux homicides en rapport avec une croix très ancienne et une clé USB dérobée dans un magasin d'antiquités près de Washington.

Beam le note à la suite.

— Et qu'est-ce qu'il y a, sur cette clé ?

— Des infos cryptées.

Son visage s'anime.

— Une histoire d'espionnage ?

Donovan secoue la tête.

— Non, il s'agirait d'autre chose. Fallon n'est pas vraiment entrée dans les détails.

— Eh bien, elle va devoir le faire, réplique-t-il en se tournant vers Eleonora. Vous pouvez l'appeler et me faire un topo complet ?

— *Sì*, acquiesce-t-elle, avant de plonger une main dans son immense sac Fendi et d'en sortir quelques cadres. J'ai pris ça sur son bureau. Vous allez avoir besoin de photos des jumelles, oui ?

— Merci.

Beam prend le tout et les dispose soigneusement sur la table, de son côté.

Helena, la psychologue, se penche sur une photo des filles posant avec leur mère à Disneyland. Elles sont toutes les trois affublées d'oreilles de Minnie.

— Vous pouvez m'en dire un peu plus sur sa famille ? Ça nous aiderait de savoir comment les enfants sont susceptibles de réagir à ce traumatisme.

— On ne va pas pouvoir vous être d'une grande utilité, explique Donovan. Fallon est nouvelle dans l'équipe, elle vient de Los Angeles. Elle a demandé à être transférée de la Criminelle après un divorce foireux et elle a emmené ses filles.

— Le père est un bon à rien, intervient Eleonora.

Au vu des regards qu'elle s'attire, elle se sent obligée d'expliquer.

— OK, je me suis un peu renseignée sur elle. C'était une femme battue, avant. Un jour, elle n'a plus voulu se laisser faire, elle l'a fait arrêter.

— Alors là, bravo, commente Helena.

— C'est une dure à cuire, ajoute Donovan. Ça explique en partie pourquoi je la voulais dans cette équipe.

— Tant mieux, parce qu'elle va devoir être forte, réplique Helena. Et ses filles aussi. Espérons que l'instinct de survie de leur mère a un peu déteint sur elles.

Beam examine un cliché de Mitzi pris en vacances, où on la voit, plus jeune, avançant dans les vagues avec deux petites filles dans les bras.

— Vous pensez que Fallon pourrait essayer de résoudre son problème toute seule ?

— Eh bien…, répond Donovan en réfléchissant tout haut. Elle nous a appelés tout de suite. Ça veut bien dire qu'elle tente de faire les choses dans les règles ; elle veut qu'on soit à ses côtés.

La psychologue lui adresse un sourire sceptique.

— Ne vous y trompez pas, une mère, c'est prêt à tout pour sauver ses enfants. Et une femme comme Fallon, ça suit les règles tant que les règles vont dans son sens. Si elle décide que ce n'est plus le cas, elle n'hésitera pas une seconde à franchir la ligne blanche.

125.

Château Caergwyn, Pays de Galles

Mitzi raccroche.

Owain et George Dalton la dévisagent, attendant qu'elle parle.

Elle est quasiment en transe quand elle dit enfin :

— Je dois leur donner le codex sous vingt-quatre heures, sinon ils tuent une de mes filles.

L'ambassadeur l'incite à s'asseoir à côté de lui sur le canapé en cuir. Le dilemme devant lequel elle se trouve est terrible, et il sait que cela ne sert à rien de lui mentir.

— À partir de maintenant, ce que vous allez décider de faire va être crucial. Malheureusement, comme vous avez deux filles, ils en tueront réellement une si nécessaire. S'ils sentent qu'ils n'ont pas suffisamment de prise sur vous.

Mitzi observe ses mains. Cela fait bien longtemps qu'elle ne les avait pas vues trembler comme ça.

— Mais une fois que ces salauds auront obtenu ce qu'ils veulent, réplique-t-elle en levant les yeux vers le Gallois, il y a toutes les chances pour qu'ils les tuent toutes les deux, non ?

Owain sait qu'elle a raison.

— Quelles instructions vous ont-ils données, précisément ?

— Ils m'ont redit de ne pas appeler la police. Ils me rappellent dans l'heure pour me donner un lieu de rendez-vous. Je leur ai dit que j'étais en Angleterre, ils ont dit qu'ils le savaient déjà. Ils ont raccroché tout de suite après.

— Vous avez dit l'Angleterre ?

— Oui, pourquoi ?

— Parce que vous n'êtes pas en Angleterre. Vous êtes au pays de Galles. Donc, ils savent que vous avez traversé l'Atlantique pour vous rendre à Londres, mais pas que vous êtes venue jusqu'ici pour me voir.

— Ou alors, intervient Dalton, ils ne savent pas que ce sont deux pays distincts.

Owain scrute le visage tendu de Mitzi.

— Je vais donner l'ordre au pilote d'arrêter son engin. Vu la tournure des événements, vous êtes mieux ici que n'importe où ailleurs. Dans tous les cas, il n'y a aucun intérêt à vous renvoyer aux États-Unis.

— Je ne suis pas sûre, rétorque-t-elle, l'air agité. Je veux être le plus près possible de mes filles.

— Je comprends. Mais imaginez que vous ratiez un coup de fil des ravisseurs pendant le vol ?

Mitzi voit bien qu'il a raison.

— Écoutez, je n'ai pas les idées claires, avoue-t-elle. Donnez-moi une minute avant de parler au pilote.

— Et le FBI ? Vous allez leur dire que les ravisseurs sont entrés en contact avec vous ?

— Je ne peux pas faire autrement.

— N'oubliez pas qu'on est mieux placés qu'eux pour vous aider. S'ils commettent la moindre erreur, vous savez que ces voyous vont assassiner vos filles et s'enfuir.

Mitzi se ronge un ongle.

— De toute façon, le FBI a mis mon portable sur écoute. Ils auront vu que j'ai reçu un appel.

— Eh bien en fait, non. Le château est protégé par un écran qui empêche toute communication non désirée avec le monde extérieur. En ce moment, personne ne peut vous localiser ou écouter vos conversations.

Elle songe à quelque chose, tout à coup.

— Et *vous* ? Vous avez tenté de le localiser, cet appel ?

— Effectivement, mais on n'y est pas arrivés. Ils se servent d'un logiciel qui renvoie le signal à des bornes situées à des centaines de kilomètres de l'endroit où l'appel a vraiment été passé. On peut remonter à la source, mais cela va prendre du temps.

Mitzi se laisse gagner par le désespoir.

— Du temps, c'est pile ce que je n'ai pas.

Son téléphone sonne. Elle regarde l'écran et voit que c'est la ligne directe de Donovan.

— C'est ma boss. Il faut que je réponde.

— Comme vous voudrez, dit l'ambassadeur en lui touchant le bras. Mais à vous de décider si vous faites confiance au FBI, qui gère des affaires de kidnapping depuis des décennies, ou bien à nous, une organisation qui fait cela depuis des siècles.

126.

Q.G. du FBI, San Francisco

Sandra Donovan explique à Mitzi qu'elle est sur haut-parleur et que Fracci est avec elle.

— Mitzi, c'est Eleonora, s'exclame l'Italienne, avant de se pencher au-dessus de l'appareil en forme de triangle posé sur le bureau de la chef. On va tout faire pour retrouver tes enfants, je te promets.

— Je sais, t'inquiète. Est-ce que quelqu'un a prévenu le poste de police du coin ?

Cette fois-ci, c'est Donovan qui répond.

— Non. Ils ne sont pas au courant et on ne leur dit rien. Vous avez pris vos dispositions, pour l'avion ?

Mitzi hésite.

— J'ai pensé que je devrais rester un peu ici, histoire d'être joignable. J'ai pas envie d'être au-dessus de l'Atlantique quand les ravisseurs tenteront d'entrer en contact avec moi.

Vous avez du nouveau ?

— Pas encore, répond la directrice adjointe. On pense que la femme qui s'est introduite chez votre sœur opère avec au moins un homme, probablement plus. Eleonora vient de parler à Ruth et votre sœur croit avoir reconnu un accent californien chez la ravisseuse.

— Ruthy est forte, question accents. Elle était instit avant et elle savait vous dire exactement d'où venait chaque gosse de sa classe.

— Un agent va aussi entrer en contact avec elle pour un portrait-robot. On peut faire pas mal de choses par vidéoconférence, du moment que la liaison est sécurisée, même si ce n'est pas aussi bien que d'être là-bas avec elle, bien sûr.

Eleonora s'approche de nouveau du haut-parleur.

— On a retrouvé la trace de ton ex-mari, Mitzi. Il a passé la nuit en cellule de dégrisement à Oakwood, après une bagarre dans un bar. L'officier en charge te connaît, alors il laisse tomber les poursuites.

— Bon sang, il changera jamais, râle Mitzi. Je lui donne une demi-heure et je l'appelle. Vous pouvez envoyer quelqu'un près de lui ?

— On s'en occupe, confirme Donovan. On s'est réunis avec le service spécialisé dans les enlèvements de mineurs et ils nous demandent un topo précis sur votre enquête. Eleonora va faire le point avec Vicky et leur amener tout ce qu'on a. Je sais que ce n'est pas évident, mais vous ne pensez à personne qui pourrait vous en vouloir au point de faire ça ? Un type que vous avez fait mettre en taule ? un gang à qui vous avez cherché des noises ?

— Je ne pense pas. Je suis quasiment certaine que c'est les mêmes personnes qui ont tué Sophie Hudson pour récupérer la clé USB que Goldman lui avait confiée.

— Et que vous avez toujours avec vous ?

— Oh que oui, réplique-t-elle en sentant les yeux d'Owain sur elle. Personne ne la trouvera, là où je l'ai cachée.

— Si vous avez raison, poursuit Donovan, c'est cette clé qu'ils vont vouloir échanger contre vos filles.

— Je sais. Et qu'on soit bien claires, preuve ou pas preuve, si ça me permet de récupérer mes enfants, je leur file tout de suite.

Eleonora sent que la conversation arrive à son terme.

— Tu peux dire à Bronty d'appeler pour faire le point, s'il te plaît ? demande-t-elle à Mitzi.

— Il n'est pas avec moi. Il suit une piste à Lundy.

— Lundy ? C'est où, ça ?

— Une île au large de l'Angleterre. Je l'appelle pour lui dire, si tu veux.

— Non, laisse tomber. Je m'en charge.

— Merci.

Mitzi raccroche et regarde autour d'elle. Dalton et sir Owain ont disparu.

À leur place se trouve le vieillard à la barbe blanche qu'elle a rencontré dehors.

127.

Lundy

La tempête prédite par la météo frappe Lundy de plein fouet.

La majeure partie des insulaires (une petite trentaine de personnes) sont barricadés chez eux, dans le sud, mais Bronty brave les éléments avec pour seule protection un coupe-vent bien trop fin emprunté à la taverne.

Jusqu'ici il est tombé sur une ancienne carrière de granit, quelques corps de ferme ici et là, un petit camping, une vingtaine de maisons de vacances – et c'est à peu près tout.

Pour beaucoup, cette île serait l'enfer, mais pas pour lui. Le calme et l'isolement de l'endroit lui apportent une plénitude spirituelle qu'il a rarement sentie depuis son départ du séminaire.

En plus du Cimetière des Géants (où, pour la petite histoire, des squelettes de près de deux mètres cinquante auraient été retrouvés), le vieux Dan lui a dressé une liste des endroits riches en légendes en tous genres, qu'elles aient un lien avec l'histoire ou la religion. Ils portent des noms exotiques, comme le Chas de l'Aiguille, le Toboggan du Diable et la Pointe du Farfadet, mais pour l'instant il se contente d'une promenade sous la pluie cinglante le long des murets en pierre du cimetière de Beacon Hill. Comme souvent, on a choisi l'endroit le plus élevé de l'île pour y enterrer les morts, le point que les anciens pensaient être le plus proche des cieux, donc des dieux.

Lentement, Bronty observe autour de lui. Par-delà les pâturages détrempés, il contemple la mer démontée. C'est quelque part entre ici et l'horizon que le canal de Bristol et la mer Celtique confluent, là où d'innombrables mythes et légendes viennent se mélanger aux flots déchaînés.

Les minutes passent et il prend conscience que tout ce qui le sépare de sa terre natale américaine, c'est de l'eau. Les yeux fixés sur les vagues, il tourne sur lui-même en se remémorant les paroles du marin : quand ils venaient ici, les anciens Celtes devaient avoir littéralement l'impression d'être au bout du monde.

Soudain la pluie s'arrête. Les nuages gris s'éloignent. Un rayon de soleil lui réchauffe le visage. Sans le vent pour souffler en bourrasque, la quiétude des lieux est merveilleuse. Des cris d'oiseaux se font entendre, et il les voit qui battent des ailes et tournoient dans le ciel de plus en plus bleu. En mettant sa main en visière, il reconnaît des goélands argentés, des étourneaux, des merles et peut-être même un faucon pèlerin.

Il reporte son attention sur l'herbe luisante et repère les sépultures qu'il est venu voir. Quatre pierres tombales isolées des autres, que jamais on ne remarquerait si on ne connaissait pas leur histoire.

Il s'approche.

Les stèles durement exposées aux intempéries lui évoquent les croix celtes qui ornent les cimetières du pays de Galles et de Cornouailles. Il tente de lire les inscriptions à moitié effacées. Sur l'une d'elles il distingue les lettres OPTIMI, ce qui lui fait penser au prénom masculin latin Optimus. Sur une autre il croit lire RESTEVTAE ou RESGEVT, qui pourrait correspondre au prénom féminin Resteuta ou Resgeuta. Les deux dernières sont encore plus difficiles à déchiffrer. Sur la première il lit POTIT, mais cela pourrait aussi être PO TIT, et sur la seconde IGERNI, TIGERNI. Il se demande s'il s'agit d'un dénommé Tigernus, fils de quelqu'un qui s'appelait probablement lui aussi Tigernus.

— Si seulement les morts pouvaient parler.

Bronty se retourne brusquement et voit une rousse en anorak jaune avec de solides chaussures de marche qui lui sourit chaleureusement.

— Bonjour, je suis Geraldine Brummer, lui dit-elle en tendant la main. Et vous devez être monsieur Tomlinson, du National Trust ?

— Pas du tout, répond-il en lui serrant quand même la main. Je m'appelle Jon Bronty. Je suis… euh… simplement un Américain en visite sur l'île.

— Oh, pardon. Au temps pour moi. Je travaille pour Natural England, un organisme qui s'occupe de la protection des fonds marins. Je suis venue plonger.

— Si vous aimez plonger, j'imagine que la pluie ne vous gêne pas.

— Au contraire, j'adore. Ça me fait me sentir plus vivante.

Le portable de Bronty sonne.

— Vous voulez bien m'excuser un instant ?

— Bien sûr, réplique-t-elle avec un sourire bienveillant. Vous avez de la chance d'avoir du réseau.

Il lui sourit aussi et se détourne pour prendre l'appel.

— Allô ?

— C'est Eleonora. Tu peux parler ?

— Un instant, fait-il en s'éloignant un peu. Vas-y.

— Les enfants de Mitzi ont été enlevés.

— Quoi ?

— Les jumelles ont été kidnappées chez leur tante à San Mateo. Je vais t'expliquer, mais d'abord tu dois me dire tout ce que tu sais de son enquête. Vraiment tout, tu m'entends ?

128.

Château Caergwyn, Pays de Galles

Mitzi n'est pas loin de perdre les pédales quand elle voit Myrddin surgir de nulle part devant elle.

— Par les flammes de l'enfer, Mervyn, mais d'où vous débarquez ? Faut pas arriver en douce comme ça.

Le vieil homme lui sourit et s'approche d'elle. Son visage respire la bonté.

— Je suis venu te donner de la force.

— Pardon ?

Myrddin lui prend les deux mains avant qu'elle ne s'esquive et les retient fermement, tout en la fixant droit dans les yeux.

Tout à coup, Mitzi a une curieuse sensation dans les doigts. Le fourmillement lui remonte dans les bras et jusqu'à la poitrine, comme un accord de basse puissant. Elle tente de retirer les mains mais elles sont totalement bloquées, aussi lourdes et figées que ses pieds un peu plus tôt dans le jardin. Une intense chaleur se diffuse en elle.

— Ferme les yeux pour moi.

En temps normal, un type qui la baratinerait comme ça se ferait rembarrer illico, mais Mitzi sent confusément qu'elle ne peut pas s'empêcher de lui obéir.

— Reviens en arrière. Pense au jour où tu as donné naissance à tes filles. Souviens-toi qu'à l'heure où tu étais la plus faible, tu as accompli la plus extraordinaire des choses. Souviens-toi du premier souffle et des premiers pleurs de ces êtres que tu as créés. De ce qu'elles ont ressenti quand tu les as tenues dans tes bras. De ce que *toi* tu as ressenti quand tu leur as déposé un baiser sur le front et caressé la joue. Souviens-toi de la magie.

Myrddin lui prend les mains et les place derrière son dos, comme si elles étaient attachées.

— Vois tes enfants qui viennent de naître. Vois-les qui entrent dans la lumière de la terre et sont placés dans tes bras pour la première fois.

Mitzi voudrait parler, mais c'est impossible. Son esprit est aveuglé par le souvenir exaltant de la maternité.

Myrddin pose une main parcheminée sur son épaule.

— Agenouille-toi.

Ses jambes se plient toutes seules et ses genoux touchent le parquet froid.

— La terre te donne de la force. Elle te régénère, absorbe tes peurs et c'est en elle que tu croîs.

Il appuie plus fort sur les épaules de Mitzi.

— Allonge-toi.

Mitzi s'affale de tout son long, consciente à présent de la dureté du sol contre sa joue.

— La terre te donne de l'énergie et un abri. Elle te nourrit quand il n'y a pas de nourriture et te cache quand il n'y a aucun endroit où te cacher. Ceux qui te regardent ne verront que ton enveloppe physique. Ton esprit sera sous terre, protégé et nourri comme les racines d'un arbre millénaire.

Mitzi a l'impression d'être sortie de son corps. Elle sait qu'elle a été soumise à une forme d'hypnotisme, mais en même temps c'est tellement irrésistible, et elle se sent tellement mieux qu'elle n'éprouve aucune envie de résister.

— Quand tu te relèveras, tu seras forte. Si forte qu'aucun homme ne sera jamais capable de te terrasser. Quand tu seras debout et que tu entendras ton nom, tu auras oublié que tu m'as parlé et même que j'étais dans la pièce. Mais quand viendra pour toi le temps de souffrir, tu te souviendras de ton pouvoir. Et à présent, ouvre les mains. Sens la terre sous toi. Remercie-la d'être devenue ton amie. Mets-toi à genoux et vénère-la. Enfin, redresse-toi fièrement comme se dresse le plus bel arbre de la forêt, et ensuite, ouvre les yeux.

129.

LUNDY

Un drapeau blanc orné d'une croix de saint Georges flotte dans le ciel bleu gris. Il est hissé sur une tour carrée, accolée à l'église Sainte-Hélène, devant laquelle se tient présentement la silhouette esseulée de Jon Bronty.

L'ancien prêtre vient d'en terminer avec Eleonora et il essaie de joindre Mitzi. Mais tous ses appels basculent directement sur la messagerie. Une voix sobre lui dit pour la troisième fois : « Vous êtes bien sur le répondeur de Mitzi. Laissez-moi un message ainsi qu'un numéro et je vous rappellerai, merci. »

— Salut, c'est Bronty. Je viens d'apprendre la terrible nouvelle. Je suis sincèrement désolé pour toi. Je vais terminer ce que j'ai à faire ici et quitter l'île le plus vite possible, mais je ne pense pas qu'il y ait de ferry avant demain. Sois forte. Je vais prier pour tes filles et toi.

Il raccroche et entre dans l'église pour tenir la promesse qu'il vient de faire.

L'intérieur est bien plus beau et impressionnant que l'extérieur austère, en ardoise et pierre grise, ne le suggère. Les jolies briques rouges et les vieux bancs en bois foncé lui paraissent tout de suite familiers et chaleureux.

Il admire le chœur un peu désuet et la minuscule sacristie sur un côté. Les colonnes en marbre de Purbeck, rehaussées de sculptures d'albâtre représentant la Cène. Le grand pupitre en bois sculpté en forme d'aigle, la vieille chaire en pierre et les fonts baptismaux carrés. Le modeste autel recouvert d'un drap rouge, qui pâlit en comparaison du superbe vitrail central représentant la Crucifixion. Il s'avance et s'agenouille devant le dieu qu'il a renié. Ce n'est pas parce qu'il a perdu la foi en l'Être suprême qu'il a jeté l'éponge, mais parce qu'il ne se trouvait pas suffisamment digne pour porter la soutane.

Il prie pour que les enfants de Mitzi soient saines et sauves et retrouvent leur mère au plus vite, que cette mauvaise expérience ne leur laisse pas de cicatrice et que Mitzi trouve la force de surmonter cette épreuve sans que cela l'affecte durablement.

C'est beaucoup demander et il le sait.

Il ouvre les yeux, contemple le crucifix en cuivre brillant posé sur l'autel et se sent chez lui. L'église. L'île. Les habitants. Tout lui semble être à sa place. Il pourrait vivre ici. Ce petit bout de terre paraît si humble en apparence, mais a tellement à offrir aux visiteurs qui se donnent la peine de le regarder.

Au moment de se lever pour partir, il aperçoit Geraldine Brummer qui prie tranquillement sur un banc, dans un coin. Soudain, il prend conscience qu'il est venu à Lundy la tête pleine de questions – et qu'il en repartira avec des réponses. Mais peut-être pas celles qu'il cherchait.

130.

CHÂTEAU CAERGWYN, PAYS DE GALLES

Owain revient en compagnie de sa femme. Ils ont la surprise de découvrir Mitzi debout près de la fenêtre, les yeux dans le vague, comme si elle était en état de transe.

— Lieutenant, s'exclame-t-il assez fort pour attirer son attention. Je vous présente mon épouse, Jennifer.

Soudain, le visage de Mitzi s'anime.

— Oh, désolée, j'étais ailleurs, dit-elle en prenant la main de lady Gwyn. Mitzi Fallon, enchantée.

Jennifer pose une main rassurante sur celle que l'inspecteur lui tend.

— Vous devez être folle d'inquiétude. Asseyons-nous un moment pour discuter.

Owain se dirige vers la porte après s'être assuré que Mitzi est entre de bonnes mains.

— Navré, j'ai un appel urgent et je dois absolument le prendre.

L'ambassadeur retourne dans son bureau, où George Dalton et Lance Beaufort sont en liaison avec Gareth Madoc depuis New York.

— Owain est là. Je te mets sur haut-parleur.

— Gareth, dit l'intéressé en prenant place dans son fauteuil.

Madoc va droit au but.

— Khalid Korshidi est en compagnie d'Ali Ben Al-Shibh.

— Ben Al-Shibh est aux États-Unis ? s'exclame Owain en se représentant aussitôt l'homme dont on dit qu'il dirigera Al-Qaïda un jour. Tu es vraiment sûr de toi ?

— Il a mentionné la prison secrète où la CIA l'a détenu avant de l'envoyer à Guantanamo. On a aussi fait des tests de reconnaissance vocale et faciale, et les résultats viennent confirmer son identité à 100 %.

— Jamais ce genre d'animal ne sortirait de sa cachette s'il n'avait pas une cible majeure en tête.

— Trois cibles, le corrige Lance. D'où le nom de code Trinity. Il dirige Yousef Mousavi et Nabil depuis les États-Unis, et sans l'ombre d'un doute un troisième homme depuis un autre endroit.

— D'où, on a une idée ?

— Non, il n'a cité que les États-Unis. En revanche, il a confirmé les dates.

— Demain ? demande Owain en espérant se tromper.

— Je confirme.

— On a une heure ?

— Non, on n'a pas eu cette chance.

— Et à ton avis, les cibles ont été fixées pour le même jour à la même heure, ou bien sur trois jours consécutifs ?

— Je n'en ai pas la moindre idée.

— Merde.

Owain tente de mettre sa frustration de côté et réfléchit.

— Quel est le rôle de Korshidi dans tout ça ?

— C'est un plus gros poisson qu'on ne croyait. Il fait partie du nouveau régime qu'Ayman Al-Zaouahiri a mis en place après la mort de Ben Laden. On dirait bien qu'il a en charge la publicité dans le mouvement parce que, en ce moment même, il accroche un drap au mur et se prépare à enregistrer une vidéo avec Al-Shibh.

— On peut l'intercepter au moment où ils l'enverront ?

— Encore mieux. La pièce où ils vont filmer est surveillée : on va pouvoir la regarder en live.

Owain lance un regard impressionné à Dalton.

— On va devoir avertir les Américains, lance l'ambassadeur. Je suis prêt à parier que c'est Mardrid qui finance tout ça. Dès que tu as l'enregistrement et deux ou trois infos un peu plus consistantes, je contacte Ron Briars à l'ANR et je lui donne le feu vert.

— Compris.

Madoc scrute un moment l'écran qui retransmet les images en direct depuis la maison des Korshidi.

— On dirait bien que c'est parti. Je rappelle tout à l'heure.

Et sur ce, il raccroche.

Owain éteint le haut-parleur et se tourne vers Dalton.

— Trois attentats distincts dans les vingt-quatre heures qui viennent. Tu en penses quoi ?

— Inhabituel, mais pas impossible. Tu as jeté un œil au diagramme sur les mouvements des personnalités que les analystes ont fait pour toi ?

— Oui, confirme l'ambassadeur en ouvrant le document sur son ordinateur. J'ai passé un certain temps la nuit dernière à tenter de réduire la liste.

Le consul donne son opinion en premier.

— La cible qui me vient tout de suite à l'esprit, c'est le nouveau pape. Le souverain pontife a toujours été dans la ligne de mire de toutes sortes de groupes et d'individus, mais sans véritable succès jusque-là.

Gwyn se remémore Paul VI, qui a manqué de se faire assassiner par un artiste bolivien ; Jean-Paul II, qui s'est fait tirer dessus au beau milieu de la place Saint-Pierre ; Benoît XVI, qu'une femme a violemment agressé pendant la messe de minuit.

— Certes, George, mais tu sais aussi bien que moi que le Saint-Père sera l'homme le plus protégé de la planète à son arrivée au pays de Galles, demain.

— Peut-être vont-ils tenter d'atteindre l'ancien pape *et* le nouveau ?

— C'est une pensée qui fait froid dans le dos, réplique Owain, tout en réfléchissant tout haut. La sécurité à l'intérieur du Vatican est assurée par les Gardes suisses. Je n'ai aucun doute qu'ils protègent parfaitement Benoît XVI dans sa retraite, mais je vais quand même les appeler pour évoquer nos soupçons.

Mais Dalton est déjà passé à autre chose.

— Et le président des États-Unis ? Pour le coup, c'est une cible perpétuelle.

Owain examine le diagramme.

— Demain il est à New York pour assister à un concert en faveur des victimes de l'ouragan Sandy. Donne-moi une troisième cible.

— Le banquier de Dieu, propose Dalton. Marco Ponti, le nouveau PDG de la banque du Vatican. Il doit tenir sa première réunion en tant que président du conseil d'administration à Rome. En comparaison des autres, c'est une cible moins en vue, mais il l'est tout de même assez pour figurer sur une liste noire.

Owain fait la grimace.

— Mais pourquoi tuer un banquier *et* deux papes ? Je ne vois pas le rapport entre de tels assassinats et leur déclaration selon laquelle les chrétiens sont le mal incarné. Et celui du président américain ne colle pas avec des motifs religieux non plus, quand on y pense.

Owain est sur le point de reprendre le diagramme depuis le début quand sa femme entre dans le bureau.

Jennifer voit bien qu'il est préoccupé, elle est désolée de devoir ajouter encore à son état.

— C'est l'Américaine. Elle a reçu un nouvel appel des ravisseurs.

131.

Mitzi se penche sur le bureau, stylo et bloc-notes en main.

— J'écoute.

La voix à l'autre bout du fil est la même que précédemment. Masculine. Grave. Ralentie et déformée.

— Tu as les fichiers ?

— Oui, répond-elle sans aucune hésitation.

— Borough High Street, Southwark, ce soir à dix-neuf heures. Viens seule. Et ne te fais surtout pas d'illusions : si quelqu'un est avec toi, on le saura.

Owain et Jennifer entrent dans la pièce au moment où elle griffonne à la va-vite les instructions.

— Je veux parler à mes filles.

Le téléphone est posé et on entend des bruits étouffés pendant un instant.

— Maman, je vais bien.

C'est une telle joie et une telle douleur en même temps d'entendre la voix de Jade que Mitzi en a le souffle coupé.

— Ils ne m'ont pas fait de mal. Je vais bien, M'man.

— Mon bébé, ça va aller, souffle-t-elle, les larmes aux yeux. Ma chérie…

De nouveau un bruit assourdi et le ravisseur qui déclame :

— Sois là où j'ai dit et garde le portable allumé, ou c'est la dernière fois que tu entends ta fille.

— Amber, crache Mitzi. Si je ne parle pas à Amber tout de suite, le marché ne tient plus.

Un rire déformé éclate à l'autre bout du fil.

— Parce que tu crois que c'est toi qui décides ?

Mitzi va chercher au plus profond d'elle-même le courage de raccrocher au nez du kidnappeur.

Un lourd silence s'installe et elle se met à trembler.

Quelque part dans la pièce une horloge ancienne sonne deux fois et elle s'aperçoit qu'elle a arrêté de respirer. Elle laisse échapper un long soupir.

Son portable se remet à sonner.

Elle répond dans la seconde.

— Fallon à l'appareil.

Elle entend une jeune fille hurler. Un cri long et perçant. Pas le genre de cri qu'on pousse quand on a peur, mais quand on a mal. Mitzi fond en larmes en entendant quelqu'un étouffer les hurlements de sa fille, puis la traîner à l'écart. Le bruit d'une chaise qu'on renverse.

— Ma-man, sanglote Amber d'une voix cassée, faible, à peine audible. Ils m'ont c-coupé le-le… maman !

La communication est coupée.

Mitzi sent que ça tangue. Son estomac se soulève. Elle attrape la corbeille à papier au pied du bureau et vomit dedans.

Jennifer se précipite vers elle. Owain verse un verre d'eau et le confie à sa femme, qui est déjà en train de lui donner des mouchoirs propres pour s'essuyer. L'ambassadeur reste en retrait jusqu'à ce que l'Américaine ait repris ses esprits, puis il approche une chaise.

— Vous allez bien ?

Mitzi prend un autre mouchoir des mains de Jennifer.

— Désolée pour la poubelle, dit-elle en s'essuyant les yeux et le nez.

— Vous n'avez pas à vous excuser. Maintenant, on doit réfléchir ensemble à ce qu'on va faire.

— Je sais.

— Je suppose que vous avez l'intention de leur donner la clé USB. Vous l'avez sur vous, ou bien elle est ailleurs ?

— Oh ! elle est on ne peut plus sur moi. Elle est même en moi.

— Comment ça, « en moi » ?

— Elle était suffisamment petite pour que je fasse comme les mules qui transportent de la drogue. Je l'ai avalée. S'ils veulent la clé, ils vont devoir me prendre avec.

132.

New York

Ali Ben Al-Shibh ressemble beaucoup à feu Oussama Ben Mohammed Ben Awad Ben Laden, son héros. Il est tout aussi grand et mince que lui et de visage c'est même son portrait craché, à tel point que selon certaines rumeurs, ce barbu de trente-cinq ans ferait partie de la vingtaine d'enfants reconnus par le terroriste avant sa mort.

Dans la pièce désignée par Khalid Korshidi, il se prépare en nouant un turban blanc autour de sa tête et obtient exactement l'effet voulu : une réincarnation troublante du fondateur d'Al-Qaïda.

— Je suis prêt, annonce-t-il après avoir ajusté son oreillette.

— Installe-toi, dit Korshidi en le guidant vers un tabouret placé devant un drap noir.

Des photos d'hommes y ont été accrochées, ce que la cellule

appelle « Le Mur des Martyrs ». On peut y voir Ben Laden, Saïd Al-Shihri, son ancien numéro deux, et le célèbre propagandiste Samir Khan, qui s'est fait tuer dans une attaque de drones américains.

— J'en ai pour une minute, déclare Korshidi.

Il décale un peu les sources de lumière et fait les derniers réglages sur la caméra numérique, montée sur un trépied. Il met un casque sur les oreilles, monte légèrement le son et appuie sur un bouton.

— C'est bon, ça enregistre.

Ben Al-Shibh ferme les yeux. Il incline la tête en avant, lève les mains en signe d'adoration et prend la parole :

— Gloire à Allah qui a créé parfaitement les cieux et la terre, et a créé l'homme par Sa faveur et Sa grâce. C'est par Sa loi que la revanche sera : œil pour œil, dent pour dent et le tueur sera tué.

Le terroriste se redresse et regarde fixement la caméra de ses yeux noirs.

— Peuples de l'Occident, du capitalisme, des faux dieux et du Mal, nous vous avons avertis. Nous vous avons proposé la Solution et vous avez choisi de l'ignorer. L'Islam vous a ouvert ses portes et vous vous en êtes détournés. Nous vous avons offert la chance d'éviter une guerre que vous ne gagnerez pas et vous avez continué à verser le sang de nos enfants. Il n'avait pas fini de couler de vos mains infidèles que vous avez invité vos prêtres à célébrer votre innocence et votre héroïsme. Les plus sages parmi vous ont pourtant dû comprendre que le jour du Jugement dernier arrivait.

La caméra zoome sur ses yeux pleins d'assurance.

— Al-Qaïda est le Jugement dernier. Nous avons été envoyés par Allah pour détruire vos faux dieux et vos fausses vies. (Tout à coup, toute trace d'agressivité disparaît de son visage.) Ouvrez le Coran, tournez le dos aux catholiques et aux juifs et à leurs mensonges concernant le prophète d'Allah, Jésus. Faites cela et vous serez sauvés. Gloire à Allah, qui a réveillé le désir de Ses serviteurs pour le Paradis, et tous y entreront sauf ceux qui s'y refusent. Et qui obéit à Lui seul dans toutes ses affaires entrera au Paradis, et qui Lui désobéit aura refusé d'y entrer et mourra.

Il baisse les mains, les yeux toujours sur la caméra.

— Vous avez été prévenus. Nous vous avons punis et nous vous punirons encore.

133.

Q.G. du FBI, San Francisco

L'équipe de Beam met la dernière touche à son plan. Helena Banks s'est attelé au profil psychologique des kidnappeurs, et en parallèle, elle a demandé à une analyste de répertorier toutes les routes qu'ils auraient pu emprunter en sortant de chez Ruth.

Kay Podboj, une brillante universitaire tout droit sortie de Quantico, a étudié les distances, la nature du terrain et l'emplacement des principaux aéroports et ports de la région. Elle se plante devant sa chef avec un dossier rempli de photos aériennes et une expression qui en dit long sur ses premières trouvailles.

Helena lève le nez de ses gribouillis et reconnaît les signes.

— C'est si mauvais que ça ?

— Peut-être pire, renchérit Kay en posant les clichés un à un sur le bureau. Le ranch de la famille Everett est situé dans un superbe secteur. Il a dû leur coûter une fortune. C'est à la fois isolé et à proximité de toutes les grandes routes. En clair, ils n'ont eu que l'embarras du choix pour fuir.

— Montre-moi quand même les options les plus probables.

— Ici, par exemple, s'exclame-t-elle en montrant du doigt la première photo. Le pont San Mateo est à moins de dix kilomètres, et de l'autre côté on a deux cents hectares de réserve naturelle.

— Eden Landing ? Je croyais qu'il n'y avait que des marais salants, là-bas ?

— En grande partie, mais on a fait pas mal de travaux d'assèchement, ces derniers temps. Il y a plein d'endroits où se cacher et plein de pistes d'où décoller dans les parages.

Helena secoue vigoureusement la tête.

— Je ne pense pas qu'ils aient pris l'avion. Pas encore.

— D'accord avec toi. Ils ont aussi pu s'enfoncer dans le parc naturel de West Waddell Creek, qui n'est qu'à une heure de route du lieu de l'enlèvement. La forêt de séquoias et de pins s'y étend sur près de deux mille cinq cents hectares. (Elle jette un œil à une carte punaisée au mur.) En une heure, dans l'autre sens, ils atteindraient aussi Napa.

— Doux Jésus !

— C'est clair que si le Seigneur lui-même et les apôtres allaient se planquer là-bas, jamais on ne les retrouverait. On a une vallée de cinquante kilomètres carrés avec une densité de population très faible. Et au sud, ce n'est pas beaucoup mieux. Il leur faudrait moins de deux heures pour arriver à Austin Creek.

— Et c'est gros comment, ça ?

Kay vérifie sur la carte.

— Plus de trente kilomètres de zone rurale avec des campings et des chalets isolés un peu partout. Les filles ont été kidnappées tard le soir, dans mon souvenir.

— Pas si tard que ça, en fait. Entre vingt et une heures et vingt-deux heures, d'après nos calculs. Elles venaient de rentrer d'une journée à l'aquarium. Leur tante était en train de ranger un peu après le dîner et elles étaient dehors, en train de jouer à un jeu de société, quand la suspecte est arrivée.

— OK. Ce que je veux dire, c'est que les ravisseurs ont agi en pros. Ils savaient qu'en les enlevant à cette heure-là, ils allaient rapidement être protégés par l'obscurité et qu'ils pourraient rouler plus loin en moins de temps, puisqu'il n'y a pas autant de circulation et de flics qu'en journée. Il y a aussi moins de vols de nuit, et ils se sont sûrement dit que les autorités allaient commencer par vérifier les manifestes passagers des avions en partance pour d'autres États.

— Admettons, mais où veux-tu en venir ?

— Au fait qu'en toute logique, ceux qui roulent aussi loin de nuit savent où ils vont et ont un point de chute. Un endroit à eux, ou bien loué.

— À eux, je ne pense pas, intervient Helena. Ils ne voudraient pas faire de cochonneries sur leur pelouse.

— Dans ce cas, on cherche une maison de type gîte ou chalet

qu'ils auraient pu louer, quelque part dans la nature. L'idéal pour eux, c'est une planque à plus d'une heure de route du ranch mais pas trop loin d'un aéroport.

Helena acquiesce d'un signe de tête.

— Je pense comme toi. Dès que ça sera fini, ils vont prendre l'avion. Peut-être même pour sortir du pays, pas juste de l'État.

Kay indique tour à tour plusieurs photos sur le bureau.

— Pour moi, les aéroports les plus plausibles sont Oakland, Half Moon et San Fran International.

Helena met la première de côté.

— J'éliminerais Half Moon d'emblée. D'accord, il y a pas mal d'avions et de hangars privés là-bas, mais les gardes-côtes se servent aussi de ce vieil aéroport, sans compter les militaires pour les évacuations sanitaires, et même le shérif du coin, je crois.

— Reste San Fran et Oakland, alors.

La psychologue s'approche de la carte punaisée au mur. Oakland se situe quasiment en face de San Fran, de l'autre côté de la baie, et depuis quelques années, c'est un aéroport en plein essor, avec des centaines de vols par jour vers les États-Unis, le Mexique et l'Europe.

— On commence par là, annonce Helena d'un air décidé. Dresse-moi un profil géographique de la zone, avec les différents lieux où les ravisseurs pourraient se terrer. Je vais recommander à Beam de concentrer nos efforts sur ce secteur.

134.

BUREAUX DE L'OSSA, NEW YORK

Gareth Madoc visionne la vidéo d'Al-Qaïda en compagnie de Troy Hemmings, qui dirige l'équipe d'analystes du Comité de Vigilance aux États-Unis.

L'ancien diplômé d'Harvard est un homme à lunettes qui porte systématiquement une chemise blanche sous un pull noir ou marron avec le pantalon assorti. Aujourd'hui c'est une journée marron, et il époussette discrètement ses chaussures en daim sous le bureau pendant que son patron met la vidéo sur Pause.

— Alors ? demande Gareth, pressé d'avoir l'opinion d'un expert.

— Eh bien, je la trouve intéressante pour trois raisons. Primo, c'est Ali Ben Al-Shibh qui parle, pas Al-Zaouahiri. Pour moi, il y a eu déplacement du centre de pouvoir, sinon c'est notre cher Ayman qui aurait fait ce speech, et non un de ses lieutenants, même le plus prometteur.

— Ça pourrait être le signal qu'Al-Zaouahiri entend passer au second plan. Il a pris de l'âge et voit peut-être la nécessité de mettre un homme plus jeune à la tête d'Al-Qaïda.

— C'est bien possible, confirme Hemmings. Ce type est extrêmement brillant. C'était lui le cerveau derrière les actes de Ben Laden, ça ne fait aucun doute.

— Mais est-ce qu'Al-Shibh est vraiment prêt à prendre les rênes ?

L'analyste y réfléchit un instant.

— Je dirais que oui, surtout s'il est conseillé par Ayman Al-Zaouahiri et les autres barbes grises de l'organisation. On s'attendait tous à ce que ce soit Mokhtar Belmokhtar, mais il s'est fait tuer au Mali.

— Ah, le borgne… Un beau coup !

— C'est clair. Tu ne t'es pas dit que tu avais déjà entendu certains passages de son discours quelque part ? Je pense surtout à l'intro et à la conclusion.

— Vas-y, épate-moi.

— Ça remonte à 2007, au moment du sixième anniversaire des attentats du 11 septembre. Quelques jours avant, Ben Laden a diffusé une vidéo intitulée *La Solution*. Un long message, adressé directement aux Américains, dans lequel il les incitait à renoncer au capitalisme, à condamner leur gouvernement pour son engagement militaire en Irak et en Afghanistan et à se purifier en se convertissant à l'islam.

Hemmings fait une pause, puis montre Al-Shibh à l'écran.

— Ce type a commencé et terminé son discours en le citant quasiment mot pour mot. On dit bien qu'Obama s'est inspiré de

Kennedy ; ben lui, il s'inspire de Ben Laden.

— Tu penses qu'Al-Shibh a endossé le rôle du nouveau Ben Laden ?

— Ça m'en a tout l'air, réplique Hemmings en s'enthousiasmant un peu plus pour sa théorie. Tu comprends, son message est *très* malin. Avec ça, il va remporter tous les suffrages, autant parmi la vieille garde que chez les nouvelles recrues. Si l'opération Trinity est couronnée de succès, cette vidéo marquera la renaissance d'Al-Qaïda.

Madoc ne voit pas cette éventualité d'un très bon œil.

— Tu m'as parlé de trois raisons justifiant l'importance de cette vidéo, tout à l'heure. Je croise les doigts pour que la troisième nous donne une idée des lieux où ils entendent commettre leurs attentats.

— Peut-être bien. J'aimerais la regarder encore avant de te donner une réponse définitive, mais il me semble qu'avec la nomination d'un pape à première vue très sympathique, leur colère se réoriente vers les chefs religieux. En clair, finies les bombes dans les lieux symboliques pour tuer des innocents. Les nouvelles cibles, ce sont eux.

— Et les attentats de Grand Central et de l'Eurostar, qu'est-ce que tu en fais ?

— De simples distractions. Deux événements qui accaparent tous les regards, mais ne sont en fait qu'un avant-goût du bouquet final, celui dont on se souviendra dans les livres d'histoire.

Madoc reste sceptique.

— Comment peux-tu en être aussi sûr ?

— Mais je ne le suis pas, Gareth. Jamais je ne pourrai être certain à 100 %. Sauf que si l'on regarde son discours de plus près, qu'est-ce qu'on a ? Un texte bourré de références religieuses. De louanges à Allah. De condamnation de ceux qui se sont détournés de l'islam. Une piqûre de rappel sur une des plus anciennes lois existantes, celle du talion, avec son « œil pour œil et dent pour dent ». Par deux fois au moins il mentionne les adorateurs de faux dieux, sans compter cet appel à tourner le dos aux catholiques et aux juifs, qui continuent à mentir sur le prophète Jésus.

Sans transition, l'analyste réduit la vidéo dans la barre des tâches et saisit un terme dans la zone de recherche.

— Et il ne faut pas non plus oublier ça, annonce Hemmings en se penchant en arrière pour que son patron voie mieux.

Un dossier « Fatwa » apparaît sur l'écran. L'analyste clique sur un document intitulé « Front islamique mondial contre les juifs et les croisés » et tapote énergiquement l'écran du doigt.

— Ce truc a été publié sous le nom de Ben Laden, mais tout le monde sait qu'Al-Zaouahiri en est l'auteur, comme on sait qu'aucun autre terroriste sur la planète n'a eu autant de succès dans ses opérations que lui.

Il se tourne vivement vers Madoc.

— Al-Shibh est en train de marcher sur ses traces. Et son plan est de réactiver une guerre séculaire… la Guerre Sainte.

135.

Londres

L'hélicoptère transporte rapidement Mitzi, George Dalton et sir Owain à Londres. Ils longent la rive sud de la Tamise, contournent West Kensington et se posent sur un héliport privé à l'est de Vauxhall.

Un taxi noir les emmène à Southwark, qui n'est qu'à cinq kilomètres de là. Le véhicule est la propriété de l'OSSA – tout comme les quatre voitures banalisées devant et derrière. Derrière le volant, des agents de l'Ordre.

Ils passent le rond-point d'Elephant and Castle, continuent sur l'A3. Mitzi ouvre à peine la bouche pendant cette dernière étape du voyage. Elle n'arrive pas à s'ôter de l'esprit les cris perçants d'Amber. Machinalement, elle tripote tour à tour la fine chaîne en argent qu'elle a autour du cou et la Rolex qui lui serre le poignet. Les deux bijoux appartiennent eux aussi à l'OSSA et contiennent chacun un micro, un récepteur et un traceur GPS. Pour plus de sûreté, il y en a également un dans ses boucles d'oreille en argent et les talons de ses deux chaussures.

Dalton est assis à côté d'elle à l'arrière du taxi ; Owain a pris place sur un strapontin en face d'eux et s'emploie à la rassurer comme il peut.

— George et moi allons descendre dans un instant et le taxi ira se garer dans High Street, à la moitié de la rue exactement. Restez là tant que vous n'avez pas d'appel d'eux. Et n'oubliez pas qu'ils pourraient vous surveiller, alors faites semblant de régler la course avant de sortir. Ensuite, le taxi partira et ira vous attendre au coin de la rue, pour vous récupérer lorsque tout sera terminé.

Mitzi acquiesce d'un air hésitant.

— Souvenez-vous, nous avons déjà un certain nombre d'agents en place, dans la rue ou des voitures garées. Ce sera tout bonnement impossible de vous perdre de vue.

— Merci.

L'ambassadeur se tourne vers le chauffeur.

— Colin, garez-vous dès que possible. George et moi, on continue à pied.

Le chauffeur de taxi met son clignotant à gauche et freine devant un arrêt de bus.

Mitzi regarde les deux hommes partir. Ils claquent la portière, se serrent la main et se séparent, tels des amis après une bonne soirée.

Deux minutes après, le taxi s'immobilise de nouveau. Pour la centième fois au moins, Mitzi vérifie son portable. Il est allumé. Chargé à bloc. Elle n'a pas pressé sur la touche Muet sans faire exprès. Elle n'a pas manqué d'appel.

Dix-neuf heures arrive et passe.

Dix-neuf heures dix.

Dix-neuf heures vingt.

Cinq minutes après, le téléphone sonne enfin.

— Fallon à l'appareil.

La voix déformée lui donne une instruction très simple avant de raccrocher :

— Le George. Balade-toi dans le pub. On te trouvera.

136.

Q.G. du FBI, San Francisco

Bob Beam, Damon Spinks et Eleonora Fracci sont en transe devant l'immense carte en 3D projetée sur l'écran encastré dans le mur de la salle de réunion. Quand Helena Banks arrive et s'installe à la table de conférence, ils se tournent comme un seul homme vers elle.

Beam prend aussitôt la parole. D'après lui, les recherches devraient se concentrer sur un secteur situé à l'est de la baie de San Francisco.

— Une zone rectangulaire, densément boisée, à quarante minutes de route seulement du ranch où les filles ont été enlevées, explique-t-il en passant une main sur l'écran. Elle est délimitée au nord par la 580 entre Castro Valley et Dublin, à l'est par la 650 entre Dublin et Sunol, au sud par la 84 qui va jusqu'à Niles, et enfin à l'ouest par la 238, qui rejoint Castro. Ça englobe un certain nombre de parcs régionaux, comme Hayward Memorial, Pleasanton Ridge, Garin, Dry Creek. Plus de quarante hectares au total.

Helena n'est pas d'accord.

— Désolée, mais je pense que tu es à côté de la plaque. Si on concentre les recherches par là, on risque de commettre une grosse erreur.

— Pourquoi ?

— Le profil géographique que j'ai établi avec Kay démontre que les ravisseurs ont agi de nuit parce qu'ils avaient une plus grande distance à parcourir en voiture.

— C'est logique, intervient Eleonora. On a affaire à des pros, ils savaient que le meilleur moment pour frapper, c'était quand la sœur de Mitzi était la plus fatiguée et nos effectifs au plus bas.

Encouragée, Helena poursuit sur sa lancée :

— On estime qu'ils ont roulé au minimum une heure. Ce qui, s'ils sont passés par les petites routes, a pu les mener jusqu'à Shepherd Canyon Park ; ou bien, s'ils ont aussi pris l'autoroute à certains moments, jusqu'au mont Diablo.

Spinks fait la grimace.

— Diablo, c'est quoi, dans les dix mille hectares ?

— Et encore, si tu prends en compte les terres voisines, t'es pas loin des cinquante mille, estime Helena.

— Et c'est en altitude, renchérit Beam, qui commence à trouver l'hypothèse intéressante. Le mont culmine à un peu plus de mille mètres au-dessus du niveau de la mer. En allant se terrer dans un chalet là-haut, on doit voir les visiteurs arriver à des kilomètres.

— L'idée nous plaît à cause d'Oakland, ajoute Helena. Pour Kay et moi, c'est le point d'évacuation le plus plausible. On pense que quand ce sera fini, ils laisseront de côté San Fran International et tenteront de s'enfuir de là.

— Combien de kilomètres entre l'aéroport et le mont Diablo ? demande Eleonora.

— Soixante-cinq. Une heure de route, environ.

Beam examine la carte et la zone de recherche sur laquelle il avait jeté son dévolu à l'origine. Elle a clairement perdu de son attrait.

— OK, on concentre nos efforts sur le secteur indiqué par Helena. Mais attention, ça ne signifie *pas* qu'on ignore les indices pointant dans d'autres directions.

— J'attends les images des caméras de surveillance du pont San Mateo, lance Eleonora. Et celles du Bay Bridge aussi, si jamais ils ont eu envie de faire un peu de tourisme.

Spinks termine sur une note optimiste.

— J'ai appelé un ami qui a une société de baptêmes de l'air en hélicoptère à Camp Parks. Il a promis de m'aider sous couvert de ses vols touristiques, alors je vais lui dire d'ouvrir l'œil quand il sera du côté du mont Diablo.

Beam regarde sa montre.

— Allez, on se bouge, maintenant. Je veux que les équipes de recherche soient briefées et parties dans l'heure. Je vais demander à quelques agents de me dresser une liste des locations. Voitures, chalets, maisons, tout ce qu'on peut trouver là-bas. Prions pour qu'on ait un coup de bol, et vite.

137.

Londres

Mitzi tend un billet de dix livres au chauffeur de taxi par la fenêtre, s'éloigne dans Borough High Street et repère bientôt un immense portail vert annonçant « Le George – Dernier relais de poste à galerie de Londres, spécialité de bières en fût ».

Le pub est un bâtiment tout en longueur, peint en noir et blanc. Au premier et au second, elle repère les fameuses galeries en bois, et les fleurs qui tombent en cascade à intervalles réguliers. Elle longe une grande terrasse pavée, prise d'assaut par les clients, puis entre par une porte sur le côté, sous une enseigne représentant saint Georges terrassant le dragon.

Au rez-de-chaussée, les gens sont entassés dans un dédale de petites salles, et ils font un tel vacarme que Mitzi a peur de ne pas entendre son portable. Elle le tient à bout de bras pour voir la lumière rouge clignoter si on venait à l'appeler, et joue des coudes pour avancer, passant d'une salle à l'air antédiluvien, où les clients sont mal assis sur des bancs en bois dur, à une autre qui paraît encore plus vétuste et moins confortable si c'est possible.

Le périmètre grouille de touristes désorientés et de Londoniens éméchés. Certains ont une assiette devant eux, d'autres boivent debout au comptoir, et la plupart attendent encore d'être servis.

La salle suivante est plus moderne : long bar en bois blond, tireuses à bière en laiton et tableaux noirs proposant des plats maison. La clientèle a l'air aussi plus familiale et le regard de Mitzi s'attarde sur des parents qui sautent sur les meilleures tables, près de la fenêtre, pour faire plaisir à leurs enfants.

Son portable sonne.

— Allô ?

Pas de réponse.

— Merde ! s'écrie-t-elle en jetant un regard accusateur à l'appareil.

Deux petites barres seulement. Elle capte mal.

Elle se dirige vers un couloir pour voir si c'est mieux.

Au bout de cinq minutes, toujours pas d'appel, et elle emprunte un escalier à la peinture écaillée pour tenter sa chance à l'étage. Elle tombe sur plusieurs salles au plancher de guingois, la plupart réservées pour des événements quelconques. Elle croise quelques personnes, mais aucune ne dégage la tension qu'elle soupçonnerait chez quelqu'un impliqué dans un kidnapping.

Le temps d'arriver au Gallery Bar, elle est en nage et décide de commander un verre d'eau minérale avec des glaçons. À côté d'elle, un touriste révèle à son voisin que Shakespeare et Dickens venaient souvent boire un coup ici, à l'époque. Vu le temps que le barman met à la servir, Mitzi se dit qu'ils sont peut-être encore dans les parages, si ça se trouve.

Elle prend sa monnaie, et au moment de la mettre dans le porte-monnaie, elle entend son portable sonner.

Elle manque de tout faire tomber mais répond :

— Fallon !

Encore une fois, personne au bout du fil.

Elle balaie le bar du regard. Personne ne la regarde. Tout ce qu'elle voit, c'est une clientèle banale de trentenaires, avec quelques hommes en costard et une bande de jeunes assis dans un coin. Pas un serveur ne lui prête attention.

Mitzi tente de garder son calme. Elle boit lentement son eau minérale, accoudée au bar. Au bout de dix minutes, elle se remet à déambuler dans le pub. De retour en bas, elle pose son verre vide sur une table et se dirige vers le seul endroit qu'elle n'a pas encore visité.

Les toilettes.

Dedans il fait froid et l'odeur de désodorisant bon marché peine à masquer celle du plâtre humide. Elle en profite pour aller aux toilettes et après se lave les mains. Le miroir au-dessus du lavabo lui rappelle cruellement qu'elle a le visage toujours couvert d'ecchymoses, et elle remarque que ses yeux de panda sont maintenant injectés de sang.

Elle attend patiemment qu'une brune mince en jean noir, tee-shirt blanc et gilet d'homme finisse de se sécher les mains sous l'appareil fixé au mur.

Leurs yeux se croisent une seconde. Mitzi jette un œil à la porte. Une grande blonde musclée la bloque. Et elle est armée.

La brune sourit, tend une main et remue les doigts.
— File-moi la clé USB.

138.

Owain Gwyn se tapit dans l'obscurité d'une ruelle, à quelques mètres du George, pour prendre l'appel.

— Gareth, je suis à pied et en public. C'est urgent ?

— Oui, confirme Madoc. Je t'ai envoyé la vidéo d'Al-Qaïda par e-mail. Ils viennent de la filmer.

Owain observe une Mercedes gris métallisé ralentir près de l'entrée du pub et deux grands baraqués en sortir.

— Est-ce qu'on connaît les cibles ?

— Non. C'était un discours très révélateur, mais pas dans ce sens-là. Hemmings l'a vu et il pense qu'une des cibles sera un chef religieux.

Les hommes s'engouffrent dans le pub, mais la voiture reste garée sur une zone interdite de stationnement, warnings allumés.

— On en a déjà discuté, lui rappelle Owain. Le nouveau pape est encore mieux protégé qu'Obama. Je ne suis pas pour exiger du Vatican une annulation pure et simple de sa visite. En tout cas, pas tant que je n'aurai pas d'infos plus précises.

— Et je n'ai pas à t'en donner. Pour l'instant. (Sur son écran, Madoc voit Al-Shibh remercier Korshidi et se préparer à quitter la maison où ils ont filmé.) Notre nouvel ami va bouger, je te laisse. Mais avant d'écarter pour de bon l'hypothèse du pape François, regarde la vidéo, s'il te plaît. Cela te fera peut-être changer d'idée.

— D'accord, je vais trouver le temps, répond Owain en voyant la Mercedes s'éloigner du trottoir et prendre la direction du London Bridge. D'ici une heure, promis.

Il regarde sa montre. Il est encore plus tard qu'il ne le pensait.

— Le pape est déjà au pays de Galles, mais sa première apparition publique n'aura pas lieu avant demain matin. S'il doit être en danger, ce sera à ce moment-là.

139.

Londres

Mitzi ignore la grande blonde avec le flingue et se plante devant la brune, près du lavabo.

— Vous aurez rien du tout tant qu'Amber sera pas soignée à l'hôpital. Quand j'en aurai la confirmation, quand je pourrai l'appeler et lui parler, je vous donnerai tout ce que vous voulez.

— On est pas là pour négocier, rétorque la brune en lui jetant un regard mauvais.

Soudain, elle fait un petit signe de tête à la blonde qui garde la porte, stoïque.

Mitzi sent la pointe d'un pistolet s'enfoncer dans ses côtes. Elles pensent vraiment réussir à la convaincre avec ça ? Elle écrase son talon gauche dans le pied droit de la grande blonde, la chope par la nuque et lui claque la tête contre le rebord du lavabo. Un bruit sinistre se fait entendre quand les os du crâne entrent en contact avec la céramique, et Mitzi sait que la fille a perdu connaissance avant même de la voir s'écrouler par terre.

La brune fait mine d'attraper l'arme.

— Vas-y, lance Mitzi. Si j'avais eu besoin d'un flingue, j'en aurais amené un.

La porte des toilettes s'ouvre et deux hommes font leur apparition. Les brutes venues faire le sale boulot. Elle aurait dû s'en douter.

— Pour info, elle a une fracture du crâne, dit Mitzi en montrant la femme inconsciente. Je l'ai entendu craquer. Vous feriez mieux de la transporter à l'hôpital avant qu'elle vous fasse une hémorragie.

La brune est folle de rage. Elle s'empare du pistolet et le pointe vers elle d'une main tremblante.

— Maintenant tu vas me donner la clé, espèce de salope.

— On se calme, ma cocotte, rétorque Mitzi en levant les deux mains. Tu vois pas que la situation est mal barrée, là ? Concentre-toi un peu.

— Donne-moi cette putain d'clé ! hurle l'autre en avançant vers elle.

— Si tu la veux… va falloir fouiller dans mes crottes.

La brune a l'air un peu perdue.

— Je l'ai avalée.

Un des types s'avance en souriant et la saisit violemment par les mains. Il lui passe un lien en plastique autour des poignets, serre bien fort.

Mitzi se laisse faire.

L'autre gorille noue un sweat autour pour cacher les menottes, puis il se penche vers la blonde.

— Elle est carrément à l'ouest. Je vais faire ce que je peux ici, je vous suis dans une minute. Vous, vous emmenez la grande gueule à l'embarcadère.

140.

LONDRES

Owain et Dalton sont de retour dans le faux taxi. Ils suivent la tournure des événements grâce au mouchard dissimulé dans le pendentif de Mitzi et à l'ordinateur posé sur les genoux de George.

— On a des vedettes qui sillonnent la Tamise, l'informe Dalton. À l'est et à l'ouest du London Bridge. (Il tape sur la vitre qui les sépare du chauffeur.) Colin, quittez High Street et dirigez-vous vers la Tamise : ils emmènent l'Américaine. D'après les bruits de fond, ils doivent être sortis du pub.

Le taxi s'engage dans la rue et Owain plisse les yeux pour tenter d'y voir quelque chose à travers le pare-brise.

— Le pub est à environ cinq cents mètres de l'embarcadère, précise-t-il. En marchant normalement, ils y seront en cinq minutes. Si vous voyez une Mercedes gris métallisé avec une plaque se terminant en NOX, c'est probablement un complice.

— Compris.

— Je te parie dix livres qu'ils vont prendre la direction de l'est, affirme Dalton.

Il ne quitte pas des yeux son écran d'ordinateur, qui suit le signal émis par le traceur GPS sur une carte de Londres.

— Ici, s'exclame-t-il en indiquant un point à droite de l'écran. Le quartier de l'O2.

— Peut-être, réplique Owain, peu convaincu.

Le consul tente quand même de le rallier à son idée.

— Il y a pas mal de terrains vagues et de buildings vides, dans le secteur. Et souviens-toi, la compagnie de Mardrid a profité du boom des Jeux olympiques pour investir dans l'immobilier.

— D'accord, mais si on va par là, il possède aussi des immeubles du côté de Chelsea Harbour, Battersea Park et Kew Gardens, réplique Owain tout en composant le numéro direct du centre opérationnel au château Caergwyn. Allô, Lance ? Ils sont en train de déplacer Fallon, tu as un visuel ?

Beaufort est installé devant plusieurs écrans diffusant en direct les images de caméras placées dans des véhicules, sur des agents à pied et même dans un hélicoptère qui survole le fleuve à distance.

— Œil de Faucon la suit depuis là-haut. Elle est accompagnée d'un homme et d'une femme, et ils sont quasiment arrivés à l'embarcadère du London Bridge. Ils sont tous les trois côte à côte et lui ont mis quelque chose sur les mains, probablement pour cacher des menottes. Je vois un petit bateau amarré à proximité. Des gens sont en train d'en descendre. Sûrement le comité d'accueil.

— Quel genre de bateau ? demande Dalton.

Il approche de l'écran en plissant les yeux.

— Six à huit places, et il a l'air davantage fait pour la vitesse que pour la croisière. Ah ! ça y est, je le reconnais. C'est le modèle dont se sert la police fluviale, un Targa à double moteur, capable d'aller jusqu'à quarante nœuds.

— Et nous, qu'est-ce qu'on a ? intervient Owain.

— D'un côté, une grosse péniche très lente, mais une unité d'intervention a embarqué dessus avec tout le matériel nécessaire. Et de l'autre, un hors-bord Hustler Rockit avec double moteur Mercury, qui peut atteindre les cent nœuds en un clin d'œil.

— Servez-vous de l'Hustler en dernier recours seulement.

Dès que ce bijou commencera à fendre les vagues, on aura la police fluviale sur le dos. On y va en douceur. Et du côté de San Francisco, ça avance ?

— Le FBI a réussi à s'introduire dans le ranch de la sœur, à San Mateo, répond Lance. D'après ce que je sais, les agents se sont déguisés en plombier pour entrer, et ils ont eu beau faire des prélèvements dans toute la maison, les empreintes n'ont rien donné. Aucune correspondance avec des criminels fichés.

— Ce n'est guère surprenant, réplique Owain. On a affaire à des pros, le genre qui n'a pas de casier…

— Marchetti ! s'écrie Beaufort. Je viens de voir Angelo Marchetti sur le ponton. Il fait partie du comité d'accueil de l'Américaine.

141.

San Ramon, Californie

Eleonora Fracci gare sa Chrysler Crossfire dans le parking d'une petite zone commerciale, avec en arrière-plan dans son rétroviseur le mont Diablo. Le FBI lui a fourni une liste de personnes ayant réglé en liquide une location de vacances et/ou une voiture de location dans le coin à la dernière minute, et elle procède par élimination.

Devant elle se succèdent deux fast-foods, un institut de beauté, un supermarché, un restaurant chinois chic et un bar.

C'est le bar qui l'intéresse. Et plus précisément les deux types qui viennent de s'y engouffrer.

Il y a une heure, Eleonora est passée devant l'un des chalets cibles et a repéré un mastodonte en train de s'accrocher violemment avec une femme qui devait avoir dans les trente-cinq ans. Il a fini par se lasser d'argumenter, probablement, et a clos le débat par un coup de poing.

Sur le coup, Eleonora a eu envie d'enfoncer la pédale de frein, de descendre de voiture et de lui donner une bonne leçon. Seulement, elle aurait grillé sa couverture en faisant cela. Pendant qu'elle patientait à proximité en poussant des jurons dans sa barbe, deux hommes sont sortis du chalet défraîchi et ont fait rentrer manu militari le grand baraqué et la femme battue.

Du coup l'Italienne n'a plus rien eu à regarder hormis ce qu'il y avait dans l'allée. Un monospace aux vitres teintées. Parfait pour embarquer quatre adultes et deux adolescentes.

Eleonora attend que Mitch Conway, l'agent qu'on lui a envoyé en renfort, se gare à son tour dans le parking. Elle lui fait un signe de tête discret, jette son blazer à l'arrière de la voiture et se dirige vers l'entrée du bar.

À l'intérieur il fait sombre, autant par l'éclairage que l'ambiance. Un long comptoir en bois de mauvaise qualité l'accueille à sa droite, avec les éternelles étagères remplies de bouteilles derrière, mais aussi des miroirs de saloon. Sur un mur, une enseigne au néon fait la publicité de la Bud Lite. Dans un coin, un jukebox joue de la musique country.

— Une eau minérale, s'il vous plaît, demande-t-elle au barman d'âge moyen.

— Bien sûr, *madame*, répond-il en s'attardant sur les formes harmonieuses de sa cliente. Vous avez une petite faim ? On fait le meilleur poulet rôti de la vallée.

Elle lui indique par un sourire qu'elle va faire l'impasse sur sa proposition.

Puis elle sort son BlackBerry et vérifie ses e-mails. Du moins c'est l'impression qu'elle cherche à donner aux deux types accoudés au comptoir à quelques mètres d'elle. Elle n'a pas besoin de les regarder pour savoir qu'ils la dévorent des yeux.

Quelqu'un pousse la porte du bar, faisant entrer un flot de soleil pendant quelques secondes : c'est Mitch, qu'elle entend commander une bière et demander où se trouvent les toilettes.

Le serveur lui amène son eau minérale.

— Si le poulet, ça vous dit rien, je suis sûr qu'on pourrait concocter un petit quelque chose rien que pour vous.

Le colosse qui a frappé la femme tout à l'heure prend cela comme une invitation à s'immiscer dans la conversation.

— En tout cas, si le cuistot y arrive pas, moi je veux bien te mijoter un truc, ma jolie.

Son copain pouffe de rire.

Eleonora lève les yeux de son portable.

— Rien à manger, merci. J'attends une amie.

Le grand Hulk approche son tabouret tout près d'elle.

— Salut, moi c'est Jack, et mon pote c'est Randy.

— Et tu sais ce qu'on dit, sur les Randy..., s'empresse d'ajouter l'autre.

— Vous êtes du coin ? leur demande Eleonora.

— Tu rigoles ou quoi ? Sûrement pas, rétorque Jack. On vient de Fresno. On est venus ici pour le fun.

Elle boit un peu de son eau et fait exprès de garder ses lèvres bien luisantes.

— Ah ouais ? Quel genre ?

Jack la dévisage, les yeux écarquillés.

— Euh... tous les genres possibles.

Eleonora se penche en arrière et le reluque ouvertement.

— Et qu'est-ce que des grands musclés comme vous font dans la vie ?

— On bosse à l'abattoir, explique-t-il en montrant son collègue du pouce. Randy va bientôt avoir sa boucherie à lui.

— C'est quand tu veux pour le tour du propriétaire, commente-t-il en s'esclaffant une nouvelle fois.

Elle en a entendu assez. Jamais des pros ne dragueraient une inconnue comme ça au beau milieu d'un job. Jamais non plus ils n'auraient *oublié* d'avoir l'heure sur eux. Jack a les manches de sa chemise de bûcheron relevées, et elle ne voit aucune trace de montre à ses poignets bronzés. Par contre, lui comme son pote minable portent la marque d'une alliance récemment enlevée à l'annulaire. En toute probabilité, ils sont en vacances entre mecs, avec au programme parties de chasse, de pêche – et de jambes en l'air si possible. La femme qu'Eleonora a vue était probablement une prostituée, assez bête pour accepter qu'ils se la passent entre eux contre un peu plus de fric.

Eleonora finit son eau minérale et règle la note en posant un billet de cinq dollars sur le comptoir.

— Désolée, les mecs. Je dois y aller.

— Hé ! pas si vite, s'exclame Jack en l'empoignant par le bras quand il la voit se lever.

— Enlève ta main de là tout de suite.

Il ne saisit pas.

— Allez, ma belle, reste assise.

Elle tente de lui faire lâcher prise, mais il ne cède pas.

Alors Eleonora lui met un grand coup de coude dans la figure.

Il la libère aussitôt pour porter la main à sa mâchoire cassée.

Elle attrape son tabouret de bar et tire un bon coup pour le faire tomber.

Le grand Hulk s'écrase par terre, sur le dos.

Elle sort son arme et la pointe vers lui.

— Si tu me suis dehors, je te tue. Et si jamais j'entends dire que tu as recommencé à faire du mal à une femme, je te retrouve. Et ta mâchoire cassée, ça sera une caresse à côté de ce que je ferai.

142.

Londres

Des hommes armés bousculent Mitzi pour la faire monter dans le bateau à quai. Ils la forcent à entrer dans la cabine, puis à s'asseoir sur une étroite banquette.

Par la fenêtre, elle voit un jeune blond en tee-shirt rouge tirer sur une épaisse corde pour la ramener à lui. Puis c'est le bruit du moteur qu'elle entend. Le sol sous ses pieds vibre, et le Targa s'éloigne doucement sur le fleuve gris sombre.

Un homme plutôt mignon, à la barbe taillée et aux longs cheveux noirs, entre à son tour et s'assoit en face d'elle. Il déboutonne sa veste de costume bleu moiré et lui fait un sourire.

— Bienvenue à bord, lieutenant Fallon.

Il tend une main et lui arrache le collier qu'elle a autour du cou.

— Une femme comme vous n'est pas digne de porter des bijoux de pacotille. Tiens, il y a aussi des boucles d'oreille.

Heureusement que je les ai vues, dites donc.

Il les attrape tour à tour et les lui enlève sans ménagement.

Mitzi pousse un petit cri en sentant la chair se déchirer.

Marchetti lui saisit le poignet et défait la montre. Il se lève, ouvre la porte de la cabine et jette le tout au loin, dans l'eau noire.

— Voilà, c'est mieux comme ça.

Il revient s'asseoir sur la banquette et se tourne vers ses hommes.

— Un couteau, vite.

Mitzi voit l'un des malfrats tendre un couteau à filet à l'homme en costume.

Marchetti le prend et hoche la tête en direction de la brune.

— Mon amie ici présente me dit que vous avez avalé la clé USB. Ça m'a donné une idée : pourquoi je ne me servirais pas de ce joli couteau pour vous vider les entrailles, comme un bon gros thon ?

Mitzi ne bronche pas.

— À cause des « peut-être ».

— Des quoi ? fait-il en plissant les yeux.

— *Peut-être* que je dis la vérité et que je l'ai avalée. Ou alors, *peut-être* que je l'ai cachée quelque part ou envoyée à quelqu'un par la poste. Si vous me tuez, vous avez 50 % de chances de vous planter. Mais si vous vous arrangez pour qu'on emmène Amber à l'hôpital, je vous *promets* de dire la vérité.

— Vous *promettez*..., répète-t-il.

Il éclate d'un rire amer et se rue sur Mitzi, plantant la pointe du couteau sous sa clavicule droite.

Cette fois-ci, elle ne peut s'empêcher de hurler.

Marchetti maintient la pression sur la plaie, juste assez pour entraîner une douleur insoutenable sans pour autant causer d'hémorragie.

— Donne-moi la clé !

Le choc la paralyse.

— Donne-la-moi !

Elle fixe vaguement un point derrière lui, comme s'il était invisible.

Marchetti retire le couteau et la frappe au visage.

Le nez de Mitzi, qui commençait à peine à se remettre, se casse de nouveau. Un flot de sang lui jaillit des narines et elle voit trente-six chandelles. Lorsque le bateau fait une embardée vers la droite, elle n'a pas la force de se retenir. Elle tombe.

Le plancher sent l'huile de teck et le savon. C'est la dernière chose à laquelle elle pense avant de perdre connaissance.

PARTIE IV

143.

LONDRES

Quand elle reprend ses esprits, Mitzi a d'abord une sensation de brûlure au niveau de la clavicule, là où elle a été poignardée. Une entaille légèrement plus profonde et elle aurait pu se vider de son sang. Elle sent comme une palpitation sourde au milieu de la figure, à l'endroit où son nez a été cassé pour la seconde fois en l'espace de quelques jours seulement. Mais la douleur n'est pas aussi atroce qu'elle le devrait. Elle pense avoir été droguée.

Mitzi n'a pas besoin d'ouvrir les yeux pour savoir qu'on lui a ligoté les mains derrière le dos et qu'elle est maintenue en position assise sur une chaise en métal, le genre qui se plie pour être rangée plus facilement. Elle a également des liens aux chevilles, et le fait que ça ne tangue plus lui indique qu'ils sont sur la terre ferme. Elle en conclut que c'est un sédatif qu'ils lui ont donné pour qu'elle reste tranquille pendant qu'ils la transportaient hors du bateau.

Derrière ses yeux clos, elle entend une femme tousser. Probablement la brune, et il ne fait aucun doute qu'il y a au moins un homme avec elle.

Mitzi sent une odeur de fumée de cigarette et de cire de bois. L'air autour d'elle lui paraît frais, mais pas trop. À la façon dont les bruits résonnent, elle devine qu'elle se trouve dans une pièce de taille moyenne, plutôt qu'un grand espace ouvert de type entrepôt.

— Thé ? demande la femme.

— Ouais, j'en veux bien un si t'en fais, lui répond un homme.

Des chaussures à talon marchent sur le plancher nu. On ouvre un robinet pour mettre de l'eau dans une bouilloire, qui est ensuite bruyamment reposée sur son socle et allumée. Mitzi en déduit qu'elle se trouve chez un particulier, dans des bureaux ou un appartement en construction, voire en rénovation.

— Y a pas de lait, ça ira ?

— T'as du sucre ?

— Ouais.
— Alors mets-en trois, ça compensera.
Les yeux fermés, Mitzi remercie le Bon Dieu. Ils ne l'ont pas tuée et ses filles doivent être encore en vie. Elle cherche encore à comprendre pourquoi ils l'ont déplacée quand tout à coup, elle distingue le bruit d'une porte qu'on déverrouille.
— Elle devrait être réveillée, annonce une voix masculine.
C'est le type au couteau. En l'entendant marcher vers elle, Mitzi s'arme de courage.
Il lui met une main sur la bouche et lui pince le nez pour l'empêcher de respirer.
Elle crache et tousse et manque de s'étouffer, et finit par ouvrir les yeux.
Marchetti se met à genoux pour être à sa hauteur.
— Et rebonjour.
Mitzi regarde derrière lui. Ils sont bien dans un appartement, elle avait raison. Toutes les lumières sont allumées, ce qui signifie qu'il fait encore nuit. Les murs ont été plâtrés récemment. Partout, on a mis des bâches pour protéger de la poussière. Des lattes de parquet sont entassées dans un coin. Des pots de peinture laquée et de vernis dans un autre.
— Tu sais ce que c'est, ça ? l'interroge Marchetti en lui montrant un objet noir en forme de matraque.
— Un détecteur de métaux.
— Maligne, la petite.
Il recule d'un pas et désigne tour à tour ses acolytes.
— Toi, tu la mets debout, et toi, tu le passes sur elle.
Le gorille du pub la soulève de sa chaise.
— Écarte les jambes, ordonne-t-il en gloussant. Ah ! J'parie que ça fait un moment qu'un homme t'avait pas dit ça.
— La ferme, grogne Marchetti.
La brune allume le détecteur et commence à le passer sur l'intérieur des jambes de Mitzi.
— Sur le ventre ! s'énerve Marchetti. Bordel ! c'est dans son estomac ou ses intestins que ça doit être, pas dans ses cuisses.
La femme rougit et le passe aussitôt sur la zone indiquée. Elle y va très lentement et obtient un bip au niveau de la ceinture. Le gorille l'ôte des passants en un tournemain. Ensuite, il

déboutonne le pantalon de Mitzi, baisse la fermeture éclair et ouvre d'un geste brusque la chemise de Mitzi. La brune passe le détecteur sur sa peau nue, et en bas, sur le côté, un second bip retentit.

— Tiens ! tiens ! tiens ! fait Marchetti, l'air content. On dirait bien que tu disais la vérité, finalement.

Il ordonne à son homme de main de rasseoir Mitzi.

Elle regarde le type au couteau jusqu'à ce qu'il disparaisse de son champ de vision.

— Je vous l'ai déjà dit, relâchez Amber et vous saurez si j'ai avalé la bonne clé ou pas.

— Pas bête, crie-t-il de l'autre bout de la pièce. Tu gagnes du temps, puisque je vais devoir m'abstenir de t'éviscérer pour vérifier.

Elle l'entend qui fait couler de l'eau, puis revient avec un mug qu'il donne à la brune.

— Tiens-moi ça un instant.

Il ouvre une boîte de médicaments, jette l'emballage par-dessus son épaule et l'un après l'autre sort tous les comprimés des deux plaquettes. Son visage s'éclaire quand il dit à Mitzi :

— Ça va pas être beau à voir.

Soudain, il la saisit par les cheveux et l'oblige à mettre la tête en arrière.

— Ouvre la bouche.

Elle la garde fermée.

Il lui écrase le poing sur son nez déjà en bouillie.

Mitzi hurle de douleur.

Marchetti lui met les laxatifs de force dans la bouche et maintient sa tête en arrière.

— L'eau !

La brune verse le contenu du mug dans la bouche de Mitzi, qui s'étouffe et tente de recracher les cachets.

Marchetti lui bloque la respiration jusqu'à ce qu'elle déglutisse. Mitzi parvient à se redresser et avale autant d'air qu'elle peut. Marchetti lui rebascule violemment la tête en arrière pour lui faire ingurgiter une autre poignée de comprimés. Elle n'a plus la force de résister. Dès que l'eau coule entre ses lèvres, elle commence à avaler.

Il s'essuie sur elle et s'en va. Arrivé à la porte, il donne un dernier ordre à ses larbins :

— Enfermez-la dans le placard de l'entrée, sinon elle va en mettre partout.

144.

LONDRES

La péniche arrive lentement à quai et s'amarre sous la voie d'accès à la résidence haut de gamme où Mitzi Fallon est retenue prisonnière.

Sur son ordinateur, George Dalton reçoit en temps réel les images des mini-caméras fixées au casque des hommes de l'OSSA.

— L'unité d'intervention est en place, annonce-t-il à Owain. On dirige en ce moment même des micros paraboliques vers l'immeuble en question, on devrait avoir le son d'une minute à l'autre.

— Bien. Dis-leur de rester en stand-by. Il faut tout mettre en œuvre pour récupérer les filles avant de lancer l'assaut.

Il appelle Madoc pour faire le point sur les derniers développements de l'autre côté de l'Atlantique.

— Gareth, tu peux parler ?

— Pas longtemps.

— On a du nouveau concernant les jumelles de Fallon ?

— Ross Green et Eve Garrett ont identifié quelques suspects. Des pros qui opèrent en tandem et sont liés indirectement soit à Marchetti, soit à Mardrid. Mais on a besoin de temps pour déterminer où chacun se trouve en ce moment.

— Le temps, c'est justement ce qu'on n'a pas.

— Je sais bien. J'ai envoyé six unités sillonner la baie de San Francisco, mais la zone à couvrir est immense. Pour être honnête, sans infos en béton sur les ravisseurs ou leur cachette, j'ai bien peur qu'on fasse chou blanc.

Owain a déjà envisagé le pire.

— Si ça doit mal finir, Gareth, je veux que ces brutes quittent la Californie dans un cercueil, tu m'entends ?

— Compris. Autre chose ?

— Oui. J'ai décidé qu'on ne pouvait pas laisser Al-Shibh et ses complices en liberté plus longtemps. Je les veux derrière les barreaux avant demain matin.

Madoc fait la grimace.

— Mais je t'assure qu'on a de très bonnes chances d'identifier les membres clés de la cellule.

— J'en suis bien conscient, mais tant qu'on ne sait pas avec certitude qui est leur cible, sans parler du lieu et de l'heure de l'attentat, c'est un risque qu'on ne peut pas se permettre de prendre.

— J'ai simplement besoin de quelques heures de plus. Le temps qu'Al-Shibh nous mène à l'endroit où il va dormir ce soir.

Owain est catégorique.

— C'est impossible. Je suis désolé.

Madoc pousse un profond soupir mais ne conteste pas sa décision.

— OK. Comment veux-tu procéder ? Tu vas appeler Ron Briars à l'ANR ?

Owain a une idée pour tempérer la déception de son ami.

— Tu n'aurais pas quelqu'un sur ta liste de personnes « testées et approuvées » à qui tu aimerais donner un coup de pouce ?

— Si, bien sûr. J'en ai même plusieurs.

— Alors je te laisse t'en charger. C'est toujours satisfaisant de pouvoir aider ceux qui travaillent dur pour grimper les échelons.

— C'est gentil de ta part, j'apprécie.

— Je t'en prie. Je compte sur toi pour contacter la personne de ton choix au plus vite.

— Entendu.

Owain raccroche.

— Ça y est, on a le son, annonce Dalton. C'est un peu assourdi, mais j'entends Fallon. Elle a l'air mal en point.

145.

Londres

La brune étale du papier journal sur le sol du placard encastré. Son ami le gorille enlève le pantalon de Mitzi, la pousse dans l'espace confiné et referme la porte coulissante.

Se faire traiter comme un chien est presque aussi douloureux qu'avoir le nez cassé. À cela s'ajoutent bientôt les intenses crampes d'estomac causées par l'overdose de laxatifs. Mitzi souffre en silence aussi longtemps qu'elle peut, et quand elle ne tient plus, elle crie dans le noir :

— Vous feriez mieux de m'amener aux chiottes, et illico !

Le gorille tape un grand coup sur la porte et lui répond de sa voix de stentor :

— Fais tes saletés là-dedans, le bon chien-chien, et grouille-toi.

Il donne un coup de pied dans la porte et s'éloigne.

Mitzi ne s'est jamais sentie aussi mal de sa vie. Elle n'a plus beaucoup de temps. Elle change de position pour essayer de soulager ses crampes qui deviennent intolérables. Tout à coup, dans l'obscurité, elle se souvient des mots du vieil excentrique qu'elle a rencontré au château Caergwyn. C'est au moment où elle se sentira la plus faible qu'elle sera capable des choses les plus extraordinaires.

La douleur physique s'estompe aussitôt. Son cœur, qui battait à tout rompre, reprend un rythme normal. Elle arrive à se distancier de la torture, se faufile par une trappe imaginaire qui vient de s'ouvrir et se cache derrière pour reprendre des forces.

Mitzi se représente ses bébés. Elle se souvient du moment où on lui a mis ses jumelles dans les bras, à l'hôpital. La douceur de leur peau toute neuve. L'émerveillement lorsqu'elle les a embrassées pour la première fois. L'élan d'amour maternel, protecteur. Un amour si fort qu'elle n'hésiterait pas à tuer pour elles, s'il le fallait.

La porte coulissante s'ouvre et la lumière lui fait cligner des yeux.

La brune porte une main à la bouche, elle a du mal à se retenir de vomir.

— Oh ! mon Dieu. C'est dégueulasse.

Mais Mitzi ne ressent aucune honte. Aucune gêne. Quoi qu'il arrive à partir de maintenant, elle ne capitulera pas. Elle n'abandonnera pas. Elle ne laissera pas tomber ses filles.

146.

NEW YORK

Quand Joe Steffani reconnaît le numéro qui s'affiche sur l'écran du téléphone dans son bureau de l'ANR, il décroche aussitôt.

— Laissez-moi deviner, lance-t-il avec son accent du Bronx, vous appelez pour me flinguer ma soirée ? Je vais pas pouvoir dire bonne nuit à mes gosses, c'est ça ?

— La flinguer ? répète Gareth Madoc. Je parie que vous allez changer d'avis quand je vais vous annoncer la nouvelle.

— Oh ! oui, sûrement. Alors, qu'est-ce que vous avez en rayon pour moi aujourd'hui, cher ami étranger si bien informé ?

— Ali Ben Al-Shibh.

— Sans déconner.

— Non, je suis sérieux. Il est ici, à New York.

Joe en est tout retourné.

— Vous en êtes sûr ? Vous avez réussi à le mettre sous surveillance ?

— Sous surveillance et sur écoute. On est si près de lui qu'on pourrait vous donner la marque de son après-rasage.

L'homme de l'ANR a comme un soupçon, tout à coup.

— Pourquoi ?

— Ça, c'est sans importance. Le fait est qu'il vient d'enregistrer une vidéo dans la maison d'un dignitaire de la mosquée, et qu'en ce moment même, il est en route pour JFK avec ses gardes du corps. Une fois là-bas, je dirais qu'il va aller directement dans un hangar privé et se volatiliser.

— Putain de merde, s'exclame Steffani en saisissant au vol la veste accrochée au dossier de son fauteuil. Vous pouvez me connecter ?

— Ce sera fait, le temps de constituer une équipe. Mais vous aurez besoin de plusieurs unités, au moins quatre. On est sur les talons du commandant de la cellule, du plastiqueur et de leurs associés.

— La vache, Gareth ! Je vois que votre bande de cow-boys nous a caché des choses. Ouh ! que c'est vilain !

— Mea culpa. Quand tout sera terminé, ce serait bien qu'on se rencontre enfin, vous et moi.

— Alors là, je vous prends au mot.

Madoc raccroche. Sur un écran, il voit Zachra Korshidi rentrer chez elle. Les choses vont bientôt s'accélérer et il prie pour arriver à la sortir de là vivante.

147.

Q.G. du FBI, San Francisco

Helena Banks pousse la porte du bureau de son patron.

— Vous avez une minute ?

— C'est tout ce que je peux vous accorder, réplique Bob Beam en lui faisant signe de s'asseoir. Spinks vient d'appeler, on peut rayer Walnut Creek de la liste. Le célibataire qu'il recherchait était clean. Figurez-vous que le type vient de se séparer de sa femme, mais il est quand même venu passer ses vacances dans le grand chalet qu'il avait loué pour elle et leurs trois gosses. Il s'est dit que comme il avait payé, autant en profiter.

— Avec tout le fric qu'il va passer en pension alimentaire, il aurait mieux fait de le sous-louer. Sinon, j'ai pas mal réfléchi au véhicule.

— Continuez.

— On a rappelé Ruth Everett et on a tout repris depuis le début. Elle affirme avoir vu une berline en haut du chemin et explique que c'est pour ça qu'elle a gobé l'histoire de la femme, comme quoi elle était tombée en panne et avait besoin d'aide. Parce qu'elle était toute seule.

— On a déjà fait le point là-dessus, dit-il en sortant un dossier de la pile qui s'entasse sur son bureau. Seule une vingtaine de femmes célibataires ont loué des berlines la semaine dernière et elles ont toutes payé par carte.

— Je sais. Mais j'ai demandé à un agent d'étendre un peu les recherches, et devinez quoi ? On a trouvé un type qui a réglé en liquide la location d'un camping-car à l'aéroport de San Fran International, et le lendemain d'une berline à San Mateo.

Le cœur de Beam bondit en entendant ça.

— Vous avez un nom et une adresse ?

Helena colle un post-it sur son bureau.

— Chris Wilkins, marié, chef d'entreprise à Los Angeles.

Steffani relit les infos mentionnées sur le bout de papier jaune.

— Ça, c'est qu'il a raconté à l'agence de location, mais ça colle ?

— Ouaip ! Il existe bien, tout comme sa société. La maison n'est pas à lui, par contre, il la loue. Et sa société est un petit commerce en zone industrielle. Le genre de truc qu'on peut ouvrir et fermer en un clin d'œil.

— Un casier ?

— Non.

— Sa femme ?

— Elle s'appelle Teresa. Tess.

— On a une photo de lui ou d'elle ?

— Pas encore. Le service des permis de conduire et le département de la sécurité intérieure vont nous en envoyer.

— Pas de casier, elle non plus ?

— Non plus. Même pas une amende pour excès de vitesse.

Beam en revient à l'élément qui a certainement éveillé l'intérêt de la psychologue.

— Pourquoi quelqu'un irait-il louer une berline *et* un camping-car ?

— C'est plutôt insolite, mais pas impensable, réplique Helena. Un camping-car ça va très lentement, et c'est un cauchemar dès qu'il s'agit de le garer. Avec une berline, en revanche, on peut se déplacer plus vite et on est plus à l'aise pour conduire. Mais ce qui est curieux dans leur histoire, c'est qu'ils n'ont pas d'enfants, et la logique voudrait qu'ils préfèrent aller à l'hôtel ou au motel. En plus de ça, Wilkins a loué les deux séparément et chez des concurrents. Là, pour le coup, c'est très curieux. En général, les gens essaient de faire une affaire, d'obtenir une réduction en louant les deux ensemble.

Steffani tente de trouver une raison plausible à cela.

— Peut-être qu'ils ont pensé à la berline après-coup ou que la femme ne sait pas conduire ?

Helena lui fait un sourire entendu.

— Oh ! mais si, elle sait.

— Ah oui ?

— Le camping-car et la berline ont traversé l'Oakland Bay Bridge aux environs de vingt-deux heures hier soir, à peu près au moment où Ruth Everett revenait à elle sur le carrelage de sa cuisine.

148.

LONDRES

Le faux taxi longe la Tamise un moment puis se gare dans un recoin sombre, à côté de la péniche de l'OSSA et à cinq cents mètres de l'endroit où se trouve Mitzi.

Le portable d'Owain Gwyn sonne.

— Oui ?

— C'est fait, annonce Gareth Madoc d'un air las. J'ai parlé à mon contact de l'ANR et il est sur le pied de guerre. Il a déjà convoqué une réunion d'équipe avec Lanza et ils encerclent Al-Shibh en ce moment même. On devrait en avoir fini dans les heures qui viennent, mais à mon avis, ça va être compliqué de les inculper.

— Ne te laisse pas abattre. Il fallait choisir entre les prendre la main dans le sac et s'assurer qu'ils ne pourront faire de mal à personne.

— Je sais. J'aurais simplement voulu que ce soit l'une des rares fois où on arrive à faire les deux.

— On a sauvé des vies. C'est tout ce qui compte.

— Oui. Je vais devoir y aller, alors avant que tu me poses la question, je n'ai pas d'autre info concernant les jumelles de Fallon. Mais je te promets d'appeler dès qu'il y a du nouveau.

— Merci, à plus tard, dit Owain avant de raccrocher et de se tourner vers Dalton.

Le consul lui fait un petit topo.

— On a deux agents postés sur le toit. Ils ont passé la caméra thermique sur la surface et le lieutenant Fallon se trouve dans un appartement du dernier étage, côté ouest.

Owain scrute l'obscurité.

— Tu penses qu'on devrait passer par le toit ?

— Non, sauf si on n'a pas le choix. Mais avant ça, il faut qu'ils arrivent à coller un mouchard sur la fenêtre. Le son sur les micros paraboliques n'est pas aussi bon que je l'espérais. Et je leur ai demandé de faire descendre une petite caméra invisible à fibre optique, aussi.

— On sait ce que Marchetti fabrique ?

Dalton met une main sur son oreillette pour mieux entendre.

— Je ne pense pas qu'il soit dans la pièce en ce moment. Je distingue trois voix : Fallon, une femme et un homme.

L'ambassadeur jette un œil à sa montre.

— Je vais devoir te quitter. Le Vatican ne m'a toujours pas rappelé, et même s'ils le font, je sais d'avance ce qu'ils vont me répondre.

— Qu'ils ne veulent pas annuler demain.

— Eh non, bien sûr. Il est trop tard. Ce qui veut dire que je dois me rendre à Cardigan tout de suite pour passer en revue toute la sécurité.

— Je peux me débrouiller seul, ne t'inquiète pas, dit Dalton en tapotant son ordinateur portable. Nos meilleurs agents sont sur le coup. On va la récupérer en douceur.

— Je te fais confiance.

Owain ouvre la portière du taxi et sort. Une autre voiture l'attend un peu plus loin, pour le ramener à l'héliport.

— Et tâchez de ne pas tuer Marchetti pendant l'assaut. J'aimerais vraiment avoir une petite conversation avec notre vieil ami.

149.

LONDRES

Dehors, sur la terrasse du penthouse, Angelo Marchetti contemple les lumières de la ville qui se détachent sur le ciel noir d'encre. La vue est imprenable sur la barrière de la Tamise, et à sa droite, sur la forêt d'acier et de verre qu'est devenu Canary Wharf.

Le penthouse n'est pas terminé, bien sûr – d'ailleurs, l'immeuble entier n'est que planchers, murs et plafonds nus –, mais quand il le sera, Mardrid le vendra des millions de livres, sans aucun doute à un Russe ou à un Arabe richissime.

Il touche la poche de sa veste, qui contient dans un linge une seringue, quelques aiguilles neuves et suffisamment d'héroïne et de cocaïne pour planer pendant un mois. La tentation de se piquer est presque irrésistible.

Mais il doit d'abord s'occuper de la clé USB enveloppée dans un tas de papiers essuie-tout que son équipe vient de reprendre à la flic californienne.

Elle lui a menti.

Ce n'est pas sa clé à lui. Celle-ci est plus petite, plus fine, plus légère, et surtout : vide.

Et maintenant, il doit décider ce qu'il va faire d'elle.

Heureusement pour lui, il n'a pas encore Mardrid sur le dos. Mais ça ne saurait tarder : il lui reste peut-être un jour ou deux de répit. Et Marchetti le sait : s'il n'est pas capable de lui livrer les infos concernant les tombes des chevaliers, autant creuser la sienne tout de suite.

Il prend la clé dans l'essuie-tout et retourne à l'intérieur.

Comme il le lui a demandé, la brune a sorti Fallon du placard, l'a lavée et fait asseoir sur une chaise.

Marchetti attrape une chaise pliante en métal et s'installe en face d'elle. Il lève la clé USB à hauteur des yeux rougis de Mitzi.

— Où est la vraie ?

Mitzi se concentre sur ses filles. Elle les imagine se précipiter vers elle, prête à les prendre dans ses bras et à les serrer fort.

Marchetti hausse le ton.

— Où-elle-est-PUTAIN ?

Elle trouve juste assez de salive pour lui dire :

— Faites transporter Amber à l'hôpital et je vous le dis.

Il secoue la tête d'un air furieux. Après tout ce qu'il lui a fait, comment est-ce possible qu'elle ne soit pas brisée ? Que doit-il lui faire subir de plus pour qu'elle rende enfin les armes ?

Il connaît la réponse à ces questions. Elle ne capitulera pas, tout simplement. Il a déjà vu des personnes comme elle, à la volonté de fer, à la détermination à toute épreuve. Il n'y a pas si longtemps que cela, *lui aussi* était comme ça.

À travers la fenêtre, il voit le ciel qui commence à s'éclaircir. Il pense à une autre aube, de l'autre côté de l'Atlantique, et sait que quand elle sera là, les recherches pour retrouver les filles vont s'intensifier.

— D'accord, *d'accord*, s'exclame-t-il, l'air exaspéré. Je vais relâcher une de tes petites garces. Je vais arranger ça. Mais je te promets… (Il s'approche d'elle, les yeux écarquillés de rage.) si jamais t'essaies de me baiser, si tu ne me donnes pas *tout de suite* ce que je veux, je t'obligerai à regarder ton autre fille mourir et je ferai durer le plaisir. Elle appellera sa maman au secours, et toi tu ne pourras rien faire. Et je te le jure, ce sera pire que tout ce que tu peux imaginer.

150.

CALIFORNIE

Chris Wilkins klaxonne en arrivant à la planque, car il sait très bien que s'il oublie, il a toutes les chances de se retrouver avec une balle dans la tête.

Tess lui ouvre, un Glock 29 dans la main droite et le fusil d'assaut à portée de main. À voir la tête qu'il fait, elle devine que quelque chose le tracasse.

— Tout va bien ?

Il regarde longuement les filles. Elles sont toujours ligotées et bâillonnées, mais chacune de son côté maintenant. La première est assise, les jambes attachées aux pieds de la chaise et les mains dans le dos. L'autre (celle qui est blessée) est par terre, jambes levées et main bandée.

— Viens là, ordonne-t-il en hochant la tête vers la cuisine.

Tess verrouille la porte de devant et le suit dans l'autre pièce.

Il laisse échapper un soupir angoissé.

— Il veut qu'on libère une des filles.

— *Quoi* ?

— Celle qu'on a estropiée. Il dit qu'on doit l'emmener à l'hôpital le plus loin d'ici et qu'on doit la laisser là-bas avec des instructions sur elle, pour qu'elle appelle aussitôt le portable de sa mère.

Tess hausse les épaules.

— On peut la faire appeler de n'importe où, pas besoin d'y aller vraiment.

— Laisse-moi reformuler. Elle *doit* appeler d'un hôpital pour que sa mère s'assure qu'elle va bien être soignée.

— D'accord, j'ai pigé. Maligne, la garce.

— C'est quoi le meilleur centre hospitalier, dans le coin ?

Tess fait la moue.

— Je sais pas vraiment, je vais regarder sur Internet. Mais je dirais Oakland ou San Ramon.

— Regarde plutôt en direction de l'est. Trouve-m'en un à une heure de route d'ici. (Il regarde en direction de la porte.) Comment elle va, sinon ?

— Oh ! elle m'a pas causé de problème. J'ai bien cru qu'elle était hémophile au départ, vu comment elle a saigné quand tu lui as coupé le bout du doigt avec le couteau à pain. Elle a pas arrêté de geindre, depuis.

Il va au frigo prendre une bière.

— T'en veux une ?

Elle accepte volontiers et ôte la capsule d'une chiquenaude.

— J'aime pas ça. J'aime pas ça du tout, même. Quand le camp d'en face nous mène par le bout du nez, on s'attire des ennuis. Surtout quand le camp d'en face est un agent fédéral.

151.

Q.G. du FBI, San Francisco

Sandra Donovan s'assure que la porte de son bureau est bien fermée. Une précaution qu'elle n'oublie jamais de prendre quand elle attend un appel aussi important que celui qu'on va lui transférer.

Le directeur du FBI souhaite lui parler en privé.

Une lumière clignote sur le téléphone de son bureau et elle attrape le combiné à la hâte.

— Oui, monsieur ?

Peter Lansley est connu pour être le genre de boss qui aime bien réchauffer un peu l'atmosphère – juste avant de vous renverser un seau rempli de glaçons sur la tête.

— Comment allez-vous, Sandra ? Je ne vous ai pas vue depuis cette conférence sur les crimes violents à Quantico, il me semble.

— Je vais très bien, monsieur. C'est gentil de demander.

— Bonne présentation, ce jour-là. Les vieux croulants ont dû vous trouver tout à fait rafraîchissante, c'est certain. Mais trêve de plaisanterie. Je vous appelle au sujet de l'affaire Fallon et je vous préviens, c'est confidentiel.

— Entendu, monsieur.

— Dans un instant, vous allez recevoir l'appel d'un homme qui va vous donner un nom de code : Tole Mac. Je répète, Tango, Oscar, Lima, Écho, Mike, Alpha, Charlie.

— C'est bien noté, monsieur.

— Tant mieux. Parce que, après ça, cet homme va vous donner des infos et croyez-moi, elles seront fiables. En béton armé, même. Depuis le temps que je travaille avec, cette source ne s'est jamais trompée. *Jamais*, Sandra.

Elle relève l'inflexion dans sa voix.

— Cette source, elle est de notre bord ou de l'autre, monsieur ?

Il répond d'une voix teintée d'ironie :

— Le nôtre, Sandra. On ne peut pas faire plus de notre bord. J'ai dit à cet homme que je m'en remettais à vous pour traiter directement avec lui. Ne me décevez pas.

— Vous pouvez compter sur moi, monsieur.

Et sur ce, il raccroche. Donovan repose le combiné, tout en se demandant comment diable quelqu'un en dehors de son équipe ou de celle de Bob Beam serait en mesure de lui apprendre des choses concernant le kidnapping des jumelles de Mitzi Fallon.

Elle n'a pas à attendre longtemps.

L'interphone retentit et sa secrétaire lui annonce :

— J'ai un homme au téléphone pour vous. Il dit que le directeur Lansley vous a parlé de lui et que vous attendez son appel.

Donovan s'empresse d'appuyer sur le buzzer.

— Passez-le-moi, Sylvia. Passez-le-moi.

152.

CARDIGAN, PAYS DE GALLES

Lorsque son hélicoptère passe au-dessus de Cardigan, Owain songe qu'il y a des siècles de cela, la ville était le point d'arrivée et de départ de centaines de navires et de milliers de marins. L'industrie navale était alors en plein essor, tout comme celle de l'exportation de laine, et les habitants regardaient vers l'avenir avec optimisme.

Mais c'était il y a bien longtemps.

Quand le fleuve a commencé à s'envaser, les gros bateaux ont cessé de venir et l'économie locale a fini par péricliter. Aujourd'hui, c'est une bourgade qui peine à atteindre les cinq mille habitants. Les touristes qui viennent jusqu'ici ont bien souvent un intérêt soit pour l'histoire, soit pour la religion. Ils visitent le château qui date du XIe siècle ou bien Sainte-Marie, l'église du XIIe siècle qui est devenue le premier lieu de pèlerinage catholique du pays de Galles depuis qu'elle renferme une statue de la Sainte Vierge, plus connue sous le nom de Notre-Dame du Cierge ou Notre-Dame de Cardigan.

C'est cette statue qui est au cœur de la visite du nouveau pape, le premier à venir au pays de Galles en plus de trente ans. Une fierté pour la nation galloise. Et la destination finale d'Owain.

Des nuages de pluie voilent le ciel du petit matin et la température est presque glaciale quand Owain monte dans une limousine pour traverser la ville. À ses côtés se trouve Carrie Auckland, une ancienne crack du MI5 qu'il emploie depuis cinq ans en tant que chef de la sécurité des invités de marque pour l'Europe. L'ex-agent secret de quarante-deux ans est en tenue de travail : treillis noir, baskets noires et blouson d'aviateur noir, qui mettent en valeur son corps athlétique.

Elle se tourne vers son patron sur la banquette en cuir et s'emploie à le rassurer une fois de plus :

— Heure par heure, on vérifie les poubelles, les bouches d'égout, les boîtes aux lettres et tous les postes d'observation possibles le long de l'itinéraire que le pape va emprunter. Il n'y a pas une maison, résidence, magasin ou garage qu'on n'ait pas passé au peigne fin. Aucun risque qu'on commette un attentat contre lui.

— Il y a toujours un risque, Carrie. C'est pour ça que je suis ici.

— J'espère que vous serez venu pour rien.

— Moi aussi. N'allez pas penser que je ne vous fais pas confiance. Pour moi, vous êtes la meilleure.

— Merci.

— Simplement, le Comité de Vigilance est persuadé qu'on va attenter à la vie du Saint-Père, et je veux me rendre utile.

— Le Comité s'est déjà trompé par le passé, commente-t-elle en lui remettant un dossier épais.

— À maintes reprises, même. Et j'espère que ce sera encore le cas aujourd'hui.

— Le premier document est l'emploi du temps du pape,

explique-t-elle. Le deuxième, une liste de personnes qui rencontreront ou se trouveront à proximité immédiate du Saint-Père. J'ai parlé au chef de la sécurité du Vatican, et vous comme moi ne devrons jamais être à plus de cinq mètres de lui. Le troisième est un petit topo sur les habitudes du souverain pontife en voyage. Le quatrième, une analyse de…

Owain lui coupe la parole.

— C'est trop, Carrie. Allez à l'essentiel.

— OK. Donc, première visite d'un pape au pays de Galles depuis 1982. Il doit se rendre à Cardigan, Swansea et Cardiff aujourd'hui, avant d'arriver tard ce soir à Londres pour célébrer la messe à Westminster demain matin. Ensuite il prendra l'avion pour la Belgique, où on l'attend pour bénir une énième restauration de *L'Adoration de l'Agneau mystique*.

— Nous reparlerons de *L'Agneau* plus tard. Pour l'instant, concentrons-nous sur Cardigan.

— La ville est en état de siège. On n'a pas eu de problème majeur pour la sécuriser, et je pense qu'entre nous, le Vatican et les services secrets, on est parés. L'église qu'il doit visiter est vieille de plusieurs siècles, mais elle a été modernisée et une extension a été créée pour exposer la statue dans de bonnes conditions. (Elle pointe du doigt le dossier qu'elle lui a remis.) Vous trouverez tous les schémas là-dedans. Ce n'était pas une zone évidente à couvrir, alors j'ai demandé à ce qu'on redouble de vigilance pendant cette partie-là de la visite.

— Bien. Vous m'avez l'air d'avoir tout prévu, constate-t-il, légèrement moins tendu. Du point de vue de la sécurité, qu'est-ce qui vous inquiète le plus ?

Elle lui sourit.

— Les imprévus. La vie est ainsi faite qu'il y a toujours des imprévus.

153.

Q.G. du FBI, San Francisco

Sandra Donovan fait glisser deux photos sur son bureau. La première d'un homme, la seconde d'une femme.

Bob Beam les regarde tour à tour.

— C'est qui ?

— On vient de me les envoyer par Internet. Expéditeur anonyme, impossible de retrouver sa trace.

Beam sourit.

— On arrive toujours à retrouver la trace de quelqu'un, si on s'en donne les moyens.

— Ah oui ? Allez donc dire ça aux techniciens. Je leur ai sorti un truc dans le genre et ils m'ont ri au nez. Ils vous ennuieront à mourir en vous expliquant que ces fichiers JPEG ont été renvoyés de serveur en serveur et qu'ils sont passés par toutes les adresses IP d'Asie avant d'atterrir ici.

— Et donc, c'est qui ?

— Gerry et Susan Stanhope. Paul et Sharron Glass. Steve et Sarah Dopler. Ou encore, pour les intimes, Chris et Tess Wilkins. Selon une source fiable, c'est eux qui sont derrière l'enlèvement des filles de Fallon.

Beam examine de plus près le visage dodu de l'homme et les pommettes saillantes de la blonde.

— On est tombé sur les mêmes noms en vérifiant les voitures de location. C'est qui, la source ?

— Je ne peux pas vous le dire, mais elle est sûre.

— Vous ne pouvez pas ou vous ne voulez pas ?

— Je ne peux pas. C'est Lansley qui nous a mis en contact.

Beam écarquille les yeux en entendant ça.

— Et j'ai autre chose que des photos à me mettre sous la dent ?

Donovan pose lentement les coudes sur le bureau et croise les doigts devant elle.

— Apparemment, un groupe d'anciens militaires triés sur le volet traque déjà les Wilkins.

— Des mercenaires ?

— Ils sont à la solde de quelqu'un, c'est certain, mais je ne sais pas de qui. Lansley m'a simplement affirmé qu'on pouvait leur faire confiance. L'homme que j'ai eu au téléphone m'a fourni la liste des lieux qu'ils sont allés vérifier.

Beam hausse les épaules.

— Et je suis censé faire quoi, moi ?

Donovan lui met une feuille de papier sous le nez.

— Voilà la liste de ceux où ils ne pourront pas se rendre dans l'heure qui vient. Vous pouvez peut-être communiquer ces adresses à vos agents en leur demandant de s'y rendre en priorité, par exemple ?

— Soyons clair. Je n'aime pas travailler sur la base d'infos dont je ne connais pas la provenance.

— C'est noté.

Beam lui arrache la feuille des mains.

— Huit zones de plus à couvrir, génial.

— On n'a pas fait mieux, Bob.

Il se lève brusquement et se dirige vers la sortie en agitant la feuille à bout de bras.

— Ça va mal finir, cette histoire. Me dites pas que je vous aurai pas prévenue.

— Faites en sorte que ça n'arrive pas et…

Il claque la porte.

— … et *ne claquez pas* la porte !

154.

STOCKTON, CALIFORNIE

Chris Wilkins met une heure quarante pour parcourir les cent dix kilomètres qui le séparent de l'hôpital.

Il roule en direction de l'ouest jusqu'à Danville, prend au sud pour atteindre Dublin, puis à l'est jusqu'à Tracy, et enfin remonte vers Stockton, au nord.

À environ un kilomètre et demi du centre hospitalier de la

ville, il sort de l'autoroute, tourne à gauche et se gare devant le cimetière chinois. Il passe la main derrière l'appuie-tête du siège passager pour se tourner vers Amber, qui est ligotée sous une couverture à l'arrière de la Toyota. Ils ne lui ont pas administré de sédatif ou de calmant depuis plus de trois heures, pour qu'elle ait toute sa lucidité quand elle arrivera aux urgences. L'inconvénient, évidemment, c'est qu'elle souffre – et elle gémit tellement qu'il a envie de la baffer.

— On est presque arrivés. Tu seras à l'hôpital dans quelques minutes. Souviens-toi, tu leur demandes d'appeler ta mère tout de suite. Tu n'attends pas d'être soignée, tu l'appelles tout de suite.

Avant de rallumer le moteur, il prend un nouveau portable jetable pour appeler Londres.

— La fille sera à l'intérieur de l'hôpital San Joaquin de Stockton dans dix minutes. J'attends votre appel une fois qu'elle aura eu sa mère, et ensuite je disparais.

— Compris, dit Marchetti.

— Y a plutôt intérêt. Et n'espérez pas vous en sortir sans raquer : on a pris des risques en plus, on exige d'être payés en plus.

— Ne vous inquiétez pas pour votre argent, vous l'aurez.

Chris raccroche et appelle aussitôt Tess.

— Ça y est, je suis arrivé. Je vais entrer.

— Bonne chance, bébé. Je t'aime.

— Je t'aime aussi, beauté.

Il éteint le portable, regarde l'heure et vérifie son flingue. Dans trois heures à peine, il décollera de l'aéroport de Stockton, direction Las Vegas. Mais ça, c'est dans le cas où tout se passe bien. Parce que si ça se passe mal, il sera en train de prendre ses jambes à son cou après avoir tué Amber et prévenu Tess de faire subir le même sort à sa sœur.

Après, ils partiront tous les deux loin d'ici.

Si loin qu'on aura l'impression qu'ils n'ont jamais existé.

155.

Bureaux de l'OSSA, New York

Gareth Madoc n'a pas mangé depuis si longtemps que son estomac fait des bruits de machine à laver en passe de rendre l'âme. Il défait l'emballage du sandwich que sa secrétaire est allée lui acheter. C'est son préféré – tranches de pastrami, moutarde et pain de seigle – et il est à un centimètre de sa bouche quand le portable sonne.

— Enfer et damnation, s'exclame-t-il en reposant le sandwich pour répondre. Madoc à l'appareil.

— Vous m'avez l'air bien grincheux. C'est Steffani.

— Alors, la pêche a été bonne ?

— Encore meilleure que dans mes rêves les plus fous. Je vous revaudrai ça.

— Vous n'avez pas intérêt à oublier, vu que notre conversation est enregistrée. Allez, racontez-moi tout.

— Vous auriez dû voir la tête de Ben Al-Shibh ! Il a rien vu venir. Il était dans son hangar privé, à JFK, comme vous l'aviez deviné. Sur le point d'embarquer à bord d'un jet. Tout a été fini en un temps record.

— Il y a eu des échanges de tirs ?

— Non, il s'est rendu sans faire d'histoire. On l'a emmené dans les locaux de la CAT, l'interrogatoire a dû commencer maintenant. Pour Mousavi et Tabrizi, ça a été une autre histoire.

— J'en déduis qu'ils vous ont causé des problèmes ?

— Vous déduisez bien. C'est qu'il est en forme, le Tabrizi. On l'a cueilli à la planque que vos petits cachottiers de collègues gardaient pour eux depuis des mois, et il s'est débattu comme un beau diable. À tel point qu'on a dû lui casser la mâchoire et quelques côtes pour le convaincre de se calmer. Mousavi, on l'a chopé dans un *diner* miteux de l'East Side, au moment où il allait aux toilettes. Eh ben, vous allez pas le croire, mais il avait pas lâché le flingue sous ses fringues, même pour pisser.

— C'est ce qu'on appelle être bien outillé.

— Ah ! ah ! j'me marre. C'est mon agent qu'a pas rigolé, par contre : l'enfoiré lui a tiré dans le pied et pissé dessus dans la foulée.

— Il va bien ?

— Oui, c'est le genre de blessure qu'il aura vite oubliée, mais l'anecdote, par contre, elle va rester.

— Et pour Malek Hussan ?

— Il nous a repérés dans la rue et il a piqué un sprint. Au bout de cinquante mètres, il a été obligé de s'arrêter. Le couillon était au bord de la crise cardiaque, tellement il arrivait plus à respirer.

— Korshidi ?

— On vient de l'embarquer à l'instant. Il essaie de se la jouer malin et parle de discrimination à l'encontre de sa mosquée et de lui. Mais il changera de discours quand on lui passera la vidéo qu'il a réalisée pour Al-Shibh.

— Maintenant qu'il est entre vos mains, je vais faire disparaître sa fille de la circulation. C'est une de nos principales sources. (Il y réfléchit un instant.) Finalement, on va peut-être emmener sa mère aussi. Vous pourriez nous aider à les mettre en lieu sûr ?

— C'est la moindre des choses. On a une planque à Greenwich. Pour un jour ou deux, ce sera très bien.

— Merci. J'imagine qu'aucun d'entre eux n'a encore donné le lieu du prochain attentat ?

Steffani pouffe de rire.

— Décidément, vous êtes fort en déduction. Je vous appelle s'il y en a un qui crache le morceau, mais n'y comptez pas trop quand même.

156.

Hôpital de San Joaquin, Stockton

C'est le chaos aux urgences.

L'infirmière en chef Betty Lipton assure déjà un double service, et un chirurgien plus deux infirmières viennent de se faire porter pâle.

Ça bouchonne sérieusement en salle d'opération. Elle a un bûcheron qui s'est entaillé la cuisse jusqu'à l'os avec sa tronçonneuse ; deux accidents de la route différents, avec membres écrasés et blessures au crâne ; et un père de famille qui a essayé de se faire sauter le caisson avec une arme de poing.

— Infirmière.

Elle ignore la sollicitation venue de la salle d'attente.

— Infirmière !

Elle lève les yeux de son ordinateur. Plusieurs personnes sont rassemblées autour de quelqu'un – tombé dans les pommes, à tous les coups.

— Infirmière, infirmière !

— OK, OK, j'arrive. Vous savez que c'est pas bon pour le cœur de crier comme ça ?

Elle contourne le bureau et se dirige vers l'attroupement, dans un bruit horripilant de sièges plastique qu'on pousse.

Il y a bien quelqu'un dans les vapes au fond de la salle d'attente.

— Poussez-vous, s'il vous plaît, faites de la place.

Une adolescente est allongée par terre. On l'a enveloppée dans une couverture écossaise, que quelqu'un a ouverte. Elle a les pieds et les mains ligotés. On lui a mis du ruban adhésif sur la bouche.

C'est là que Lipton remarque le mot agrafé sur le tee-shirt de la jeune fille :

N'APPELEZ PAS LA POLICE.

157.

HÔPITAL DE SAN JOAQUIN, STOCKTON

Amber Fallon est hissée sur un lit à roulettes et emmenée à la première alcôve de libre pour se faire examiner. Les infirmières vérifient les signes vitaux, la mettent sous perfusion et défont le bandage ensanglanté qu'elle a autour du doigt.

De l'autre côté du rideau, Betty Lipton montre le message à

la directrice de l'hôpital, Ann Lesley, et lui raconte ce qu'elle sait :

— La gamine s'appelle Amber Fallon. Elle a un doigt partiellement tranché et elle est lessivée. Elle dit qu'elle doit appeler sa mère tout de suite, sinon sa sœur va se faire tuer.

Lesley jette un œil au papier.

— Vous croyez qu'elle dit la vérité ou bien qu'on a affaire à une ado qui tente juste d'accaparer notre attention ?

— C'est toujours difficile à cerner, les cas de syndrome de Münchhausen. On devrait passer le coup de fil à la mère ; comme ça, on saura.

— Je veux voir la petite avant.

Betty tire le rideau.

Amber est calée contre un coussin et elle a l'air effrayée. Dès qu'elle les voit, elle bredouille :

— Je… j'dois appeler ma mère, c'est le monsieur qui l'a dit.

Lesley décroche un téléphone mural.

— Quel est son numéro, dis-moi ?

— Il est dans ma poche. Vous pouvez le prendre s'il vous plaît ? demande Amber pendant qu'on finit de nettoyer sa plaie. C'est pas le numéro de ma maman, mais le monsieur a dit qu'elle répondrait.

Betty sort le papier et le tend à sa chef.

— De quel monsieur parles-tu, ma chérie ? l'interroge Lesley tout en vérifiant qu'elle tape le bon numéro.

— Celui qui nous a emmenées. Il a dit que si j'appelais pas tout d'suite, il allait tuer Jade.

— Jade, c'est ta sœur ? demande la directrice en appuyant sur la dernière touche.

— Oui, répond Amber, au bord des larmes.

Ça sonne une fois, puis quelqu'un décroche.

— Allô ?

— Ici Ann Lesley, de l'hôpital San Joaquin. Qui est-ce ?

— Lieutenant Fallon. Ma fille est avec vous ?

Lesley est surprise d'apprendre que la mère est dans la police.

— Oui, Amber est là, elle se fait soigner. Madame…

Mitzi la coupe.

— Désolée, mais j'ai vraiment pas le temps de répondre à

vos questions. Donnez-moi le numéro de votre standard et je vous rappelle tout de suite pour m'assurer que vous êtes bien la personne que vous dites être. S'il vous plaît, vite ; il y a des vies en jeu.

— C'est le 468-47100. Si vous êtes en dehors de Stockton, il faut rajouter l'indicatif régional, le 209. Dites au standard de vous passer les urgences, vous tomberez sur moi.

— Elle va bien ?

— Oui, elle va bien. Elle est entre de bonnes mains, maintenant.

— Merci, répond Mitzi, à deux doigts de pleurer.

La directrice raccroche, passe derrière le rideau et crie en direction des infirmières préposées au triage :

— Appelez le standard et dites-leur qu'ils vont recevoir un appel pour moi. C'est urgent, ils doivent me passer la personne tout de suite.

Quand elle s'est assurée que le message est bien passé, elle jette machinalement un coup d'œil vers la salle d'attente, qui est toujours pleine à craquer. *Si seulement j'avais une baguette magique*, songe-t-elle en soupirant.

Elle retourne voir la jeune fille derrière le rideau. La pauvre gosse est complètement stressée, et à en juger par la pâleur de sa peau, elle a perdu beaucoup de sang, aussi.

Elle prend un Kleenex dans une boîte sur la table de nuit et sèche les larmes qui montent aux yeux d'Amber.

Le téléphone mural sonne. Tout le monde le regarde fixement.

Lesley se rue dessus pour décrocher.

— Allô ?

— Ici Mitzi Fallon. Vous êtes toujours avec Amber ?

— Oui, madame.

— Alors pour l'amour du ciel, mettez-la en sécurité et appelez les…

Plus de tonalité.

Amber lève les yeux vers la directrice.

— Qu'est-ce que maman a dit ?

Elle passe une main rassurante sur le visage de l'adolescente.

— Elle a dit de ne pas t'inquiéter, tout va bien se passer.

158.

Q.G. du FBI, San Francisco

— L'hôpital de San Joaquin. Amber Fallon vient d'y être admise en urgence.

Beam lève les yeux de ses papiers et trouve la directrice adjointe plantée devant lui.

— Encore votre source ?

— La source de Lansley, le corrige Donovan.

Son instinct lui dit de vérifier. Toujours vérifier avant de déployer. Il décroche son téléphone.

— Passez-moi le directeur de l'hôpital San Joaquin, à Stockton. Je ne quitte pas.

Donovan pousse un soupir de frustration.

— Il faut envoyer une équipe là-bas et tout de suite, Bob.

Il pose une main sur le combiné.

— Je dois être certain, Sandra. Avec les coupes budgétaires, on est en sous-effectif, et si je les laisse partir, je n'ai plus personne.

— Je vous mets en relation avec la directrice, l'informe sa secrétaire au bout du fil.

Un blanc, puis :

— Ann Lesley à l'appareil. Qui est-ce ?

— Agent spécial Robert Beam du FBI, à San Francisco. Pouvez-vous me confirmer que vous venez d'admettre une jeune fille du nom d'Amber Fallon ?

Son interlocutrice reste silencieuse un instant.

— Agent Beam, avez-vous un numéro de téléphone où je peux vous rappeler pour vérifier que vous êtes bien celui que vous dites être ?

— Écoutez, ma petite dame, si vous croyez que j'ai le temps de…

— Un numéro, s'il vous plaît.

— C'est le 553-7400. Dépêchez-vous.

Beam repose violemment le combiné et grogne à l'adresse de Donovan :

— Elle veut vérifier mon identité.

— C'est agaçant quand on ne vous croit pas, hein ?

Folle de rage, Donovan prend son portable et compose un numéro.

— Eleonora, c'est Sandra Donovan. Mettez le gyrophare et foncez à l'hôpital San Joaquin de Stockton. Amber Fallon est aux urgences.

Beam est sur le point de protester quand le téléphone sonne sur son bureau.

— Allô ?

— Agent Beam ?

— Oui.

— Ann Lesley de nouveau. Amber Fallon est bien ici. Je suis à ses côtés en ce moment et je peux vous dire qu'elle est effray…

— J'envoie tout de suite des agents, madame.

— Elle est arrivée aux urgences avec un message agrafé à son tee-shirt, nous interdisant d'appeler la police. Elle dit que sa sœur court un grand danger…

— Nous savons tout cela, madame, merci, l'interrompt-il en regardant les deux clichés que Donovan lui a donnés. Vous pouvez me dire si elle est arrivée en compagnie d'un homme ou d'une femme ? Un homme assez costaud, visage rond, cheveux noirs, ou bien une femme, plutôt avenante, probablement blonde ?

— Non, monsieur, elle n'était avec personne. Quand on l'a trouvée, elle gisait par terre dans la salle d'attente, toute seule.

— Je peux lui parler ?

— Pas maintenant. On vient de lui administrer un sédatif et quelqu'un va venir la chercher pour passer une radio.

— Rappelez-moi dès que vous aurez terminé.

Beam raccroche et se tourne vers Donovan.

La directrice adjointe a disparu.

— Eh merde ! s'exclame-t-il en frappant du poing sur le bureau.

159.

Londres

Marchetti fait valser le portable des mains de Mitzi.

Une lueur bestiale brille dans son regard. Ce n'est pas la première fois qu'elle voit cette expression. À plusieurs reprises elle l'a observée – chez un meurtrier ou un violeur qu'elle venait d'attraper. Il lui est aussi arrivé de la voir dans les yeux de son ex-mari.

D'une main, Marchetti l'attrape à la gorge et serre.

— Une de tes filles libérées, c'était le deal, crache-t-il en montrant le smartphone qu'il a dans l'autre main. Et maintenant, tu veux voir la deuxième se faire découper en morceaux, ou bien tu vas me donner ma putain de clé USB ?

Il lâche prise et Mitzi est prise d'une quinte de toux.

Marchetti lui donne une seconde pour reprendre sa respiration, puis il l'attrape par les cheveux et tire fort.

— Où elle est ?

— Dean Street.

— Sois plus précise.

— Je l'ai mise dans un sachet que j'ai scellé et accroché à un tuyau d'écoulement le long du mur de l'hôtel où je logeais.

Marchetti serre le poing, histoire de donner une bonne leçon à cette salope.

Mais au même moment, il y a un grand bruit et un éclair aveuglant dans la pièce. De la fumée.

La brune se met à hurler.

Ensuite viennent les coups de feu. Pan ! Pan ! Pan ! Le bruit saccadé de plusieurs semi-automatiques. Des lueurs bleu orangé éclairent la pièce par intermittence, révélant le nuage de fumée.

Et puis, le silence.

160.

Londres

George Dalton regarde l'intervention des hommes de l'OSSA en direct sur son ordinateur portable.

Quelques secondes après que le chef de l'unité et son second sont entrés en brisant la fenêtre en mille morceaux, quatre agents défoncent la porte de l'appartement pour prendre les cibles en tenaille.

Dès que les coups de feu cessent, Dalton actionne la caméra à vision nocturne accrochée au casque du chef d'équipe. Aussitôt il voit l'ancien marine évoluer sur fond d'écran vert entre les morceaux de verre, les éclats de bois et les corps à terre.

Le premier cadavre qu'il distingue est celui d'un garde du corps. Il est en train de se vider de son sang à proximité de la porte, un Glock dans ses doigts desserrés.

À côté de lui, il reconnaît une jeune femme. Son visage et son torse ont été partiellement arrachés par la volée de balles d'un HK MP5.

Vient ensuite le second garde du corps, qui a glissé, jambes écartées, contre le chambranle d'une porte. Dalton en conclut qu'il s'est fait tuer alors qu'il accourait de la pièce voisine.

La caméra s'oriente vers le centre de la pièce, et à travers la fumée, on aperçoit deux hommes de l'unité penchés au-dessus d'Angelo Marchetti. Dalton demande dans le micro :

— Base à Chef Un. Est-ce qu'il est en vie ?

— Ici Chef Un. Négatif, Base. La cible n'est pas en vie.

— Merde !

Owain avait pourtant bien dit qu'il voulait avoir une petite conversation avec leur ex-collègue.

— Et Fallon ? demande Dalton.

Le chef d'équipe oriente la tête de façon à ce qu'elle soit dans le champ de la caméra. La chaise sur laquelle elle était assise s'est renversée en arrière. Elle a le dos plaqué au sol et les jambes toujours attachées aux pieds de la chaise. L'agent s'approche lentement.

Tout à coup, Dalton entend la douce voix de l'Américaine :

— Merde alors, c'est pas trop tôt. Qu'est-ce que vous attendez, aidez-moi à me détacher de cette foutue chaise ! Et trouvez-moi un téléphone illico ou ça va barder.

161.

San Ramon, Californie

Eleonora Fracci ne pense qu'à Mitzi en faisant crisser les pneus de sa Crossfire à la sortie de San Ramon. Plus précisément, elle se souvient du jour où elles se sont rencontrées, au bureau, et où Fallon lui a montré une photo de ses jumelles à Disneyland. Sur le coup, elle s'était dit qu'elle n'avait jamais vu quelqu'un d'aussi fier de ses enfants. Ce qu'elle veut plus que tout, c'est que Mitzi puisse ajouter un autre cadre à sa collection très bientôt – une photo d'elle et de ses deux filles, posant cette fois-ci avec Mickey. Bon sang, s'il le faut, elle est même prête à les accompagner et à appuyer personnellement sur le déclencheur.

Elle conduit d'une main et de l'autre entre l'adresse de l'hôpital San Joaquin dans le GPS collé à son pare-brise. Une voix de femme lui précise qu'elle se trouve à quatre-vingts kilomètres de sa destination et qu'elle y sera en cinquante minutes.

— *Idiota !*

Elle est sûre de pouvoir y être en trente. Sous le capot rouge vif de sa bonne vieille Chrysler à six vitesses, il y a un moteur 3 litres V6 turbo ; en plus, elle a fait enlever le régulateur de vitesse.

Une fois sur l'autoroute, elle fait des pointes à deux cent quarante kilomètres-heure. Les sorties se succèdent à la vitesse de l'éclair : San Ramon Central Park, Bishop Ranch Open Space, Athan Downs, Dublin Hills.

Et puis, tout à coup, un bouchon.

En quelques minutes, sans qu'on sache pourquoi, la triple voie devient un immense parking. Ça klaxonne à tout-va. Eleonora allume la radio et apprend qu'il y a un carambolage à hauteur de la sortie pour l'I-580, l'autoroute qu'elle doit prendre.

Elle enclenche aussitôt la sirène et les gyrophares. Mais les voitures sont littéralement pare-chocs contre pare-chocs, et elle met dix minutes rien que pour se faufiler jusqu'à la sortie de Dublin Boulevard et prendre une route parallèle.

Déjà, au loin, elle voit des tas de feux arrière s'allumer : si ça freine, c'est qu'elle n'est pas la seule à avoir eu cette idée. Elle remet la sirène et les gyrophares. Le GPS l'informe qu'elle arrive au bout du boulevard et qu'elle doit reprendre l'autoroute « dans moins d'un kilomètre ».

Eleonora prend son portable et appelle Donovan.

— Chef, ça va pas. Je suis coincée dans les embouteillages.

— Et ?

Elle jette de nouveau un œil au GPS et laisse échapper un soupir.

— J'en ai pour une demi-heure au moins. Il vaut mieux envoyer un agent du poste de police le plus proche, en attendant.

Donovan ne répond pas, mais Eleonora est à peu près certaine d'entendre sa boss pousser un juron juste avant de lui raccrocher au nez.

162.

HÔPITAL DE SAN JOAQUIN, STOCKTON

Chris Wilkins compte les secondes.

Les instructions que Marchetti lui a données étaient très claires. Emmener la fille à l'hôpital et attendre dans les parages. S'il n'avait pas d'appel de lui dans la demi-heure, y retourner pour abattre la gamine, et dire à Tess de descendre sa sœur.

Ce n'est pas que ça le dérange.

Il savait depuis le départ qu'il y avait de grandes chances pour qu'il tue. C'est juste qu'il n'aurait jamais imaginé devoir faire ça dans un hôpital.

Il prend un café au distributeur et regarde sa montre.

Deux minutes.

S'il ne reçoit pas d'appel dans les cent vingt secondes, il retourne aux urgences, trouve la fille et lui colle une balle dans la tête. Il a déjà bazardé sa berline de location au cas où la police l'aurait repérée, et forcé une voiture sur le parking du personnel : les fils de contact sont prêts, il n'a plus qu'à les faire se toucher pour démarrer.

Soixante secondes.

Le café est dégueulasse. Il en boit une dernière gorgée et jette le reste à la poubelle avant de se diriger vers les toilettes. Il entre dans une cabine, pisse un coup puis enlève son blouson d'aviateur noir. Il est réversible. Une fois retourné, il est rouge et a l'air totalement différent.

La montre à son poignet émet un bip.

C'est l'heure.

Il vérifie que son flingue est bien chargé, puis sort de la cabine. Il n'y a personne dans les toilettes. Il appelle Tess.

— C'est moi.

— Salut.

— Il a pas appelé. Fais-le.

Elle hésite une seconde.

— OK.

Le miroir au-dessus du lavabo lui renvoie le reflet d'un criminel endurci. D'un tueur qui a déjà refroidi plein de gens. Mais un enfant, c'est une première.

En poussant la porte, il se dit qu'il y a un début à tout.

163.

CALIFORNIE

Tess Wilkins observe sa prisonnière, étendue sur le canapé du petit salon.

Elle sait ce qu'elle doit faire et elle sait aussi ce qu'elle risque si elle ne le fait pas. Les otages morts ne parlent pas. Ceux qui restent en vie causent des ennuis.

Elle se rend dans la minuscule chambre du chalet et ramasse le peu d'affaires que Chris et elle avaient sorties. Elle fourre les fringues dans un sac à dos, puis passe à la salle de bains.

Brosses à dents, dentifrice, savon, teinture pour les cheveux, laque et nécessaire de rasage atterrissent à leur tour dans le sac.

Dans la cuisine, elle vide la poubelle à même le sol. Il n'y a pas grand-chose dedans, juste quelques emballages de fast-food et des lingettes pour les mains. Mais sous un microscope, cela donnerait suffisamment d'ADN pour les envoyer à l'ombre un moment. Alors elle prend le temps de bien étaler le tout, avant d'aller chercher le jerricane de quarante litres que son chéri a laissé près de la porte. Elle ouvre le bouchon, hisse le bidon aussi haut qu'elle peut et commence à verser l'essence.

Tess répand généreusement le liquide dans la cuisine, les deux chambres, la salle de bains, mais marque une pause en entrant dans le salon. Il y a un certain ordre à respecter, elle ne doit pas faire de bêtise.

Elle pose le jerricane, emmène le sac à dos vers le camping-car et le jette sur le siège passager. Elle met les clés sur le contact et s'arrête un instant pour se demander si elle n'a rien oublié.

Non, tout est au poil.

Elle n'a plus qu'à rentrer, mettre un coussin autour de son arme et tirer à bout portant sur la gamine. Après ça, elle videra le jerricane, allumera une allumette et mettra le feu au chalet pour faire disparaître leurs traces. Quand elle sera sûre que la baraque crame bien, elle prendra la route. Avant même que l'incendie soit éteint, elle sera à l'aéroport. Avec un peu de chance, le temps qu'ils commencent à se poser les vraies questions, elle sera déjà de retour à Los Angeles et en train de préparer un cocktail pour Chris.

Tout ce qu'il lui reste à faire, maintenant, c'est de retourner à l'intérieur et d'appuyer sur la gâchette.

164.

Q.G. du FBI, San Francisco

Sandra Donovan n'a pas le choix, elle doit appeler le chef de la police de Stockton. Elle brûle de localiser la voiture de patrouille la plus proche de l'hôpital pour l'envoyer là-bas fissa, mais il y a un protocole à respecter et des voies hiérarchiques à suivre.

Le chef de la police lui jure qu'il comprend pleinement l'urgence de la situation et qu'il va envoyer des officiers en attendant l'arrivée du FBI. Dès qu'ils ont raccroché, il en informe son adjoint en insistant bien sur le caractère pressé de l'affaire, et celui-ci décide de s'attaquer au problème tout de suite.

L'adjoint appelle son commandant de patrouille, qui à son tour alerte les deux officiers en charge des opérations stratégiques. C'est ainsi que, quinze minutes après l'appel de Sandra Donovan, une voiture sort du parking du commissariat d'East Weber Avenue, avec à son bord les agents de police Darren Ratcliffe et Tony Emery.

Quand ils prennent l'autoroute, ils sont à moins de quinze minutes de l'hôpital, voire dix si Emery appuyait sur le champignon comme il en a l'habitude. Seulement voilà, hier il a reçu un blâme pour conduite dangereuse et il n'est pas assez bête pour commettre la même erreur deux fois.

165.

Londres

Deux hommes de l'OSSA transportent Mitzi de l'immeuble à une ambulance privée garée devant.

Dalton, qui est monté avec elle, demande à ce qu'une équipe de nettoyage remette l'appartement dans l'état où il était avant l'assaut.

Quand il a raccroché, il se penche vers Mitzi.

— Ma question va vous paraître bête, mais comment vous sentez-vous ?

— Comme de la merde dans un blender.

Elle réfléchit à ce qu'elle vient de dire.

— Non, effacez ça. Je ne veux plus jamais entendre le mot « merde » de ma vie.

— Nous possédons un hôpital dans le quartier de Temple. Deux médecins se tiennent prêts à vous examiner.

— Je m'en fiche comme de l'an quarante. Tout ce que je veux, c'est parler à mes filles.

Elle tente de s'asseoir, mais se rallonge aussitôt en grimaçant de douleur.

— Détendez-vous. J'ai appelé le FBI et des agents sont en route pour l'hôpital de Stockton, d'où Amber vous a appelée.

— Est-ce que vous avez trouvé Jade ?

— Pas encore. Nos hommes ne savent toujours pas où elle est, et vos collègues non plus. Mais on coopère.

Quand elle entend ça, Mitzi a comme un gros coup de cafard. Tout l'intérêt d'aller au rendez-vous et de se faire embarquer par ce cinglé, c'était de gagner suffisamment de temps pour qu'ils puissent retrouver ses *deux* filles. Elle se tourne vers Dalton.

— Vous auriez un téléphone ?

Il lui tend son portable.

— Appelez l'hôpital de Stockton pour moi, il faut que je parle à Amber.

Il tombe sur le standard, puis les urgences, la directrice et enfin la fille de Mitzi.

— Un instant, Amber, je te passe ta maman, dit-il en joignant le geste à la parole.

— Mon bébé, c'est toi ? Tu vas bien ?

— Ouais, j'crois, réplique l'adolescente, qui est assise aux côtés de Betty Lipton et attend qu'on vienne la chercher pour la radio. Ma main me fait super mal, mais c'est bizarre, j'ai l'impression que le bout de mon doigt est encore là et que quelqu'un le serre dans des tenailles, genre tout le temps.

Mitzi est accablée de savoir que sa fille souffre.

— Sois forte, ma chérie. Est-ce qu'ils t'ont donné quelque chose contre la douleur ?

— Oui, t'inquiète. Ils sont super sympa avec moi. (Un silence gêné s'ensuit.) Tu sais, M'man… j'suis désolée. Tout s'est passé très vite, et j'ai pas eu le temps de crier à Jade de courir, ou…

— Oh non ! mon bébé, tu n'as pas à être désolée. Tu es en sécurité maintenant, et c'est tout ce qui compte. Je suis encore à Londres mais je vais prendre un avion très bientôt, et avant la fin de la journée, je serai auprès de toi.

Elle jette un œil à Dalton pour en avoir la confirmation et il acquiesce en silence.

— Je t'aime, mon chaton. Je rentre à la maison pour m'occuper de toi et m'assurer que tu vas bien.

— J't'aime aussi, M'man.

La jeune fille n'arrive plus à retenir ses larmes. Des larmes de soulagement. De traumatisme, aussi.

— Ne pleure pas, mon cœur, accroche-toi. Repose-toi et fais tout ce que les médecins te diront de faire. Tu m'entends ?

— Ouais, j'ai compris, répond Amber avant de se moucher dans le Kleenex que l'infirmière lui tend. Maman, est-ce que Jade va bien ?

— Tout va bien se passer pour elle aussi, affirme-t-elle en regardant de nouveau Dalton, qui cette fois-ci lui refuse un hochement de tête rassurant. On est des Fallon, non ? Et tu sais bien que dans la famille, les femmes s'en sortent toujours.

166.

HÔPITAL DE SAN JOAQUIN, STOCKTON

Il y a une seule place de libre dans la salle d'attente des urgences, au troisième rang en partant du fond. Chris Wilkins se fait aussi petit que possible pour se glisser dans le siège en plastique moulé gris.

C'est l'endroit parfait pour observer et écouter.

De temps à autre, des gens se font appeler. Les malades se dirigent en clopinant vers une alcôve pour se faire examiner par des toubibs épuisés. Des infirmières poussent des lits à roulettes vides ou occupés, et les patients doivent parfois tenir eux-mêmes leur perfusion. Minute après minute, la scène se répète.

À force de guetter, il finit par la voir. Une infirmière et une femme en costume passent dans le couloir en soutenant Amber.

Wilkins laisse sur son siège le journal qu'il faisait semblant de lire et leur emboîte le pas. Différents services sont signalés par des panneaux au-dessus de sa tête : elles pourraient aller n'importe où. Il ralentit le pas pour éviter de se faire repérer.

À mi-chemin d'un autre couloir, elles poussent une porte sur laquelle est indiqué RAYONS X.

Wilkins avance à pas de loup et jette un œil par la vitre. Le service est bondé de malades attendant leur tour pour passer une radio. La femme en costume parlemente à l'accueil et on lui fait signe qu'elles peuvent y aller. Elles poursuivent leur chemin.

Wilkins entre discrètement dans le service et vérifie aussitôt par où il pourrait sortir. C'est simple, il a le choix entre la porte par laquelle il est entré et une autre où il est écrit « Sortie de secours ». Il calcule que la seconde devrait déboucher à proximité du parking du personnel, donc de la voiture volée qui l'attend.

Il passe devant l'accueil sans s'arrêter, en évitant soigneusement de regarder l'infirmière postée derrière le comptoir.

Quand il n'est plus qu'à deux pas des portes menant à la salle de radiologie, il l'entend qui crie :

— Excusez-moi. Monsieur ! Vous n'avez pas le droit d'entrer.

Il pousse la porte de gauche.

Les deux femmes se retournent en même temps et le dévisagent. Il parcourt rapidement la salle des yeux. Amber Fallon n'est pas là. Il ne la voit nulle part.

L'infirmière approche et lui prend le coude pour l'inciter à sortir.

— Vous devez attendre dehors, monsieur.

Il la repousse sans ménagement.

— Où est la fille ? La fille avec qui vous étiez ?

Ses propos font réagir la femme en costume.

— Qui êtes-vous ?

Il entrouvre son blouson pour qu'elle voie son arme.

— Agent fédéral. On m'a envoyé la protéger.

Les deux femmes ont l'air soulagées.

— Elle est simplement allée aux toilettes, explique l'infirmière, et son visage s'éclaire par-dessus l'épaule de Chris quand elle la voit revenir. Tenez, quand on parle du loup.

Le commentaire attire l'attention d'Amber, qui reconnaît aussitôt la silhouette de l'homme.

Il se retourne.

Amber attrape les poignées d'un fauteuil roulant stationné près de la porte et le percute de toutes ses forces avec. Les repose-pieds en métal le heurtent au tibia. Wilkins perd l'équilibre et tombe.

— C'est lui ! hurle Amber. L'homme qui m'a kidnappée !

Elle s'enfuit de la salle en courant.

Mais Wilkins n'a perdu ni ses esprits, ni son arme. Il se remet debout et s'élance à sa poursuite.

L'infirmière en chef lui barre le chemin.

Il lui tire sans hésiter dans la poitrine et enjambe le corps.

Ça crie de partout, maintenant. Il entre dans la salle d'attente en traînant la jambe, sa cheville droite lui fait un mal de chien. Dans leur affolement, les gens lui bloquent le passage.

— Barrez-vous de là, putain ! crie-t-il en faisant de grands gestes avec son flingue.

Tous se ruent sur les côtés pour le laisser passer.

Une fois dans le couloir, il aperçoit Amber qui tente de se frayer un chemin dans la foule. Il tire deux fois en direction du plafond et fait tomber plusieurs morceaux de plâtre. Tout le monde hormis la fille se couche par terre ou s'aplatit contre un mur. Une sirène se met à sonner derrière lui. Il l'ignore et se concentre pour ne pas rater sa cible. Elle est à vingt mètres de lui et avance en zigzaguant. Maligne, la gosse. Mais pas assez pour lui. Il appuie sur la détente.

Une explosion assourdissante retentit dans le couloir.

Amber lève les deux bras en même temps et tombe la tête la première.

Une seconde sirène est actionnée, devant lui maintenant. De

plus en plus de gens se déversent dans le couloir en provenance du service de radiologie. Il faut qu'il se tire de là vite fait et qu'il trouve le parking.

Wilkins tire une deuxième fois sur le corps prostré et pique un sprint.

167.

LONDRES

Ce que Mitzi veut par-dessus tout, c'est prendre une douche.

À l'hôpital, elle laisse les toubibs la recoudre à l'épaule et lui faire une injection contre le tétanos, puis elle décroche un peignoir neuf d'une patère en laiton brillant et leur ordonne à tous de ficher le camp.

La salle de bains attenante à la chambre particulière où elle s'est fait examiner contient une de ces douches cascade comme elle en a déjà vu dans les hôtels chic.

Mitzi ouvre les robinets à fond, se positionne sous le jet en gardant une main à plat contre le mur, au cas où elle aurait la mauvaise idée de glisser ou de tomber dans les pommes, et ensuite elle ne bouge plus. Une fois à peu près ferme sur ses jambes, elle ouvre un flacon de shampooing et en verse suffisamment dans la paume de sa main pour savonner un champ entier de moutons.

La peau de son visage est grasse et lui paraît délicate au toucher. Du sang a séché à l'intérieur de ses narines, jusqu'à les boucher. Pendant près d'une minute, l'eau qui s'évacue par la bonde est rouge. Elle frotte et frotte, et comme il fallait s'y attendre, elle mouille son pansement à l'épaule. Elle a trop mal partout pour nettoyer quoi que ce soit à partir des genoux, et elle est bien incapable de lever les jambes. Elle serait prête à payer une fortune pour qu'on lui lave les pieds.

La paroi en verre de la cabine est complètement embuée quand elle en sort, le plus doucement possible, et enrobe son corps endolori dans le peignoir moelleux.

À l'aide d'une serviette, Mitzi enlève l'excès d'eau dans ses cheveux tout en repassant dans la chambre.

Dalton se tient debout près du lit.

— Nom de Dieu de… ! s'écrie-t-elle en portant la main au cœur. Et moi qui croyais que les Rosbifs étaient censés avoir des bonnes manières.

Il n'y a pas de façon agréable de lui annoncer la nouvelle et il le sait.

— Je crains que votre fille Amber n'ait été prise dans une fusillade. Elle est au bloc opératoire et son pronostic vital est engagé.

Mitzi ne saisit pas.

— C'est impossible, je viens de lui parler. Je l'ai appelée sur votre portable, vous avez oublié ? Ce n'est pas…

— L'homme qui l'a kidnappée est revenu à l'hôpital et lui a tiré dessus. Il a abattu une infirmière, aussi.

Ses jambes se dérobent sous elle. Elle s'agrippe au dossier d'un fauteuil mais ses genoux ne suivent pas et elle s'écroule.

Dalton se précipite vers elle, tente de la relever.

Elle le repousse. Elle est à genoux et elle s'entend prier un Dieu dont elle n'est même pas certaine qu'il existe.

Il reste à côté d'elle, attendant qu'elle soit prête à accepter son aide – pour ensuite la faire souffrir un peu plus en lui donnant les détails.

168.

Hôpital de San Joaquin, Stockton

Une énième sirène retentit quand Chris Wilkins appuie sur la barre horizontale en métal et ouvre la sortie de secours d'un grand coup de pied.

Il avait espéré faire un job net et sans bavure. Une exécution rapide dans un coin tranquille de l'hôpital, et il aurait profité que le personnel soit sous le choc pour filer. Au final, il a déclenché toutes les alarmes du foutu bâtiment et il n'est même pas certain de l'avoir achevée. Pire encore, en sortant il a remarqué une caméra de sécurité qu'il n'avait pas vue au départ.

Il calcule que s'il ne parvient pas à sortir du centre hospitalier dans les dix minutes, il va finir dans une housse mortuaire. Il fait le tour du bâtiment au pas de course et prend à droite au coin. Au moins, il peut compter sur son sens de l'orientation. Le parking du personnel est pile en face de lui. Il n'a pas fait cinq pas qu'il aperçoit la Ford sur laquelle il a jeté son dévolu à son arrivée.

En descendant un talus il dérape, bute contre une Chevy et escalade à moitié le capot pour atteindre la Ford bleue. Une fois devant, il ouvre la portière côté conducteur d'un coup sec, s'y engouffre et s'enferme de l'intérieur. Il s'installe, vérifie les rétros central et latéral.

Jusqu'ici, tout va bien.

En nage, il s'essuie le front de sa manche puis approche les fils jusqu'à les faire se toucher. Le moteur gronde. Avant de faire marche arrière, il tâche de se calmer. Ce n'est pas le moment de commettre une erreur stupide. Il doit avoir l'air du type lambda dans une voiture lambda. Discipliné. Prudent. Légèrement choqué, peut-être, par toute cette agitation à l'hôpital.

Il met sa ceinture de sécurité, fait semblant d'ajuster le rétro. Les gens sortent en masse, maintenant. Il y a comme un début de panique. Lui garde son sang-froid. Il sort du parking en première, prend une des routes de service de l'hôpital. Près de la sortie, il voit arriver une patrouille de police dans l'autre sens, sirène et gyrophares à fond.

Calmement, il met son clignotant et se gare sur le bas-côté afin de laisser à la voiture le maximum de place pour passer. Derrière lui, d'autres conducteurs l'imitent. Ça y est, il s'est fondu dans la foule.

Quand ils sont partis, il comble la distance avec le véhicule de devant et sort du centre hospitalier à sa suite.

Maintenant, il faut réfléchir. Pendant la prochaine demi-heure, les flics vont rester ici pour tenter de récolter un maximum d'infos. Tout va tourner autour de l'infirmière et de la petite Fallon. Mais ils vont bien finir par se reprendre et sortir les images prises de lui par les caméras de surveillance, et à partir de là, ils vont envoyer sa photo à tous les véhicules de patrouille du comté. Et il ne faudra pas longtemps après ça pour qu'un employé de l'hôpital signale le vol de sa voiture ; quand ce sera fait, la Ford ne lui sera plus d'aucune utilité.

Soudain, il croise une Chrysler Crossfire rouge avec des gyrophares qui clignotent sur la calandre.

Wilkins a comme un mauvais pressentiment. Les simples flics, ça ne conduit pas des bagnoles comme ça.

C'est sûrement le FBI. Ce qui veut dire qu'il n'est plus question de prendre l'avion dans lequel Tess lui avait réservé une place. Il va devoir tenter un aéroport plus petit, ou bien trouver un autre moyen de sortir du pays.

169.

Californie

Tess Wilkins cale le jerricane à l'arrière du camping-car et retourne au chalet. Maintenant, elle a les mains qui puent l'essence. Elle va à l'évier, les frotte au savon.

Elle s'essuie à un torchon qu'elle jette par terre, et ensuite passe au salon. Elle prend un coussin plein de taches et l'enroule lentement autour du canon de son arme. À moins de deux mètres d'elle, Jade Fallon est recroquevillée contre l'accoudoir du canapé. La gamine a toujours les mains ligotées derrière le dos, la cagoule noire n'a pas bougé. Elle est tellement immobile que Tess se dit qu'elle dort, peut-être.

Ou alors, elle est morte.

Si ça se trouve, elle a fini par étouffer là-dessous. Tess scrute la poitrine de l'adolescente et voit qu'elle se lève et retombe doucement.

Dommage.

Si la fille était déjà morte, elle n'aurait plus eu qu'à foutre le feu au chalet et à s'en aller. Mais depuis quelques minutes, elle sent qu'elle se ramollit. Elle a même réussi à se demander s'il n'y avait pas moyen de la laisser vivre. Et elle a encore du mal à chasser l'idée de son esprit.

Jusqu'à ce que son instinct de survie reprenne le dessus.

L'instinct qui préside à tous les actes de Tess Wilkins.

Elle déglutit, lève son revolver enveloppé dans le coussin, vise la tête et détourne le regard quand elle appuie sur la détente. Elle n'imaginait pas que ça ferait autant de bruit, ni qu'il y aurait un recul aussi important.

C'est quand elle ressent la douleur qu'elle comprend ce qui se passe. Elle n'a pas seulement tiré sur la fille, on lui a aussi tiré dessus.

Elle a l'impression d'avoir la poitrine et le dos en feu. Elle se retourne en titubant et voit une femme fluette dans l'encadrement de la porte, bras tendus et mains serrées sur un flingue. Elle a dû appuyer sur la détente exactement en même temps qu'elle.

Wilkins s'écroule par terre en crachant du sang. Au moins, elle a tué la petite Fallon. Ça fera un témoin de moins contre Chris.

170.

Hôpital de San Joaquin, Stockton

Eleonora Fracci suit les cris.

Elle finit par trouver en radiologie deux officiers de police qui tentent en vain de contenir le flot de patients paniqués. Elle montre son badge au plus vieux des deux.

— Je cherche Amber Fallon, une adolescente. C'est la fille d'une collègue.

L'homme secoue la tête.

— Elle est aux urgences ; ils sont en train d'opérer.

— Qu'est-ce qui s'est passé ?

— Un type a fait irruption ici, abattu froidement une infirmière, couru après la gamine dans le couloir et tiré sur elle avant de disparaître par la sortie de secours.

— Pour Amber, c'est grave ?

Il hausse les épaules.

— Je sais pas, mais à première vue je dirais que oui.

Eleonora fait la grimace. Son œil est attiré par une mare

de sang qui s'est formée devant la porte menant à la salle de radiologie. En s'approchant, elle découvre le corps de l'infirmière. Quelqu'un l'a retourné. Elle voit des traces au sol, là où on a tenté de la sauver. Des empreintes de pas ensanglantées qui s'éloignent. Petites comme elles sont, elles doivent appartenir à une femme. Celle qui les a laissées était suffisamment pro pour savoir qu'une fois la mort confirmée, le corps devait être laissé sur place jusqu'à l'arrivée des flics et du médecin légiste.

Eleonora examine la plaie par balle. Elle est située à gauche de la poitrine, et à première vue, le tueur se trouvait à moins d'un mètre. L'animal capable de faire ça est un genre à part. Du genre à avoir déjà tué. Du genre à ne rien ressentir quand il regarde un autre être humain dans les yeux et lui ôte la vie.

Elle se signe et dit une rapide prière dans sa tête pour le repos de l'âme de la défunte, puis elle retourne voir le flic.

— Quelqu'un a pu vous décrire l'assassin ?

Il pointe le doigt vers une caméra fixée au-dessus du comptoir d'accueil.

— On est dessus. Cette merveille de technologie devrait nous le montrer en gros plan.

— C'est exactement ce que je veux, rétorque Eleonora. Un gros plan de ce salaud.

— Il va falloir faire la queue, s'exclame un grand brun en costume qui vient d'apparaître à quelques mètres d'elle.

Eleonora le toise d'un air soupçonneux.

— Je m'appelle Ross Green et j'imagine que vous êtes l'agent Fracci, poursuit-il avant d'indiquer du pouce le couloir derrière lui. On peut sortir pour discuter ?

171.

CALIFORNIE

Eve Garrett, l'agent de l'OSSA, écarte le corps de la femme pour atteindre l'adolescente.

Plusieurs filets de sang coulent de la cagoule resserrée autour de la tête de Jade. Elle s'empare du cordon, défait le nœud et enlève le tissu noir avec précaution.

Aucune réaction, elle est inconsciente. Le ruban adhésif est bien en place sur sa bouche.

Eve songe à une blessure dans la zone de l'os temporal ou pariétal, sur le côté gauche du crâne. Elle enlève doucement l'adhésif, met deux doigts sur le cou ensanglanté et cherche un pouls.

Il n'y en a pas.

Elle passe une main devant la bouche de Jade : aucun souffle n'en sort. Mais Eve n'est pas près de capituler. Elle appuie sur une touche de sa radio et annonce :

— J'ai besoin d'une assistance médicale, urgence absolue. Je répète, urgence absolue.

Le centre de contrôle a ses coordonnées GPS, alors Eve ne perd pas de temps à attendre de réponse. Elle sort un couteau suisse de sa poche et s'en sert pour couper les liens en plastique qui écorchent les poignets de la jeune fille. Elle la prend dans ses bras, l'allonge délicatement par terre et vérifie les voies respiratoires avant de commencer un massage cardiaque.

Elle n'a pas fait deux compressions qu'elle repère les brûlures laissées par l'arme à feu sur le coussin quand le coup est parti. Elle se demande bien quel genre de femme il faut être pour exécuter une enfant comme ça. La mort était encore trop belle pour cette garce.

Elle lui prend de nouveau le pouls. Toujours rien.

— Bon sang, allez ! s'écrie-t-elle en commençant un nouveau cycle de compressions. T'as pas intérêt à me lâcher, Jade.

Eve sait que les statistiques jouent contre elle. Un massage cardiaque suffit rarement à sauver les gens atteints par balle à cet endroit.

Mais il y a toujours une chance.

La blessure est récente, elle a moins de cinq minutes, ce qui veut dire que même si l'espoir est infime, elle peut encore retarder les lésions au cerveau et la détérioration des fonctions vitales.

Eve est en nage, elle a mal aux poignets et aux bras. Mais elle ne s'arrête pas.

La porte du chalet est restée ouverte, et elle entend enfin le bruit caractéristique d'un rotor d'hélicoptère.

— Tiens bon, ma chérie, murmure-t-elle à Jade. Les secours seront là dans une minute.

Un nuage de poussière s'engouffre par l'entrée. Le vrombissement du moteur fait vibrer le sol.

Elle lève les yeux et voit deux médecins. Le premier a un défibrillateur en main, le second un kit à oxygène et une trousse remplie de médicaments.

172.

Cardigan, pays de Galles

À l'intérieur de l'église Notre-Dame de Cardigan, un des maîtres-chiens annonce le plus respectueusement possible que la voie est libre, de son côté. L'inspecteur en charge des opérations lui répond par un pouce levé et un collègue prend le relais dans les travées d'en face, avec son chien renifleur.

Owain les laisse faire et se met à arpenter les lieux, seul. Il sait que chaque invité va être fouillé à l'entrée et devra ensuite passer le contrôle d'identité *et* le détecteur de métaux avant d'être autorisé à pénétrer ici. Mais il a un mauvais pressentiment – le genre de pressentiment que Myrddin lui a appris à ne pas ignorer.

La messe va être filmée pour être diffusée en direct sur des écrans géants installés à l'extérieur et dans le monde entier, mais seuls trois angles de prise de vue ont été autorisés et aucun n'est dirigé vers l'autel. Des policiers en civil mais armés sont stationnés aux trois endroits, ainsi qu'en régie. Toutes les équipes de télévision ont été homologuées pour l'occasion et subiront une fouille au corps à chaque fois qu'ils entreront dans l'église, sans exception.

Il va dehors et observe les officiers chargés de repousser les badauds derrière les barrières de sécurité. Deux zones stratégiques ont été créées pour les photographes, les journalistes et les caméramans. Au-dessus de sa tête, trois hélicoptères de la police survolent le secteur en alternant les positions.

Carrie Auckland le rejoint après avoir passé un point de contrôle. Elle a troqué sa tenue de combat, guère appropriée pour assister à une messe, contre une robe bleue mi-longue et ras-de-cou.

Dès qu'elle est près de lui, elle lui annonce la nouvelle :

— L'hélicoptère du Vatican vient d'atterrir, les Gardes suisses le transfèrent en ce moment à la papamobile.

— Combien de temps ?

— Dix minutes, pas plus.

173.

HÔPITAL DE SAN JOAQUIN, STOCKTON

Eleonora fait attendre Ross Green devant la Chrysler pendant qu'elle téléphone à Donovan pour vérifier qu'il est bien, comme il le lui a dit, un détective employé par une grosse multinationale (dont, au passage, elle n'a jamais entendu parler) et qu'il a une autorisation spéciale, délivrée par le directeur du FBI en personne, pour les épauler sur cette affaire.

Elle raccroche et sort de la voiture en haussant les épaules.

— D'après ma chef, vous pouvez aider.

— Content d'avoir passé le test, commente l'agent de l'OSSA en s'adossant nonchalamment au véhicule. Donc, le tireur se nomme Chris Wilkins et il est connu sous plusieurs autres identités. Nous pensons que son vrai nom est Charlie Wood, un patronyme banal pour un tueur et un kidnappeur qui l'est beaucoup moins. Il est marié à une femme tout aussi détestable, Theresa Wood, née Tobin. Et on peut dire qu'à eux deux, ils forment l'exemple parfait du gaspillage d'ADN humain.

— Comment vous savez tout ça ?

— Parce que c'est mon job. Écoutez, on est du même bord, vous et moi. Mes collègues essaient d'aider le lieutenant Fallon, et pendant qu'on reste ici à discuter, Wilkins nous file entre les doigts. (Il entrouvre sa veste de costume et en sort un bout de papier.) Il a une place réservée sur un vol qui part de Stockton dans une heure. Mon petit doigt me dit qu'avec le chaos qu'il a provoqué ici, il va faire l'impasse sur cette option.

En la voyant ressortir son portable, il ajoute :

— J'ai déjà envoyé un homme à l'aéroport. Ainsi qu'à Byron, Livermore, Tracy et Camp Parks. Mais c'est tout. Après ça, je suis fauché comme les blés.

— Et vous voulez que je m'arrange pour couvrir les autres points d'évacuation possibles.

Green acquiesce d'un signe de tête.

— Il pourrait tenter de monter à bord d'un petit avion privé pour quitter la Californie et ensuite aller à l'étranger le temps que les choses se tassent.

— C'est dans mes cordes. Je rappelle mon bureau.

— Parfait. Donnez-moi vos coordonnées et je m'en vais. Si je vois quoi que ce soit, je vous appelle.

Elle sort une carte de visite de la poche de son jean et la lui tend.

— Vous allez où ?

— Au sud.

— Le Mexique ?

— Eh oui ! soupire-t-il. S'il conduit tout droit sans s'arrêter, ce n'est qu'à six heures de route d'ici. Je dois envisager toutes les possibilités.

174.

CALIFORNIE

L'évacuation sanitaire du mont Diablo ne prend que quelques minutes, et l'engin atterrit sur l'héliport de l'hôpital John Muir en douceur.

Eve est restée avec Jade tout ce temps et elle ne la quitte que lorsque les infirmières poussent précipitamment les portes des urgences avec le lit à roulettes de leur jeune patiente. Au même moment, l'équipe de la morgue passe dans l'autre sens avec un lit vide, pour aller chercher le cadavre de la kidnappeuse.

L'agent de l'OSSA va se rafraîchir aux toilettes et elle est sur le point de s'éclipser quand un jeune interne en blouse blanche la prend par le bras.

— Vous devriez attendre un peu, madame. Le shérif va vouloir vous parler.

— Bas les pattes ! s'exclame-t-elle en s'écartant vivement.

— Au temps pour moi, rétorque-t-il d'un air contrit. Je fais juste mon boulot.

Eve extirpe son faux badge et le lui fourre sous le nez.

— Je suis détective et le bureau du shérif a déjà mon numéro.

Sur ce, elle se dirige vers la sortie.

— Attendez !

Elle se retourne, l'air de très mauvaise humeur.

— *S'il vous plaît.* Vous n'avez rien à me dire sur la fusillade ? Aucun élément qui pourrait nous aider à soigner la victime ?

Elle songe qu'il vaut mieux lui raconter le peu qu'elle sait.

— J'étais là quand le coup est parti et c'était il y a vraiment très peu de temps. Vous pouvez encore la sauver.

Elle n'est pas contente d'elle, et ça se voit – surtout quand elle ajoute :

— À quelques secondes près, cette gosse n'aurait même pas eu d'égratignure.

L'interne tente de la rassurer.

— Les médecins disent que vous avez fait du bon boulot. Grâce à vous, elle a une chance de s'en remettre.

— J'ai fait de mon mieux, réplique-t-elle en haussant les épaules.

Il prend un stylo dans sa poche de poitrine et se tient prêt à noter ce qu'elle va lui dire.

— Combien de temps a duré le massage cardiaque avant l'arrivée des secours ?

— Cinq ou six minutes. Mais ça m'a paru beaucoup plus long.

— C'est toujours comme ça, la tranquillise-t-il en écrivant.

Combien de minutes avant qu'on lui mette le masque à oxygène ?

— Moins de dix. J'ai continué à la masser jusqu'à ce qu'ils prennent le relais.

— C'est une bonne chose. Notre plus grande crainte, à chaque fois, c'est le manque d'oxygène dans le cerveau.

— Vous avez dit qu'elle avait une chance de s'en sortir... Vous le croyez vraiment ?

Il hésite pour savoir quoi lui répondre, mais au final décide d'être honnête.

— Je ne vais pas vous cacher que sa blessure est potentiellement fatale. Entre autres choses, elle souffre d'une commotion cérébrale et d'un œdème.

Le visage d'Eve s'assombrit.

— Cela étant dit, elle a de la chance dans son malheur, parce que le tir a été légèrement dévié, explique-t-il en essayant de lui montrer la trajectoire à l'aide de ses mains. Elle a perdu une quantité importante de cuir chevelu et d'os, mais le cerveau en lui-même n'a pas été touché.

— Alors ça va aller ?

— Je ne peux pas vous l'affirmer. Mais en lui faisant un massage cardiaque et en appelant rapidement les secours, vous lui avez donné de gros atouts. Et d'après ce qu'on me dit, elle s'accroche. Si c'est une battante, tout est possible.

— Une battante, ça oui. Je peux y aller, maintenant ?

— Oui. Merci.

Eve lui fait un bref signe de tête et fonce à toute vitesse vers la sortie.

Dehors, elle monte dans le premier taxi venu et indique la route du chalet au chauffeur. Avec un peu de chance, elle trouvera là-bas un ou des indices qui lui donneront une idée de l'endroit où son complice a pu aller.

175.

Cardigan, pays de Galles

Sur la plaque de la Mercedes classe M fabriquée sur mesure pour son propriétaire, on a tout le temps de lire l'abréviation SCV 1, pour « *Stato della Citta del Vaticano* ».

La papamobile est lente – même pour une bourgade galloise –, en revanche elle est parfaitement à l'heure.

En exactement dix minutes, le véhicule a effectué le trajet entre l'héliport improvisé sur le bas-côté de l'A-487 et les rues bondées de Cardigan.

En sûreté derrière les vitres blindées, le Saint-Père observe l'adoration de ses fidèles et salue chaleureusement autant de monde qu'il peut.

D'invisibles strates de sécurité se forment quand la célèbre voiture blanche s'arrête. La première est celle des Gardes suisses, la deuxième les services secrets britanniques, et pour fermer la marche les agents de l'OSSA. Une clameur assourdissante retentit lorsque le nouveau pape apparaît à l'arrière du véhicule et descend lentement les marches. Il hume l'air frais, sourit aux gens et s'agenouille pour embrasser le sol gallois.

La foule acclame le souverain pontife de plus belle quand il se relève. Il s'avance vers un endroit désigné où l'attendent un petit garçon de sept ans et une fillette de huit ans dans leur uniforme d'école tout neuf.

Le pape se penche pour leur parler. Les flashs des appareils photo crépitent de partout. Il accepte une bible des mains du garçonnet et un bouquet de fleurs de la part de la petite fille. Seconde salve de flashs. Un raz-de-marée d'acclamations et d'applaudissements l'accompagne quand il reprend sa lente marche sur le tapis rouge, jusqu'à une entrée protégée.

Owain sort son portable et appelle sa femme.

Elle ne répond pas.

Il lui laisse un message.

— Ma chérie, c'est moi. C'était juste pour te dire que je suis sur le point d'entrer à l'église, alors mon téléphone sera en mode silencieux. (Il marque un temps d'arrêt, avant d'ajouter :) Je t'aime, Jenny. Je t'aime plus que tu ne le sauras jamais.

— Comme c'est touchant, commente une voix derrière lui.

Le sang d'Owain se glace dans ses veines.

Lentement il se retourne et voit Josep Mardrid à moins d'un mètre de lui.

— Qu'est-ce que vous faites ici ?

L'homme au visage bronzé lui fait un sourire mielleux.

— Ah, mais je n'aurais manqué ceci pour rien au monde, explique-t-il en faisant le signe de la croix. Je suis un homme très croyant.

— Vous êtes la personnification du mal.

Mardrid prend visiblement la remarque comme un compliment, vu son expression. Il reprend :

— J'adore les églises et les cimetières, pas vous ? Toute cette histoire, ces rituels. Ces secrets enfouis sous terre. Cachés, mais si près d'être révélés. Vous voyez à quoi je fais allusion, n'est-ce pas ? (Son sourire se fait narquois.) Je possède une de vos Croix de Chevaliers, Gwyn. La première d'une collection que j'espère la plus grande possible.

— Je prends cela comme un aveu, même si le vol est bien le moindre de vos crimes. À ce propos, vous savez qu'on ne vous laissera jamais garder de croix, là où vous allez ?

Mardrid éclate de rire et reboutonne sa veste de costume.

— Désolé de ne pas pouvoir rester pour discuter, mais on m'attend… L'histoire m'attend. (Il incline légèrement la tête.) N'ayez crainte, je vous rendrai la croix. *Le jour de votre enterrement.*

Owain l'observe se diriger vers un groupe de diplomates espagnols et appelle aussitôt Carrie Auckland.

— Josep Mardrid est ici.

— Quoi ?

— Il est avec la délégation espagnole, devant l'église.

— J'envoie tout de suite un agent le surveiller.

Owain raccroche, active le mode silencieux et rejoint le flot de dignitaires qui entrent au compte-gouttes dans l'église. En remontant l'allée centrale, il reconnaît des ministres anglais, gallois et italiens, le directeur adjoint du MI5 ainsi que l'*Oberst*, le commandant des Gardes suisses. Il repère également des vedettes de la télévision dont il ne se souvient plus du nom, et un certain nombre de paroissiens.

Mardrid.

Il n'arrive pas à se l'ôter de l'esprit. Pourquoi a-t-il dit que l'histoire « l'attendait » ? Il est venu le trouver exprès pour s'en vanter. Owain le cherche des yeux mais ne le voit nulle part.

Il prend place au premier rang. Du coin de l'œil, il voit Carrie Auckland donner des instructions à deux agents en civil.

Il commence à faire désagréablement chaud dans l'église. Il regarde sa montre. Cinq minutes avant le début de la messe. Son regard se pose sur la grande statue en bronze de la Vierge Marie et du petit Jésus. C'est à la suite de la bénédiction du pape Benoît XVI en 2010, lors d'une visite à Londres, qu'elle est devenue un but de pèlerinage national. Aujourd'hui, le nouveau pape va marcher sur les traces de Jean-Paul II en bénissant un cierge, avant de l'insérer dans le bougeoir que la Vierge tient dans la main droite.

Owain sent le portable vibrer dans sa poche : un message. Il le sort discrètement et lit : « Jade Fallon est blessée à la tête, on l'opère. La suspecte a été abattue. Eve. »

Owain range son téléphone. Les portes de l'église se referment bruyamment, et au même moment, les premières notes d'un morceau d'orgue résonnent. L'assistance se lève comme un seul homme.

La messe la plus importante de l'histoire du pays de Galles est sur le point de commencer.

176.

Californie

Chris Wilkins décide qu'il est temps de se débarrasser de la Ford. Il l'a déjà gardée trop longtemps.

L'aéroport de Stockton n'était pourtant qu'à un quart d'heure de l'hôpital. Il espérait l'abandonner là-bas et être dans les airs avant même qu'on commence à la rechercher. Mais après ce qui s'est passé, c'est trop risqué.

La route où il se trouve est déserte, aucun moyen de se garer et de braquer une autre caisse. Il allume son portable jetable et appelle Tess pour la troisième fois.

Pas de réponse.

Ils sont ensemble depuis plus de dix ans et il n'a jamais eu à la rappeler trois fois pour la joindre. Wilkins éteint le portable, baisse la vitre de la Ford et le jette au loin. Dans le rétro, il le voit percuter l'asphalte et aller rebondir dans les hautes herbes.

Les deux premiers appels sans réponse, il les avait mis sur le compte du soudain regain d'activité, entre éliminer la gamine, mettre le feu à la bicoque et s'en aller vite fait de là. Mais maintenant il sait que ce n'était pas ça. Tess est une pro. Elle a toujours compris l'importance de s'en tenir au plan et, si elle ne peut pas téléphoner elle-même, d'être disponible pour décrocher quand on l'appelle. Il ne veut pas imaginer le pire mais peut-être bien qu'elle s'est fait attraper, ou…

Stockton n'étant plus d'actualité, il réfléchit à la possibilité d'aller dans un aérodrome et de filer du liquide à un péquenaud du coin pour qu'il l'emmène hors de l'État. Mais il y a de fortes chances pour que ce genre d'endroit grouille de flics, maintenant.

Il exclut aussi la possibilité de fuir au Canada, même si Vancouver n'est qu'à quinze heures de trajet et qu'en prenant les routes secondaires, il pourrait être à Winnipeg en moins de vingt-quatre heures. Trop risqué, là aussi.

Non, dès qu'il aura mis la main sur une autre bagnole, il prendra la direction du Mexique. Bien sûr, il évitera l'autoroute pour ne pas se faire prendre en chasse par les flics ou repérer par les caméras de surveillance. Il connaît une autre route. Une route tellement paumée et pleine de détours que Dieu lui-même n'arriverait pas à le suivre.

177.

New York

Joe Steffani traverse la ville en voiture pour rencontrer enfin son super informateur. La radio est à fond, le soleil est de la partie. On peut dire qu'il a eu une journée du tonnerre, et il devrait avoir plus la pêche que ça.

Avec l'arrestation de cinq terroristes d'importance majeure à son actif, sa carrière est pour ainsi dire faite. Sans compter le genre de sécurité, de salaire et de retraite que cela va lui apporter. En d'autres termes, il est paré pour la vie.

Mais il n'a pas la pêche.

Ce qui le tracasse, c'est que si Gareth Madoc a raison, il va y avoir trois attentats dans les prochaines vingt-quatre heures, dont un juste sous son nez, à New York. C'est pour ça qu'il va le voir, et qu'ensuite il devra faire son rapport en personne aux grosses huiles de l'ANR.

Aux dernières nouvelles, que ce soit Al-Shibh, Korshidi, Tabrizi, Hussan ou l'imam Mousavi, personne n'a craché le morceau.

La circulation est encore plus infernale que d'habitude dans le bas de Manhattan, et la jeep de Steffani s'immobilise brusquement à hauteur de Wall Street. Il secoue la tête, agacé. Il n'est pas encore en retard pour son rendez-vous, mais pas loin.

Il regarde autour de lui pour passer le temps et se calmer un peu. À sa droite, une jolie blonde en Lexus le mate discrètement. Un peu plus loin, une andouille tente de faire passer son chariot à hot-dogs entre les voitures et s'attire un concert de klaxons. Au bout de la rue, sur sa gauche, se dresse une église qu'une ex-petite amie à lui fréquentait. Il se rappelle ce qu'elle lui avait raconté sur sa flèche néogothique, qu'elle était le point culminant du quartier, à une époque. Aujourd'hui, elle lui paraît minuscule à côté de tous ces gratte-ciel. *Le progrès*, songe-t-il.

La voiture de devant avance enfin et il perd l'église de vue.

Et puis tout à coup, il se souvient.

Et toutes les pièces du puzzle se mettent en place comme par miracle.

178.

CARDIGAN, PAYS DE GALLES

Personne ne sait aussi bien faire le spectacle que l'Église catholique – la sobriété et la nuance, ce n'est pas vraiment pour elle.

C'est bien simple, en voyant la messe célébrée par l'évêque de Rome, Owain a l'impression d'assister à l'équivalent religieux d'une première du Cirque du Soleil.

Il y a tellement de cierges allumés que Cardigan pourrait faire de l'ombre à Las Vegas. Le premier acte, l'entrée de la star suivie des figurants, donne le frisson. Les costumes sont somptueux, les décors aussi : calices en or et encensoirs précieux qui diffusent une odeur entêtante. Et en bande-son, les voix exaltées d'anges postés dans le chœur.

Une ostentation qui détourne l'attention de la chose la plus importante de toutes.

La sécurité du Saint-Père.

Tout à coup, l'armée d'enfants de chœur disciplinés se fait voler la vedette par un régiment de prêtres, d'évêques et d'archevêques plus somptueusement vêtus les uns que les autres. Ils tiennent visiblement à être sous les feux de la rampe, eux aussi. Mais malgré leurs efforts, ils n'arrivent pas à la cheville du nouveau souverain pontife.

De chacun de ses vêtements se dégage un symbolisme aussi ancien que la chrétienté elle-même. Le pallium, conçu spécialement pour lui et orné de croix rouges représentant le sang de Jésus, est fixé à sa chasuble à l'aide de trois épingles en or qui, elles, représentent les clous avec lesquels le Christ a été crucifié.

Owain note également le fanon, le châle (qui alterne rayures dorées et argentées) et enfin le *subcinctorium*, une bande d'étoffe brodée d'une croix et de l'*Agnus Dei*, celui-là même qui figure au centre de *L'Adoration de l'Agneau mystique*.

Au bras gauche, le Saint-Père porte le manipule, une étroite bande de soie précieuse dont les fils rouges et or entrelacés symbolisent l'union des rites catholiques occidental et oriental.

Mais le vêtement le plus frappant est la longue chape ouverte sur le devant que le pape porte avec majesté : étant rouge et bordée de vert, elle évoque instantanément le drapeau gallois. Le Saint-Père va jusqu'au lutrin, pose les yeux sur une assemblée muette de stupeur et salue ses ouailles en gallois :

— *Bendith Duw arnoch* – « Que la grâce de Dieu soit sur vous. »

L'accent est un peu guindé mais tous les cœurs se gonflent d'émotion en l'entendant dire cela.

Tous, sauf un.

L'apparition de Josep Mardrid a ébranlé Owain Gwyn. Il a beau se trouver dans la maison de Dieu, il sent les forces du mal s'éveiller.

179.

NEW YORK

En entendant les révélations de Joe Steffani, Gareth Madoc en reste bouche bée.

Étant britannique, il n'a tout simplement pas fait le rapprochement ; mais son contact new-yorkais, oui. Et ça se tient.

Ça se tient parfaitement.

Madoc quitte les bureaux de l'OSSA dans la minute et se rend dans le bas de Manhattan en métro pour éviter les bouchons.

Parvenu à l'angle de Wall Street et de Broadway, il comprend pourquoi Steffani avait l'air surexcité au téléphone. Sous ses yeux, dans toute sa splendeur, se dresse le monument qui à lui seul explique les propos tenus par Mousavi dans la planque d'East Flatbush : « Dans quarante-huit heures, l'opération Trinity sera terminée. »

Tous pensaient qu'il faisait référence à trois cibles distinctes, mais il n'y en avait qu'une.

Un site classé. L'endroit où les gens sont venus se réfugier quand la première tour s'est effondrée, le 11 septembre 2001.

Trinity Church. L'église de la Trinité.

Ce lieu saint représente à lui seul les liens privilégiés qui unissent depuis si longtemps l'église d'Angleterre et l'Amérique croyante. Des liens tissés quand la première pierre de l'église a été posée au XVIIe siècle, et suffisamment forts pour survivre à deux reconstructions et plus de trois cents ans d'histoire.

Les flics du Financial District sont venus en force et installent déjà des barrières pour éloigner le plus possible les piétons.

Mais il est peut-être trop tard.

Madoc aperçoit Steffani au loin, le portable collé à l'oreille. Il contourne l'église et se dirige vers le cimetière où reposent entre autres Alexander Hamilton, un des pères fondateurs de la nation, et Robert Fulton, l'inventeur du bateau à vapeur.

Trinity est la cible parfaite pour détruire non seulement des vies, mais également l'histoire.

— Bonjour Joe, c'est moi, s'exclame Madoc en approchant.

Steffani raccroche, lève les yeux vers celui qui l'interpelle et sourit. Voilà donc enfin son fameux informateur.

— On a mis dans le mille, Madoc, annonce-t-il en montrant du doigt la flèche de l'église. Là-haut, il y a vingt-trois cloches, parmi les plus grosses des États-Unis. La moitié d'entre elles ont été remplacées récemment par une société anglaise. Le technicien qui était sur place hier, soi-disant pour vérification, répond au signalement de Malek. L'équipe de démineurs vient de découvrir plusieurs bombes sous le plancher.

— Elles sont désamorcées ?

Steffani hoche la tête d'un air joyeux.

— Affirmatif, chef.

Pour la première fois depuis longtemps, Madoc s'autorise à sourire.

— J'ai quelqu'un à prévenir, quelqu'un qui va être extrêmement soulagé d'apprendre ça.

180.

Cardigan, pays de Galles

La lecture de l'évangile se passe sans la moindre anicroche.

Le Saint-Père termine en rappelant à tous qu'en 1982, lorsque Jean-Paul II est devenu le premier pape en exercice à visiter le pays de Galles, il a appelé les jeunes gens du Royaume-Uni à entamer « une croisade de prière ». Avec beaucoup de conviction, il ajoute :

— Plus de trente ans après, cette croisade-là doit être recommencée. Les ennemis que nous devons affronter aujourd'hui sont insidieux, et plus que jamais ils nous éprouvent. Il est primordial que nous soyons toujours plus unis et fidèles au Seigneur Jésus-Christ, Notre Sauveur.

Il marque une pause, pour l'effet, puis s'exclame :

— *Bendith Duw ar bobol Cymru !* – « Que Dieu bénisse le peuple gallois ! »

La clameur qui s'élève de la foule amassée dehors fait trembler les murs de l'église.

Le pape François quitte le lutrin pour se diriger vers la statue de la Vierge, où il va allumer et bénir le nouveau cierge, ce qui signifie qu'on entre dans la dernière phase de la messe millimétrée.

Le portable d'Owain vibre dans sa poche. Il le sort furtivement et lit le message suivant : « La cible était Trinity Church, l'église de Manhattan. La bombe est désamorcée. GM. »

Le lourd poids qui pesait sur ses épaules disparaît comme par enchantement. Il n'avait pas à s'inquiéter pour le pape, finalement. Il se promet d'appeler Gareth dès la fin de la messe.

Autour de lui, il sent l'excitation monter. Un servant d'autel au visage angélique marche timidement jusqu'à la statue. Dans ses mains tendues, il porte une longue boîte étroite en bois sombre ornée d'un fermoir portant les insignes du souverain pontife. Dessus figurent les clés croisées d'or et d'argent de saint Pierre, la tiare pontificale, qui représente les trois pouvoirs (impérial, royal et sacerdotal) du pape, et plus important encore, au-dessus du fermoir, une croix distincte reposant sur un globe et symbolisant la souveraineté de Jésus.

Le pape ouvre la boîte et en sort un cierge tout neuf amené spécialement de Rome.

Un second servant fait son apparition, plus âgé que le premier et tremblant un peu moins. Il apporte un long allume-cierge en bois et cuivre et se positionne discrètement sur un côté.

Avec lenteur et recueillement, le Saint-Père place le cierge dans la main droite de la Vierge Marie, puis se tourne vers son assistant pour prendre l'allume-cierge.

Curieusement, l'objet lui échappe des mains.

Le fracas du métal sur le sol en pierre provoque une onde de choc dans l'assemblée. Les gardes du corps se crispent. Plusieurs mains se faufilent sous les vestes de costume.

Mais il ne s'est rien passé. Rien, hormis un accessoire qu'on a fait tomber par mégarde sur la scène.

Le garçon se précipite pour ramasser l'objet liturgique. Un prêtre bienveillant s'avance et déniche un briquet sous ses lourds habits.

On entend alors le cliquetis incongru d'un Zippo, et la flamme destinée à la cérémonie est allumée.

Le Saint-Père reste imperturbable. Il attend que le prêtre recule et prend calmement l'allume-cierge des mains de l'enfant de chœur, qui est rouge comme une pivoine.

Tous les regards sont braqués sur le cierge dans la main de la Vierge.

Tous, sauf celui d'Owain, qui poursuit sa mission jusqu'au bout. Il se tourne pour scruter l'assemblée, puis reporte son attention sur l'autel.

Le pape s'assure que le cierge brûle bien avant de redonner l'objet liturgique au jeune garçon, puis de bénir la statue. Lorsqu'il se retourne pour s'adresser à l'assemblée, il a un franc sourire.

Mais Owain n'écoute pas ce qu'il dit. Il pense au cierge. C'est la seule chose qu'il n'a pas vérifiée personnellement. Il sait qu'il aura été inspecté par les Gardes suisses, mais *lui* ne l'a pas examiné.

Puis il se souvient du message de Gareth. L'attentat allait avoir lieu à New York et ils ont réussi à le déjouer. Tout est terminé.

Pourtant, il a encore un doute.

Il observe de nouveau le cierge de la Vierge et le compare aux autres disséminés dans l'église. Il est plus épais que certains, plus long que d'autres, plus petit que la plupart. La flamme paraît similaire en tous points. Il n'y a vraiment rien qui sorte de l'ordinaire dans cette colonne de cire, hormis le fait qu'elle vient d'être bénie par l'homme le plus saint au monde pour les catholiques.

Au fond de l'église, une porte en bois grince. Visiblement, quelqu'un tente de quitter les lieux discrètement. C'est une drôle d'idée de vouloir s'en aller maintenant : la messe se termine dans quelques minutes.

Des Gardes suisses sont postés à la sortie, ils ne laisseraient personne du public sortir si près de la fin. En toute logique, donc, c'est un garde qui est parti.

Mais pourquoi ?

Owain redoute de connaître la réponse.

On aurait facilement pu dissimuler dans le cierge du C-4, un explosif stable et malléable qui n'explose pas au contact de la flamme. Celui qui vient de sortir pourrait avoir le doigt sur un détonateur. C'est le genre d'acte qu'un militaire, quelqu'un comme un Garde suisse, serait capable de commettre.

Il hésite. Il se dit de rester tranquille, sinon il va se ridiculiser.

Mais il ne peut pas.

Il bondit du banc rempli de dignitaires et se rue vers la statue. Des cris étouffés s'élèvent ici et là dans l'assistance.

Deux prêtres tentent de lui bloquer le passage – il les repousse violemment. Il faut qu'il se mette devant ce cierge, et tant pis s'il a l'air d'un idiot. Si le pire doit arriver, il aura au moins fait barrage de son corps.

Au dernier moment, il parvient à écarter le Saint-Père de l'autel.

Dehors, sur les écrans géants et les télévisions du monde entier, des millions de gens regardent, pétrifiés.

La bombe explose.

Le ciel matinal se constelle de blocs de pierre, d'éclats de verre et de morceaux de chair.

PARTIE V

181.

CALIFORNIE

En volant à une vitesse légèrement inférieure à celle du son, le jet Gulfstream de l'OSSA met seulement sept heures pour rallier San Francisco.

Mitzi est en état de choc depuis le décollage à Londres. Son cerveau refuse d'accepter que ses deux filles ont été blessées par balle et luttent contre la mort.

Bronty et Dalton l'accompagnent. Son collègue du FBI lui baragouine un truc à propos d'une plongeuse qu'il a rencontrée, selon qui les tombes arthuriennes se trouveraient dans des grottes sous-marines au large de Lundy. Mais Mitzi s'en fout royalement.

Plus rien n'a d'importance, maintenant.

Plus rien, à part être aux côtés de Jade et Amber.

Pour autant, elle sait qu'elle doit avoir une conversation en privé avec Dalton avant leur arrivée. Elle a certaines choses à régler.

Dès que Bronty s'éclipse aux toilettes, elle se glisse dans le siège voisin de celui du consul.

— Je voulais vous dire qu'en ce qui me concerne, l'affaire Goldman est classée. J'apprécie que vous soyez monté dans cet avion avec moi, vraiment. Et je sais que ce n'est pas simplement parce que vous avez récupéré votre clé USB.

— En aucun cas, je vous assure.

— Je le sais, répète-t-elle en lui faisant un sourire rassurant. Vous et moi, on en a terminé. Tout ce que j'ai entendu et vu pendant mon séjour chez vous est oublié.

— Merci, réplique-t-il, visiblement soulagé.

— Et pour être tout à fait honnête, moi aussi j'en ai terminé. J'ai l'intention de rendre mon arme et mon insigne.

— Ce serait une grande perte pour le FBI.

— Je n'en suis pas si sûre. Si mes filles s'en sortent, cela voudra dire qu'on me donne une seconde chance d'être une bonne mère.

— Madame, je suis certain que vous êtes une très bo…

— Stop, pas de ça avec moi, rétorque-t-elle en lui lançant un regard hargneux. Et arrêtez de m'appeler « madame ». Retournez en Grande-Bretagne et continuez à faire le bien, vous et vos chevaliers des temps modernes. Vous avez toute mon admiration, mon soutien… et mon silence.

— Je sais que sir Owain songe à vous proposer de rejoindre l'Ordre, tente-t-il.

Elle secoue la tête.

— Pas moi. Désolée.

Bronty revient s'asseoir et le silence s'installe. Quelques instants après, une voix les prie d'attacher leur ceinture de sécurité.

L'avion sort le train d'atterrissage. Le mal de tête de Mitzi s'accentue avec la pression. Elle ferme les yeux, mais ne peut échapper à leur visage.

Jade.

Amber.

Si elles meurent, elle ne sait pas comment elle pourra vivre. Les médecins lui ont dit qu'Amber avait reçu deux balles, une dans la hanche et l'autre dans le dos. Mitzi n'a même pas osé demander s'il y avait une possibilité qu'elle reste paralysée. À partir de là, tout lui a paru flou et lointain, comme si elle évoluait dans le brouillard.

L'avion atterrit et roule sur la piste avant de s'immobiliser. Elle sent vaguement qu'on l'aide à descendre les marches. Le brouhaha dans le terminal lui vrille les tempes. L'air frais du milieu de la nuit la fait frissonner quand ils doivent attendre qu'une limousine vienne les chercher.

Mitzi s'installe sur la banquette en cuir neuve, et bientôt voitures, réverbères et immeubles défilent derrière sa vitre sans qu'elle les voie. Elle se sent comme en dehors du monde.

Bronty est assis à ses côtés, à l'arrière de la Jaguar. Dalton est devant et parle d'elle au téléphone comme si elle n'était pas là. Et il a raison. Elle n'est pas là. Elle entend simplement que son ex-mari a été informé de la suite des événements et qu'il est en chemin pour venir voir ses filles.

Elle le plaint. Cela fait bien longtemps qu'elle n'avait pas pensé à Alfie Fallon en des termes positifs, mais là, elle a de la compassion pour lui. Elle a peur pour lui, même. Il est déjà bien bas, et tout ça ne va que l'enfoncer encore plus.

— On est arrivés, annonce Bronty.

Les portières s'ouvrent.

Elle sent la main de Dalton sur son bras droit. Elle sent le contact de ces doigts qui ont, en toute probabilité, tué un homme dans un *diner* de Dupont Circle et l'ont par ricochet embarquée dans une dangereuse expédition, au terme de laquelle ses filles se retrouvent entre la vie et la mort.

Mitzi s'écarte de lui et sort dans la nuit. Des murmures polis s'élèvent quand elle surgit. Elle regarde l'entrée spacieuse de l'hôpital San Joaquin et se demande où est Amber.

Quelqu'un appelle son nom. Donovan est là. D'autres, aussi. Vicky, l'as des recherches, main dans la main avec un grand costaud qu'elle ne connaît pas.

Et Ruth.

Son bon à rien de mari, Jack, est à ses côtés. Ils sont tous venus. Sa sœur tente d'attirer son attention mais Mitzi détourne le regard. Pas maintenant. Elle n'est pas prête pour la réconciliation et toutes les questions qui vont avec.

Pas encore.

Elle respire un bon coup et décide de dire quelque chose avant qu'on le fasse à sa place.

— Je ne voudrais pas être grossière. Je vous suis vraiment reconnaissante d'être tous venus ici si tard. Mais maintenant vous pouvez vous barrer de là et me laisser tranquille ? Je veux juste aller voir ma fille, et pour une fois, me comporter comme une mère, pas comme un flic.

182.

Nord du Mexique

La route a été longue. La plus longue de sa vie, même. Mais il y est arrivé.

Larry Petty, un homme auparavant connu sous le nom de Chris Wilkins, et encore avant Charles James Wood, gare la voiture de location dans l'allée étroite de la maison et serre le frein à main. Le tableau de bord lui indique que la température extérieure vient de passer la barre des quarante degrés, alors il laisse la clim, enlève sa ceinture et pousse un soupir de soulagement en la sentant glisser de son épaule.

Pendant quelques minutes, il a juste envie de rester là et de se détendre, puisqu'il n'a plus à fuir. Puisqu'il est en vie. En sécurité et libre. Il lui aura fallu plus de vingt-quatre heures, deux voitures volées, un trajet en bus, un autre en train et l'utilisation de sa dernière fausse carte d'identité pour parvenir jusqu'ici.

Un exploit, quand on y pense.

Il est passé par des moments où il s'est demandé s'il allait y arriver. D'autres où il a pris conscience que Tess, elle, n'avait pas réussi. À plusieurs reprises, il s'est arrêté sur le bas-côté pour pleurer toutes les larmes de son corps. Il a tenté de se convaincre qu'elle s'était fait arrêter, rien de plus. Qu'elle était assise dans une salle d'interrogatoire et se foutait de la gueule des flics en leur disant que dalle. Mais ensuite il a cru entendre qu'on annonçait sa mort à la radio, et son monde s'est écroulé.

Il a passé tout le voyage un œil sur la route et l'autre dans le rétro. Mais il avait parié que les flics se concentreraient sur les aéroports et les autoroutes, et il a eu raison.

De Stockton, il est allé à Fresno en prenant par les petites routes. Là, il a piqué une Chevy garée sur une aire de covoiturage pour se rendre par les routes secondaires à Bakersfield, où il est monté dans un car en partance pour Flagstaff. Arrivé là, il a trouvé la gare et s'est acheté un aller simple pour le Mexique.

Et maintenant il va se prendre une bonne douche, faire chauffer la pizza surgelée qu'il s'est achetée dans une station essence et piquer un roupillon dans la petite maison de plain-pied qu'il a louée aux abords du fleuve Sonora.

Il éteint le moteur et sort dans la chaleur écrasante. Le quartier a l'air plutôt coquet, à ce qu'il voit. Entre les rangées de maisons aux couleurs éclatantes, un carré d'herbe brûlée par le soleil alterne à intervalles réguliers avec un bout d'asphalte pour les véhicules des visiteurs. Ce n'est pas transcendant non plus, mais c'est bien entretenu. Il n'y a pas de papiers gras par terre. Pas de graffitis. Pas de voyous dans les rues. L'endroit parfait pour se fondre dans le décor un jour ou deux.

Quand il sera sûr et certain que les choses se sont tassées, il ira prendre un avion à Garcia International et repartira de zéro, quelque part. La vie continue.

183.

HÔPITAL DE SAN JOAQUIN, STOCKTON

Les médecins annoncent à Mitzi qu'Amber va vivre.

Mais ils lui disent aussi qu'il est trop tôt pour définir le niveau de qualité de vie qu'elle aura.

Son corps a subi plusieurs traumatismes et le processus de guérison va être long et douloureux.

Le spécialiste, un homme qui lui fait penser à Will Smith avec des cheveux blancs, a un regard bienveillant. Le genre de regard auquel Mitzi sent qu'elle peut se fier.

— Elle est toujours inconsciente, madame, mais les signes vitaux sont bons et elle devrait revenir à elle très bientôt, explique-t-il en l'emmenant en salle de réveil.

Mitzi tente une approche optimiste.

— Mais elle va remarcher, n'est-ce pas ?

Le médecin lui fait un sourire.

— On l'espère vraiment, mais pour l'instant, le plus important est qu'elle reprenne connaissance et qu'elle nous parle. Ensuite, on lui fera passer des examens.

En tournant à un coin, Mitzi voit une chaise en plastique dur postée devant une chambre et une silhouette familière affalée dessus.

Eleonora Fracci lève des petits yeux vers elle en la voyant approcher.

— Depuis quand t'es là ? demande Mitzi.

— Depuis le début. Je reste jusqu'à ton arrivée.

L'Italienne se lève et défroisse un peu ses vêtements.

— T'as vraiment une sale tronche, commente Mitzi avant de

la prendre dans ses bras.

Elles s'étreignent longuement, essayant par ce geste de chasser la souffrance.

Quand elles se séparent, Mitzi prend les mains de l'Italienne dans les siennes et lui dit :

— Merci d'avoir été là, d'avoir veillé sur ma fille.

Eleonora acquiesce d'un signe de tête.

— J'aurais voulu faire plus.

— Je vais entrer et m'asseoir près d'elle, annonce Mitzi en montrant la porte.

— Alors je prends une douche, comme ça j'aurai moins une sale tronche quand tu sors.

Mitzi lui sourit et entre dans la pièce sombre. La première chose qu'elle remarque, c'est le bip des machines. Ça, et le fait qu'ils ont passé à Amber un pyjama à fleurs roses. Si elle se voyait, elle serait folle.

Mitzi s'assoit dans le fauteuil à côté du lit et lui prend la main. En voyant le bandage autour de son doigt mutilé, les larmes lui montent aux yeux. Elle se souvient des hurlements d'Amber, au téléphone : « Ils m'ont c-coupé le-le… maman ! »

Mitzi lui soulève la main et dépose un doux baiser dessus.

— Ça va aller, mon bébé. Ta maman est là, maintenant, tout va bien se passer.

184.

Cardigan, pays de Galles

Les sous-vêtements de protection en graphène de sir Owain Gwyn ont absorbé une grande partie de l'explosion.

Mais le C-4 dissimulé dans le cierge a quand même réussi à causer des dégâts.

Beaucoup de dégâts.

Le détonateur a été actionné au moment où il ôtait le cierge de la main droite de la statue. La large stature de l'ancien militaire a permis de faire barrière et ainsi de sauver le souverain pontife, sans compter les ecclésiastiques à ses côtés. Mais pas lui.

Le souffle de l'explosion lui a arraché le visage et le dessus du crâne. S'il avait été là quelques secondes plus tôt – s'il avait réussi à serrer le cierge tout contre son corps –, peut-être aurait-il survécu.

Lance Beaufort guide lady Gwyn le long de l'allée menant à l'église Notre-Dame de Cardigan. Les restes de son mari ont été transférés dans la chapelle familiale, au château Caergwyn, mais elle a tout de même insisté pour venir sur les lieux où il a trouvé la mort. Pendant tout le voyage, elle a réécouté en boucle le message vocal qu'il lui avait laissé : « Je t'aime, Jenny. Je t'aime plus que tu ne le sauras jamais. »

Chose étonnante, la presse mondiale n'a pas eu vent de sa visite. La police locale a barré les rues menant à l'église pour préserver l'intimité de la veuve d'un des plus éminents sujets de Sa Majesté.

De son côté, Beaufort a évidemment déployé plusieurs agents de l'OSSA, pour que la sécurité de Jennifer soit doublement assurée.

Devant l'église reposent des centaines de bouquets et de messages de condoléances, de prière et de respect. Parmi eux ils remarquent trois couronnes, envoyées par le pape, le Premier ministre britannique et le président américain.

Lorsque Lance et Jennifer entrent dans la nef, ils constatent que les travées du fond sont encore recouvertes de poussière et de morceaux de plâtre. La lumière, d'ordinaire si belle à l'intérieur de l'église, est assombrie par toutes ces planches qu'on a dû clouer sur les vitraux soufflés dans l'explosion. Dans les travées les plus proches de l'autel, les bancs ont carrément été enlevés et empilés sur un côté.

Plusieurs tas de gravats, de bois et de verre ont été amassés dans le chœur, et avec son œil de connaisseur, Beaufort devine où l'équipe de démineurs est passée, les zones qu'ils ont inspectées et celles où ils comptent approfondir leur enquête.

Le directeur adjoint de la police et deux officiers sont postés à quelques mètres d'eux, en cas de besoin. Mais il est inutile de préciser à Jennifer où son mari est mort.

Son cœur la guide vers l'endroit fatal.

Elle ôte sa main du bras de Beaufort et regarde dans les yeux l'homme que son mari a choisi pour être son amant, l'homme qui était destiné à prendre soin d'elle lorsque ce terrible moment arriverait.

— Tu peux leur demander de sortir ? Toi aussi, s'il te plaît. J'aimerais être seule pour penser à lui.

185.

New York

La petite rue tranquille de Greenwich Village accueille les passants par des chants d'oiseaux. Gareth Madoc ferme son Range Rover en vérifiant discrètement qu'il n'a pas été suivi, puis il traverse la rue.

Il marche plusieurs centaines de mètres pour se rendre à la planque où Zachra et sa mère Nasrin se cachent depuis que Khalid Korshidi a été embarqué par l'ANR. Il sort un portable crypté et appuie sur une touche qui appelle directement l'agent Dana Levine. Elle décroche aussitôt.

— La voie est libre, monsieur, vous pouvez monter.

Madoc jette un regard furtif vers une fenêtre au premier étage d'une jolie maison et voit que Levine a légèrement tiré le rideau pour l'observer. Il monte les six marches en pierre qui le séparent de la grande porte d'entrée et appuie sur la sonnette.

Un par un, il compte les verrous et les serrures qui sont ouverts. Cinq en tout. Enfin, la porte s'ouvre.

— Salut, fait-il en passant devant la gigantesque silhouette de Richie Handsworth, le second agent de l'Ordre en poste à la planque.

— Bonjour, monsieur, répond l'agent en refermant la porte et tous les verrous qui vont avec.

Madoc longe un couloir carrelé qui le mène au salon. Zachra et sa mère sont assises dans le canapé et regardent la télé, une rediffusion de l'émission d'Oprah Winfrey sur le drame des foyers brisés. Elles sont toutes deux habillées à l'occidentale. Quand la jeune femme se retourne, son visage s'éclaire.

— Monsieur Madoc ! Je ne savais pas que vous alliez venir.

Il lui rend son beau sourire et glisse une main dans la poche intérieure de son costume noir.

— J'ai quelque chose pour toi, annonce-t-il en lui tendant une enveloppe et un papier plié en deux.

Zachra prend le tout en le regardant d'un air soupçonneux.

— Qu'est-ce que c'est ?

— Regarde par toi-même. (Sentant qu'elle a besoin d'être rassurée, il ajoute :) Tu vas être contente.

Les yeux de Zachra brillent quand elle ouvre l'enveloppe.

— Maman, regarde : deux billets d'avion pour Londres ! On va pouvoir refaire notre vie !

Madoc se rend compte qu'il ne l'a jamais vue heureuse jusqu'à aujourd'hui. Il entreprend de lui expliquer le plus important :

— Tu dois lire attentivement le document que je t'ai donné. Tu y trouveras vos nouvelles identités, l'adresse de votre nouvelle maison et le numéro de votre nouveau compte bancaire. La maison n'est pas très grande et elle est en banlieue de Londres, mais vous y serez en sécurité. Elle est payée et elle est à vous pour aussi longtemps que vous le souhaitez. Il y a dix mille livres sur le compte en banque. De quoi vous retourner pendant que mes hommes essaient de vous trouver un travail à toutes les deux.

Zachra se jette dans ses bras et l'embrasse sur la joue.

— Oh ! merci. Merci ! Vous n'avez pas idée de ce que ça signifie pour nous. (Elle regarde sa mère, puis se retourne vers lui.) Vous nous avez rendu nos vies. C'est comme une renaissance.

— Mais je t'en prie. Tu es une jeune femme incroyablement courageuse, Zachra. Si quelqu'un mérite une seconde chance, c'est bien toi.

186.

HÔPITAL JOHN MUIR, SAN FRANCISCO

Mitzi monte dans un hélicoptère du FBI pour parcourir au plus vite les quatre-vingts kilomètres qui séparent San Joaquin et John Muir.

Le jour se lève quand deux infirmières du service de neurologie la guident vers la chambre où Jade a été transférée, en soins intensifs.

À un mètre de la porte, et juste sous un panneau indiquant que les téléphones portables sont interdits, celui de Mitzi sonne. Elle s'excuse en disant qu'elle doit répondre, et les infirmières retournent à l'accueil.

— Allô ?

— Eleonora à l'appareil, dit l'Italienne en prenant une inspiration chargée d'émotion. C'est ta fille…

Mitzi s'appuie contre le mur pour éviter de tomber dans les pommes. Le silence au bout du fil est bien trop long pour que ce soit une bonne nouvelle. Elle aurait dû rester au chevet d'Amber.

— Elle est revenue à elle.

— Quoi ?

— Elle est réveillée et elle parle.

— Oh ! mon Dieu, fait Mitzi dans un souffle.

Le cœur battant à tout rompre, elle glisse le long du mur et s'assoit par terre. Elle est tellement soulagée qu'elle pleure à chaudes larmes.

— Comment elle va ?

Eleonora éclate de rire.

— Comment elle va ? C'est une mini-toi, voilà comment elle va. Elle râle comme pas possible à cause de ses fringues. Tu veux lui parler ?

— Oh ! oui, s'il te plaît.

— Je te la passe.

Mitzi entend une série de frottements, puis :

— Maman.

— Ma chérie.

— Maman, ça va ? demande-t-elle d'une voix râpeuse et tout engourdie.

— Ça va, mon cœur. Ne t'inquiète pas pour moi. Je suis venue voir Jade, mais je vais revenir près de toi très vite.

— Elle va bien ?

Mitzi se lève et tente en vain de voir quelque chose à travers la fenêtre de la chambre.

— Oui, enfin je crois.

L'adolescente sent bien que sa mère est inquiète.

— Jade va s'en sortir, M'man. J'veux dire c'est une Fallon, et les femmes s'en sortent toujours dans la famille. C'est c'que t'as dit, non ?

Mitzi a comme une bouffée de fierté pour sa fille.

— Oui mon chaton, tu as raison. On s'en sort toujours.

— M'man…

— Qu'est-ce qu'il y a, mon bébé ?

— T'as vu le pyjama qu'ils m'ont mis ?

Elle éclate de rire.

— Oui, j'ai vu.

— Beurk !

— T'inquiète, je vais t'en apporter un autre.

Elle marque une pause, hésitant, mais il y a une question qui lui brûle les lèvres. Une question qu'elle doit poser.

— Amber, est-ce que tu arrives à sentir tes jambes ? Est-ce que tout fonctionne normalement ?

Un long silence s'ensuit.

Un peu trop long au goût de Mitzi.

— Tu m'as entendue, Amber ? Est-ce que tu arrives à…

— Deux s'condes, M'man. J'essayais de bouger mes doigts d'pied pour vérifier. J'veux dire, faudrait savoir ! Bon alors ouais, ça bouge, mais j'ai mal partout et j'crois que j'ai envie de faire pipi.

Mitzi s'esclaffe de plus belle.

— Tu vas faire pipi, je vais voir ta sœur et ensuite je te rappelle. OK ?

— OK. Et M'man, *steuplé-steuplé-steuplé*… oublie pas de m'amener un autre pyjama.

Mitzi raccroche et pousse la porte de la chambre de Jade.

Les rideaux sont tirés et la pièce est plongée dans une pénombre grisâtre qui sent l'antiseptique. Sa bonne humeur s'envole aussitôt. Une infirmière a bien tenté de masquer au mieux la sauvagerie de la plaie au crâne, mais l'œdème était impossible à cacher. Mitzi a le cœur brisé en voyant sa petite fille dans cet état.

Dans un coin elle voit une penderie, et posées devant, les baskets Prada que Jack lui a offertes. Elle se rappelle combien elle s'était sentie mal à l'aise en apprenant que c'était ce porc aux mains baladeuses qui les avaient achetées. Maintenant, elle ferait n'importe quoi pour que sa fille les enfile de nouveau et marche avec.

Lentement, elle fait le tour du lit. Jade est d'une pâleur cadavérique. C'est tellement injuste qu'elle soit si près de la mort. Sa vie ne faisait que commencer. Elle était en train de devenir une belle jeune femme. Certes, elle restait une enfant têtue, bourrue, bagarreuse, rebelle et vraiment casse-bonbons des fois – mais quand même, c'était une belle jeune femme.

Mitzi s'assoit sur le lit et prend la main de l'adolescente, comme elle l'a fait avec sa sœur il y a une heure à peine.

Les doigts de Jade sont froids. Elle a du vernis sur les ongles – la teinte Rose Divin, se souvient-elle. C'est celui d'Amber, ce qui veut dire qu'elles s'étaient bien entendues, cette fois-là. Mais ça, c'était avant que leur monde s'arrête de tourner parce que Dieu avait décidé de leur jouer un sale tour.

Elle serre fort la main de Jade. La presse contre son visage. Pose la tête sur son oreiller, tout près d'elle. Fait du « peau à peau » avec sa fille. La dernière fois, c'était il y a quatorze ans, dans une maternité.

Mitzi ferme les yeux et, la pénombre aidant, l'épuisement la submerge. La douleur, le stress, la fatigue… Tout à coup c'en est trop, et elle se met à somnoler. La vague noire qui l'emporte l'apaise, comme si elle était entrée dans un bain d'eau chaude et sombre.

Mitzi se réveille en sursaut. Sa joue gauche l'élance. Comme si on l'avait piquée ou griffée. C'est bête, mais elle regarde les ongles de sa fille. Elle aperçoit du sang.

Mitzi se relève d'un coup. Elle se passe une main sur le

visage et se retrouve avec du sang frais sur les doigts. Elle se dit qu'elle imagine des choses. Ça ne peut pas être ça. Elle enlève une mèche du front de Jade et lui dit :

— Mon bébé, tu m'entends ?

Pas de réponse. Mais elle sent quelque chose de différent chez elle.

— Jade, c'est maman. Tu m'entends ?

Oui, il y a bien quelque chose de différent chez elle. Mitzi le sait, c'est tout. Elle regarde de nouveau le sang sur ses doigts, puis les ongles de sa fille.

Jade fronce les sourcils. Oui, c'est ça, son légendaire froncement de sourcils est revenu. Mitzi a bien dû le voir un million de fois, celui-là. Impossible de se tromper, le front ridé, l'air boudeur – tout y est.

— *Merde*. Infirmière ! Infirmièèère ! hurle-t-elle comme une démente en courant vers la porte. Bordel ! mais où elles sont fourrées les foutues infirmières dans ce putain d'hôpital ?

Une tête apparaît au bout du couloir.

Mitzi lui fait signe de venir et retourne aussitôt près de sa fille.

Les yeux de Jade sont ouverts. Sur le moniteur cardiaque, le tracé a changé. Sa bouche se met à bouger.

Mitzi n'entend pas ce qu'elle marmonne. Elle s'approche plus près.

— Mon ange…

Elle n'ose s'approcher davantage, elle a tellement peur de briser ce fragile élan de guérison.

Lentement, d'une voix rauque, Jade lui dit :

— M'man… tu vas la fermer ? Tu me mets *trop* la honte.

187.

NORD DU MEXIQUE

Chris Wilkins prend sa douche, puis fait un dernier tour de la maison avant de se mettre au pieu.

Il met l'alarme, vérifie que toutes les fenêtres sont bien fermées, dépose un Glock dans le meuble de la salle de bains et en glisse un autre sous son oreiller. Des précautions que Tess et lui prenaient systématiquement dans les endroits où ils dormaient pour la première fois.

Il pense à elle en éteignant la lumière et en rabattant le drap frais sur lui. Si elle était là, ils se pelotonneraient l'un contre l'autre et ne se s'endormiraient qu'une fois vidés de toute énergie.

Au plus profond de lui, il sait qu'elle est morte.

Si elle était en vie et libre, elle aurait envoyé un e-mail à l'une de leurs nombreuses adresses secrètes. Il a vérifié, elle ne l'a pas fait. Si on l'avait arrêtée, elle aurait appelé leur avocat. Elle ne l'a pas fait non plus. Même si on n'a pas reparlé d'elle à la télé ou à la radio, ses entrailles lui disent qu'elle n'est plus là. À un moment donné, quand l'angoisse de se faire prendre se sera estompée, il va s'effondrer. Et après, quand il se sera ressaisi, il se vengera contre ceux qui ont causé la mort de Tess. Et ce sera sanglant.

Mais pour l'instant, le réconfort passe par le repos. Après être resté si longtemps assis dans toutes ces voitures, ce car et ce train, c'est un soulagement de pouvoir s'allonger de tout son long dans un bon lit moelleux. Le ronronnement de la clim l'hypnotise, à tel point qu'il somnole rapidement. Il se tourne, se retourne. Rabat le drap qui lui tient trop chaud. S'endort plus profondément.

Étant donné qu'il a passé des jours à ne dormir que d'un œil, Wilkins ne réagit pas tout de suite. Il ne réagit pas quand l'alarme à incendie se déclenche. Ni quand la fumée commence à s'élever dans l'escalier.

Soudain, il se réveille en sursaut et se redresse.

Quelque chose ne va pas, il le sent. Il est encore à moitié endormi, mais il sait ce qui se passe. La maison est en feu. Il s'empare du pistolet sous l'oreiller et se précipite vers la porte de la chambre. L'incendie a déjà atteint l'étage, les flammes orange lèchent les murs du couloir et la fumée est épaisse. Trop épaisse pour tenter de passer à travers.

Wilkins referme la porte et se rue vers la fenêtre de la

chambre. Il la débloque et repère un tuyau d'écoulement à sa droite. S'il s'agrippe à ça et qu'il tombe, au pire il fera une chute d'un peu plus de trois mètres cinquante. Mieux vaut prendre le risque de se fouler la cheville que de piquer un sprint dans les flammes.

Il cale le Glock dans l'élastique de son slip, puis grimpe sur le châssis de la fenêtre. Il se retourne, se laisse pendre par les jambes et fait de grands mouvements pour atteindre le tuyau. Il manque un peu de souplesse, mais finit par y arriver.

Soulagé de sentir ses mains et ses pieds nus sur le métal, il commence à descendre dans la nuit noire.

C'est là qu'il ressent une douleur perçante au niveau de la colonne vertébrale. Il lâche le tuyau et tombe à la renverse comme un sac de sable. Avant même d'atterrir dans la pelouse, Wilkins sait qu'il s'est fait tirer dessus. L'impact lui coupe la respiration, mais il ignore la douleur et passe la main dans le dos pour reprendre le Glock.

Une seconde balle lui ouvre l'estomac. Une troisième lui fêle une côte juste sous le cœur. Une quatrième lui transperce la gorge.

Au loin, on entend la sirène d'un camion de pompiers. Des voisins commencent à sortir dans la rue.

Ross Green, lui, est déjà en train de démonter son fusil de précision. Il sera parti avant l'arrivée des pompiers.

Il regrette simplement que sir Owain ne soit plus là, il aurait aimé lui annoncer la nouvelle en personne.

188.

Château Caergwyn, Pays de Galles

Il n'y a plus personne dans la chapelle familiale, hormis Myrddin.

Il n'a pas quitté l'endroit froid et humide depuis que le corps d'Owain y a été emmené. Et il ne le quittera pas tant que la cérémonie qui doit le guider jusqu'à Avalon ne sera pas achevée.

Enveloppé dans une cape funéraire usée par le temps, il se tient debout, telle une sentinelle fatiguée, aux pieds de l'homme qu'il considérait comme son fils.

Ainsi que Myrddin l'a ordonné, aucune tentative n'a été faite pour atténuer les effets de l'explosion. Le corps malmené d'Owain repose devant lui, et il y voit celui d'un chevalier mort sur le champ de bataille : la peau lacérée, les vêtements en lambeaux et les croûtes de sang séché. Aux yeux de Myrddin, ce sont les plus belles médailles d'honneur et on les a épinglées à l'enveloppe mortelle qui renfermait le plus brave de tous les esprits.

— Tu continues à vivre, mon enfant, proclame-t-il en touchant les pieds du chevalier. Tu es immortel. Tu nais de nouveau en ton fils qui n'est pas encore né, comme tu as vécu dans l'esprit de ton père, du père de ton père et des générations qui ont façonné notre grande nation.

Il n'y a pas de larmes dans les yeux du vieil homme. Il n'en a plus en lui, après tant d'années passées à pleurer tant de fils.

Il croise les doigts devant lui, comme s'il s'apprêtait à prier, et vide son esprit de toute pensée. Puis il fait quelques pas et pose les mains sur la poitrine du grand homme.

— Ce serment, je te le fais solennellement. Je veillerai sur ton épouse comme si elle était ma propre fille. Je serai le gardien le plus strict de l'esprit et de l'âme de l'homme à qui tu l'as confiée, et je m'assurerai personnellement qu'il nourrit et chérit l'amour de ta bien-aimée afin qu'elle élève ton enfant dans sa richesse, sa lumière et sa chaleur.

Ses doigts pâles s'attardent un instant sur le cœur qui aimait tant, mais qui aujourd'hui ne bat plus. Il garde le silence un moment, puis reprend :

— Je veillerai sur ton fils, Arthur, et le regarderai grandir, et il aura tes traits, ta voix et ton esprit. Et quand il devra faire face aux défis qui l'attendent, je serai là pour le protéger et le guider, comme je l'ai fait pour toi.

Myrddin croise les mains de sir Owain afin qu'elles reposent dans la position du chevalier tombé au champ d'honneur. En poussant un soupir, il se penche vers le sol en pierre froid de la chapelle et prend l'objet qui viendra compléter son serment.

Entre les doigts croisés du grand homme, il place non pas une ancienne croix mais un puissant glaive. L'arme qui symbolise le mieux ce que l'Ordre et sa famille représentent.

Le vieil augure fatigué recule d'un pas et s'agenouille.

Il regarde dans le futur et voit le jour où il devra guider un autre jeune homme, qui n'est pas encore né, jusqu'à la tombe de son valeureux père. Ce jour-là, il lui dira que le temps est venu pour lui de reprendre le glaive d'Arthur, et tout le pouvoir et les responsabilités qui lui incombent. Ce jour-là, ce sera le début du nouveau Cycle.

Derniers titres parus chez MA éditions

Thrillers

Les Héritiers de Stonehenge, Sam Christer, Juin 2011
L'Évangile des Assassins, Adam Blake, Novembre 2011
Zéro Heure à Phnom Penh, Christopher G. Moore, Février 2012
Le Refuge, Niki Valentine, Février 2012
Le Sang du Suaire, Sam Christer, Mars 2012
Tahoe, L'Enlèvement, Todd Borg, Mai 2012
Paraphilia, Saffina Desforge, Juin 2012
La Cinquième Carte, James McManus, Juin 2012
Le Cri de l'ange, C.E. Lawrence, Août 2012
Vertiges Mortels, Neal Baer et Jonathan Green, Septembre 2012
Dans la peau du diable, Luke Delaney, Octobre 2012
Chambre froide, Tim Weaver, Janvier 2013
Témoin Hostile, Rebecca Foster, Mars 2013
Traquée, Melinda Leigh, Avril 2013
Le Code du Démon, Adam Blake, Mai 2013
La Vengeance de Baudelaire, Bob Van Laerhoven, Juin 2013
Les Justes, Michael Wallace, Juin 2013
Le Collectionneur de chair, CE Lawrence, Août 2013
Je serai toujours là, Philippe Savin, Octobre 2013
Axe du Sang, Pierre-Yves Tinguely, Janvier 2014

Romans

Francesca – Empoisonneuse à la cour des Borgia, Sara Poole, Novembre 2011
Francesca – La Trahison des Borgia, Sara Poole, Avril 2012
Coeurs-brisés.com, Emma Garcia, Mai 2012
La Sage-Femme de Venise, Roberta Rich, Novembre 2012
Francesca – La Maîtresse de Borgia, Sara Poole, Novembre 2012
Tradeuse, Erin Duffy, Février 2013
VIII, H.M. Castor, Avril 2013
Jane Eyrotica, Charlotte Brontë et Karena Rose, Avril 2013
Dorian Gray - Le portrait interdit, Oscar Wilde & Nicole Audrey Spector, Juillet 2013
Emma B. Libertine, Gustave Flaubert et Lucie Clarence, Septembre 2013

Le Sceptre et le Venin, Gérard Hubert-Richou, Octobre 2013
Un ange à la fenêtre, Darcie Chan, Novembre 2013
Neveu d'Hitler, Bob Martin, Novembre 2013

Documents

TÉLÉ GÉNÉRATION 80, textes de Gilbert Jouin et photographies de Pascal Baril, Décembre 2011
Le Dernier Léonard de Vinci, Fiona McLaren, Avril 2013

Imprimé en France - JOUVE, 1, rue du Docteur Sauvé, 53100 MAYENNE
N° 2139702G - Dépôt légal : janvier 2014